中西文学观解析

姜桂华 著

中国社会科学出版社

图书在版编目（CIP）数据

中西文学观解析／姜桂华著．—北京：中国社会科学出版社，2013.1

ISBN 978-7-5161-2931-9

Ⅰ.①中…　Ⅱ.①姜…　Ⅲ.①比较文学—文学研究—中国、西方国家　Ⅳ.①I0-03

中国版本图书馆 CIP 数据核字（2013）第 151540 号

出 版 人　赵剑英
选题策划　张　林
责任编辑　张　林
特约编辑　郑成花
责任校对　林福国
责任印制　戴　宽

出　　版　中国社会科学出版社
社　　址　北京鼓楼西大街甲 158 号（邮编 100720）
网　　址　http://www.csspw.cn
　　　　　中文域名：中国社科网　010-64070619
发 行 部　010-84083685
门 市 部　010-84029450
经　　销　新华书店及其他书店

印刷装订　三河市君旺印装厂
版　　次　2013 年 1 月第 1 版
印　　次　2013 年 1 月第 1 次印刷

开　　本　880×1230　1/32
印　　张　11.375
插　　页　2
字　　数　276 千字
定　　价　46.00 元

凡购买中国社会科学出版社图书，如有质量问题请与本社联系调换
电话：010-64009791

目　录

第二编 西方古代文学观分析

第三编 梁启超文学观掠影

第四编　新时期以来中国文学观探脉

第五编　文学批评研究

自　序

对文学，向往一种悟的状态

初识文学，大概在十岁。还记得捧着家里那本不知由谁何时购得，纸页已经泛了黄的《红楼梦》做废寝忘食状的感受：那是疙疙瘩瘩、磕磕绊绊的艰难前行，那是囫囵吞枣、似懂非懂的跳转腾挪，那根本称不上阅读，更谈不上欣赏。然而，奇怪的是，就是这番对文学尚无任何概念情况下的胡翻乱看，竟然让《红楼梦》这部巨著的一些片段深深烙在了脑海。时日推移，年龄增长，很多曾经熟悉的人事物已如镜头中拉虚了焦距的影像，越来越模糊不清，甚至干脆就像未曾识得。可是，带着儿时稚嫩感受的《红楼梦》片段却可谓历久弥新，时常会不分场合不择情况地不请自来，清晰地浮现在脑际。真要感谢那场与文学巨著的不期而遇，尽管没什么审美能力，尽管对作品的各种意义没有丝毫的认识，我依然要称它为“美丽的邂逅”，因为它引导着一颗童心走向对人生、对世事、对文学的领悟之路。

懵懵懂懂，既是文学之悟的开始，也是文学之悟的魅力所在。正是这懵懂、稚嫩的文学之悟，引领着曾经的小女孩走进了大学中文系。以中文系学生的名义泡在各种文学作品之中，真是既方便又惬意而且理直气壮，因为中文系学生的文学类图书借阅权限足足比其他院系的学生多出九本呢！在饱读古今中外若干名著，研析上下千年诸多文论之后，竟不无遗憾地发现，自己仍在对文学的悟的状态中，而未能达到悟出来的境地。因此，既不能像有些同学那样下笔洋洋万言从事创作，也不能像一些师长那样整天著书立说，把自己对文学的高见诉诸理论体系。多数情况下，我还是愿意陶醉在阅读文学作品和理论著作的快感中，尽情享受悟的状态和悟的过程。大学毕业后的选择读研，研究生毕业后的选择从教，其实都可以理解为对文学之悟的状态和过程的留恋。

如今，即将步入知天命之年，依然贪恋那种“此中有真意，欲辨已忘言”的悟的状态。而且，还一厢情愿地认为古今中外有不少这种贪恋文学之悟的人，并把他们引为同道。本书即可作为以己之悟迎人之悟时碰撞出的点点火花。

姜桂华

2013年1月9日

第　一　编

中国古代文学观考察

一　《文心雕龙》中的核心文学观

《文心雕龙》确实是一部论说全面、体系完备的鸿篇巨制。清章学诚"体大而虑周"[①] 的评语几乎成了"龙学"界内外的共识。1983 年，周扬在参加中国《文心雕龙》学会成立大会时，用现代汉语陈述了这种共识："《文心雕龙》，在古文论中占有首屈一指的地位，它是中国古文论中内容最丰富、最有系统、最早的一部著作，在中国没有其他的文论著作可以与之相比。"[②]

《文心雕龙》向阅读者、研究者敞开着巨大的阐释空间。面对内容丰富、厚重，表达音韵铿锵、朗朗上口的洋洋巨著，我们从任何一个角度、一个层面、一个篇章、一个细节，都可以找到阐释、弘扬它的话题，而且这种寻找和发现是没有止境的。"龙学"成为显学，研究的文章和著作越来越多、越来越有创获，已经毫无疑问地证明了这一点。

好书值得读书人在读厚与读薄之间做多次乃至无数次的往复，《文心雕龙》就是这样一本好书。把《文心雕龙》读薄，即对它进行提纲挈领式的总体把握有多种方式，解析它的体系，对其进行整合，是其中一种比较多见的方式。而解析、整合《文心雕龙》的体系又有多种方式，这里我们尝试说出一种方式以就教于方家。

刘勰在《序志》篇中说得很清楚，他是针对曹丕、曹植、

---

① （清）章学诚：《文史通义 · 诗话》，载叶瑛《文史通义校注》，中华书局 1985 年版，第 559 页。

② 周扬：《关于建设具有中国民族特点的马克思主义文艺理论问题》，载《社会科学战线》1983 年第 4 期。

应场、陆机、挚虞、李充等人论文“各照隅隙，鲜观衢路”，“并未能振叶以寻根，观澜而索源”① 的问题而写《文心雕龙》的，全书是通过“文之枢纽”、“论文叙笔”、“割情析采，笼圈条贯”三大部分来“弥纶群言”的。学界有些人谈《文心雕龙》的体系就很省事地原封不动地拿来刘勰本人的这段言论，说《文心雕龙》的体系就是由“文之枢纽”、“论文叙笔”、“割情析采”三部分组成的。另有些人不拘泥刘勰的说法，结合50篇文章，用现代文学理论术语来表达，认为《文心雕龙》的体系是由总论、文体论、创作论、批评鉴赏论四部分组成的。还有人不忍心丢掉《序志》篇，说《文心雕龙》是由总论（《序志》）、文原论（“枢纽论”即前五篇）、文体论、创作论、批评论五部分组成的。被称为“最执着于探索《文心》体系的学者”② 牟世金说：“可以作这样的概括：《文心雕龙》包含‘文之枢纽’、‘论文叙笔’、‘割情析采’和批评鉴赏论（包括作家论）四个互有联系的组成部分，构成一个严密而完整的文学理论体系；这个体系以儒家思想为主导，以‘衔华佩实’为轴心，以论述物与情、情与言、言与物三种关系为纲领，把全书五十篇结成一个有机的整体。”③ 应该说，不管是三部分，还是四部分、五部分，以上这些对《文心雕龙》体系的把握，是大同小异的。虽然牟世金先生指出了“主导”、“轴心”、“纲领”是什么，但把全书分成四个组成部分还是着眼于外在的篇章，而不是内在的逻辑。这样把握《文心雕龙》的体系，就造成了对有些篇章归属问题的质疑和争议，比如《正纬》《辨骚》该不该放在“文之枢纽”

---

① （梁）刘勰：《文心雕龙·序志》，载陆侃如、牟世金《文心雕龙译注》下册，齐鲁书社1982年版，第416页。

② 滕福海：《〈文心雕龙〉理论体系研究述评》，载《语文导报》1985年第7期。

③ 牟世金：《文心雕龙研究》，人民文学出版社1995年版，第143页。

或曰“总论”中，就一直存在着质疑和争议。《指瑕》篇到底属于批评论还是创作论，也是一个纠缠不清的问题。最有意思的是，同一个人在谈篇章归属时竟然会不知不觉出现自相矛盾的情况。比如罗根泽，在一本书中就说出了意思有些矛盾的两段话：一段说：“下篇二十五篇，则除了《时序》、《知音》、《程器》、《序志》四篇，都可以算是创作论。”① 另一段则说：“《文心雕龙》全书五十篇，……只有《指瑕》、《才略》、《程器》、《知音》四篇是文学批评②”。显然，《指瑕》《才略》在上一段话中被归到了创作论，而在下一段话中又被归到了批评论。

其实，我们没有必要让篇章成为制约我们理解问题的樊篱，五十篇也好，四十九篇也罢，刘勰无非是从不同的角度谈“为文之用心”，每一篇中都会涉及与“文”相关的重要问题，而这些问题既是作品的问题，也是作家的问题，既与文体相关，也与鉴赏和批评相关，只是在不同的篇章中有不同的侧重而已。作品必然以某种文体的形式呈现，文体一定得通过具体的作品来体现；作品是作家创作的，作家只有通过作品才能证明自己的存在；鉴赏、批评是作品得以传播开来、发挥作用的关键环节，作品是鉴赏、批评与作家、与社会交流的中介。谈作品必然涉及作家、创作、文体和阅读，谈作家、谈创作怎能不涉及鉴赏和批评？谈鉴赏和批评怎能和作家、作品、创作无关？所以说，总论、文体论、创作论、鉴赏批评论等不可能是彼此独立、没有交叉的，因此我们没有必要硬做把某篇与某论一一对应这种劳心费力又不得要领的事。

如何提纲挈领地阐释《文心雕龙》？重要的是要找到它洋洋

① 罗根泽：《中国文学批评史》第一册，中华书局 1962 年版，第 225 页。
② 同上书，236 页。

3.5万多字的内在逻辑。刘勰认为，人类应该有“文”，因为“文之为德也，大矣”[①]。然而，并不是只要出言就能成就好文，也不是任何文都有大德。那么，能够发挥大德的好文是什么样子的？它的产生、它的被弘扬，与哪些因素有关？《文心雕龙》一书正是以这样的思路为内在逻辑而展开的。

（一）“文之为德也，大矣”

刘勰认为，人类有“文”并不是什么惊世骇俗的奇闻异事，而是一件自然而然的事。因为放眼望去，天有文、地有文、动物有文、植物有文，那么，作为“天地之心”、“五行之秀”的人，作为“有心之器”[②]的人，作为“超出万物，亦已灵矣”的人，作为虽“形同草木之脆”但“名逾金石之坚”的人，是一定会“树德建言”[③]创造出“文”来的。

好文是原道、征圣、宗经的结果，是“天地之心”[④]，所以它能“写天地之辉光，晓生民之耳目”[⑤]，它能“鼓天下之动”[⑥]，它能“陶铸性情”[⑦]，它能“象天地，效鬼神，参物序，制人纪”[⑧]，

---

① （梁）刘勰：《文心雕龙·原道》，载陆侃如、牟世金《文心雕龙译注》上册，齐鲁书社1982年版，第2页。

② 同上书，第2页。

③ （梁）刘勰：《文心雕龙·序志》，载陆侃如、牟世金《文心雕龙译注》下册，齐鲁书社1982年版，第411页。

④ （梁）刘勰：《文心雕龙·原道》，载陆侃如、牟世金《文心雕龙译注》上册，齐鲁书社1982年版，第4页。

⑤ 同上书，第5页。

⑥ 同上书，第9页。

⑦ （梁）刘勰：《文心雕龙·征圣》，载陆侃如、牟世金《文心雕龙译注》，上册，齐鲁书社1982年版，第13页。

⑧ （梁）刘勰：《文心雕龙·宗经》，载陆侃如、牟世金《文心雕龙译注》上册，齐鲁书社1982年版，第21页。

它能在“政化”、“事迹”、“修身”[①] 中起不可或缺的积极作用。

这种对“文”的重视，与曹丕的“文章，经国之大业，不朽之盛事”[②] 的说法，以及钟嵘“照烛三才，晖丽万有，灵祇待之以致飨，幽微藉之以昭告；动天地，感鬼神，莫近于诗”[③] 的说法相同，表明那个文学自觉的时代大多数人对文学的共同好感和美好期待。虽然刘勰所说的“文”比我们今天所界定的狭义的文学在外延上宽泛得多，但是，当年刘勰对文的论说是在今天我们所说的“文学性”、“艺术性”、“审美特征”等的基质上进行的，刘勰当年对“文”的理解，就相当于我们今天对文学的理解。应该说，魏晋南北朝时期谈文的人，虽然都表现出对文的重视，但像刘勰这样因看重而把文谈得如此全面、深入、详尽、系统的人并不多见。

（二）好作品的构造

可以说，好作品是刘勰《文心雕龙》谈论的核心内容。因为“文之为德也，大矣”这个论断是建立在好作品充盈于世这一基础上的，没有好作品，这个论断只能是一句空话。好作品到底是什么样的？好作品应该具备哪些质素和特性？刘勰虽然没有集中地用一篇或几篇的篇幅谈这个问题，却在整部《文心雕龙》的字里行间不停地谈着这个问题，归纳起来，大概包括以下几方面内容。

---

① （梁）刘勰：《文心雕龙·征圣》，载陆侃如、牟世金《文心雕龙译注》，上册，齐鲁书社 1982 年版，第 13 页。

② （魏）曹丕：《典论·论文》，载郭绍虞主编《中国历代文论选》（一卷本），上海古籍出版社 1979 年版，第 61 页。

③ （梁）钟嵘：《诗品序》，载周振甫《诗品译注》，中华书局 1998 年版，第 15 页。

1. 好作品是内容与形式的完美统一

在《征圣》篇中刘勰明确说："志足而言文，情信而辞巧，乃含章之玉牒，秉文之金科矣。"[①] 显然，他把"志"、"情"看成内容的构成要素，"言"、"辞"看成形式的构成要素，而"足"、"信"和"文"、"巧"则分别是内容要素和形式要素的完善程度规定。与"志"、"情"同义用以表达内容的词通常还有"义"、"实"、"质"、"理"、"事"、"气"、"心"、"意"、"风骨"等，与"言"、"辞"同义用来表达形式的词还有"词"、"华"、"采"、"语"、"文"等，表示完美统一的方式则是或内容词与形式词之间加"而"，或内容词与形式词直接并列，或是内容词、形式词之后用"相胜"等。

刘勰总是对内容与形式达到完美统一的作品投以赞许的目光，不吝用各种表达方式来形容它们。或说"圣文之雅丽，固衔华而佩实者也"[②]，或说"义既极乎性情，辞亦匠于文理"[③]，或说"丽词雅义，符采相胜"[④]，或说"理懿而辞雅"、"事核而言练"、"气伟而采奇"、"心奢而辞壮"、"意显而语质"[⑤]，或说"义吐光芒，辞成廉锷"[⑥]，或说"雅义以扇

① （梁）刘勰：《文心雕龙·征圣》，载陆侃如、牟世金《文心雕龙译注》上册，齐鲁书社 1982 年版，第 13 页。

② 同上书，第 18 页。

③ （梁）刘勰：《文心雕龙·宗经》，载陆侃如、牟世金《文心雕龙译注》上册，齐鲁书社 1982 年版，第 22 页。

④ （梁）刘勰：《文心雕龙·诠赋》，载陆侃如、牟世金《文心雕龙译注》上册，齐鲁书社 1982 年版，第 96 页。

⑤ （梁）刘勰：《文心雕龙·诸子》，载陆侃如、牟世金《文心雕龙译注》上册，齐鲁书社 1982 年版，第 221 页。

⑥ （梁）刘勰：《文心雕龙·封禅》，载陆侃如、牟世金《文心雕龙译注》下册，齐鲁书社 1982 年版，第 10 页。

其风，清文以驰其丽”[①]，或说“风清骨峻，篇体光华”[②]。最让人印象深刻的是刘勰对好作品的美所作的一连串的比喻，那是“采如宛虹之奋鬐，光若长离之振翼”[③]的美，那种美“视之则锦绘，听之则丝簧，味之则甘腴，佩之则芬芳”[④]，能够给人以极强的审美愉悦和精神享受。

刘勰之所以对内容与形式达到完美统一的作品如此厚爱，是因为这样的作品不容易出炉。多数舞文弄墨的人别说“兼善”，就连“偏美”也做不到，只能是内容和形式的双失败或双不足。那些已有文名的作家，也经常出现这样那样的问题。要么“义正体芜”[⑤]，要么“意荣而文悴”[⑥]，要么“理粹而辞驳”[⑦]，要么“华不足而实有余”[⑧]，也就是在内容上虽然达到了基本高度，但在形式上却或因芜杂或因衰弱或因文采不足而未能达到与内容相匹配的高度。另一种情况是，或“辞高而理疏”[⑨]，或“文丽而

---

① （梁）刘勰：《文心雕龙·章表》，载陆侃如、牟世金《文心雕龙译注》下册，齐鲁书社 1982 年版，第 22 页。

② （梁）刘勰：《文心雕龙·风骨》，载陆侃如、牟世金《文心雕龙译注》下册，齐鲁书社 1982 年版，第 114 页。

③ （梁）刘勰：《文心雕龙·通变》，载陆侃如、牟世金《文心雕龙译注》下册，齐鲁书社 1982 年版，第 126 页。

④ （梁）刘勰：《文心雕龙·总术》，载陆侃如、牟世金《文心雕龙译注》下册，齐鲁书社 1982 年版，第 306 页。

⑤ （梁）刘勰：《文心雕龙·铭箴》，载陆侃如、牟世金《文心雕龙译注》上册，齐鲁书社 1982 年版，第 135 页。

⑥ （梁）刘勰：《文心雕龙·杂文》，载陆侃如、牟世金《文心雕龙译注》上册，齐鲁书社 1982 年版，第 168 页。

⑦ 同上书，第 171 页。

⑧ （梁）刘勰：《文心雕龙·封禅》，载陆侃如、牟世金《文心雕龙译注》下册，齐鲁书社 1982 年版，第 4 页。

⑨ （梁）刘勰：《文心雕龙·杂文》，载陆侃如、牟世金《文心雕龙译注》上册，齐鲁书社 1982 年版，第 168 页。

义睽"[1]，即形式上达到了一定的高度，而内容上却或因疏略或因失正而未能达到与形式相适合的高度。

2. 好作品是不同审美元素的对立统一

在《附会》篇中，刘勰说，结构文学作品就是"趋万涂于同归，贞百虑于一致；使众理虽繁，而无倒置之乖；群言虽多，而无棼丝之乱。扶阳而出条，顺阴而藏迹；首尾周密，表里一体"[2]。这段话足见刘勰是个懂艺术规律的人，他说出了艺术创作最重要的审美过程：由一而多、由多而一的不断运动，直至诞生一个有机生命体。同时也说出了优秀艺术作品最重要的两种审美属性：多样统一、对立统一。

不过，仔细咀嚼《文心雕龙》就会发现，在多样统一和对立统一这两种审美属性中，刘勰似乎更偏爱后者。在《隐秀》篇中他说："文之英蕤，有秀有隐。隐也者，文外之重旨者也；秀也者，篇中之独拔者也。"[3]"若篇中乏隐，等宿儒之无学，或一扣而语穷；句间鲜秀，如巨室之少珍，若百诘而色沮"[4]。在《风骨》篇中他说："若风骨乏采，则鸷集翰林；采乏风骨，则雉窜文囿。唯藻耀而高翔，固文笔之鸣凤也。"[5]隐与秀也好，风骨与采也好，都是两种不同的审美形态，刘勰把它们拉到一起，让其形成一种对立，最重要的是他希望这两种对立的元素以

---

① （梁）刘勰：《文心雕龙·杂文》，载陆侃如、牟世金《文心雕龙译注》上册，齐鲁书社 1982 年版，第 171 页。

② （梁）刘勰：《文心雕龙·附会》，载陆侃如、牟世金《文心雕龙译注》下册，齐鲁书社 1982 年版，第 289 页。

③ （梁）刘勰：《文心雕龙·隐秀》，载陆侃如、牟世金《文心雕龙译注》下册，齐鲁书社 1982 年版，第 251 页。

④ 同上书，第 255 页。

⑤ （梁）刘勰：《文心雕龙·风骨》，载陆侃如、牟世金《文心雕龙译注》下册，齐鲁书社 1982 年版，第 112 页。

恰当的方式同时出现在作品之中，让作品产生对立统一的审美风貌。显然，刘勰不以单一、单调、奇数、同为美，而以对偶、成双、偶数、和为美。

如果再仔细分析刘勰对对立统一审美理想的描述，似乎还能区分出两种不同的审美风貌：一种是“看似如此，却并不如此”的风貌，一种则是“既要这样，又要那样”的风貌。像“辞约而旨丰，事近而喻远”[①]、“其取事也必核以辨，其摛文也必简而深”[②]、“义直而文婉，体旧而趣新”[③]、“义欲婉而正，辞欲隐而显”[④]等，就是前一种。而“繁约得正，华实相胜”[⑤]、“引抑随时，变通会适”[⑥]、“名理有常，体必资于故实；通变无方，数必酌于新声”[⑦]、“奇正虽反，必兼解以俱通；刚柔虽殊，必随时而适用”等则是后一种。

总之，刘勰推崇的好作品是繁与简、隐与显、变与通、华与实、文与质、婉与直、正与奇、古与今、新与旧、骨与采、急与缓、快与慢、大与小、修与短、博与一、近与远、壮与轻、刚与柔、浓与淡、疏与密、首与尾、表与里、情与物、义与辞、理与

---

① （梁）刘勰：《文心雕龙·宗经》，载陆侃如、牟世金《文心雕龙译注》上册，齐鲁书社 1982 年版，第 25 页。

② （梁）刘勰：《文心雕龙·铭箴》，载陆侃如、牟世金《文心雕龙译注》上册，齐鲁书社 1982 年版，第 138 页。

③ （梁）刘勰：《文心雕龙·哀吊》，载陆侃如、牟世金《文心雕龙译注》上册，齐鲁书社 1982 年版，第 154 页。

④ （梁）刘勰：《文心雕龙·谐隐》，载陆侃如、牟世金《文心雕龙译注》上册，齐鲁书社 1982 年版，第 186 页。

⑤ （梁）刘勰：《文心雕龙·章表》，载陆侃如、牟世金《文心雕龙译注》下册，齐鲁书社 1982 年版，第 22 页。

⑥ （梁）刘勰：《文心雕龙·征圣》，载陆侃如、牟世金《文心雕龙译注》上册，齐鲁书社 1982 年版，第 15 页。

⑦ （梁）刘勰：《文心雕龙·通变》，载陆侃如、牟世金《文心雕龙译注》下册，齐鲁书社 1982 年版，第 119 页。

词等多种对立元素以恰当方式达成的统一，是一个矛盾统一体。那种简单划一、单调乏味的语言堆积物，是与刘勰所说的好作品搭不上边的。

3. 好作品是艺术表现的定性与适度

在《宗经》篇中，刘勰说："文能宗经，体有六义：一则情深而不诡，二则风清而不杂，三则事信而不诞，四则义直而不回，五则体约而不芜，六则文丽而不淫。"[①] 这其实是确立了观照文学作品的六个基本面，规定了判断文学作品优劣的六个基本价值取向：情感是深挚而不诡诈的，教化是纯正而不芜秽的，事物是真实而不虚妄的，意旨是正直而不扭曲的，风格是精练而繁杂的，文辞是华丽而不过度的。这就是为好作品定了性与度，后面所说的"结体散文，直而不野；婉转附物，怊怅切情"[②]、"意古而不晦于深，文今而不坠于浅"[③]、"要而非略，明而不浅"[④]、"文以辨洁为能，不以繁缛为巧；事以明核为美，不以深隐为奇"[⑤]、"自然会妙，譬卉木之耀英华；润色取美，譬缯帛之染朱绿"[⑥]、"风归丽则，辞剪美

---

① （梁）刘勰：《文心雕龙·宗经》，载陆侃如、牟世金《文心雕龙译注》上册，齐鲁书社 1982 年版，第 28 页。

② （梁）刘勰：《文心雕龙·明诗》，载陆侃如、牟世金《文心雕龙译注》上册，齐鲁书社 1982 年版，第 62 页。

③ （梁）刘勰：《文心雕龙·封禅》，载陆侃如、牟世金《文心雕龙译注》下册，齐鲁书社 1982 年版，第 10 页。

④ （梁）刘勰：《文心雕龙·章表》，载陆侃如、牟世金《文心雕龙译注》下册，齐鲁书社 1982 年版，第 22 页。

⑤ （梁）刘勰：《文心雕龙·议对》，载陆侃如、牟世金《文心雕龙译注》下册，齐鲁书社 1982 年版，第 49 页。

⑥ （梁）刘勰：《文心雕龙·隐秀》，载陆侃如、牟世金《文心雕龙译注》下册，齐鲁书社 1982 年版，第 260 页。

稗”① 等都是在具体语境下对这种基本定性的应用或重申。

刘勰对好作品艺术表现的定性是很耐人寻味的。他不是简单地用“情深”、“风清”、“事信”、“义直”、“体约”、“文丽”来进行规定，而是在这些规定的后面都加上“而不……”的句式进行再规定，这说明他认为用“深”、“清”、“信”、“直”、“约”、“丽”这些范畴说明文学的审美属性、审美特征，需要界定、需要辨析、需要平衡、需要辩证，否则就会形成误导、出现偏激。情是要深，但不是越深越好，若深到诡异、诡诈的程度则不好；风是要清，但不是清到只剩一种声音才好，而是只要不芜秽就可以；事确实该真，但这种真是文学的真，而不是生活事实的真，传说、想象、虚构之事是可以写的，否则刘勰就不会说“神思”，说“规矩虚位，刻镂无形”了，只是不管写什么样的事，都不能给人虚妄、缺乏艺术真实性的感觉；作品的大义是应该正直，但并不意味着就得直来直去、浅近直白、一目了然地表达，只要不邪恶、不扭曲、不隐晦，是可以婉曲地表达的；风格是以简约、精练为好，但并不是说杜绝繁、多、丰、博，只要不至于杂乱就行；文辞是应该华丽，应该给人魅力四射的感觉，但是如果过分追求华采，就会出现“繁华损枝，膏腴害骨”②、“瘠义肥辞，繁杂失统”③ 的局面，导致创作的失败。

刘勰总是不忘提醒人们正确理解一些范畴，不要把它们与另一些概念相混淆而写出一些似是而非的次品。大体说来他经常摆在一起，提示写作和阅读的人们注意加以辨析的范畴有：

① （梁）刘勰：《文心雕龙·诠赋》，载陆侃如、牟世金《文心雕龙译注》上册，齐鲁书社 1982 年版，第 98 页。

② 同上书，第 96 页。

③ （梁）刘勰：《文心雕龙·风骨》，载陆侃如、牟世金《文心雕龙译注》下册，齐鲁书社 1982 年版，第 108 页。

要≠浅、博≠繁、广≠杂、直≠野、深≠诡、核≠乏、赡≠芜、隐≠晦、秀≠工、精≠匮。不等号前面的范畴表达的是刘勰一贯倡扬的优秀的文学作品应该具备的审美特质和风貌，不等号后面的概念表达的是刘勰力主抛弃的与前面的范畴所表达的特质和形态貌合神离、容易混淆视听的审美负价值。

（三）好作家的特质

好作品是刘勰的钟爱，因为它是“文之为德也，大矣”的保障。好作品是如何诞生的呢？当然要靠好作家来创作，因此，谈什么样的作家算是好作家，怎样才能成为好作家，在刘勰就是极为顺理成章的事情了。

在《诸子》篇中刘勰说：“唯英才特达，则炳耀垂文”①，又说，写作是“怀宝挺秀”、“智周宇宙”② 的事，显然，他认为好作家是才华、能力等方面特别出众的人。那么，才华、能力从哪里来，与文学创作相关的才华、能力又是哪些呢？要得到这些答案，我们还是不能将目光拘囿于某篇或某几篇之内，而是应该打破篇章界限，到整个《文心雕龙》的字里行间去寻找，把看似散在的观点加以适当的整合。《体性》篇有言：“才有庸俊，气有刚柔，学有浅深，习有雅郑；并情性所铄，陶染所凝”，“辞理庸俊，莫能翻其才；风趣刚柔，宁或改其气；事义浅深，未闻乖其学；体式雅郑，鲜有反其习：各师成心，其异如面。”③可见，刘勰认为文学创作才能来自“才”、“气”、“学”、“习”

---

① （梁）刘勰：《文心雕龙·诸子》，载陆侃如、牟世金《文心雕龙译注》上册，齐鲁书社 1982 年版，第 213 页。

② 同上书，第 225 页。

③ （梁）刘勰：《文心雕龙·体性》，载陆侃如、牟世金《文心雕龙译注》下册，齐鲁书社 1982 年版，第 97 页。

四个方面。而“才”、“气”属情性，主要是先天所生；“学”、“习”属陶染，主要是后天所塑。这样说来，作家的创作才能在刘勰看来无非是来自先天和后天两方面了。在《事类》篇中，刘勰非常辩证地论述了先天因素与后天因素对于创作所起的同等重要的作用：“文章由学，能在天资。才自内发，学以外成；有学饱而才馁，有才富而学贫。”“属意立文，心与笔谋，才为盟主，学为辅佐。主佐合德，文采必霸；才学褊狭，虽美少功。”①虽然他说才是“盟主”，学是“辅佐”，但这不意味着他重视先天因素、轻视后天因素。一个没有先天才华的人，即使后天再努力，也不太可能取得骄人的艺术成就，而一个有先天才华的人，如果后天不努力，也同样不太可能取得骄人的艺术成就，因此，对于一个天资不错的人来说，在文学创作上能否取得成就，关键恰恰在于后天因素。正是认识到了这一点，刘勰才在《神思》篇中强调：“积学以储宝，酌理以富才，研阅以穷照，驯致以怿辞。”② 他告诉我们的是，“神思”之神不来自超自然的神力，而恰恰来自现实生活中的人力，这是颇耐人寻味、颇深刻的文学观。

其实，任何一个人的才能和状态都是先天所赐与后天主动积累和被动习染融合在一起的结果，我们不可能也没有必要去分清哪些是先天的哪些是后天的。因此，我们这里不用刘勰的“才”、“气”、“学”、“习”等概念来分析他对作家才能结构的认识，而是用现代文学理论术语来对他所描述的优秀作家的才能系统进行阐释。

---

① （梁）刘勰：《文心雕龙·事类》，载陆侃如、牟世金《文心雕龙译注》下册，齐鲁书社1982年版，第225页。

② （梁）刘勰：《文心雕龙·神思》，载陆侃如、牟世金《文心雕龙译注》下册，齐鲁书社1982年版，第85页。

1. 好作家的情感性状

在刘勰看来，文是“有心之器”的产物，而心之中对创作起主要作用的因素当属情、志、意等，我们把这些刘勰用不同词语表达的内心成分统称为情感。刘勰认为情感是文学创作的根本，他的文学观可以说是“情本论”的文学观。他说：“夫铅黛所以饰容，而盼倩生于淑姿；文采所以饰言，而辩丽本于情性。故情者，文之经；辞者，理之纬。经正而后纬成，理定而后辞畅；此立文之本源也。”① 那么，好作家的情感应该是什么性质、什么状态的？刘勰有过很多论述。归纳起来其基本观点就是：情感应该是真挚的而不应该是虚假的；情感应该是深沉的而不应该是肤浅的；情感应该是饱满的而不应该是空泛的。他把“志足而言文，情信而辞巧”视为“含章之玉牒，秉文之金科”②，他大声疾呼“为情而造文”，极力反对“为文而造情”，他说：“盖《风》《雅》之兴，志思蓄愤，而吟咏情性，以讽其上：此为情而造文也。诸子之徒，心非郁陶，苟驰夸饰，鬻声钓世：此为文而造情也。故为情者要约而写真，为文者淫丽而烦滥，而后之作者，采滥忽真，远弃《风》《雅》，近师辞赋；故体情之制日疏，逐文之篇愈盛。”③ 他在不同篇章、不同语境中用不同语言反复表达着这个意思：有感而发、情真意切的写作，才有可能达到内容与形式的完美统一，才能感人至深；反之，则是白费力气，不会取得创作的真正成功。这些言论今天依然值得创作、欣赏、批

---

① （梁）刘勰：《文心雕龙·情采》，载陆侃如、牟世金《文心雕龙译注》下册，齐鲁书社 1982 年版，第 143 页。

② （梁）刘勰：《文心雕龙·征圣》，载陆侃如、牟世金《文心雕龙译注》上册，齐鲁书社 1982 年版，第 13 页。

③ （梁）刘勰：《文心雕龙·情采》，载陆侃如、牟世金《文心雕龙译注》下册，齐鲁书社 1982 年版，第 147—148 页。

评等与文学打交道的人细细咀嚼以便做到心领神会："隐心而结文则事惬，观文而属心则体奢。奢体为辞，则虽丽不哀；必使情往会悲，文来引泣，乃其贵耳。"[①]"恳恻者辞为心使，浮侈者情为文使"[②]。

2. 好作家的思想水平

思想水平指人的识见，是对事物的观察、判断能力，辨析、阐释能力和评价、取舍能力。真正的文学创作要处理心与物、情与辞、理与文、意与言、质与文、实与华、简与繁、刚与柔、缓与急、通与变、新与旧、才与学等多方面的关系，要表达一种高标独到、深刻隽永的意蕴，一个没有较高思想水平的人是难以胜任的。所以刘勰在《征圣》篇中说圣人之文是"睿哲惟宰"，是"鉴悬日月"。思想水平在刘勰那里一般用"理"、"鉴"等词表述，但更多的时候刘勰谈论作家的思想水平并没有明确地用什么概念，只是涉及了问题本身。

好作家的思想水平来自对生活、艺术、现实、历史等的"博观"、"妙鉴"。刘勰说："自非圆鉴区域，大判条例，岂能控引情源，制胜文苑哉？"[③]又说："凡操千曲而后晓声，观千剑而后识器；故圆照之象，务在博观。"[④]这里的"圆鉴"、"博观"主要指对各个时代、各种文体、各种风格的文学作品或一部作品的各个侧面进行观照，从而领会创作的规律、道理、内容、形

① （梁）刘勰：《文心雕龙·哀吊》，载陆侃如、牟世金《文心雕龙译注》上册，齐鲁书社 1982 年版，第 157 页。

② （梁）刘勰：《文心雕龙·章表》，载陆侃如、牟世金《文心雕龙译注》下册，齐鲁书社 1982 年版，第 22 页。

③ （梁）刘勰：《文心雕龙·总术》，载陆侃如、牟世金《文心雕龙译注》下册，齐鲁书社 1982 年版，第 303 页。

④ （梁）刘勰：《文心雕龙·知音》，载陆侃如、牟世金《文心雕龙译注》下册，齐鲁书社 1982 年版，第 389 页。

式、技巧等，进而获得创作的能力或评判优劣的能力。我们认为，可以借用这两个词把观照范围加以扩大，一个作家要想提高自己的思想水平，目光和心思不能仅仅局限在文学领域，自然、社会、历史、文化等方方面面他都应该尽可能多地去观照、去了解、去体会、去分析、去领悟，识见来自生活的各种经验和积累。统观《文心雕龙》便可知，刘勰是有这个意思的。在《议对》篇中，他表达了懂生活、达政体对议、对等文体写作的重要性，他说："若不达政体，而舞笔弄文，支离构辞，穿凿会巧，空骋其华，固为事实所摈，设得其理，亦为游辞所埋矣。"[①]所以，"郊祀必洞于礼，戎事必练于兵，田谷先晓于农，断讼务精于律。"只有这样，才能做到"理不谬摇其枝，字不妄舒其藻"[②]。当然，博观是妙鉴的基础，妙鉴是博观的旨归，正如刘勰所说："洽闻之士，宜撮纲要，览华而食实，弃邪而采正。"[③]作家的思想水平正是从妙鉴中见出的。

好作家的思想水平来自对真理的坚持、对正义的追求。刘勰认为，那些"大德"之文，是"原道心以敷章，研神理而设教"，"观天文以极变，察人文以成化"[④]的结果。也就是说，以不倦探索自然、社会和人生的规律、真相为旨归而成就的作品，才是有思想水平的作品，才能发挥巨大的社会作用。先秦时期的诸子百家，正是因为"身与时舛，志共道申"，才做到了"标心

① （梁）刘勰：《文心雕龙·议对》，载陆侃如、牟世金《文心雕龙译注》下册，齐鲁书社1982年版，第49页。

② 同上书，第48页。

③ （梁）刘勰：《文心雕龙·诸子》，载陆侃如、牟世金《文心雕龙译注》上册，齐鲁书社1982年版，第216页。

④ （梁）刘勰：《文心雕龙·原道》，载陆侃如、牟世金《文心雕龙译注》上册，齐鲁书社1982年版，第9页。

于万古之上，而送怀于千载之下”[①]。这是对作家不受世风裹挟，敢于超越时俗、坚持自己、保持独立人格的褒扬。面对屈原的作品，刘勰尽管指出其有不合经典的地方，却还是给予了“气往轹古，辞来切今，惊采绝艳，难与并能”[②] 的极高评价，这是很耐人寻味的。一个那么主张宗经的人，对于不是处处都合于经典的作家给予高度评价，为什么呢？原因除了是佩服他的文才以外，大概就在于他“哀志”、“伤情”、“标放言”、“寄独往”、“壮志烟高”，用屈原自己的话说就是“路漫漫其修远兮，吾将上下而求索”，就是“世人皆醉兮，吾独醒”的执着精神和坚定信念。刘勰珍视才华横溢的作家，对于作品中的辞采、藻饰、技巧等形式因素，只要不过分，他都表示肯定和赞许，但是，他绝不会抛开道、德、情、义、理、质、实等去谈文、辞、丽、华，因为他更看重一部作品的思想容量和思想深度，而这决定于作家的思想水平，作家的思想水平又决定于他的真理意识和正义感。《祝盟》中的一段话能够说明这点：“义存则克终，道废则渝始；崇替在人，咒何预焉。若夫臧洪歃辞，气截云霓；刘琨铁誓，精贯霏霜；而无补于晋汉，反为仇雠。故知信不由衷，盟无益也。”[③]

3. 好作家的想象能力

我们往往用想象力匮乏、想象力枯竭等指责一个作家或一个时代的文学创作陷入乏善可陈的低落状况，这说明想象力在文学

① （梁）刘勰：《文心雕龙·诸子》，载陆侃如、牟世金《文心雕龙译注》上册，齐鲁书社 1982 年版，第 222 页。

② （梁）刘勰：《文心雕龙·辨骚》，载陆侃如、牟世金《文心雕龙译注》上册，齐鲁书社 1982 年版，第 48 页。

③ （梁）刘勰：《文心雕龙·祝盟》，载陆侃如、牟世金《文心雕龙译注》上册，齐鲁书社 1982 年版，第 122 页。

创作中具有举足轻重的地位，几乎可以成为文学创作的代名词。刘勰在《文心雕龙》中对文学想象的论说可谓既精彩又全面。学界一般认为《神思》篇是专门谈想象的，我们则认为，《文心雕龙》谈想象，不只局限于《神思》篇，而《神思》篇也不只是谈想象。

刘勰认为好作家的想象力具有极大的超越性。想象一旦驰骋开来，作家既能超越本人的身官局限，又能超越所在的时空局限，他仿佛无时不在、无远弗届、无微不至、无所不能，正所谓“形在江海之上，心存魏阙之下”，“寂然凝虑，思接千载；悄焉动容，视通万里”[①]。这种对想象力超越性的形容与陆机所说的“精骛八极，心游万仞”、“观古今于须臾，抚四海于一瞬”[②] 等言异而意同。作家囊括宇宙、笼罩四海的想象力是作品丰厚、宏富、饱满的前提，所以说，刘勰等中国古代文论家对作家想象力超越性的强调决不是无的放矢的好奇而已。

刘勰认为好作家的想象力具有极强的形象性。他说：“吟咏之间，吐纳珠玉之声；眉睫之前，卷舒风云之色：其思理之致乎!”[③] 即是说，作家的想象不是空洞的，而是被五花八门的意象充塞着的。想象一旦驰骋开来，作家的脑海中便会有各种各样的声音、各种各样的色彩、各种各样的形状、各种各样的物质、各种各样的事件、各种各样的人物等纷至沓来、络绎不绝，而这

---

① （梁）刘勰：《文心雕龙·神思》，载陆侃如、牟世金《文心雕龙译注》下册，齐鲁书社 1982 年版，第 85 页。

② （晋）陆机：《文赋》，载郭绍虞主编《中国历代文论选》（一卷本），上海古籍出版社 1979 年版，第 66、67 页。

③ （梁）刘勰：《文心雕龙·神思》，载陆侃如、牟世金《文心雕龙译注》下册，齐鲁书社 1982 年版，第 85 页。

正是文学作品栩栩如生，使人产生如闻其声、如见其人、如临其境之感的保障。那么，作家的想象力是如何鼓荡起来并且意象充盈的呢？刘勰告诉我们："思理为妙，神与物游。"[①]"物色之动，心亦摇焉"，"一叶且或迎意，虫声有足引心；况清风与明月同夜，白日与春林共朝哉！"[②] 也就是说，在刘勰看来，作家的想象是在物色引起心动的情况下产生并驰骋起来的，"物色"是引子，"心摇"是动力。所以刘勰在高度评价《诗经》的形象性时说："诗人感物，联类不穷；流连万象之际，沉吟视听之区。写气图貌，既随物以婉转；属采附声，亦与心而徘徊。故'灼灼'状桃花之鲜，'依依'尽杨柳之貌，'杲杲'为出日之容，'瀌瀌'拟雨雪之状，'喈喈'逐黄鸟之声，'喓喓'学草虫之韵。'皎日'、'嘒星'，一言穷理；'参差'、'沃若'，两字穷形：并以少总多，情貌无遗矣；虽复思经千载，将何易夺？"[③]

刘勰承认好作家的想象力具有一定的奇幻性。在《神思》篇中，他指出这样一种现象："方其搦翰，气倍辞前；暨乎成篇，半折心始。何则？意翻空而易奇，言征实而难巧也。"[④] 这说明他认识到文学作品中用语言表达出来的东西，仅仅是文学构思时想象的东西中非常有限的一部分，因为想象中越是离奇、越是虚幻的东西，越是难以用语言表达清楚，也就只能留存于作家的脑海中或在时光流逝中随风飘散了。但是，尽管如此，有些作

---

① （梁）刘勰：《文心雕龙·物色》，载陆侃如、牟世金《文心雕龙译注》下册，齐鲁书社 1982 年版，第 339 页。

② （梁）刘勰：《文心雕龙·神思》，载陆侃如、牟世金《文心雕龙译注》下册，，齐鲁书社 1982 年版，第 85 页。

③ （梁）刘勰：《文心雕龙·物色》，载陆侃如、牟世金《文心雕龙译注》下册，齐鲁书社 1982 年版，第 341 页。

④ （梁）刘勰：《文心雕龙·神思》，载陆侃如、牟世金《文心雕龙译注》下册，齐鲁书社 1982 年版，第 85 页。

家还是把他们那奇幻的想象表达出来了一些，让我们有幸领略到了一二。那是屈原，他有“诡异之辞”：“托云龙，说迂怪，丰隆求宓妃，鸩鸟媒娀女”；他有“谲怪之谈”：“康回倾地，夷羿彃日，木夫九首，土伯三目”；他表“狷狭之志”：“依彭咸之遗则，从子胥以自适”；他露“荒淫之意”：“士女杂坐，乱而不分，指以为乐；娱酒不废，沉湎日夜，举以为欢”[①]。对于这些“异乎经典”的“夸诞”之辞，刘勰并没有表示不满之意，而是肯定其“自铸伟辞”，赞赏其“惊采绝艳，难与并能”[②]。表明的正是刘勰对想象的奇幻性的肯定和欣赏。屈原以外，把想象的奇幻性较好地表达在作品中的，要属那些汉大赋的作家了，对于他们的表现，刘勰也历数过一番：“上林之馆，奔星与宛虹入轩；从禽之盛，飞廉与鷦鷯俱获。及扬雄《甘泉》，酌其余波，语瑰奇则假珍于玉树，言峻极则颠坠于鬼神。至《东都》之比目，《西京》之海若；验理则理无可验，穷饰则饰犹未穷矣。又子云《羽猎》，鞭宓妃以饷屈原；张衡《羽猎》，困玄冥于朔野。娈彼洛神，既非魍魉；惟此水师，亦非魑魅。”[③] 虽然刘勰没有像肯定屈原那样完全肯定汉赋作家的想象，而是说他们“‘虚用滥形，不其疏乎？’‘义睽剌也’”[④]。但是，对于他们的“因夸以成状，沿饰而得奇”的写气图貌的写作能力还是予以肯定的。

刘勰非常重视作家文学想象的合理性。文学想象，是为创作

---

① （梁）刘勰：《文心雕龙·辨骚》，载陆侃如、牟世金《文心雕龙译注》上册，齐鲁书社1982年版，第47页。

② 同上书，第48页。

③ （梁）刘勰：《文心雕龙·夸饰》，载陆侃如、牟世金《文心雕龙译注》下册，齐鲁书社1982年版，第214页。

④ 同上。

出脍炙人口、感人至深的优秀文学作品而鼓荡、驰骋起来的，无论它多么奇幻、多么缥缈，都不能像日常生活中的幻想那样天马行空、信马由缰。在《正纬》中，刘勰对牵强附会、听风是雨的“伎数之士”，把河出图、洛出书这样的古老传说添枝加叶地假托于孔子而写成各式各样的纬书，极为不满，认为这种在道听途说、以讹传讹基础上进行的添枝加叶、添油加醋，违背了文学想象的合理性。在《史传》中，刘勰指出了史书写作中的一种坏现象：“俗皆爱奇，莫顾实理。传闻而欲伟其事，录远而欲详其迹；于是弃同即异，穿凿傍说，旧史所无，我书则传。”① 刘勰并不否认史书的文学性，在《文心雕龙》里论及的文体，他都赋予了它们以郁然有采、斐然有文的特性，他知道任何史书都不可能是丝毫没有加工过的原始记录。他在这里反对的，是为了追逐奇异而置史实于不顾的胡编乱造、胡涂乱抹，而不是不给合理的文学想象留余地。只要“夸而有节，饰而不诬”，刘勰就说“可谓之懿也”②。

刘勰极力强调文学想象的独特性。刘勰确实反对过于虚妄、过于怪诞，甚至与所写事物南辕北辙的所谓想象，但是，这绝不意味着他不重视文学想象的独特性。他把文学创作比喻为“独照之匠，窥意象而运斤”③，足见其对见解独特、想象独特、意象独特、表达独特等的重视。他总是对“近世”文坛风气表示不满，也正是因为“近世”文人多相因袭，不思独创。在《通

---

① （梁）刘勰：《文心雕龙·史传》，载陆侃如、牟世金《文心雕龙译注》上册，齐鲁书社1982年版，第208页。

② （梁）刘勰：《文心雕龙·夸饰》，载陆侃如、牟世金《文心雕龙译注》下册，齐鲁书社1982年版，第218页。

③ （梁）刘勰：《文心雕龙·神思》，载陆侃如、牟世金《文心雕龙译注》下册，齐鲁书社1982年版，第85页。

变》中，刘勰对汉代大赋作家相互因循、想象缺乏独创性的局面提出了批评，他说："夫夸张声貌，则汉初已极。自兹厥后，循环相因；虽轩翥出辙，而终如笼内。枚乘《七发》云：'通望兮东海，虹洞兮苍天。'相如《上林》云：'视之无端，察之无涯；日出东沼，月生西陂。'马融《广成》云：'天地虹洞，固无端涯；大明出东，月生西陂。'扬雄《校猎》云：'出入日月，天与地沓。'张衡《西京》云：'日月于是乎出入，象扶桑于濛汜。'此并广寓极状，而五家如一，诸如此类，莫不相循。"① 汉大赋作为中国历史上第一个规模巨大、历时较长、经济繁荣、政治稳定的大一统王朝的心态表征，其铺张扬厉、其宏富大气，在中国文学、文化史上都是值得大书特书的，但是，它们表现出的臃肿、累赘、驳杂、磕绊、雷同等现象，也是不能不予以正视的。刘勰的批评启发我们对文学想象的独创性提出更高的要求，启发我们对什么是文学的真正繁荣作出深刻的思考。

4. 好作家的写作心态

作家创作的成功与否，除了与情感性状、思想水平、想象能力等有关以外，还与他写作时的心态有很大关系。可以说，这个问题已经楔入到了刘勰的意识深处，《文心雕龙》中虽无专门论述它的篇章，却有多处触及它的文字。

什么样的心态是有利于创作的最佳心态呢？刘勰在很多地方回答过这个问题。《神思》篇中说："陶钧文思，贵在虚静，疏瀹五藏，澡雪精神"，又说："秉心养术，无务苦虑；含章司契，不必劳情。"② 显然，刘勰是把心胸的敞开、虚扩、清净，精神

① （梁）刘勰：《文心雕龙·通变》，载陆侃如、牟世金《文心雕龙译注》下册，齐鲁书社 1982 年版，第 124 页。

② （梁）刘勰：《文心雕龙·神思》，载陆侃如、牟世金《文心雕龙译注》下册，齐鲁书社 1982 年版，第 85 页。

的宁静、平和、闲适等作为创作的必备心理条件的。在他的心目中，创作大体可以分为两种正相对立的状态：一种是“率志委和”，即因顺着性情的自然和谐的态势而写作；一种则是“钻砺过分”，即把写作弄成非追逐什么、改变什么不可的生硬、刻意、劳苦之事。他当然是赞赏前者，而否定后者的。从文学史的角度看，刘勰认为，夏、商、周以及春秋时代的创作，属于前一种状态，是“适分胸臆，非牵课才外”的；战国时，“攻奇饰说”，汉代至齐梁，“辞务日新，争光鬻采，虑亦竭矣”[①]，当然都属于后一种情况。从一种文体的创作看，刘勰认为也存在着不同的情况，比如赋，那种“触兴致情，因变取会”[②] 的小赋写作，就属于前一种状态；而一些“繁华损枝，膏腴害骨；无贵风轨，莫益劝戒”[③] 的大赋写作，则属于后一种状态。从一个人的写作看，刘勰也指出了对立状态的存在，比如曹植，他的表写得“体赡而律调，辞清而志显”，被誉为“独冠群才”，原因就在于它是在良好的有利于写作的心态下创作出来的，即“应物掣巧，随变生趣；执辔有余，故能缓急应节矣”[④]。然而，他的封禅文《魏德》则是在劳神费力的生硬、刻意心态下写成的，因此写得笨拙、写得啰唆、写得沉重，正所谓“劳深绩寡，飙焰缺焉”[⑤]。

---

① （梁）刘勰：《文心雕龙·养气》，载陆侃如、牟世金《文心雕龙译注》下册，齐鲁书社 1982 年版，第 278 页。

② （梁）刘勰：《文心雕龙·诠赋》，载陆侃如、牟世金《文心雕龙译注》上册，齐鲁书社 1982 年版，第 91 页。

③ 同上书，第 96 页。

④ （梁）刘勰：《文心雕龙·章表》，载陆侃如、牟世金《文心雕龙译注》下册，齐鲁书社 1982 年版，第 18 页。

⑤ （梁）刘勰：《文心雕龙·封禅》，载陆侃如、牟世金《文心雕龙译注》下册，齐鲁书社 1982 年版，第 4 页。

越刻意、越用力过猛，越成绩不佳；越放松心态、放平情绪、放宽胸怀，成绩越好，文学创作确实是一件耐人寻味的事情。刘勰其实已经解开了这个似乎令人费解的谜团。首先，文学创作依气、凭神，所以要养气、养神。文学创作是一件非常复杂的精神活动过程，它需要作家全身心的投入，因为经常会遇到文思阻滞、义匮辞穷的情况，因此，耗气、伤神。体力、脑力的双重消耗对文学创作者来说，是与生俱来、在所难免的。如果作家遵循创作规律、因顺自己的身心情况进行创作，气与神的消耗就会在正常范围内，这样，就既能收获到较好的作品，还能享受到审美愉悦。相反，如果作家求成心切、拼搏过度，置创作规律与自己的身心特点于不顾，那么耗气、伤神的程度就会加重，在身心俱疲的情况下写出来的东西，当然免不了会出现勉强、拼凑、生硬、萎靡、逼仄等问题。所以刘勰明确提醒从事创作的人谨记："夫器分有限，智用无涯，或惭凫企鹤，沥辞镌思，于是精气内销，有似尾闾之波，神志外伤，同乎牛山之木。怛惕之盛疾，亦可推矣。"[①]"若销铄精胆，蹙迫和气，秉牍以驱龄，洒翰以伐性，岂圣贤之素心，会文之直理哉！"[②]其次，文学创作不同于做学问，勤勉、刻苦不是解决抒情表意问题的根本出路。刘勰说："夫学业在勤，功庸弗怠，故有锥股自历，和熊以苦之人。志于文也，则申写郁滞，故宜从容率情，优柔适会。""吐纳文艺，务在节宣，清和其心，调畅其气；烦而即舍，勿使壅滞。意得则舒怀以命笔，理伏则投笔以卷怀，逍遥以针劳，谈笑

① （梁）刘勰：《文心雕龙·养气》，载陆侃如、牟世金《文心雕龙译注》下册，齐鲁书社1982年版，第281页。

② 同上书，第283页。

以药倦，常弄闲于才锋，贾馀于文勇。使刃发如新，凑理无滞……"[①]。只有对文学创作的性质和规律有深刻领悟的人，才能说出如此切中肯綮的话。文学创作是因为有情要抒、有意要表才进行的，而有利于情绪由内而外、由隐而显得到很好的抒、表、宣、发、申、吐的心态正应该是虚静、平和的，而不应该是殚精竭虑的、神疲气乏的。因为前者是排除了功、名、利、欲等干扰的，澄明阔大、从容淡定、晶莹活泼的心灵，它是作家文思泉涌、意象纷呈、各种心理机能和谐共进、各种表现手法应用自如的前提。它是收获"自然会妙"而非"润色取美"、"英华曜树"而非"朱绿染缯"这种宛如天成的艺术品的保障。

5. 好作家的表达技能

不管多么偏爱"清水出芙蓉，天然去雕饰"之类的艺术，刘勰都明白，文学作品不是自动生成的，而是作家有意为之的。在情感、思想、想象、心态等都适合写作的情况下，决定写作能否成功的关键因素就是表达技能了。对表达技能之于文学创作的重要意义，刘勰也有充分的认识。在他看来，文学创作就是"因字而生句，积句而成章，积章而成篇"[②] 的过程，是"舒华布实，献替节文"[③] 的过程，是"雕琢情性，组织辞令"[④] 的过程，因此，他毫不置疑地说："圣贤书辞，总称'文章'，非采

---

① （梁）刘勰：《文心雕龙·养气》，载陆侃如、牟世金《文心雕龙译注》下册，齐鲁书社 1982 年版，第 283 页。

② （梁）刘勰：《文心雕龙·章句》，载陆侃如、牟世金《文心雕龙译注》下册，齐鲁书社 1982 年版，第 177 页。

③ （梁）刘勰：《文心雕龙·熔裁》，载陆侃如、牟世金《文心雕龙译注》下册，齐鲁书社 1982 年版，第 157 页。

④ （梁）刘勰：《文心雕龙·原道》，载陆侃如、牟世金《文心雕龙译注》上册，齐鲁书社 1982 年版，第 5 页。

而何？”[①] 他斩钉截铁地说：“君子秉文，辞令有斐。”[②] “首尾圆合，条贯统序”、“风清骨峻，篇体光华”的作品是一点一点雕琢出来的，是一步一步组织出来的，足以说明作家的表达技能从中所起的重要作用。

而雕琢和组织从来都不可能是一帆风顺的，障碍和沟壑随时都会出现，在《神思》篇中，刘勰形容过这种情况：“方其搦翰，气倍辞前；暨乎成篇，半折心始。何则？意翻空而易奇，言征实而难巧也。是以意授于思，言授于意；密则无际，疏则千里。或理在方寸，而求之域表；或义在咫尺，而思隔山河。”[③] 既然从思到意，从意到言，不是轻而易举、一蹴而就的事情，那么，越过障碍、填平沟壑，就更需要作家高超的表达技能了。

对于表达技能本身，刘勰的论说非常多，除了《练字》《章句》《丽辞》《声律》《比兴》《夸饰》《事类》《熔裁》《附会》《隐秀》《风骨》《定势》《通变》《总术》等专门谈论技能的篇章以外，可以说，《文心雕龙》的任何一篇中都不乏涉及表达技能的文字。但我们认为，对于文学观而言，更有价值的不是他对表达技能细枝末节的言说，而是他对表达技能原则的阐明。首先，刘勰强调表达要与文体相适合。在《定势》篇中他说：“括囊杂体，功在诠别；宫商朱紫，随势各配。章、表、奏、议，则准的乎典雅；赋、颂、歌、诗，则羽仪乎清丽；符、檄、书、

---

① （梁）刘勰：《文心雕龙·情采》，载陆侃如、牟世金《文心雕龙译注》下册，齐鲁书社1982年版，第143页。

② （梁）刘勰：《文心雕龙·章表》，载陆侃如、牟世金《文心雕龙译注》下册，齐鲁书社1982年版，第24页。

③ （梁）刘勰：《文心雕龙·神思》，载陆侃如、牟世金《文心雕龙译注》下册，齐鲁书社1982年版，第85页。

移，则楷式于明断；史、论、序、注，则师范于核要；箴、铭、碑、诔，则体制于弘深；连珠、七辞，则从事于巧艳。此循体而成势，随变而立功者也。虽复契会相参，节文互杂，譬无色之锦，各以本采为地矣。”① 也就是说，不同的文体有比较稳定的约定俗成的不同风格，那么，作家的表达，即便再讲创造性、独特性，也不能以违背基本的文体风格规范为代价，否则，就只能造成混乱而背离创造的真义。其次，刘勰认为表达应谨守风格既鲜明又多样的原则。他说：“渊乎文者，并总群势；奇正虽反，必兼解以俱通；刚柔虽殊，必随时而适用。若爱典而恶华，则兼通之理偏；似夏人争弓矢，执一不可以独射也。若雅郑而共篇，则总一只势离；是楚人鬻矛誉楯，两难得而俱售也。”② 也就是说，作家的表达要注意繁—约、华—实、奇—正、刚—柔、雅—俗、文—质、奥—显、深—浅、壮—轻、快—慢、急—缓、短—长等等之间的平衡、谐调。即使不能达到完美的兼善，也要尽可能地追求兼善，单调、偏一肯定是应该摒弃的。但是，多样统一绝不等于杂乱无章，更不等于矛盾重重，一个作家的表达应该追求自己的独到风格，让自己的多样统一与别人的多样统一表现出不同的风貌。《文心雕龙》中谈到的文体有 50 种左右，在每一种文体的阐述中，刘勰都举出表达得好的典范给予赞赏，也都指出表达得相对较差的例证给予批评，仔细咀嚼这些文字，对他关于文学表达的主张会有更深刻的领悟。第三，刘勰重视辞义兼善、辞不害义的表达原则。“言之不文，行而不远”的道理刘勰很懂，所以他旗帜鲜明地肯定文学的“雕琢”和斐然有采，但

---

① （梁）刘勰：《文心雕龙·定势》，载陆侃如、牟世金《文心雕龙译注》下册，齐鲁书社 1982 年版，第 132 页。

② 同上。

是，这绝不意味着他对过分追求华采丽辞的作家的支持，他不仅不支持，而且坚决反对、概不容忍。对于“俪采百字之偶，争价一句之奇”、“瘠义肥辞，繁杂失统”、“繁华损枝，膏腴害骨”的创作现象，刘勰一再予以严厉批评。他主张“词必巧丽”与“义必明雅”的结合，主张“采”与“风骨”的结合，期待“藻耀而高翔”的文中之鸣凤多多诞生。“心定而后结音，理正而后摛藻。使文不灭质，博不溺心；正采耀乎朱蓝，间色屏于红紫：乃可谓雕琢其章，彬彬君子矣”[①] 是刘勰一贯的写作观。另外，刘勰认为作家良好的表达技能，不是刻意追新逐异的结果，而是认真咀嚼经典、学而悟、悟而创的收获，是一种水到渠成的事情。在《通变》篇中，他把这个道理说得非常明白：“若夫熔铸经典之范，翔集子史之术；洞晓情变，曲昭文体；然后能孚甲新意，雕画奇辞。”[②] 如果一个作家能够做到“先博览以精阅，总纲纪而摄契；然后拓衢路，置关键，长辔远驭，从容按节。”那么，“凭情以会通，负气以适变”的顺畅局面就会形成，最后，“采如宛虹之奋鬐，光若长离之振翼”的“颖脱之文”[③] 就会诞生。

毋庸讳言，刘勰还是本着“辞为肤根，志实骨髓”[④] 的内容重于形式、内容决定形式的文学观来谈论作家的表达技能的，形式的能动作用、形式的本体地位、形式与内容的转化等问题尚未进入到他的思维阈界。看来，形式本体地位的确立，只能是现代

① （梁）刘勰：《文心雕龙·情采》，载陆侃如、牟世金《文心雕龙译注》下册，齐鲁书社 1982 年版，第 150 页。

② （梁）刘勰：《文心雕龙·通变》，载陆侃如、牟世金《文心雕龙译注》下册，齐鲁书社 1982 年版，第 114 页。

③ 同上书，第 126 页。

④ （梁）刘勰：《文心雕龙·体性》，载陆侃如、牟世金《文心雕龙译注》下册，齐鲁书社 1982 年版，第 105 页。

文论的任务，中西概莫能外。但是，我们绝不能因为未把形式拉高到本体地位就贬低刘勰的文学观，他的文学观，无论怎样说都达到了他那个时代的制高点，对后世也敞开着无穷的阐释空间。

（四）好评论家的表现

如果把“文学作品的好坏决定于谁”作为一个问题抛向人群，可以推想，得到的回答中最多的肯定是“作家”。应该说，这样的回答没有错，但失之简单。文学作品出自作家之手，它的好坏当然主要决定于作家，但是，中外文学史上都不乏这样两种截然相反的情况：一种是，一部作品诞生了，很长时间之内却默默无闻甚至无人问津，而若干年后或若干世纪之后，却突然间声名鹊起甚至红遍世界；另一种则是，一部作品诞生了，一时之间就被传播得红红火火，于是印了又印、一版再版，洛阳纸贵、一书难求的情况在所难免，而若干年或更久的时间过去后，人们却对它弃之如敝屣并对它当年的热销和好评如潮感到莫名其妙。这样的现象说明，一部作品所获的好坏评价，除了与作家的创作实绩有关外，还与社会的政治、经济、文化、审美趣味、审美风尚等因素有关，与具体的欣赏者、评论者的个人情况也有关。刘勰在《文心雕龙》中对这些问题都有涉及，但除作家以外，他论说得最集中、最充分的要属评论者与文学的关系。

好作品除了需要好作家把它创作出来以外，还需要好评论家实事求是、切中肯綮、有独到发现的评价。这样，它的好才能真正展现出来、传播开来，它的意义才能生成，它的价值才能实现，它的作用才能发挥。当然，有问题的作品也需要好评论家勇敢地、实事求是地、尖锐地指出它的问题，免得其问题呈蔓延之势，给读者和社会造成不良影响。那么，好评论家应该在哪些方面有不俗的表现呢？刘勰的回答可以概括为四个方面的内容。

1. 善鉴别

刘勰认为，就像生活中有些人拿獐子当麒麟、拿野鸡当凤凰、拿顽石当珠玉一样，文学评论中也存在着好坏不分、真假难辨的现象。而一个好评论家是不应该在自己的评论中出现这种情况的。他应该善于把晦涩、古奥与"隐"，弄巧、炫美与"秀"，匮与"精"，芜与"博"，浅与"辩"，丽淫与"丽则"，润色取美与"自然会妙"，钻砺过分与"率志委和"，为文造情与"为情造文"，浮侈者与"悬恻者"，瘠义肥辞与"丽辞雅义"等作品与创作中出现的鱼目混珠现象区别开来，否则，阅读和创作中的美丑不分、好坏不辨、黑白颠倒的情况就会越来越严重。而要提高鉴别能力，刘勰给出的良策就是"博观"，他说："凡操千曲而后晓声，观千剑而后识器；故圆照之象，务先博观。阅乔岳以形培塿，酌沧波以喻畎浍。"① 也就是说，评论家的鉴别能力是从"博观"中培养起来的，只要他浸淫在各个时代、各个民族、各种体裁、各种风格的文学作品中，多咀嚼、多寻味、多体会、多分析、多比较，久之，自然就臻于"目瞭则形无不分，心敏则理无不达"② 的程度了。这样，就不会像"俗监之迷者"那样"深废浅售"③ 了。

2. 敢超越

任何一个时代都有一些风尚和潮流，或主流或非主流，或弥漫范围广或弥漫范围窄，或持续时间长或持续时间短，各式各样，你方唱罢我登场。一个人要想摆脱时风俗流的裹挟并不是一件很容易的事情，它需要的是较独立的人格、较正确的价值观、

---

① （梁）刘勰：《文心雕龙·知音》，载陆侃如、牟世金《文心雕龙译注》下册，齐鲁书社 1982 年版，第 389 页。

② 同上书，第 390 页。

③ 同上书，第 391 页。

较坦诚的性格、较深刻的思考能力。作为文学评论者，就应该是敢于超越时风俗流的人，刘勰已经认识到了这一点。在《才略》篇中，他指出了文学评论超越“找平衡”这种俗世心理的必要。他认为曹丕与曹植都有文才，只不过各有所长、各有特点，两相比较，根本谈不上高低有千里之差，“但俗情抑扬，雷同一声，遂令文帝以位尊减才，思王以势窘益价，未为笃论也。”[①] 当时诗坛的扬植抑丕，不知是否真如刘勰所说是出于给未坐上帝位的曹植找心理平衡的考虑。即使真相不是这样，刘勰的说法也有意义，他告诫评论者，作品一旦创作出来，评价它的好坏，就与作家是谁，他的身世如何、他的遭遇如何、他的写作是否花大功夫、下大力气等无关了。因为评价作品的好坏与分析作品为什么会是这样而不是那样不是一回事，后者才需要从作品以外去寻找答案。评价作品的好坏，用不着考虑作家的身份地位，既不应因位低命苦而同情加分或轻蔑减分，也不应因位高权重而嫉妒减分或谄媚加分。刘勰的这种提醒，其实是在任何时代都有警示作用的。在《知音》篇中，刘勰以秦始皇对待韩非《储说》、汉武帝对待司马相如《子虚赋》的态度为例，强调了文学评论超越贵古贱今、贵远贱近俗世心理的必要。贵古贱今、贵远贱近，于人类真的是很普遍的一种心理。同一种东西，说出于今人之手，就觉得稀松平常；说出于时间、空间都有距离的人之手，就立刻感到熠熠生辉。文学评论中也经常听到今不如昔、每况愈下的感慨，看来，面对这种感慨，我们有必要提醒自己加以分辨：是认真研读作品的结论呢，还是研读被习惯心理左右了的俗见呢？

---

① （梁）刘勰：《文心雕龙·才略》，载陆侃如、牟世金《文心雕龙译注》下册，齐鲁书社 1982 年版，第 365 页。

3. 肯克服

文学评论的公正性、客观性，要求评论者不仅善于超越时俗，还要善于超越自己。如果说超越时风俗流已属不易，那么超越自己就更加艰难了，所以我们把超越自己称为“克服”。刘勰认为，文学评论者应该克服自己的偏爱和偏见。在《知音》篇中，他形容了偏爱、偏见造成的不良局面：“慷慨者逆声而击节，酝藉者见密而高蹈，浮慧者观绮而跃心，爱奇者闻诡而惊听。会已则嗟讽，异我则沮弃；各执一隅之解，欲拟万端之变：所谓‘东向而望，不见西墙’也。”① 文学批评不同于文学欣赏，文学欣赏更多地停留在欣赏者的心理、精神层面，注重的是主体的审美愉悦和审美享受，个人性的偏爱突出一些还不至造成过于广泛的社会影响。文学批评则不然，批评者的观点、理念是要诉诸文字进而诉诸他人、诉诸社会的，如果批评者把偏爱当成明鉴、把偏见当成公论表达出来，其危害是可想而知的。所以，批评者应该时时警醒自己：多看各种作品，多与别人交流，多听别人意见，以免陷入偏爱、偏见而不自知。另外，在《知音》篇中，刘勰还以班固评价傅毅，曹植评价陈琳、丁廙、刘修为例，指出了文学评论中“崇己抑人”现象的存在以及克服的必要。崇己抑人也是人类较普遍的一种通病，它大概源自人的天性，因此克服起来难度很大。文学批评从业者应该培养起与自己的这种天性相抗争的自觉性，因为它是文学评论获得客观性和公信力的前提，是文学评论发挥其应有作用的保障。

4. 能发现

作品和创作中的闪光点及问题都需要评论者的慧眼来发现，

---

① （梁）刘勰：《文心雕龙·知音》，载陆侃如、牟世金《文心雕龙译注》下册，齐鲁书社 1982 年版，第 387 页。

真具慧眼的批评家不仅为普通读者指引阅读、领悟的方向，而且能把作家尚未提升到显意识层面的潜隐之义揭示出来，令作家产生极大的震惊。具慧眼、能发现的批评家所写的批评文字，往往散发着一种令阅读者流连忘返、欲罢不能的强大吸引力。在《文心雕龙》中，刘勰流露出对评论者慧眼的期待之意。在《辨骚》中，他指出，无论是刘安、王逸、汉宣帝、扬雄说《离骚》合于经典，还是班固说它不合于经典，都属于“褒贬任声，抑扬过实”，“鉴而弗精，玩而未核”①。言外之意是在说，像屈原这样的作家，像《离骚》这样的作品，需要独具慧眼的高水平的评论家在博观、精鉴、细玩、深究的基础上说出一般读者既信服又说不出的发现，使真正优秀的艺术得到应有的弘扬，让其影响得以扩大。刘勰其实还期待评论家能及时发现并指出文坛存在的问题，为文学的健康发展起到保驾护航的作用。这种意思频频流露在对各种文体历史发展的描述中。比如，谐这种文体，本来是“内怨外俳”的结果，有嘲笑、讽刺昏君乱政之类的作用，但是，后来的写作者越来越倾向于走“诋谩亵弄”、为滑稽而滑稽的路子，就有似于“溺者之妄笑，胥靡之狂歌”②，而失去其存在价值了。而这样的现象正需要能发现问题、敢揭示问题的批评家发表言论、匡正文坛。

《文心雕龙》实在是太庞大、太丰富了，它总是给我们“每一次接近都仿佛离得更远，每一次把握都仿佛流失太多，每一次理解都仿佛愈加深奥”的感觉。它的魅力也正在于此。我们的研读将是经常的、持久的，尽管我们做不到把感悟全部诉诸文字。

---

① （梁）刘勰：《文心雕龙·辨骚》，载陆侃如、牟世金《文心雕龙译注》上册，齐鲁书社 1982 年版，第 43 页。

② （梁）刘勰：《文心雕龙·谐隐》，载陆侃如、牟世金《文心雕龙译注》上册，齐鲁书社 1982 年版，第 182 页。

二 钟嵘的诗歌美学思想

钟嵘在《〈诗品〉序》中明确交代了自己“显优劣、辨清浊、彰品第”三品论诗的背景。一是针对当时以写诗为时尚，但“庸音杂体，人各为容”①，不知好坏的创作状态；二是针对当时王公缙绅之士谈诗成风，但“随其嗜欲，商榷不同。淄渑并泛，朱紫相夺，喧议竞起，准的无依”② 的鉴赏状态；三是鉴于陆机、李充、王微、颜延之、挚虞等人论文以及谢灵运等人集诗存在的不分高下的评论状态。应该说，这种对诗人的创作成就进行高下区分的初衷和做法是非常值得肯定的。因为，无论是创作者，还是欣赏者、批评者，都应该掌握一把相对具有通识性的尺子，这样，真正具有卓越成就的诗人才能脱颖而出，文学的真正繁荣局面才能形成。

不过，既然要把诗人分出高下，那么，分得是否公允、所用的尺子是否合适，就是非常重要的问题了。后人谈论《诗品》，钟嵘上、中、下三品的诗人定位允当与否就是一个议论颇多的话题。王士祯在《渔洋诗话》中说：“钟嵘《诗品》，余少时深喜之，今始知其踳谬不少。嵘以三品诠叙作者，自譬诸‘九品论人，七略裁士’。乃以刘桢与陈思并称，以为文章之圣。夫祯之视植，岂但赤鷃之与鲲鹏耶！又置曹孟德下品，而桢与王粲反居上品。他如上品之陆机、潘岳，宜在中品；中

---

① （梁）钟嵘：《诗品序》，载周振甫《诗品译注》，中华书局1998年版，第21页。

② 同上书，第22页。

品之刘琨、郭璞、陶潜、鲍照、谢朓、江淹，下品之魏武，宜在上品；下品之徐幹、谢庄、王融、帛道猷、汤惠休，宜在中品。而位置颠错，黑白淆讹，千秋定论，谓之何哉！建安诸子，伟长实胜公幹，而嵘讥其'以莛扣钟'，乖反弥甚。至以陶潜出于应璩，郭璞出于潘岳，鲍照出于二张，尤陋矣，又不足深识也。"① 显然非常不满意钟嵘对刘桢、陶渊明、曹操等多位诗人的定位，而这种声音并不止于王士祯，不少论诗者都表达了类似的情绪。

毋庸置疑，后世论诗者指出钟嵘对诗人定位的失当，说出自己的不同意见，是非常必要的。美既具有相对性又具有绝对性，对诗歌优劣、诗人高下的争论，正体现了人们对美的这一性质的认识。钟嵘是懂得这一点的，他为自己的评判留下了余地，他说："预此宗流者，便称才子。至斯三品升降，差非定制，方申变裁，请寄知者尔。"也就是说，在钟嵘看来，他在《诗品》中提到的诗人都是在创作上取得了一定成绩，有值得称道的才华的。至于谁更优秀一些，谁相对较差一些，谁该排在较高位置，谁该排在一般位置，谁该排在较低位置，并没有绝对不变的定论。不同的评论者从不同的角度出发，是可以作出不同的评价和定位的。

然而，指责前人、说出自己不同于前人的观点，如果不是在充分分析、理解前人的基础上进行的，就难以避免轻率和肤浅。钟嵘把一百二十三位诗人分别定位在上、中、下三品之中，肯定不是情绪化的意气用事，那么，分析他为什么这样定位而不是那样定位，一定是一件值得耐心去做的重要事情。这件事情做起来

① （清）王士祯：《渔洋诗话》，转引自周振甫《诗品译注》，中华书局 1998 年版，第 5 页。

也一定会比指责他更复杂、更有难度、更有意义。

钟嵘对他之前的诸多诗人所做的价值评判，一定与他的时代、他的师承、他的境遇、他的性格、他的趣味等等因素有关，这里我们不着意于分析这些因素到底是怎样影响钟嵘的，我们只围绕《诗品》本身分析钟嵘的诗歌美学思想是什么样的，以便为他所做出的价值判断寻找根据。

（一）情、气、才：诗人的审美素质

诗人的地位取决于其所创作诗歌的艺术成就，而诗歌的艺术成就又取决于诗人的审美能力和审美素质，钟嵘深谙这种关系。他确定诗人的位置，根据的是他们所创作的诗歌的艺术成就，而不是诗歌以外的身份、地位、权力、名望等外在的东西，这种以艺术的眼光看待艺术的审美态度是极其难能可贵的。同时，他又是从诗人的审美素质的角度评价诗歌艺术成就的高低的。

钟嵘说："摇荡性情，形诸舞咏"①，诗是"吟咏情性"② 的结果。那么，诗的好坏，就既与作者有无情感、有什么样的情感有关，也与作者怎样吟咏、吟咏的好坏有关。而吟咏情感的方式、吟咏得好与坏，在钟嵘看来，既与作者的气有关，也与作者的才有关。所以说，诗的好坏主要取决于诗人情、气、才三方面的情况。由此可以推论，在钟嵘那里，情、气、才被看成了诗人最基本的审美素质。

---

① （梁）钟嵘：《诗品序》，载周振甫《诗品译注》，中华书局1998年版，第15页。

② 同上书，第24页。

1. 情之于诗

钟嵘非常重视诗人的情感性质和情感状态。评《古诗》，赞赏它“意悲而远”[①]；评李陵，说他“文多凄怆怨者之流”[②]；评班婕妤，说她“怨深文绮”[③]；评曹植，称扬他“情兼雅怨”[④]；评王粲，说他“发愀怆之词”[⑤]；评阮籍，说他“情寄八荒之表”、“颇多感慨之词”[⑥]；评左思，说他“文典以怨”[⑦]；评秦嘉及其妻徐淑，说他们“夫妻事既可伤，文亦凄怨”[⑧]；评刘琨，说他“善为凄戾之词”[⑨]。这些被评论到情感性质和状态的诗人，只有秦嘉、徐淑、刘琨列在中品，其他几人均在上品，足以说明钟嵘对诗人情感与诗歌成就关系的重视程度。钟嵘之所以如此重视诗人的情感，是因为他非常看重诗的审美作用，他认为：“使穷贱易安，幽居靡闷者，莫尚于诗”[⑩]，“动天地，感鬼神，莫近于诗”[⑪]。既然诗最重要的价值和意义在于感染人、感动人、触发人，那它本身就得饱含情感，而诗的情感当然来自诗人的情感。钟嵘虽未作这样的论说，但其心中一定是活跃着这样的逻辑的。

---

① （梁）钟嵘：《诗品》，载周振甫《诗品译注》，中华书局 1998 年版，第 32 页。

② 同上书，第 34 页。

③ 同上书，第 35 页。

④ 同上书，第 37 页。

⑤ 同上书，第 39 页。

⑥ 同上书，第 41 页。

⑦ 同上书，第 48 页。

⑧ 同上书，第 52 页。

⑨ 同上书，第 62 页。

⑩ （梁）钟嵘：《诗品序》，载周振甫《诗品译注》，中华书局 1998 年版，第 21 页。

⑪ 同上书，第 15 页。

《毛诗序》说："诗者，志之所之也。在心为志，发言为诗。情动于中而形于言"[①]，在中国诗论史上较早把诗的本质定于情、志，但它并没有触及情、志的来源。《礼记·乐记》说："凡音之起，由人心生也。人心之动，物使之然也。感于物而动，故形于声。"[②] 谈到了由物→心动→音起之间的因果关系，探索了情的动力源泉。钟嵘认为情感是"气之动物，物之感人"的结果，把氤氲、鼓荡于宇宙之中、无远弗届、无微不至的"气"视为诗人情感的最终动力，对情感动力源的探索比《礼记·乐记》又前进了一步。而钟嵘所说的"物"，也比陆机、刘勰等人所说的"物"有更大的涵盖面。它已不仅仅指自然物候，还包括社会事物。他既说："若乃春风春鸟，秋月秋蝉，夏云暑雨，冬月祈寒，斯四候之感诸诗者也。"[③] 也说："嘉会寄诗以亲，离群托诗以怨。至于楚臣去境，汉妾辞宫，或骨横朔野，魂逐飞蓬；或负戈外戍，杀气雄边；塞客衣单，孀闺泪尽；或有解佩出朝，一去忘返；女有扬蛾入宠，再盼倾国：凡斯种种，感荡心灵，非陈诗何以展其义？非长歌何以骋其情？"[④] 在钟嵘看来，自然界的物候变化，社会生活中的人生经历、现实境遇等都是人之情感产生的触媒，这就比把情感产生的原因仅仅归为自然物更符合人生实际，也更符合文学创作规律。

什么样的情感才是适宜于描叙到诗中的呢？钟嵘的答案是

---

① 郭绍虞主编：《中国历代文论选》（一卷本），上海古籍出版社1979年版，第30页。

② 北京大学哲学系美学教研室编：《中国美学史资料选编》，中华书局1980年版，第58页。

③ （梁）钟嵘：《诗品序》，载周振甫《诗品译注》，中华书局1998年版，第20页。

④ 同上书，第20—21页。

“情兼雅怨”①，这是评价曹植时说的。纵观整部《诗品》，在一百二十多位诗人中，曹植应该是钟嵘评价最高、最不吝惜用赞语的一个，如果说曹植是钟嵘树立的一个范型，代表着他的诗歌审美理想，也许并不违背钟嵘的原意。那么，“情兼雅怨”就可以视作钟嵘对诗人情感提出的最高要求了。我们不应拘泥于字面理解这句话的意思，它其实包含着情感性质与情感强度两方面的内容。就性质说，钟嵘并未明确告诉我们什么样的情感适合写成诗，什么样的情感不适合写成诗。他所说的物候既有“秋月秋蝉”、“冬月祈寒”这样的凉意象、冷色调，也有“春风春鸟”、“夏云暑雨”这样的热意象、暖色调；他所罗列的人生境遇既有“离群”、“去境”、“辞宫”、“塞客”、“孀闺”等凄凉、落寞类的，也有“嘉会”、“入宠”等温暖、欢愉类的。但是，也许因为人生不如意者十之八、九，也许因为愁苦之辞易工、欢愉之言难巧，文学中的情感总是以感伤、凄苦、哀怨等居多。钟嵘无形中也是认可了这种现象的，他在《诗品》中所评价的诗人、诗作多属悲情之类。但是，在情感强度方面，他不主张把悲苦夸张、渲染到过分的程度。“情兼雅怨”的意思大体与“乐而不淫，哀而不伤”的意思相仿佛，感伤、哀怨、悲苦、愤怒、不平等情感都可以写进诗里，但一定要以分寸适度为原则，这大概就是钟嵘的观点。当然，适度这种原则是一种较模糊的、有弹性的原则，谁都不可能像面对科学分析的对象那样面对诗歌的情感做出毫厘不差的适度与否的精确分析。所以，钟嵘对诗人、诗作情感的论说也不那么死板，只要诗人或受自然物或受社会生活触动产生了情感，并且善于把这种情感比较自然地以诗的形式表现

① （梁）钟嵘：《诗品》，载周振甫《诗品译注》，中华书局 1998 年版，第 37 页。

出来，在钟嵘看来，就具备了成为优秀诗人的最基本条件。

2. 气之于诗

这里所说的气，不是前文所说的“气之动物”的气，而是指诗人这一创作主体内在的气概、气魄、气势、气度、骨气等心理内容。如果说情被钟嵘视为取得优异诗歌成就、成为优秀诗人的最基本条件，那么气则是在情之基础上的又一极其重要的条件。

曹植之所以成为钟嵘心目中的诗人典范，是因为他的诗“骨气奇高，词采华茂，情兼雅怨，体被文质”①。气是观照诗歌的四个角度中的第一个，足见其在钟嵘诗歌审美理想中的地位。这里所说的“骨气奇高”指的是诗作的审美特征，不是诗人的心理特征，但是，如果没有诗人的“骨气奇高”，是绝对不会收获诗作的“骨气奇高”的，这应该是多数人都承认的审美规律。所以，我们确认钟嵘把“气”看作了诗人的重要审美素质。

就像把情定在“兼雅怨”这个度上一样，气之于诗人，在钟嵘看来，也不是越高、越盛就越好，他虽然未明确说出气的度在哪里，却在评价具体诗人的言语中流露出了这个意思。刘桢被钟嵘置放到仅次于曹植的位置上，评价可谓颇高，但是，钟嵘却还是不无遗憾地承认：“气过其文，雕润恨少。”② 也就是说，气要与情、与辞采、与格调等协调起来，相互映照、相互生发，才能相得益彰，成就真正优秀的诗作。

然而，无可挑剔的、完美无缺的优秀诗作毕竟少之又少。在情、气、辞、格等因素不能协同并进的时候，钟嵘更倾向于取

---

① （梁）钟嵘：《诗品》，载周振甫《诗品译注》，中华书局 1998 年版，第 37 页。

② 同上书，第 38 页。

气。在他看来，气高、气盛、气奇总比乏气、无气好得多。建安诗人中，刘桢之所以被擢拔到坐第二把交椅的高度，主要是因为他的“气”。虽然不能不承认“气过其文，雕润恨少”是他存在的问题，但“仗气爱奇，动多振绝。贞骨凌霜，高风跨俗”①才更重要。气让诗有韵，气让诗有力，气让诗有格，这些大概是钟嵘的潜台词。刘琨被置于中品，但钟嵘颇欣赏他的“清拔之气”②，也许正是因为这“清拔之气”，评语中竟没有指出刘琨诗存在什么问题。不仅如此，在《诗品序》中，钟嵘还赞扬刘琨“仗清刚之气”与郭璞“用俊上之才”，共同对永嘉以来“理过其辞，淡乎寡味”、“平典似《道德论》”③的沉闷、僵死的玄言诗风构成了冲击。中品中还有一则耐人寻味的评语，是说郭泰机、顾恺之、谢世基、顾迈、戴凯等五个在今人看来不以诗名著称的诗人的，说他们：“文虽不多，气调劲拔。”也许正是因为“气调劲拔”，下文才说：“吾许其进，则鲍照、江淹，未足逮止。”④不管这句话的意思是鲍照、江淹赶不上五人，还是五人不应该超过鲍照、江淹跃居上品，总之言谈之中流露了对“气调劲拔”的青睐之意。正是因为“气调劲拔”，五个文不多的诗人被放到了中品，甚至还犹豫可不可以放到上品。相反，对于气少的诗人，钟嵘即便把他列在上品，也总是忍不住说上几句指瑕的话。如陆机，虽然“才高词赡，举体华美”，但毕竟

---

① （梁）钟嵘：《诗品》，载周振甫《诗品译注》，中华书局 1998 年版，第 38 页。

② 同上书，第 62 页。

③ （梁）钟嵘：《诗品序》，载周振甫《诗品译注》，中华书局 1998 年版，第 17 页。

④ （梁）钟嵘：《诗品》，载周振甫《诗品译注》，中华书局 1998 年版，第 65 页。

有“尚规矩，不贵绮错，有伤直致之气”[①] 的毛病。而揣度钟嵘之意，似乎正是把这种毛病归罪于“气少于公幹”了。因为，气，蕴涵着力量、蕴涵着生机，在气的推动、驱遣之下，诗人的精神、灵性便活了起来、动了起来，直至挥洒到语言文字之中形成诗篇。在气的氤氲、囊括之下，规矩再也不会那样生硬地被作为知识或作为束缚外在于创作主体，而是早已化作了诗人自然而然的由衷需求和运用自如的内在能力。于是，诗作便收获了自然绮错、天然凑泊，犹如清水出芙蓉，而不是人工雕琢，满眼都是斧凿痕迹。还有王粲，钟嵘说他“文秀”，“在曹、刘之间别构一体”[②]，评价也不低，也并未明确说过他低于刘桢，但是，咀嚼《诗品》中涉及刘桢和王粲的语句，人们还是能够会意，钟嵘确实倾向于认为刘桢高于王粲。也正是在王、刘之间的这种价值取向，招致了很多非议。也许钟嵘的评价确实有失公允，但是，不管怎么说，他在坚持自己以气为重的评价标准。王粲“质羸”，即身体弱，可以想见他给人的感觉应该是气不盈体、力不随身的状态，这样的人写的诗，在钟嵘这个重气之人看来，大概总是感觉秀则秀矣，但就是力感、骨感、动感等稍有欠缺。我们可以不同意钟嵘的评价，但是我们必须理解并且尊重他的标准。

3. 才之于诗

我们认为，情、气、才这三方面关乎创作成就的主体审美素质，都是先天与后天结合形成的。只不过，气的先天成分多些，情的先天成分少些，而才的先后天比例大体相当或者因不同的创

---

① （梁）钟嵘：《诗品》，载周振甫《诗品译注》，中华书局1998年版，第43页。

② 同上书，第39页。

作主体情况构成比例稍有不同。钟嵘没有明确说明这个问题，但从字里行间推测，他基本上把“才”理解为与生俱来的东西，在他那里，才即天才，是与后天的学问相对立的。在反对诗坛“文章殆同书抄”、“拘挛补衲，蠹文已甚”的用典之风时，他说：“词既失高，则宜加事义，虽谢天才，且表学问，亦一理乎！”[①] 这种对诗坛用典成风现象原因的分析，就表明了他对“才”之性质的认识。钟嵘还认识到了才的独立性：（1）它与人的身份、地位无关。他反感于鲍照同时代人因为其“人微”而忽视他的创作成就，肯定他“才秀”，赞赏他“总四家而擅美，跨两代而孤出。”[②]（2）它与穷、富等生活状况及壮、弱等身体状况也无关。他说：“戴凯人实贫羸，而才章富健。”[③]（3）它不可传承、习染。在评价何长瑜、羊曜璠时，钟嵘感慨道：“才难，信矣！以康乐与羊、何若此，而二人之辞，殆不足奇。”[④] 谢灵运、羊曜璠、何长瑜是过从较密的朋友，但是，羊、何二人的诗才却无法与谢灵运相提并论，诗才是无法从朋友那里沾染来的。我们不同意这种绝对的天才论，但是，我们理解钟嵘对“才”的独立性、重要性、难得性的强调。

钟嵘认为，才有大小之别、有不同类型之别，但有“才”是成为诗人的基本前提。尽管他把诗人分为上、中、下三品，但他明确声明：“预此宗流者，便称才子。”[⑤] 即便是列在下品的诗

---

① （梁）钟嵘：《诗品序》，载周振甫《诗品译注》，中华书局 1998 年版，第 25 页。

② （梁）钟嵘：《诗品》，载周振甫《诗品译注》，中华书局 1998 年版，第 71 页。

③ 同上书，第 65 页。

④ 同上书，第 88 页。

⑤ （梁）钟嵘：《诗品序》，载周振甫《诗品译注》，中华书局 1998 年版，第 26 页。

人，也是有才的。如评班固："孟坚才流……观其《咏史》，有感叹之词。"[①] 评王融、刘绘："元长、士章，并有盛才。词美英净。"[②] 在钟嵘那里，总是掩饰不住对才的欣赏有加，说到才时，"高"、"俊"、"大"、"盛"、"殊"、"良"、"雅"等词一般会及时地相伴左右。

钟嵘之所以珍视才，是因为他看到了才之于诗的重要作用。

首先，才是使创作主体的内在之情和大千世界的外在之物得到恰到好处的吟咏、塑造的关键，是作品生动鲜活、丰富多彩、魅力四射的保障。曹植是世所公认的诗才卓越者，五代时人李瀚《蒙求集注》载："谢灵运尝云：'天下才共有一石，曹子建独得八斗，我得一斗，自古及今同用一斗，奇才敏捷，安有继之。'"[③] 钟嵘评曹植虽未用"才"字，但"骨气奇高，词采华茂，情兼雅怨，体被文质，粲溢古今，卓而不群。嗟乎！陈思之于文章也，譬人伦之有周、孔，鳞羽之有龙凤，音乐之有琴笙，女工之有黼黻。……孔氏之门如用诗，则公幹圣堂，思王入室，景阳、潘、陆，自可坐于廊庑之间矣"[④] 这种赞美之词溢于言表的评语，与谢灵运说的才高八斗是一个意思。当然，曹植的诗歌创作之所以能取得高出侪辈很多的成就，是他的情、气、才等多方面因素得到了最佳配合的结果。如果一个诗人的各方面心理机能未能得到最佳配合，在创作上就会出现这样那样的问题，哪些问题是根本问题不能宽谅，哪些问题是枝节问题不足大惊小怪，

---

① （梁）钟嵘：《诗品》，载周振甫《诗品译注》，中华书局1998年版，第78页。

② 同上书，第97页。

③ （唐）李瀚：《蒙求集注》，转引自周振甫《诗品译注》，中华书局1998年版，第88页。

④ （梁）钟嵘：《诗品》，载周振甫《诗品译注》，中华书局1998年版，第37页。

在不同的评论家那里会有不同的回答。钟嵘重才，如果一个诗人才高，即便他的诗作存在一些问题，他也会以瑕不掩瑜的态度宽谅他。这种态度比较明显地表现在对谢灵运和颜延之两位诗人的评价上。钟嵘承认谢灵运的诗“颇以繁富为累”，但是，他马上表示：“嵘谓若人兴多才高，寓目辄书。内无乏思，外无遗物，其繁富，宜哉！然名章迥句，处处间起；丽典新声，络绎奔会。譬犹青松之拔灌木，白玉之映尘沙，未足贬其高洁也。”[①] 繁富，如果在才力一般或才力很弱的诗人那里，毫无疑问就造成了啰唆、冗赘、臃肿，而谢灵运由于“兴多才高”，什么都能驾驭得了，什么都能控制得好，因此繁富在他，不仅不让人觉得啰唆，反倒让人觉得参差有致、丰富多彩、摇曳多姿了。也就是说，在钟嵘看来，谢灵运的繁富与其说是缺点，不如说是优点，谢灵运似乎应该繁富，因为他胜任繁富。颜延之呢？“错彩镂金”是汤惠休给他贴的标签，以与谢灵运的“芙蓉出水”形成对比，显然有抑之之意。钟嵘虽也承认颜诗因“喜用古事”等造成的“拘束”、不秀逸，但他强调颜延之有“雅才”，正是这“雅才”使他虽爱“错彩镂金”，虽“喜用古事”，却不至于陷于困踬。当然，钟嵘并没有像评价谢灵运那样为颜延之的“拘束”做回护，只是想说，才虽然不是优秀诗作诞生的唯一决定因素，但是，它确实是一个非常重要的因素，当别的因素导致诗作必然出现一些问题时，“才”的挥洒可以让这种损失适当减少。相反，如果诗人才弱，则会出现艺术表现上的或肤浅或枯槁或磕绊等问题。在评价谢瞻、谢混、袁淑、王微、王僧达五位诗人时，钟嵘说他们皆“源出于张华”，但是，由于他们“才力苦弱”，所以

---

① （梁）钟嵘：《诗品》，载周振甫《诗品译注》，中华书局 1998 年版，第 49—50 页。

只能把注意力和功夫集中于张华的“清浅”一面，得到一些风流、妩媚之趣①。显然有惋惜他们不能驾驭更多，不能挖掘更深之意。评谢朓时，钟嵘虽然承认他“奇章秀句，往往警遒”，但还是指出其“微伤细密”、“善自发诗端，而末篇多踬”等问题，而这些问题的主要根源，钟嵘认为是“意锐而才弱也”②。

其次，弥漫在诗坛的不良风气有待俊杰之才创作出更多优秀诗作以强劲的感召力冲击之。有才之人的诗歌创作，不仅为自己赢得卓越的文学成就，也为整个文坛带来一股新鲜的空气，多个有才之人的创作形成合力，良好的文坛风气就会浸染而成，不良文风自然就被击溃、式微。钟嵘用一个实例证明了这个道理，他说：“永嘉时，贵黄、老，稍商虚谈，于时篇什，理过其辞，淡乎寡味。爰及江左，微波尚传，孙绰、许询、桓、庾诸公诗，皆平典似《道德论》，建安风力尽矣。先是郭景纯用俊上之才，创变其体；刘越石仗清刚之气，赞成厥美。然彼众我寡，未能振俗。逮义熙中，谢益寿斐然继作。元嘉中，有谢灵运，才高词盛，富艳难踪，故已含跨刘、郭，凌轹潘、左。”③ 这是对郭璞、谢灵运、刘琨、谢益寿等人对晋永嘉以降的玄言诗风的转变所起作用的肯定。他告诉我们，冲击不良文风的作用不是一蹴而就的，它需要多个有才、有健康的审美理想的诗人为之做出持续不懈的努力。钟嵘盼望这种良好文风战胜不良文风的事情再度发生，希望高俊之才快些产生，以便对南朝大明、泰始以来“文

① （梁）钟嵘：《诗品》，载周振甫《诗品译注》，中华书局1998年版，第68页。

② 同上。

③ （梁）钟嵘：《诗品序》，载周振甫《诗品译注》，中华书局1998年版，第17页。

章殆同书抄”、“辞不贵奇，竞须新事”、“句无虚语，语无虚字，拘挛补衲，蠹文已甚”① 的拘谨刻板、死气沉沉的诗坛局面构成冲击，让充满生机、充满活力、充满灵性、韵味隽永的诗作驰骋诗坛。

情、气、才被钟嵘视为创作主体极其重要的审美素质。无情、无气、无才之人写诗，不会被钟嵘拿到《诗品》中来浪费笔墨。情不深、气不高、才不俊的诗人也不会被钟嵘放在较高的位置上。当然，钟嵘明白，情深、气高、才俊集于一人的情况，实在是少之又少，所以，他在进行价值判断的时候，往往倾向于认可在情、气、才某一方面有突出特点的人。李陵、班婕妤被高看，是因为其情真且深；刘桢被擢拔，是因为气高；谢灵运被宽谅，是因为才俊。同理，王粲被置于刘桢之下且评语不多，很可能因为其情、气、才三方面因素都不突出，甚至明显有体弱气衰之侯；陶渊明被置于中品但评语不低，按钟嵘的逻辑，大抵也因为其三方面因素没有哪一个极为突出却又都不缺乏。总之，经过对钟嵘对创作主体审美素质的理解的分析，我们可以得出这样的结论：钟嵘对诗人作出的论断并不个个都准确无误，但是，他的评价与他的依据并不矛盾。

(二)“风力”、“丹彩”：诗歌的审美特征

鲁迅说魏晋是文学的自觉时代，的确不错，曹丕的《典论·论文》、陆机的《文赋》以及一些诗人、文人的创作、言论等可以证明。到南北朝时，文学自觉的程度更是有所提高，刘勰在《文心雕龙》、钟嵘在《诗品》中表达的文学观就是最好的证

---

① （梁）钟嵘：《诗品序》，载周振甫《诗品译注》，中华书局 1998 年版，第 24—25 页。

明。文学自觉，就是对文学的性质、特征有充分的认识，把文学从与其他事物相混同的状态中剥离出来，强调它的独立性、自律性、特殊性。

钟嵘专谈诗这种最具有文学性的文体，应该说他对文学的自觉也是最有代表性的。钟嵘明确地把诗界定为“吟咏情性”，强调它与“经国文符”、“撰德驳奏”等应用文体的区别。他说：“若乃经国文符，应资博古；撰德驳奏，宜穷往烈。至乎吟咏情性，亦何贵于用事？……观古今胜语，多非补假，皆由直寻。”① 即是说，文学作品是作者对所见、所闻、所触、所感的生动、鲜活、流畅、富有韵味的表达，用不着动辄抄录经史、动辄拿来故实以显示博学。用今天的话说就是，钟嵘非常重视文学的审美特征。在《诗品》中，钟嵘总是用“富艳”、“惊绝”、“真美”、“华美”、“华绮”、“华净”、“省净”、“英净”、“高洁”、“清捷”、“清拔”、“清润”、“清雅”、“渊雅”、“秀逸”、“美赡可玩”、“文采高丽”、“华靡可讽味”、“鲜明劲健”、“词美英净”等词形容诗的审美特征。相反，总是用“质木无文”、“理过其辞，淡乎寡味”、“殆同书抄”、“拘挛补衲”、“文多拘忌”、“鄙直如偶语”、“平典”、“平钝”、“平淡”、“词踬”、“文散”、“蹇碍”、“困踬”等语表示对诗作缺乏审美特征的遗憾和批评。

如果对钟嵘形容的诗歌的审美特征进行分析，大概包括如下一些内容：

1. 内容充实

中国古代论文论诗之人大多懂得“皮之不存毛将焉附”的道理，钟嵘《诗品》中虽没有“内容”这个词，虽没有专门强

---

① （梁）钟嵘：《诗品序》，载周振甫《诗品译注》，中华书局 1998 年版，第 24 页。

调内容重要性的文字，但他对内容重要性的意识却是深藏于心不时流露的。他把诗界定为“吟咏情性”，又把情性的来源拓展为自然物候和社会生活两大方面，而且把影响这两方面的因素理解为氤氲于整个宇宙中的“气”，足见其对诗歌内容的重视。他说他的《诗品》之所以只选五言诗，不是因为四言诗不好，而是因为他的同时代人已经很少有人习写四言诗了，原因在于，四言诗的要义是“文约意广”，而时人“每苦文繁而意少”。言语之中，钟嵘对“文约意广”即形式简洁内容充实丰厚的向往之情，以及对于“文繁意少”即形式烦琐内容贫乏的否定之意，是极为明显的。《诗品》只选五言诗，是因为时人只知趋之若鹜地追写五言诗，却不知道五言诗的好坏如何鉴定。当“膏腴子弟，耻文不逮，终朝点缀，分夜呻吟”[①]，把写诗视为身份的象征和时尚的标志的时候，当“轻薄之徒，笑曹、刘为古拙，谓鲍照羲皇上人，谢朓今古独步……徒自弃于高明，无涉于文流”[②]，缺乏正确的审美观念的时候，当宫商之辨、四声之论笼罩诗坛，使“士流景慕，务为精密，襞积细微，专相陵架”[③]，视音韵、声律为诗之最要的时候，《诗品》应运而生了。在这样的语境下诞生的《诗品》，岂有不重视诗歌内容之理？

评古诗，说它：“意悲而远”、“可谓几乎一字千金”[④]；评李陵，说他的诗“文多凄怆怨者之流”，而之所以如此，与他“生命不谐，声颓身丧”的辛苦遭遇有密切关系[⑤]；评左思，说

---

① （梁）钟嵘：《诗品序》，载周振甫《诗品译注》，中华书局 1998 年版，第 21 页。

② 同上。

③ 同上书，第 27 页。

④ （梁）钟嵘：《诗品》，载周振甫《诗品译注》，中华书局 1998 年版，第 32 页。

⑤ 同上书，第 34 页。

他："颇为精切，得讽喻之致"，"深于潘岳"[①]；评应璩，说他"指事殷勤，雅意深笃，得诗人激刺之旨"[②]；评刘琨，说他"既体良才，又罹厄运，故善叙丧乱，多感恨之词"[③]；评郦炎，说"托咏灵芝，寄怀不浅"[④]；评赵壹，说"散愤兰蕙，指斥囊钱。苦言切句，良亦勤矣"[⑤]。显然都是针对诗歌内容之真切、之充实、之厚重、之深笃说的。

在钟嵘的诗学观念里，真正充实的内容是与诗人的情感、经历、境遇、感受、体验、愿望、理想等密切相关的，真切、厚重、深笃等性质是"内容充实"的题中应有之义。因此，钟嵘极力反对诗中用典过多。典故，不管是旧事，还是新事，毕竟不是与诗人有切身关系、让诗人产生切身感受的事，用得精且巧，可以成为点睛之笔，而连篇累牍地用，则成为赘疣和障碍，容易使作品产生隔的感觉。即是说，用典过多不是内容充实，而是内容支离。

孟子在《尽心》（下）中说："充实之谓美，充实而有光辉之谓大"[⑥]，谈到了气的充实与美的关系。其实，诗歌内容的充实是创作主体情、气、才综合作用的结果，而诗歌内容的充实又是诗歌具有"风力"、"风骨"的基础。

2. 形式绮丽

钟嵘的诗美标准是内容与形式、"风力"与"丹彩"兼善。

---

① （梁）钟嵘：《诗品》，载周振甫《诗品译注》，中华书局 1998 年版，第 48 页。

② 同上书，第 60 页。

③ 同上书，第 62 页。

④ 同上书，第 78 页。

⑤ 同上。

⑥ （先秦）孟子：《尽心》（下），载《孟子》，新疆人民出版社 2004 年版，第 149 页。

曹植的诗之所以被列为群诗之首，是因为它“骨气奇高，词采华茂，情兼雅怨，体被文质”[①]；古诗之所以受他青睐，是因为它“文温以丽，意悲而远”[②]；班婕妤的诗之所以得到他的好评，是因为它“词旨清捷，怨深文绮”[③]；阮籍的诗之所以得到他的肯定，是因为它“言在耳目之内，情寄八荒之表”[④]。

然而，在繁星般多的诗作中，兼善之作毕竟少之又少，作为诗评人虽然感到遗憾，却也不能不面对现实，因为文学创作确实是一件极其复杂的精神劳动过程，期间，主客观各种因素的影响并不以诗人的主观意志为转移。因此，懂得创作规律的钟嵘并没有把不能兼美的诗统统打死，而是择其优长赞赏之，视其欠缺指出之。值得玩味的是，钟嵘并不像大多数中国传统文论家那样，把内容看得重于、高于形式。在内容与形式谁主谁次、孰轻孰重的问题上，钟嵘没有明确表态，那就可以理解为他认为二者同样重要。因此，以内容充实、风力遒劲著称的诗，他称道之；以形式绮丽、辞采华美见长的诗，他也赞赏之。不过，细加咀嚼，还是能够感觉出微妙之处。每当遇到形式绮丽之作，钟嵘的兴致便会高涨，评价的词汇便会丰富，形容便会生动。可以想象，曹植的诗如果只有“骨气奇高”和“情兼雅怨”，而没有“词采华茂”和“体被文质”，就不会赢得“陈思之于文章也，譬人伦之有周、孔，鳞羽之有龙凤，音乐之有琴笙，女工之有黼黻”[⑤]这样一连串由比喻组成的高度评价；正是因为“尚巧似”、“名章

① （梁）钟嵘：《诗品》，载周振甫《诗品译注》，中华书局1998年版，第37页。

② 同上书，第32页。

③ 同上书，第35页。

④ 同上书，第41页。

⑤ （梁）钟嵘：《诗品》，载周振甫《诗品译注》，中华书局1998年版，第37页。

迥句，处处间起；丽典新声，络绎奔会”，“颇以繁富为累”的谢灵运才获得了“譬犹青松之拔灌木，白玉之映尘沙，未足贬其高洁也”① 的豁免；张协之所以被评为“旷代之高手”，正是因为其诗有“文体华净”、“巧构形似之言”、“词采葱倩，音韵铿锵”之特点。

我们不能说钟嵘把形式看得重于内容，但是，我们可以说钟嵘对形式之美似乎更感兴趣、更有兴致，因为他把诗界定为“吟咏情性”，在情性有了的情况下，用什么语言、什么手法、什么方式、何种结构等来吟咏，就显得格外重要了。在钟嵘看来，好诗就是适时、适地、适度地交叉运用兴、比、赋三种手法，把它们落实到形象性强、感染力强、召唤力强、震撼力强的语言上，从而使诗人的情性得到很好的表现。好诗的终极目标是使接受者咀嚼不尽、动心不已，所谓“使味之者无极，闻之者动心”②，而这个终极目标的实现首先要靠语言、手法、结构等最外层的形式因素，所以，钟嵘用“富艳”、“惊绝”、“华美”、“清捷”、“秀逸”、“渊雅”、“美赡可玩”、“华靡可讽味”等来强调、渲染形式的重要性是完全可以理解的。

3. 调畅自然

语言华美、词藻丰富、方法多样、内容充实、意味深远等等，是钟嵘对好诗提出的要求。然而，如果这些要求是在详略、疏密、快慢、急缓、松紧、文质、深浅、直婉等关系没能处理好的情况下达到的，那么，诗作就会出现疙疙瘩瘩、磕磕绊绊等蹇碍、不顺畅，生硬、不自然等问题。因此，调畅自然也是钟嵘的

① （梁）钟嵘：《诗品》，载周振甫《诗品译注》，中华书局 1998 年版，第 49—50 页。

② （梁）钟嵘：《诗品序》，载周振甫《诗品译注》，中华书局 1998 年版，第 19 页。

一个诗美标准，而且是一个关乎诗作整体生命感的全局性、结构性标准。调畅自然，是指作品从整体上看，犹如一个有机生命体，充满生气、充满活力，各个因素之间协调互利、关系融洽，各种衔接之处天衣无缝，仿佛自然生长。调畅自然的诗即是蕴涵着气韵和气势的诗，只有这样的诗才能给人一气呵成之感和一泻千里之感，也只有这样的诗才能对读者产生巨大的感召力和强烈的震撼力。

怎样才能做到调畅自然而不蹇碍、生硬呢？钟嵘的回答散落在《诗品》的多个片段之中。

首先，从写作手法上说，钟嵘主张兴、比、赋三种手法“酌而用之”。他把“兴”定义为“文已尽而意有余”，把“比”定义为“因物喻志”，把“赋”定义为“直书其事，寓言写物”，在这种定义之下，他说：“若专用比兴，患在意深，意深则词踬。若专用赋体，患在意浮，意浮则文散，嬉成流移，文无止泊，有芜漫之累。”[①] 因为比、兴属于用物写志而写得又比较隐晦的那种手法，赋属于直接写事写物的表现手法，所以适时、适地、适度交叉使用三种手法，就既不会造成意太深的毛病，也不会造成意太浅的毛病。而意不过深，词就不会出现不顺畅的问题；意不过浅，文就不会出现散漫不整一的毛病。从兴、比、赋三种手法兼用还是专用的角度谈文学作品的意之深浅及文之整散，钟嵘的观点真可谓既独到，又辩证，还深刻。早在汉代，《毛诗序》中就把赋、比、兴与风、雅、颂放在一起，合称为“六义”了，但是，出于儒家伦理道德观念和经世致用观念，它只对风、雅作了较为详细的论述，至于赋、比、兴，应该如何理

---

① （梁）钟嵘：《诗品序》，载周振甫《诗品译注》，中华书局1998年版，第19页。

解、如何界定、如何把握，并未作出应有的阐释。到唐代孔颖达作疏时说："风、雅、颂者，诗篇之异体；赋、比、兴者，诗文之异辞耳。大小不同，而得并为六义者，赋、比、兴是诗之所用，风、雅、颂是诗之成形，用彼三事，成此三事，是故同称为义，非别有篇卷也。"[①] 只是试图说明《毛诗序》为什么把赋、比、兴与风、雅、颂放到一起称为六义，对两部分含义的解释则太过概略。刘勰在《文心雕龙》中倒是用《诠赋》《比兴》两个篇幅谈及赋、比、兴，笔墨可谓多矣，对每种手法的解释也可谓准确详尽，然而，他并没有把赋、比、兴三种手法提升到与文学作品整体生命性、有机感密切相关的高度上来谈。相较而言，钟嵘对赋、比、兴的论说就显得新义迥然、启发颇深了。然而遗憾的是，钟嵘这一弥足珍贵的观点好像没被太多谈文论诗者注意，更谈不上发扬光大了。

其次，从描写对象上说，钟嵘主张以所见、所闻、所触、所感之物、事、情等为主，经史典故等只能作为点缀稍为采用。钟嵘这样主张的理由在于，诗是"吟咏情性"的，与"经国文符"、"撰德驳奏"等经世致用的实用文体有着本质的不同。如果动辄拿来故实、动辄引用经史，情性的吟咏就会遭到阻隔、排挤，节奏、韵律等就会受到影响，自然而然、气韵生动、浑然一体、酣畅淋漓等审美特征就无从说起，诗就不成其为诗而成了词典、类书了。钟嵘用"文章殆同书抄"、"拘挛补衲，蠹文已甚"、"自然英旨，罕值其人"[②] 等语指责颜延之、谢庄、任昉、王元长等人用典"繁密"，带动一时诗坛用典成风，足见他对诗

① （唐）孔颖达：《毛诗正义》，转引自陆侃如、牟世金《文心雕龙译注》下册，齐鲁书社 1982 年版，第 200 页。

② （梁）钟嵘：《诗品序》，载周振甫《诗品译注》，中华书局 1998 年版，第 24—25 页。

之为诗本质的坚守，而这种坚守是从诗歌描写对象的角度伸张的。“思君如流水”、“高台多悲风”、“清晨登陇首”、“明月照积雪”，这些“即目”、“所见”、“直寻”而来的诗句，钟嵘用以告诉人们什么才是诗歌应该描写的对象。它们与主体生活密切相关，它们切于身、发于心，因此，表达它们的文词才顺畅、才清新、才感人。

最后，从审美趣味上说，钟嵘认为过于重规矩、尚巧似，是导致诗作磕绊、生硬的又一原因。我们说过，钟嵘对形式绮丽的作品是钟爱有加的，他不喜欢平淡、平典、枯燥、质木无文的作品，但是，这并不意味着他对那些过于追求工巧而置其他方面于不顾的作品同样报以赞赏目光。他肯定陆机“咀嚼英华，厌饫膏泽”给创作带来的“才高词赡，举体华美”的正面影响，同时，他也绝不避讳指出咀嚼华章、饱览美文给陆机带来的负面影响，那就是：“尚规矩，不贵绮错，有伤直致之奇。”① 这里涉及的是学习与超越的辩证关系问题。确实，一个想在创作上取得优异成绩的作家，的确应该主动向前辈诗人学习，熟读、研析他们的优秀作品，使之成为自己创作的动力和范本。但是，真正的创作成就来源于自己在生活中获得的真情实感，来源于对前辈作家经验的掌握与超越。否则，前人的经验就会成为后人的枷锁，起到的不是启发、鼓舞作用，而是处处束缚、时时控制的作用。这就与学习的初衷和真义背道而驰了。重规矩，除了表现为难以跳出前人宝贵经验的窠臼之外，还表现在对所谓艺术法则的拘泥。南朝齐梁之间，王元长、谢朓、沈约等人发起的“宫商之辨，四声之论”，在钟嵘看来，就是“使文多拘忌，伤其真美”的庸

---

① （梁）钟嵘：《诗品》，载周振甫《诗品译注》，中华书局1998年版，第43页。

规赘约，用俗话讲，就是没事找事的多余玩意儿。面对“士流景慕，务为精密，襞积细微，专相陵架”的趋之若骛的诗歌创作局面，钟嵘明确表态：“余谓文制本须讽诵，不可蹇碍，但令清浊通流，口吻调利，斯为足矣。”①

在钟嵘笔下，典型的“尚巧似”的诗人是谢灵运、颜延之和鲍照。对这三位诗人，尤其是对谢灵运，钟嵘确实流露了溢于言表的欣赏之意，承认他们才高，承认他们艺术感觉好，承认他们在艺术表现上的精益求精，甚至为他们出现的问题做回护。但是，钟嵘毕竟还是客观地指出了他们的毛病：谢灵运“颇以繁富为累”，颜延之“见拘束”、“乖秀逸”，到了“蹈于困踬”的边缘，鲍照“不避危仄，颇伤清雅之调”②。而这些正是他们过于追求巧夺天工，过于看重人力，过于刻意，过于雕镂，过于炫技，忽视艺术的生命性质，忽视生命的自然而然性质，忽视绚烂之极归于平淡的审美规律等等导致的。

4. 深厚、隽永

艺术创作不是一件简单的事情，它的复杂和奥妙之处就在于，任何一种重要的东西，如果你把它视为唯一的法宝，追求过头、强调过度，就会出现另一种足以使作品与优秀失之交臂的失误。比如形式绮丽、调畅自然等是艺术创作应该追求、艺术作品应该具备的审美特征，但是，如果作家的精力过分集中于这些审美特征的追求，很有可能使作品出现意浅、味淡的问题。因此，钟嵘的诗美标准里还有一个更高维度，那就是深厚、隽永，通俗地说，就是意深、味长。

---

① （梁）钟嵘：《诗品序》，载周振甫《诗品译注》，中华书局 1998 年版，第 28 页。

② （梁）钟嵘：《诗品》，载周振甫《诗品译注》，中华书局 1998 年版，第 71 页。

钟嵘对意深、味长的重视和强调，主要表现在对这方面存在欠缺的诗人的指瑕上。评潘岳，说他“浅于陆机”；评范云、丘迟，说他们“浅于江淹”；评沈约，说他“意浅于江”；足见其对“浅”的不满及对“深”的期待。评嵇康，说他：“过为峻切，讦直露才，伤渊雅之致”[①]；评曹丕，说他除“西北有浮云”等十余首外，多数诗作“率皆鄙直如偶语”[②]，显然，钟嵘又把“直”视为诗达不到意深、味长这一高度的一个原因。评玄言诗，说它们“理过其辞，淡乎寡味”[③]，是把意不深、味不长的原因归给了“虚谈”和“说理”。

以意深、味长被钟嵘推崇的诗人有阮籍、左思、应璩、陶潜等，阮籍显然是最典型的。阮籍的《咏怀》诗，具有“言在耳目之内，情寄八荒之表。洋洋乎会于《风》《雅》，使人忘其鄙近，自致远大”[④] 的审美特征和审美效应。左思的诗“文典以怨，颇为精切，得讽喻之致。虽野于陆机，而深于潘岳”[⑤]。应璩的诗“善为古语，指事殷勤，雅意深笃，得诗人讥刺之旨”[⑥]。陶潜被钟嵘置于中品，惹来后人很多非议和指责，但是，仔细咀嚼钟嵘的评语，真的没有丝毫的指瑕，也看不出有不满意情绪的流露。只是不那么激情澎湃、慷慨激昂而已，然而，平静中蕴深意，平淡中含真味，质朴中见真巧，不恰恰与陶渊明的风格保持

① （梁）钟嵘：《诗品》，载周振甫《诗品译注》，中华书局 1998 年版，第 55 页。

② 同上书，第 53 页。

③ （梁）钟嵘：《诗品序》，载周振甫《诗品译注》，中华书局 1998 年版，第 17 页。

④ （梁）钟嵘：《诗品》，载周振甫《诗品译注》，中华书局 1998 年版，第 41 页。

⑤ 同上书，第 48 页。

⑥ 同上书，第 59—60 页。

了一致吗？把评语颇高的陶潜放在中品，不能不说是钟嵘的一个令人费解之处。且看其肯定陶诗意深、味长的评语："笃意真古，辞兴婉惬。每观其文，想其人德"①，可谓会心。从以上四位诗人的评价中可以看出，钟嵘把诗之意深、味长归因于诗人的寄托、讽喻、讥刺，而诗人之所以寄托、讽喻、讥刺，是因为他们对生活、对世道、对人生的意义等有独到深刻的理解和高远超俗的追求。也就是说，致使作品意深、味长的终极根源，在钟嵘看来，还是人格、人品、人德。

当然，钟嵘的诗美思想从不走极端。深，在他看来也是有限度的，不是越深越好。在《诗品序》中，他说："若专用比兴，患在意深，意深则词踬。"这是明确提醒人们，诗歌创作要极力避免深到晦涩难懂的地步。在高度评价阮籍诗意深、味长，"陶性灵，发幽思"的同时，他又意味深长地说："厥旨渊放，归趣难求。颜延年注，怯言其志。"② 虽未明说阮籍诗深得过度，但"归趣难求"、"怯言其志"，还是蕴涵着一丝这个意思的。可见，钟嵘的诗歌美学思想是辩证的。

总之，钟嵘的诗美主张，用否定式表达就是，不贫乏、不枯燥、不平淡、不苍白、不生硬、不芜漫、不肤浅、不鄙促；用肯定式形容则是，既充实丰赡又华美绮丽，既明白质朴又生动鲜活，既鲜明劲健又深婉含蓄，既跌宕起伏又一泻千里，既变化多端又一气呵成，既紧密整一又摇曳多姿。虽然并不是每个诗人都能样样做到，但是，标准在这里，诗人们的态度应该是：虽不能至，心向往之；虽然并不希望评论者把标准当成教条，面对每一

---

① （梁）钟嵘：《诗品》，载周振甫《诗品译注》，中华书局1998年版，第66页。

② 同上书，第41页。

首诗都机械地拿它生搬硬套，但是，标准在这里，评论者的态度应该是：鉴别中发现特长，比较中指出瑕疵。

（三）“味之者无极，闻之者动心”：诗歌的审美效应

应该说，诗歌的审美效应既是钟嵘诗歌美学思想的出发点，也是它的归宿。尽管从数量上看，他谈论诗歌作用的文字没有谈论诗人和诗作的文字多。但是，他之所以谈论诗人、谈论诗作，都是因为“动天地，感鬼神，莫近于诗”①，因为“使味之者无极，闻之者动心，是诗之至也”②，因为“使穷贱易安，幽居靡闷者，莫尚于诗矣”③，因为好诗能“陶性灵，发幽思”，能“使人忘其鄙近，自致远大”④。

分析钟嵘对诗歌审美效应的描述，可以得出这样的结论：他的着眼点集中于感染、安慰、陶冶、启发等方面的作用，重视的是人作为一个生命个体，在各种各样的生活经历中和各式各样的人生境遇中的心理健康问题、灵魂皈依问题，接近于孔子所说的“兴”与“怨”。比之于孔子所说的“诗可以兴，可以观，可以群，可以怨。迩之事父，远之事君；多识于鸟兽草木之名”⑤，钟嵘对诗的作用的认识，虽然全面性不足，但是，更接近诗之为诗的言情本性。如果把钟嵘对诗歌作用的认识与《毛诗序》的说法进行对比，更能发现其思想的独立性乃自觉选择的结果。

---

① （梁）钟嵘：《诗品序》，载周振甫《诗品译注》，中华书局1998年版，第15页。

② 同上书，第19页。

③ 同上书，第21页。

④ （梁）钟嵘：《诗品》，载周振甫《诗品译注》，中华书局1998年版，第41页。

⑤ （先秦）孔子：《论语·阳货》，载杨伯峻《论语译注》，中华书局1980年版，第185页。

《毛诗序》说："正得失，动天地，感鬼神，莫近于诗。先王以是经夫妇，成孝敬，厚人伦，美教化，移风俗。"[①] 钟嵘在《诗品序》中也说"动天地，感鬼神，莫近于诗"，虽然没有直接的证据，我们却可以大胆地推测，钟嵘的这句话十有八九来自《毛诗序》。然而值得玩味的是，钟嵘择用的是《毛诗序》对诗之感染作用的形容，而在这种形容前后的关于伦理道德教化作用的言说，钟嵘却弃而不用。这真是一件意味深长的事情，足以说明钟嵘对诗歌审美效应的重视和对别人硬安在诗歌头上的功利作用的轻视甚至反感。

至于诗歌审美效应的现实发生所需要的创作主体的条件和作品本体的条件，前面已经论及，这里不再赘述。

《诗品》虽然字数不多，但正如章学诚所说，它"思深而意远"，经得起不断地分析、发掘和阐释。《诗品》并不是完美无缺的，中国古人论文论诗的那种往往点到为止、缺乏论证，宏观概括、不加细究，比喻形容、意旨朦胧的特点，在《诗品》中表现得也很突出，有一些概念，我们弄不懂它的准确含义，有一些言论，我们不知道它的真正所指。凡此种种，都召唤着我们对《诗品》进行更深入、更细致的研究。

三　中国古代审美体验理论

一般说来，美学史的大体进程是从着重探讨美的本质的古典美学进入到重点研究美感经验的近代美学。不过，美学史上对于

① 郭绍虞主编：《中国历代文论选》（一卷本），上海古籍出版社 1979 年版，第 30 页。

美感心理状态的某些特点的注视乃至进行某种程度的探究，却并不晚于对美之所以为美的原因的苦思。在西方，柏拉图已经从审美体验的角度提出了“迷狂说”，开了审美心理学的先河。在中国，无论是孔子的“知者乐水，仁者乐山”论，还是庄子的“独与天地精神相往来”的“体道”说，都是关于审美体验的遥遥先声。

无论怎样讲，审美体验理论都是中国古代美学中最瑰丽、最有色彩的部分。那对宇宙流转的俯仰共感，那对飘忽不定的美感云雾的不倦追索与捕捉，那对心灵律动的全部细节的细腻体味与准确透视，那点到为止、本身就含有“味外之旨”的表达方式，都毋庸置疑地标志着它在人类美学发展史上的独特贡献与价值。这样看来，从不同时代、不同美学家的美学思想中抽离出有关审美体验的理论内容，作些粗疏的归纳、评析与阐述，不仅不显得多余，而且是十分必要的了。

（一）审美体验的主要心理条件

这里的确是一个神秘的所在，在晨风晓雾中，在山腰水畔，在清新怡人的氛围里，你总是不期然而然地遇到一副恬淡悠然、闲云野鹤般的神态，一种静若幽兰、素若菊花的表情，一个单纯中似乎蕴集了大千、宁静中又透出复杂的眼神儿。不知不觉之中，你已追随他走了很远很远。他是谁？是“独与天地精神相往来”①、“视乎冥冥，听乎无声”② 的庄子？是“目送归鸿，手

---

① （先秦）庄子：《庄子·天下》，载欧阳超、欧阳景贤《庄子释译》下册，湖北人民出版社 1986 年版，第 454 页。

② （先秦）庄子：《庄子·天下》，载欧阳超、欧阳景贤《庄子释译》上册，湖北人民出版社 1986 年版，第 255 页。

挥五弦。俯仰自得，游心太玄"[①] 的嵇康？是"好山水，爱远游，西涉荆巫、南登衡岳……怀味道，卧以游之"[②] 的宗炳？是"采菊东篱下，悠然见南山"[③] 的陶潜？是"筑屋松下，脱帽看诗，但知旦暮，不辩何时"[④] 的司空图？是"据梧而坐，湛怀息机"[⑤] 的况周颐？不，确切地说，他不是一个人，而是一种心性，一颗无往不在、无时不有的"虚静"的审美心灵，是于中国古代美学史上不断被重申又不断创化着的关于审美体验的原则及方法论。这种原则及方法论的首要意义在于它强调并突出一个宜于进入审美体验状态中的审美主体，强调并突出了这一主体的必要的、不可或缺的心理——精神的前提和条件。进而标示出一种真正的美感特征和美之为美的品性，在这种意义上它就是席勒所谓的"毫无拘束的感觉，豁达开朗的心胸，新鲜活泼的而且一点也不知疲倦的精神"[⑥]。用刘勰的话即为"陶钧文思，贵在虚静，疏瀹五藏、藻雪精神"[⑦]。

美之精灵的光顾，对于每一个人来说并不像分享阳光、空气一样具有均等的机会。审美体验的产生不是孤立的、无条件的。

---

① （魏）嵇康：《赠秀才入军》，载《汉魏南北朝诗选注》，北京出版社 1981 年版，第 195 页。

② （梁）沈约：《宋书·宗炳传》，转引自徐复观《中国艺术精神》，春风文艺出版社 1987 年版，第 202—203 页。

③ （晋）陶渊明：《饮酒》，载徐巍《陶渊明诗选》，三联书店 1982 年版，第 67 页。

④ （唐）司空图：《诗品·疏野》，载乔力《二十四诗品探微》，齐鲁书社 1983 年版，第 83 页。

⑤ （清）况周颐：《蕙风词话》，载《蕙风词话·人间词话》，人民文学出版社 1960 年版，第 9 页。

⑥ ［德］席勒：《论朴素的诗和感伤的诗》，载《古典文艺理论译丛》第二辑，人民文学出版社 1961 年版，第 44 页。

⑦ （梁）刘勰：《文心雕龙·神思》，载周振甫《文心雕龙今译》，中华书局 1986 年版，第 247 页。

和美结缘，不仅需要有能够感受形式美的眼睛和能够欣赏音乐美的耳朵，更需要有一个自由开放的审美心境，即是要有中国古代美学家们所一贯强调的那种“虚静”的审美心境，这就是“罄澄心以凝思，眇众虑而为言”[①] 的专心致志与静观默想，是“空潭泻春，古镜照神，体素储洁，乘月返真”[②] 的晶莹澄澈与朴素天然。“虚”，即空即大即心无滞碍；“静”即专即远即寂照大千。虚而静，静而虚，则有放纵宇宙自由驰骋，则有牢笼百态轻盈飞动。在虚静的心灵与宇宙万物的交感呼应中，审美自由刹那间诞生了。审美体验的实现只能必然性地起自审美主体人格与主体的涵养，起于一个超尘拔俗的、摆脱了全部羁绊的主体与审美客体之间的一触即发。没有审美主体自觉的自我涵养、弃利弃为与忘欲忘知，就不会有真实的对于美的感受和领悟。宋代郭熙说：“余因暇日，阅晋唐古今诗什，其中佳句有道尽人腹中事，有装出目前之景。然不因静居燕坐，明窗净几，一炷炉香，万虑消沉，则佳句好意，亦看不出。幽情美趣，亦想不成。”[③] 一个深识画理的画家、画论家也道出了诗歌鉴赏所必需的主体心理条件，足见审美规律的共同性与相通性之所在了。明徐上瀛论及“抚琴”之机理时说：“惟涵养之士，淡泊宁静，心无尘翳，指有余闲，与论希声之理，悠然可得矣。所谓希者，至静之极，通乎杳渺，出有入无，而神于羲皇之上者也。”[④] 清况周颐是这样描述一颗“词心”之诞生的：“人静帘垂，灯昏香直，窗外芙

---

① （晋）陆机：《文赋》，载张怀瑾《文赋译注》，北京出版社 1984 年版，第 25 页。

② （唐）司空图：《诗品·洗炼》，载乔力《二十四诗品探微》，齐鲁书社 1983 年版，第 33 页。

③ （宋）郭熙：《林泉高致》，山东画报出版社 2010 年版，第 59 页。

④ （明）徐上瀛：《溪山琴况》，载蔡仲德《中国音乐美学资料注释》，人民音乐出版社 2004 年版，第 739 页。

蓉，孤叶飒飒作秋声，与砌虫相和答。据梧螟坐，湛怀息机，每一念起，辄设理想排遣之，乃至万籁俱寂，吾心忽莹然开朗如满月，肌骨清凉，不知斯世何世也。”① 在这里，自我淡化了，时间消逝了，只有心之清清流转，融入永恒。以上几例证明，中国古代美学家已经深深体悟到，作为一个审美主体不管是创作者，还是欣赏者，无论是面对自然，还是面对艺术品，具备虚静空明的审美心灵是极其必要的，否则就谈不上有什么审美体验的产生。

当代美学家宗白华先生说：“艺术心灵的诞生，在人生忘我的一刹那……空诸一切，心无挂碍，和世务暂绝缘。这是一点觉心，静观万象，万象如在镜中，光明莹洁，而各得其所，呈现着他们各自充实、内在的、自由的生命。”② 可谓深得中国古代审美体验“虚静”说之深蕴。为求得审美心境的真率质朴，中国古代审美体验理论特别强调通过“忘我”以涵养“虚静”的心境。即通过摒弃一个世俗的、功利的、欲望的、知性的自我而把一个“心无挂碍”、胸中“廓然无一物”的主体提升到审美体验的进程上来。审美“虚静说”的方法论意义亦悉出于此，这样，“虚静说”本身的理论内容也就突现出来而不再给人以模糊的错觉。“忘我”不是泯灭自我，使我拜倒在物的脚下，成为所谓自然的奴隶，而是通过对自我情怀与情志的洗礼，以沉淀、造就一种健康、活泼、不为物碍、不为己滞的自由心境。古代审美理论中，对于忘我的理解主要有以下两层：一、超利去欲，超凡脱俗。要走进审美的世界，就要涤荡胸中之积虑，从欲念的无尽之

---

① （清）况周颐：《蕙风词话》，载《蕙风词话·人间词话》，人民文学出版社1960年版，第9页。

② 宗白华：《美学散步》，上海人民出版社1981年版，第25页。

流中拔出脚来，保持超然物外的自由心态。所谓“恬淡无欲，则泰志适情”①，“超出利害之范围外，而惝恍于缥缈宁静之域”②。张戒曾这样表达他自己对陶诗的感受：“‘狗吠深巷里，鸡鸣桑树巅’、‘采菊东篱下，悠然见南山’，此景虽在目前，而非至闲至静之中则不能道，此味不可及也。”③ 陶诗的“味不可及”正在于他淡泊名利、不受欲望诱惑的一种悠然镇定的心态，也在于一种纯然脱俗的审美静观。只有无欲无利、忘功忘名，狗吠深巷、鸡鸣树巅这一世人早已习焉不察的景象在作者看来方充满盎然天趣，尽入胸中，织成有声有色的美的天地。这正如何坦所说：“人能不为利害所汩，则事物至前，则数一二。”④ 腾出欲望的空间，不以实用、功利的目光打量客体，则觉天地生辉、万物皆荣，则觉自己在偌大的宇宙中插翅飞翔。“能离欲，则方寸地虚，虚而万景入”⑤，刘禹锡的这种认识，正是他自己审美体验的总结，无疑具有普遍性意义。二、摆脱桎梏，率性由真。摆脱普遍的先验的知性模式，反对以知性认识淹没情感，崇尚审美体验的自然进行，这是“忘我”以至审美的又一层。如果说黏滞于欲望则人根本不能走进美的天地的话，那么受制于知性桎梏则审美体验也就丧失其天然的灵性而等同于一种简单的知识和认识的变体。元好问曾说：“诗家圣处不离文字，不在文字。唐贤

---

① （魏）阮籍：《思清赋》，载陈伯君《阮籍集校注》，中华书局 1987 年版，第 31 页。

② （清）王国维：《古雅之在美学上之位置》，载胡经之《中国古典美学丛编》下，中华书局 1988 年版，第 694 页。

③ （宋）张戒：《岁寒堂诗话》卷上，载陈应鸾《岁寒堂诗话校笺》，巴蜀书社 2000 年版，第 18 页。

④ （宋）何坦：《西畴老人常言》，中华书局 1985 年版，第 3 页。

⑤ （唐）刘禹锡：《秋日过鸿举法师寺院便送江陵·引》，载陶敏、陶红雨《刘禹锡全集编年校注》上册，岳麓书社 2003 年版，第 144 页。

所谓情性之外不知有文字云耳。"[1] 王国维则更明确主张："客观的知识，实与主观的情感成反比例"[2]。所谓"客观的知识"，就是对事物的知性认识，所以必先去除这种认识的桎梏，使"吾人胸中洞然无物，而后其观物也深，而体物也切"[3]。主张"诗有别材，非关书也；诗有别趣，非关理也"[4] 的严羽大抵也是从超越知性认识的角度要求诗人"吟咏情性"的。对于这种以情性为本的审美体验的强调，在中国古代美学史上是一以贯之的。不管是皎然的"孤松片云，禅坐相对，无言而道合，至静而性同"[5]，还是严羽的"羚羊挂角，无迹可求"的"兴趣"[6]，抑或是袁宏道的"独抒性灵，不拘格套"[7]，都是强调审美体验的超知性的情性起点。

我们已经看到，摆脱了桎梏的心灵大门敞开了，正是"湛然寂然，元无一物"的心灵，使四时之景、万物之象"皆自虚室生"。心灵的"虚静"的过程，正是美之意境创生的过程。主体心灵一步步走向宇宙生命的深处，跃入大自然的节奏里，与"碧虚寥廓同其流"，大千世界的全部丰富性也就毫无遮掩地向

---

① （金）元好问：《陶然集诗序》，载郭绍虞《中国文学批评史》，中华书局 1961 年版，第 266 页。

② （清）王国维：《文学小言》，载《中国美学史资料选编》下，中华书局 1981 年版，第 447 页。

③ 同上。

④ （宋）严羽：《沧浪诗话·诗辨》，载郭绍虞《沧浪诗话校释》，人民文学出版社 1961 年版，第 23 页。

⑤ （唐）皎然：《诗式》，载赞宁《宋高僧传》，中华书局 1997 年版，第 728 页。

⑥ （宋）严羽：《沧浪诗话·诗辨》，载郭绍虞《沧浪诗话校释》，人民文学出版社 1961 年版，第 24 页。

⑦ （明）袁宏道：《叙小修诗》，载钱伯城《袁宏道集笺校》上册，上海古籍出版社 1981 年版，第 187 页。

主体展示出来了，正是苏轼所谓“静故了群动，空故纳万境”[①]。这样看来，“虚”并不是空空如也的“顽空”，而是自觉地排除内心之一切杂念，使主体精神得到净化，以求万象毕来，万涂竞萌，求的是一种动态化的充实与丰富；“静”也非死寂无声，而是“收视反听”，排除外界的一切干扰，使主体精力高度集中，以求得对审美对象的全面洞见。那“神与物游”的浑然物我的审美体验，那令人震惊、激情昂扬的灵感火花的爆发，那“精骛八极，心游万仞”的超越时空的心灵的神游，无一不是这澄明空静的阔大心境所带来的效应。

（二）审美体验的浑融状态

很显然，没有审美对象的引发，审美主体是不会进入审美体验状态的，因此，中国古代审美体验理论十分重视“物”对“情”的触发作用，《礼记·乐记》说：“凡音之起，由人心生也。人心之动，物使之然也。”明确地把人的内心激动归根于客观外物的感染，这里讲“心动”，其实也就是即将载歌起舞的主体的审美体验。后代的陆机、刘勰、钟嵘等文艺理论家都对主体触物感发、因物起情做过精彩的描述，所谓“遵四时以叹逝，瞻万物而思纷”[②]、“物色之动，心亦摇焉”[③]、“气之动物，物之感人，故摇荡性情，形诸舞咏……”[④] 是也。至唐代孔颖达依然

---

① （宋）苏轼：《苏东坡集》前集卷十，商务印书馆 1933 年版，第 87 页。

② （晋）陆机：《文赋》，载张怀瑾《文赋译注》，北京出版社 1984 年版，第 20 页。

③ （梁）刘勰：《文心雕龙·物色》，载周振甫《文心雕龙今译》，中华书局 1986 年版，第 409 页。

④ （梁）钟嵘：《诗品序》，载周振甫《诗品译注》，中华书局 1998 年版，第 15 页。

说："感物而动，乃呼为志。志之所适，外物感焉。"[①] 如果理论仅停留于此，显然把主体置于被动地位，仅对刺激做出反应，有机械观之嫌。古代美学家没有这样，他们认为，一旦物我相融，进入审美体验状态，彼此间的双向交流就开始了："情往似赠，兴来如答"，心"既随物以宛转"，物"亦与心而徘徊"[②]；"山川脱胎于予也，予脱胎于山川也"[③]。在这里，触景生情的被动的情感反应与以情观物的能动的情感观照发生于人与对象相遇的同一瞬间，心与物无所谓主动与被动，或者也可以说二者均具有亦主动亦被动的特点，彼此相互引发、相互渗透、相互吸收，因而产生一种欣然、陶然、适然的氛围感与情趣感，仿佛二者的感应是天然的凑泊，真有非此物不足以感此人，非此人不能够体此物的意味。终于，当这种双向交流达到一定程度的时候，心物浑然、不分你我了。这就是庄生晓梦迷蝴蝶，"不知周之梦为蝴蝶与，蝴蝶之梦为周与?"的"物化"[④]；是李白"相看两不厌，只有敬亭山"[⑤]；是石涛的"山川与予神遇而迹化也，所以终归之于大涤也"[⑥]。这就是中国古代艺术家、美学家在创作和欣赏实践中洞见并总结出的审美体验的一种状态。

这种与对象"物化"的审美体验是一种高层次、高境界的

---

① （唐）孔颖达：《诗大序正义》，载郭绍虞《中国历代文论选》第一册，上海古籍出版社 1979 年版，第 5—6 页。

② （梁）刘勰：《文心雕龙·物色》，载周振甫《文心雕龙今译》，中华书局 1986 年版，第 410 页。

③ （清）石涛：《画语录·山川第八》，载韩林德《石涛与〈画语录〉研究》，江苏美术出版社 1989 年版，第 221 页。

④ （先秦）庄子：《庄子·齐物论》，载欧阳超、欧阳景贤《庄子释译》上册，湖北人民出版社 1986 年版，第 58 页。

⑤ （唐）李白：《李太白全集》，上海书店影印出版社 1988 年版，第 523 页。

⑥ （清）石涛：《画语录·山川第八》，载韩林德《石涛与〈画语录〉研究》，江苏美术出版社 1989 年版，第 221 页。

体验，是中国历来艺术家所苦苦追求的目标。苏轼就因好友文与可画竹时能做到身与竹化而大加赞扬："与可画竹时，见竹不见人，岂独不见人？嗒然遗其身。其身与竹化，无穷出清新。"[①]明代谢榛在《四溟诗话》中也说过物我融一的审美体验状态对诗歌创作的巨大作用："思入杳冥，则无我无物。诗之造玄矣哉！"[②] 在艺术欣赏中古代美学家也极其推崇审美主体与艺术品即艺术意境之间的浑然莫辨状态，正如清代词人况周颐所说："读词之法，取前人名句意境极佳者，将此意境缔构于吾想望中。然后澄思渺虑，以吾身入乎其中而涵泳玩索之。吾性灵与相浃而俱化，乃真实为吾有而外物不能夺。"[③] 这说明审美感受的浓厚与审美体验的深入是一致的。在这种身与物化的审美体验中，既没有主体压倒客体作一味的情感外射，也没有客体否定主体使之无暇观照。这里既有主体的客体化、自我的非自我化、生命的物化，也有客体的主体化、非我的自我化和物的生命化。主客体间距离的消失是因为彼此间神交而韵生，审美主体就是因着这种神韵超越自我、超越万物，进而领悟万物、领悟生命情调的，他也因着这种神韵体味到宇宙间弥漫的氤氲元气。这时的主体会感到"天地与我并生，万物与我为一"[④]，他的精神和生命是充实而饱满的，他已达到了"无功"、"无名"、"无己"[⑤] 而"与天地精神往来"的境界。在这种忘我的境界中他享受到了充分的解放与自由，这时他为自己创造的一个可以将全身心投入其

---

① （宋）苏轼：《苏东坡集》前集卷十六，商务印书馆 1933 年版，第 62 页。

② （明）谢榛：《四溟诗话》，人民文学出版社 1961 年版，第 71 页。

③ （清）况周颐：《蕙风词话》，载《蕙风词话·人间词话》，人民文学出版社 1960 年版，第 9 页。

④ （先秦）庄子：《庄子·齐物论》，载欧阳超、欧阳景贤《庄子释译》上册，湖北人民出版社 1986 年版，第 43 页。

⑤ 同上书，第 10 页。

中的最可信赖的世界。

如果说对审美体验浑融状态的描述、揭示和标扬还属于表层性理论的话，那么，对于物我两忘、心物交融的原因进行探讨则证明古代审美理论的深刻。首先，古代美学家认为内心的虚静、无一桎梏、不受杂念及外界干扰是物我交融的审美体验产生的必要前提。庄子的“佝偻者承蜩”、“宋元君将画图”、“梓庆削木为鐻”等寓言故事已经具备了这样的美学意义，而庄子本人的审美体验，正是一种与道为一的浑融体验。之所以能如此，就是因为他摒弃了世俗的功名利欲、有着一颗虚静澄澈的审美心胸。唐代诗人符载曾亲眼目睹过张璪画松石图，他认为张璪作画之所以能忘我如痴，达到天工化物般的效果，是由于其“遗去机巧，意冥玄化，而物在灵府，不在耳目。故得于心，应于手，孤姿绝状，触毫而出，气交冲漠，与神为徒”[①]。说明客体完全融入主体（“物在灵府，不在耳目”）与主体完全注入到客体（“气交冲漠，与神为徒”）的体验状态是“遗去机巧，意冥玄化”之虚静心理的必然效应。其次，古代美学家认为审美主客体交融共感的最终根据是彼此相通，同构或同态。这种认识在孔子那里就比较明确了，他说：“知者乐水，仁者乐山；知者动，仁者静；知者乐，仁者寿。”[②] 这段话透露的就是审美体验产生的秘密：一动一静、一乐一寿，知者与仁者的心理结构、性格状貌不同；一流动、一静兀，山与水的存在形式不同。正是这两种主客体的不同对应，决定了两种不同的审美体验的产生。尽管“知者”与“仁者”在孔子那里不可能没有特定的伦理道德含义，但他对同

---

① （唐）符载：《观张员外画松石序》，载胡经之《中国古典美学丛编》中册，中华书局1988年版，第431页。

② （先秦）孔子：《论语·雍也》，载杨伯峻《论语译注》，中华书局1980年版，第62页。

则相应的审美发生规律的认识是有着很重要的美学理论意义的。《论语》中塑造的孔子形象，不仅有着至善至美的人格修养，而且有着浓厚的审美情趣和高超的审美能力，他的审美实践已经证明了他前述规律的正确性，“子在齐闻《韶》，三月不知肉味”[①]，孔子之所以如此酣然地欣赏《韶》乐，正是因为《韶》乐有如他所说的“尽美矣，又尽善也”[②] 的特质，这特质正与他本人的人格特点相呼应，因而才有那种持久的审美满足。

后来孟子、荀子、董仲舒、刘向等人对孔子的“乐水”、“乐山”说加以发挥，形成了“比德”说这一自然审美理论。如《荀子·宥坐》载：“孔子观于东流之水，子贡问于孔子曰：‘君子之所以见大水必观焉者是何?’孔子曰：‘夫水，大偏与诸生而无为也，似德；其流也埤下，裾佝必循其理，似义；其洸洸乎不淈尽，似道；若有决行之，其应佚若声响，其赴百仞之谷不惧，似勇；主量必平，似法；盈不求概，似正；淖约微达，似察。以出以入，以就鲜洁，似善化；其万折也必东，似志。是故君子见大水必观焉。’”[③] 这里我们不想对自然“比德”说作过多评论，只是指出一点，尽管这种将君子的道德精神品质与水的各种流动状态作一一类比不无牵强之嫌，但他们注意的始终是品质与水的形态的对应性，正是这种对应性的发现揭示了审美规律。水的各种变动不居的形态，引发观水者的联想，主体观念性的象征与情感性的象征会合了，在他的审美观照中自己与水是同

① （先秦）孔子：《论语·述而》，载杨伯峻《论语译注》，中华书局 1980 年版，第 70 页。

② （先秦）孔子：《论语·八佾》，载杨伯峻《论语译注》，中华书局 1980 年版，第 33 页。

③ （先秦）荀子：《荀子·宥座》，载王先谦《荀子集解》下册，中华书局 1988 年版，第 524—526 页。

一的，因而才得到一种审美愉悦与满足。作为一种审美理论，“比德”说对人类生命的本质在先秦时代的特殊表现有着一种较清醒的认识，因而它对审美愉悦的根据所作的解释有很大的历史意义，而它对审美主客体对象性关系的朴素认识，则有着不可磨灭的美学意义。

后代很多文艺美学家都认为只有“同类相动”才能进入物我为一的浑融体验状态进而获得浓郁的审美感受。刘勰认为能够进入“情往似赠，兴来如答”、“神与物游”[①] 的审美体验状态是人心之“理”与外物之“貌”应合的结果，即“物以貌求，心以理应”[②]。应合即二者有某种相同的地方能达到相契而不乖离，黄侃对此理解得非常正确，他说：“此言内心与外境相接也。内心与外境，非能一往相符会，当其窒塞，则耳目之近，神有不周；及其怡怿，则八极之外，理无不浃。然则以心求境，境足以役心；取境赴心，心难于照境。必令心境相得，见相交融。”[③] 这里所说的“相得”也即是彼此有相通、相契的基点的意思，“相得”则有心与境的必然凑泊。刘勰之所以指责“志深轩冕，而泛咏皋壤，心缠几务，而虚述人外”的“为文而造情”，而提倡“为情而造文”[④]，正是因为他认识到“相得”而“相融”的审美体验的产生才是艺术创作成功的先决条件。明代何景明的“意象应曰合，意象乖曰离”[⑤]，也找到了审美体验浑

① （梁）刘勰：《文心雕龙·神思》，载周振甫《文心雕龙今译》，中华书局1986年版，第246页。

② 同上书，第251页。

③ 黄侃：《文心雕龙札记》，上海古籍出版社2000年版，第93页。

④ （梁）刘勰：《文心雕龙·情采》，载周振甫《文心雕龙今译》，中华书局1986年版，第287页。

⑤ （明）何景明：《与李空同论诗书》，载郭绍虞《中国历代文论选》第三册，上海古籍出版社1980年版，第37页。

融状态的根据在于主客体的“应”。清代刘熙载说：“在外者物色，在我者生意，二者相靡相荡而赋出焉，若与自家生意无相入处，则物色只成闲事”[①]，这“相入处”指的就是物与我的契合基点，没有它，就不可能有“相靡相荡”的物我两忘的审美体验，更不能有文艺作品的产生。“浮云游子意，落日故人情”[②]、“雨中黄叶树，灯下白头人”[③]，像这样由主客相通而相融，在浓郁深沉的物我一体的审美体验中对象化成的诗句，在中国古代诗歌中数不胜数，甚至有些对应形式已经获得独立的美学意义，乃至成为中国古人的一种“集体无意识”，作为“原型”模式积淀在他们心里，如暮色—乡愁、秋—悲、春草—离情，等等。这些固定下来的形式，是古代诗人们活生生的人生经验和审美体验的结晶，正如荣格所说：“每一种原始意象都是关于人类精神和人类命运的一块碎片，都包含着我们祖先的历史中重复了无数次的欢乐和悲哀的残余，并且总的说来始终遵循着同样的路线生成”[④]。中华民族有自己独特的情感方式与审美体验方式，而中国古代的美学理论正与之相表里，不仅描述它、揭示它，而且为它寻找根由。中国古代美学家已经认识到不是所有人面对任何物都能产生审美体验，而是只有主体的全部心灵真实与外物的某种情蕴信息在一定程度上相应、相通，主体才能纳物于心、融心于物而获得深沉、隽永、浓酣的审美享受。

马克思在《1844年经济学—哲学手稿》中说：“对象如何对

---

① （清）刘熙载：《艺概·赋概》，上海古籍出版社1978年版，第98页。

② （唐）李白：《送友人》，载《李太白全集》，上海书店出版社1988年版，第406页。

③ （唐）司空曙：《喜外弟卢纶见宿》，载喻守真《唐诗三百首详析》，中华书局1957年版，第190页。

④ ［瑞士］荣格：《论分析心理学与诗歌的关系》，转引自滕守尧《审美心理描述》，中国社会科学出版社1985年版，第197页。

他说来成为他的对象，这取决于对象的性质以及与之相适应的本质力量的性质；因为正是这种关系的规定性形成一种特殊的、规定的肯定方式。眼睛对对象的感觉不同于耳朵，眼睛的对象不同于耳朵的对象。每一种本质力量的独特性，恰好就是这种本质力量的独特的本质，因而也是他们的对象的独特方式。”① 这里，马克思讲的是人类作为整体在物质实践活动中与自然形成的对象化关系的情形。我们认为，现实的、具体的审美体验的产生（即具体审美主体面对具体审美对象产生审美反应）也符合这种对象化关系的理论。亦即是说，审美体验的产生决定于审美主客体双方的性质、特点等条件的某种适应性。而中国古代美学家正不同程度地意识到了审美体验产生的这种规律，只是他们不能在历史唯物主义的高度上认识人的社会实践本质，因此，古代美学中讲的审美主体有时不免出现两种走向：要么是不食人间烟火的真人仙子，要么是某种伦理道德观念化身的圣人君子（当然这并不是全部）。但是，如果我们窥视其审美理论的合理内核，就不能不承认它对我们在美学理论建构上有着不可忽视的启发意义。

（三）灵感到来时的审美体验状态

中国古代艺术家确实向人们诉说过创作的苦涩与艰辛，“吟安一个字，捻断数茎须”②、“两句三年得，一吟双泪流”③ 等自述已经表明了一些诗人的苦心孤诣与殚精竭虑了。文艺创作是以

---

① 马克思：《1844 年经济学—哲学手稿》，刘丕坤译，人民出版社 1979 年版，第 79 页。

② （唐）卢延让：《苦吟》，载姜葆夫、韦良成《常用古诗读辑》，广西人民出版社 1985 年版，第 327 页。

③ （唐）贾岛：《题诗后》，载齐文榜《贾岛集校注》，人民文学出版社 2001 年版，第 545 页。

一种独特的方式去把握世界和人生，它不仅要求作家、艺术家观察角度与感受方式的独特，而且要求其表达方式与表现形式的新颖，为此，“踏破铁鞋无觅处”的煎熬对于创作主体来说也确实是在所难免的，然而，煎熬并不是创作实际的全部，艺术家并不是永远泡在煎熬之中，数不胜数的优秀文艺作品也不都是煎熬的成果。恰恰相反，更多的时候，艺术家们能够乘兴一挥而就，不事雕琢却妙造自然。这时他们体会到的是自如潇洒、酣畅淋漓，甚至是某种程度的身不由己。这种时候，就是古代艺术家、美学家所说的天机开启，也就是我们今天所说的灵感的来临。

灵感来临时，创作主体会进入极度兴奋的审美体验状态：情绪十分激昂，感情十分强烈，想象极为活跃而丰富，生命力和创造力得到充分而不由自主的大爆发。中国古代美学家对这一现象多有洞见。

“枢机方通，则物无隐貌。”[①]（刘勰）

“思若有神，胸不斯须，风飞雷起。”[②]（刘孝绰）

“文徽徽以溢目，音泠泠而盈耳。”[③]（陆机）

“吟咏之间，吐纳珠玉之声；眉睫之前，卷舒风云之色”[④]。（刘勰）

“思风发于胸臆，言泉流于唇齿。”[⑤]（陆机）

---

① （梁）刘勰：《文心雕龙·神思》，载周振甫《文心雕龙今译》，中华书局1986年版，第246页。

② （梁）刘孝绰：《昭明太子集序》，载《全梁文》卷六十，http：//book. gu-qu. net/quanliangwen/11463. html。

③ （晋）陆机：《文赋》，载张怀瑾《文赋译注》，北京出版社1984年版，第46页。

④ （梁）刘勰：《文心雕龙·神思》，载周振甫《文心雕龙今译》，中华书局1986年版，第246页。

⑤ （晋）陆机：《文赋》，载张怀瑾《文赋译注》，北京出版社1984年版，第46页。

“兴之所至，毫端必达，其万千气象都出于初时意计之外。”[①]（沈宗骞）

“一情独往，万象俱开，口忽然吟，手忽然书，即手口原听我胸中之所流。手口不能测，即胸中原听我手口之所止。”[②]（谭友夏）

“当夫运思落笔，时觉心手间有勃勃欲发之势”[③]。（沈宗骞）

“精神贯注处，眼光四射”[④]。（王绂）

通过这种对创作主体天机迅启、茅塞顿开时审美体验状态的描述，我们可以得出以下结论：首先，创作主体对审美对象的把握是整体的、心灵的，是由形到神、由表及里的，所谓“物无隐貌”。其次，此时创作主体的意象创生能力极其强大，在想象驰骋之时，各种意象一刹那奔驰而来，联翩而至，有听觉意象，有视觉意象，有感知觉意象，亦有联想、虚构意象，所谓“万千气象都出于初时意料之外”。再次，创作主体的心与手、心与口之间的距离在不知不觉中消失了，这时提笔写作便是审美体验过程与艺术表达过程的合一。这时，陆机所担心的“意不称物，文不逮意”[⑤] 的现象根本不会存在，这时，再不是殚精竭虑而收获甚微，而是似乎不假思索却文思泉涌、笔底生风。正如叶燮于《原诗》中所说：“当其有所触而兴起也，其意、其辞、其句，

---

① （清）沈宗骞：《芥舟学画编》，人民美术出版社 1959 年版，第 78 页。

② （明）谭友夏：《汪子戊巳诗序》，载胡经之《中国古典美学丛编》中册，中华书局 1988 年版，第 330 页。

③ （清）沈宗骞：《芥舟学画编》，载胡经之《中国古典美学丛编》中册，中华书局 1988 年版，第 338 页。

④ （明）王绂：《书画传习录》，载胡经之《中国古典美学丛编》中册，中华书局 1988 年版，第 331 页。

⑤ （晋）陆机：《文赋》，载张怀瑾《文赋译注》，北京出版社 1984 年版，第 18 页。

劈空而起。皆自无而有，随在取之于心，出而为情、为景、为事，人未尝言之，而自我始言之，故言者与闻其言者，诚可悦而永也。”[①] 这种因突如其来的见人所未见、感人所未感、言人所未言而得到的愉悦是一个艺术家真正的、独特的、不可重复的审美体验。最后，创作主体精神专注、情不自禁、行不自已，所谓“忽然如睡，焕然如兴”、“口忽然吟，手忽然书”，所谓“不知手之舞之足之蹈之”[②]；所谓“发狂大叫，流涕恸哭，不能自止”[③]。总之，在灵感精灵的带领下，创作主体仿佛遨游了一个神奇诡谲、瑰丽多彩的世界，他经历的是一次超常的、激荡的、美妙的体验过程。

然而，令人遗憾的是，这种体验并不是任何时候任何人都能经历得到的。灵感状态的来去匆匆，不是人力所能控制的，天机开启的时机也是人力无法预测的。对此，古代美学家也有明确认识：那是“若夫应感之会，通塞之纪，来不可遏，去不可止”[④]。那是“恍惚而来，不思而至。怪怪奇奇，莫可名状”[⑤]。“其不可遏也，如弩箭之离弦。其不可测也，如震雷之出地。前乎此者杳不知其所自起，后乎此者杳不知其所由终。”[⑥] 这就说明，灵感状态的来去遵循其自身规律，不以人的主观意志为转移，灵感降

---

① （清）叶燮：《原诗·内篇》，人民文学出版社 1979 年版，第 5 页。

② （汉）郑玄：《诗大序》，载胡经之《中国古典美学丛编》中册，中华书局 1988 年版，第 376 页。

③ （明）李贽：《焚书》卷三，载《杂述·杂说》，中华书局 1975 年版，第 97 页。

④ （晋）陆机：《文赋》，载张怀瑾《文赋译注》，北京出版社 1984 年版，第 46 页。

⑤ （明）汤显祖：《合奇序》，载徐朔方《汤显祖集》，中华书局 1962 年版，第 1078 页。

⑥ （清）沈宗骞：《芥舟学画编》，载胡经之《中国古典美学丛编》中册，中华书局 1988 年版，第 338 页。

临，得之意外，灵感隐遁，欲求不得。

但是，客观规律不是不能认识的，灵感现象既然发生在创作主体身上，它就不能是绝对独立于创作主体之外的灵异现象。中国古代美学家一般认为灵感的产生是创作主体于心有所积、于境有所触的结果。第一个形象、生动、精彩地描绘灵感状态的陆机就已经指出了灵感的本质特征是“应感之会”。“应感”也就是心与物相互感应、引发的意思。明代谢榛在《四溟诗话》中说：“诗有天机，待时而发，触物而成，虽幽寻苦索，不易得也。”[①]清代沈宗骞说：“因有所触，乘兴而动，则兔起鹘落，欲罢不能。急起而随之，盖恐其一往而不复再观也。”[②]他们都认为灵感是情思与物境霎时相触而产生的，只要心与物有所相通，发生感应，那么，灵感的产生就是必然的了。不过，古代美学家并不认为人人都可以无条件地与物触发随时产生灵感，他们从来都是从创作主体身上寻找灵感产生的必然性根据。明许学夷说：“有宗中郎而诋予者曰：诗在境会之偶偕，即作者亦不自知，先一刻迎之不来，后一刻追之已逝。予谓此论妙绝……然苟不先乎规矩，则野狐外道矣。规矩者，体制声调之谓也。”[③]这里强调的是创作主体的艺术经验的积累，技法规矩的掌握于灵感产生的制约性。方熏说：“先具胸中丘壑，落笔自然神速”[④]，石涛说：“搜尽奇峰打草稿也”[⑤]，这里指出意象积累是灵感产生时意象迭生的必要前提。严羽说：“诗有别材，非关书也；诗有别趣，非

---

① （明）谢榛：《四溟诗话》，人民文学出版社1961年版，第41页。

② （清）沈宗骞：《芥舟学画编》，载俞剑华《中国古代画论类编》，人民美术出版社2007年版，第517页。

③ （明）许学夷：《诗源辩体》，人民文学出版社1987年版，第323页。

④ 方薰：《山静居画论》，人民美术出版社1959年版，第30页。

⑤ （清）石涛：《画语录·山川第八》，载韩林德《石涛与〈画语录〉研究》，江苏美术出版社1989年版，第221页。

关理也，然非多读书，多穷理，则不能极其至。”① 指出知书识理也是创作主体的必要修养。李贽说：“且夫世之真能文者，比其初皆非有意于为文也。其胸中有如许无状可怪之事，其喉间有如许欲吐而不敢吐之物，其口头又时时有许多欲语而莫可所以告语之处，蓄极积久，势不能遏，一旦见景生情，触目兴叹；夺他人之酒杯，浇自己之块垒；诉心中之不平，感数奇于千载。”② 这是说浓厚的情感积蓄使灵感产生具有很大可能性。吕本中说：“悟入之理，正在工夫勤惰间耳。如张长史见公孙大娘舞剑，顿悟笔法。如张者，专意此事，未尝少忘胸中，故能遇事有得，遂造神妙；使它人观舞剑，有何干涉。”③ 这是说始终萦怀的欲罢不能的创作意识有使主体获得灵感的必然性。总之，中国古代美学家认为灵感产生的基础和必然性的根据在于创作主体的主观条件，而外界事物只是灵感产生的偶然性触发因素，灵感的真正产生是必然与偶然性的统一，是主体与客体的统一，是心与物的交感。

众所周知，在西方美学史上，第一个系统全面地论述灵感现象的是柏拉图。他有时认为灵感是神灵凭附到诗人、艺术家身上，使他们失去日常理智而处于迷狂状态，在神的操纵下进行创作；有时又认为灵感的获得是不朽的灵魂对前生、对永恒的“理式”的回忆，这种回忆也能使诗人达到迷狂状态。柏拉图根本否定技艺，他说：“凡是高明的诗人，无论在史诗或抒情诗方

---

① （宋）严羽：《沧浪诗话》，载郭绍虞《沧浪诗话校释》，人民文学出版社1961年版，第26页。

② （明）李贽：《杂述·杂说》，载《焚书》卷三，中华书局1975年版，第97页。

③ （宋）吕本中：《与曾吉甫论诗第一帖》，载胡仔《苕溪渔隐丛话》，人民文学出版社1961年版，第333页。

面，都不是凭技艺来做他们优美的诗歌，而是因为他们得到灵感，有神力凭附着。”[①] 他也丝毫不认为诗人本身有什么能动性，他说，“优美的诗歌在本质上不是人的而是神的，不是人的制作而是神的诏语”[②]；在他心目中，诗人完全处于被动的地位：“诗人只是神的代言人，由神凭附着。”[③] 比较看来，中国古代美学注重从审美主体身上寻找灵感产生的必然性根据以及从主体生活的时空环境中寻找灵感产生的偶然性出发点，要比柏拉图把灵感产生的主动权交给神灵深刻得多。

（四）审美体验的超时空特点

审美是心灵的一种自由活动，它能够以特殊的方式冲破一切局限与束缚，引人走向广阔无垠的天地。中国古代美学家对这一问题的认识主要表现在他们对审美体验的超时空特点的描述与强调上。

在中国古代文艺学美学史上，第一个对审美体验的超时空特点进行揭示和描述的是晋代陆机。陆机用赋的文体形式，以“拟诸形容，言务纤密”的铺陈手法，把文学创作的全过程作为客观对象，进行了淋漓酣畅的描述，其中对文思的感发兴起和文思的微妙而灵动的变化的描绘，在中国古代审美体验理论上的价值和意义是前所未有的。陆机是这样揭示审美体验的超时空特点的：“精骛八级，心游万仞”、“浮天渊以安流，濯下泉而潜浸”、“观古今于须臾，抚四海于一瞬”[④]，这实在是太形象、太生动、

---

① ［古希腊］柏拉图：《伊安篇》，载《柏拉图文艺对话集》，朱光潜译，人民文学出版社1980年版，第8页。

② 同上书，第9页。

③ 同上。

④ （晋）陆机：《文赋》，载张怀瑾《文赋译注》，北京出版社1984年版，第22页。

太准确的揭示，这就是说处于审美体验过程之中的主体，可以做心灵的远游，他既可以在同一空间驰骋于古往今来之境，也可以在同一时间纵横于辽阔而苍茫的宇宙。他可以腾飞于时空拘囿之上，展开自由的双翅，时而翱翔于邃古之初，时而翩跹于未来之世，忽而徜徉于月华之宫尽情欣赏嫦娥奔舞，忽而徘徊于水晶之殿敞怀吸吮玉洁冰清。这时的审美主体俨然是一个超人了，他可以无远弗届、无高不至、无时不在，他能于刹那见永恒，他能于有限体无限。

其实，打破时空限制、超越时空而获得心灵的想象的自由早已作为一种创作意识和创作心态存在于汉代赋家的创作实践中了。司马相如在《大人赋》中塑造了一位自由自在地遨游于广阔无边的宇宙的“大人”形象，典型地代表了这种超时空的审美心态，而且这种“大人游宇宙”的审美心态已经普遍化为一种赋体模式了。且看司马相如在《上林赋》中借无事公之口对上林苑的描绘：“左苍梧，右西极。丹水更其南，紫渊径其北。终始灞浐，出入泾渭；酆镐潦潏，纡馀委蛇，经营乎其内。荡荡乎八川分流，相背而异态。东西南北，驰骛往来，出乎椒丘之阙，行乎洲淤之浦，经乎桂林之中，过乎泱漭之野。”“于是乎周览泛观，缜纷轧芴，芒芒恍忽。视之无端，察之无涯”①，这哪里还是现实中的上林苑（上林苑，秦代旧苑，汉武帝时扩建，南傍终南山，北滨渭水）？而完全是作者司马相如在自己创造的想象世界中尽情驰骋、奇思妙想的结果，那简直是一个古往今来无始无终，四方上下无边无际的难以范围的超时空所在，在那里，审美主体“扬节而上浮，凌惊风，历骇飙，乘虚无，与神俱。躏玄鹤，乱昆鸡，遒孔鸾，促鵕鸃。拂翳鸟，捎凤凰，捷鵷

① （汉）司马相如：《上林赋》，载《昭明文选》，西苑出版社 2003 年版，第 37 页。

雏，揜焦明。道尽涂殚，回车而还，消摇乎襄羊，降集乎北纮……”[①]陆机所概括的审美体验的超时空特点在这里表现得何其充分！

这种“控引天地、错综古今”[②] 的创作意识在汉大赋作家中普遍存在，当然与汉代那种吞吐宇宙的博大的时代精神及席卷天地、驰骋万类的“大人”风神有关，但是如果只从创作心态和文体模式的角度考察，我们也能找到这其中的线索。它的前身便是屈原那“往观乎四荒”、“上下求索”[③] 的创作心态。政治理想与黑暗的现实之间的矛盾使屈原痛苦难当，而遨游于寥廓的宇宙则使他的心灵得到片刻的安抚，正如姜亮夫所说：“屈赋二十五篇，几无不上交天神，驰驱上下……故诗人于心情凋蔽，面目憔悴之候，乃能缥缈云天之中，得所以解慰，所以自救，所以舒畅其情思。”[④] 当然，屈原的最终自溺身亡说明审美不能代替现实，但是，在片刻的审美体验中超越时空、获得心灵的自由驰骋却是事实。

为审美体验超时空理论探源，我们不能忽略庄子美学思想在这方面的意义。庄子大倡“逍遥游”，在他那里“乘云气、御飞龙、而游乎四海之外”[⑤]、“游夫摇荡恣睢转徙之涂”[⑥]、“游心于

---

① （汉）司马相如：《上林赋》，载《昭明文选》，西苑出版社 2003 年版，第 38—39 页。

② （晋）葛洪：《西京杂记》，载胡经之《中国古典美学丛编》中册，中华书局 1988 年版，第 320 页。

③ （先秦）屈原：《离骚》，载郭沫若《离骚今译》，人民文学出版社 1987 年版，第 27、39 页。

④ 姜亮夫：《三楚所传古史与齐鲁三晋异同辨》，载《楚辞学论文集》，上海古籍出版社 1984 年版，第 111 页。

⑤ （先秦）庄子：《庄子·逍遥游》，载欧阳超、欧阳景贤《庄子释译》上册，湖北人民出版社 1986 年版，第 14 页。

⑥ （先秦）庄子：《庄子·大宗师》，载欧阳超、欧阳景贤《庄子释译》上册，湖北人民出版社 1986 年版，第 164 页。

物之初"[①]、"出入六合，游乎九州"[②] ……就是最高的审美体验，就是"同于大通"，就是体"道"，"逍遥游"是不受任何时空限制的绝对自由。在庄子看来，只有超越时空，才能做到"无功"、"无名"、"无己"，才能摆脱感官世界的束缚；只有超越时空，才能"外天下"、"外物"、"外生"，才能获得永恒的存在价值。这样，超越时空于庄子不仅是审美体验本身，而且是审美体验的必要前提。

以上追溯不仅能略见审美体验超时空特点的实迹之一斑，而且说明，在文学的自觉时代到来之际的陆机能从审美理论上概括出审美体验的超时空特点并非偶然。陆机之后的美学家对审美体验的超时空性多有描述，东晋葛洪就曾这样描述审美体验："乘流光，策飞景，凌六虚，贯涵溶。出乎无上，入乎无下。经夫汗漫之门，游乎窈渺之野。逍遥恍惚之中，徜徉仿佛之表。咽九华于云端，咀六气于丹霞。徘徊茫昧，翱翔希微，履略蜿虹，践跚旋玑"[③]，"思渺渺焉若居乎虹霓之端，意飘飘焉若在乎倒景之邻。万物不能搅其和，四海不足汨其神"[④]，这种描述虽然有些迷离恍惚，但其对审美体验超时空特性的形容则是无以复加的。刘勰处于陆机两百年之后的梁代，他在《文心雕龙·神思》篇开首便说："形在江海之上，心存魏阙之下，神思之谓也。"刘勰在这里既不是阐述灵魂与肉体分离的迷信唯心思想意识，也不是有意于讽刺身在江海而心怀功名利禄的假隐士。刘勰借用这一

---

① （先秦）庄子：《庄子·田子方》，载欧阳超、欧阳景贤《庄子释译》下册，湖北人民出版社 1986 年版，第 126 页。

② （先秦）庄子：《庄子·在宥》，载欧阳超、欧阳景贤《庄子释译》上册，湖北人民出版社 1986 年版，第 243 页。

③ （晋）葛洪：《抱朴子·内篇·畅玄》，上海古籍出版社 1985 年版，第 2 页。

④ （晋）葛洪：《抱朴子·外篇·佳遁》，上海古籍出版社 1985 年版，第 161 页。

古语，意在说明创作主体的艺术想象能够摆脱身官局限，打破特定的时间和空间限制，具有无限的广阔性和丰富性。而接下来所说的“文之思也，其神远矣。故寂然凝虑，思接千载；悄焉动容，视通万里”[①]，则更与陆机所说的“观古今于须臾，赴四海于一瞬”如出一辙。明代著名作家汤显祖的文论，颇具浪漫色彩，他主张文艺创作应该有强烈的情感、强烈的幻想，作家可以突破表面的真实，突破现实时空的限制，在艺术中虚构一个理想世界。他说：“天下文章所以有生气者，全在奇士。士奇则心灵，心灵则能飞动，能飞动则上天下地，来去古今，可以屈伸长短生灭如意，如意则可以无所不如。”[②] 强调的显然是审美主体心灵的自由飞动即审美体验的超越时间与空间的广阔性于文章生气的决定作用。人死不能复生，这是铁的事实，而在审美体验中，主体在情感、意向、愿望与想象中却可以幻化出生死循环图：“情不知所起，一往而深，生者可以死，死可以生。生而不与死，死而不可复生者，皆非情之至也。梦中之情，何必非真，天下岂少梦中之人耶？”[③] 汤显祖的理论和创作实践都证明他已徜徉于自己所创造的独立于现实时空之外的情感世界中与笔下人物一起体验生而死、死而生的人生况味了。

艺术是艺术家审美体验的物态化与对象化，它的特点当然标示着审美体验的特点。中国艺术自由地处理时空、因果关系，通过虚拟而扩大、缩小、改变时空因果的现实的本来面目，使它们

---

① （梁）刘勰：《文心雕龙·神思》，载周振甫《文心雕龙今译》，中华书局1986年版，第246页。

② （明）汤显祖：《序邱毛伯稿》，载徐朔方《汤显祖集》，中华书局1962年版，第1080页。

③ （明）汤显祖：《〈牡丹亭记〉题词》，载徐朔方《汤显祖集》，中华书局1962年版，第1093页。

更自由地脱离逻辑常规而体现出审美规律。恽南田在《题洁庵图》中说："谛视斯境，一草一树，一丘一壑，皆洁庵灵想之所独辟，总非人间所有。其意象在六合之表，荣落在四时之外。将以尻轮神马，御泠风以游无穷。真所谓藐姑射之山，汾水之阳，尘垢秕糠，绰约冰雪。时俗龌龊，又何能知洁庵游心之所在哉。"① 这真是对审美体验超越现实、超越时空及其在艺术中的体现的最好理解。王维作画多不问四时，往往以桃、杏、芙蓉、莲花同画一幅，甚至有雪中芭蕉，艺术理论家们却从不认为他是离物悖理，反而认为是妙手难得，如沈括说："此乃得心应手，意到便成，故造理入神，迥得天意，此难可与俗人论也。"② 这就说明，创作主体审美体验的超时空性对象化到作品上，因而要求欣赏者同样以超客观事实的心理时空与作品"神会"，否则就是俗人论形似，不能进入真正的审美体验。

如果我们把这种对绘画艺术的理解与莱辛对于绘画这一空间造型艺术的要求相比较就不难看出中国审美理论的独特性。莱辛说："把在时间上必然有距离的两点纳入同一幅画里……就是画家对于诗人领域的侵犯，是美好的趣味所不能赞许的。""如果绘画把不同的时间放在同一空间去描绘，它也就同样不是模仿的艺术而是解说的工具。"③ 这与中国古代追求"诗中有画，画中有诗"，诗情画意相融合的艺术境界是何等不同。

创作主体审美体验的超时空性一旦对象化到艺术品中，就必将决定着欣赏主体审美体验的心理特点同样具有超时空性，刘禹

---

① （清）恽南田：《题洁庵图》，转引自宗白华《艺境》，北京大学出版社 1987 年版，第 151 页。

② （宋）沈括：《梦溪笔谈》，载胡道静《梦溪笔谈校证》上册，上海古籍出版社 1987 年版，第 542 页。

③ ［德］莱辛：《拉奥孔》，朱光潜译，人民文学出版社 1979 年版，第 99 页。

锡曾这样描述他读董侹诗时的感受："杳如搏翠屏，浮层澜，视听所遇，非风尘间物。亦犹明金粹羽，得于遐裔。"[①] 这是说赏诗进入境界的时候，自己的心仿佛生出了双翅，自由地飞翔于一个超越时空的无涯无涘的世界。王渔洋的门人汪于鼎表达读老师之诗的感受时亦说："其气超乎鸿蒙之先，味在咸酸之外，往往使人一唱三叹，恍游神于寥泬，架鸾鹤，摘星斗，苍苍然远而无所至极矣，而实不在格调声响间也。"[②] 说明审美主体已经通过诗句又超越诗句而创造出一个新的审美境界，以整个心灵遨游于其中了。

那么，审美主体如何才能打破时空界限让心灵在无限的时空环境中翱翔呢？中国古代美学一致认为在虚静专一的心态中，人的心灵才能超脱于现实时空，而寄心于太古之时，徜徉于寥廓之间。陆机就是把"收视反听"的"虚静"心态作为"精骛八极，心游万仞"的前提条件的。刘勰也把"寂然"、"悄焉"作为"思接万载"、"视通万里"的必要心理准备。明代罗念庵详细地描述过虑静至幻的心理过程："当极静时，恍然觉吾心中虚无物，旁通无穷。有如长空，云气流行，无有止极；有如大海，鱼龙变化，无有间隔；无内外可指，无动静可分；上下四方，往来古今，浑成一片，所谓无在而无不在。吾之一身，乃其发窍，固非形质所能限也。"[③] 虚静的心灵已经与整个大自然，与宇宙合为一体了，此时此刻便是一种永恒与无限。辛弃疾《木兰花慢》

---

① （唐）刘禹锡：《〈武陵集〉纪》，载陶敏、陶红雨《刘禹锡全集编年校注》，岳麓书社 2003 年版，第 916 页。

② （清）王士祯：《带经堂诗话》上册，人民文学出版社 1963 年版，第 199 页。

③ （明）罗念庵：《与蒋道林》，载黄宗羲《明儒学案》，沈芝盈点校，中华书局 1985 年版，第 402 页。

一词中有“可怜今夕月，向何处、去悠悠？是别有人间，那边才见，光景东头”之句，王国维评价说：“词人想象直悟月轮绕地之事，与科学上密合，可谓神悟。”[1] 由此看来，审美主体的虚静空明的心理的获得，就是他的内宇宙之神的无尽开拓，同时也就引来了外宇宙之生生元气的灌注，因而审美主体心灵远游的动力就得到了激发，他就能突破有限意识所及的领域，横绝太空，以致到达自我升华的彼岸，顿悟到宇宙万物的规律和奥秘。

只要涉入中国古代审美体验理论这片古木参天的密林，即刻就会明白，寻找一条可以走出去的小径并不容易。也许这片天地根本没有尽头，对于行走于其中的人来说，每一个傍晚都是迷茫的时刻，也是再鼓风帆的时刻。中国古代美学家往往身兼艺术家，他们从不热衷于构建庞大的理论体系，而是在审美体验中领悟美的真谛，可以说，他们的理论远不如他们的审美体验本身丰富多彩，更多的时候他们喜欢说：“此中有真意，欲辨已忘言。”因此，以上我们就审美体验主体的心理条件、审美体验的几种状貌和特点所作出的归纳与阐述很可能是不得要领的，但是，设若我们不成系统的浮泛的描述能够使更多的人注意到中国古代审美体验理论的丰厚内容与重要价值，则本文也算达到了某种目的。

---

① （清）王国维：《人间词话》，载滕咸惠《人间词话新注》，齐鲁书社 1982 年版，第 58 页。

第　二　编

西方古代文学观分析

一　柏拉图的文学观

柏拉图（公元前 427—公元前 347 年）不是一个专门的文艺理论家，然而，正是他成了西方文艺理论的重要奠基人。柏拉图的文艺思想是在他“哲王之治”的政治思想和“理式论”的哲学思想的基础上形成的，并且包容在他的政治思想和哲学思想之中。归纳、分析柏拉图的文学思想，既有利于我们从源头上理解西方文学思想的实质和特征，也有利于我们为建构中国当代文论寻找启发和镜鉴。

（一）在“镜子”的含义上否定艺术：“模仿说”

艺术是对人生活于其中的世界的模仿，这是古希腊流传已久的观念。赫拉克利特（公元前 530—公元前 470 年）就说：“自然是由联合对立物造成最初的和谐，而不是由联合同类的东西。艺术也是这样造成和谐的，显然是由于模仿自然，绘画在画面上混合着白色和黑色、黄色和红色的部分，从而造成与原物相似的形象，音乐混合不同音调的高音和低音、长音和短音，从而造成一个和谐的曲调。”① 德谟克利特（约公元前 460—公元前 370 年）也说：“在许多重要的事情上，我们是模仿禽兽，做禽兽的小学生的。从蜘蛛我们学会了织布和缝补；从燕子学会了造房子；从天鹅和黄莺等歌唱的鸟学会了唱歌。”② 显然，他们是把

① 北京大学哲学系外国哲学史教研室编译：《古希腊罗马哲学》，生活·读书·新知三联书店 1957 年版，第 23 页。

② 伍蠡甫主编：《西方文论选》上卷，上海译文出版社 1988 年版，第 4—5 页。

自然界作为艺术的源泉的，他们的“模仿说”是具有朴素的唯物主义性质的。

柏拉图继承了艺术是模仿的说法，但是，他的“模仿说”是以他的客观唯心主义哲学为基础的，是建立在他的“理念论”之上的。在柏拉图的心目中存在三个世界：第一是“理念”世界，这是最先存在的世界，是最真实即真理的世界，是一切现实事物之所以成为现实事物的根据、原型，是永恒不变、超越时空的；第二是现实世界，这个世界是理念世界的“摹本”、“影子”，是变化无常的，仅从某个角度反映理念世界的一部分，因此没有太多的真实性；第三是艺术世界，这个世界是对现实世界的模仿，是现实世界的“摹本”、“影子”，而且是不完全的摹本，是具体事物的某个角度的一小部分的影像，它的真实性更是要大打折扣的，甚至可以说，模仿现实事物的艺术毫无真实性可言，因为相对于理念世界来说，艺术世界是“摹本的摹本”、“影子的影子”，“与真理隔着三层”。在《理想国》卷十中，柏拉图以“床”为例说明了这个问题，他认为“床”有三种：一种是“本然的床”，是“床之所以为床的那个理式”，是“床的真实体”，这个床是由神创造出来的；第二种是木匠制造的床，这个床是床的理式的部分的显形，是一个个别的床，是床的理式的“摹本”；第三种是画家画的床，是从不同角度模仿木匠制造的床的结果。①

柏拉图认为，模仿者对模仿对象并没有真知识，他说：“从荷马起，一切诗人都只是模仿者，无论是模仿德行或是模仿他们所写的一切题材，都只得到影像，并不曾抓住真理。”② 艺术家

---

① ［古希腊］柏拉图：《理想国》卷十，载《柏拉图文艺对话集》，朱光潜译，人民文学出版社1980年版，第70—71页。

② 同上书，第76页。

只是“制造外形者”，就像“拿一面镜子四面八方地旋转，你就会马上造出太阳、星辰、大地、你自己、其他动物、器具、草木，以及我们刚才所提到的一切东西”① 一样，得到的只是外形而不是事物的“实体”。

毫无疑问，柏拉图的“模仿说”失却了古希腊传统的“模仿说”的朴素唯物成分，涂抹上了客观唯心主义及神学色彩。他对模仿型艺术的真实性和存在价值的一概否定也失之片面和绝对。

但是，柏拉图的“模仿说”对我们理解艺术也是有启发意义的，它启迪我们对艺术真实性问题及艺术存在价值问题进行深入思考。

艺术应该具备哪种层次的真实？艺术存在的价值在哪里？这些问题是文论史上一直在探讨的问题，直到今天也没有唯一的标准答案，这也是人文学科特点的一种表现。虽然没有标准答案，但文论史上很多著名文论家的观点对我们构成启发。柏拉图的“模仿说”当属最早思考艺术真实问题和艺术存在价值问题的学说，它启发我们：面对一部艺术作品，一定要看它是否具备深层次的真实，如果它只相当于一面镜子仅从某个角度临摹到具体事物表层面貌、只具备事实层面的真实，如果它只是在对自然界或人类生活学样的意义上存在，那么，它确实属于低级形态的作品，它作为艺术的价值确实不高。

对于柏拉图的“模仿说”，有些研究者的理解失之简单，以为柏拉图是艺术的敌人，是艺术的绝对否定者。其实，柏拉图只是在一味学样、照抄照搬事物表相而不能深入事物实质、

---

① ［古希腊］柏拉图：《理想国》卷十，载《柏拉图文艺对话集》，人民文学出版社 1980 年版，第 69 页。

不能洞见真相的意义上否定所谓的艺术的。可以推论，他否定“镜子”意义上的艺术，正是在呼唤具备深层真实的艺术。

（二）片面的深刻：“迷狂说”

柏拉图在《伊安篇》《斐德若篇》中表达了他对艺术创作实质的不同于“模仿说”的又一种认识——“迷狂说”，即“灵感说”。

柏拉图认为，诗人是在神力的凭附、驱遣下，失去日常理智，陷入迷狂状态下进行写作的，好诗在本质上是神的诏语而不是人的制作，诗人是神的代言人。而且，不仅史诗、抒情诗、戏剧等的创作需要迷狂状态，像伊安那样的诵诗人在朗诵、发挥别人的诗作时，戏剧表演者在演戏时，读者、观众等在欣赏时，都需要进入迷狂状态。他用磁石与铁环的关系比喻这种灵感现象：神力是磁石，诗人是被磁石吸引的第一个铁环，他又从神力得到磁力而吸引诵诗人这一铁环，诵诗人从诗人那里得到磁力而吸引听众等铁环，这样就形成了由神力作用着的一条长锁链，“通过这些环，神驱遣人心朝神意要他们走的那个方向走”①。在这种状态下，诗人“像酿蜜，飞到诗神的园里，从流蜜的泉源吸取精英，来酿成他们的诗歌”②，同样，诵诗人和表演者也是“失去自主，陷入迷狂，好像身临诗所说的境界”③，如伊安所说：“我在朗诵哀怜事迹时，就满眼是泪；

---

① ［古希腊］柏拉图：《伊安篇》，载《柏拉图文艺对话集》，朱光潜译，人民文学出版社 1980 年版，第 11 页。

② 同上书，第 8 页。

③ 同上书，第 10 页。

在朗诵恐怖事迹时，就毛骨悚然，心也跳动。”[①] 而欣赏者也“都表现哀怜、惊奇、严厉种种不同的神情”[②]。

“灵感说”并非源自柏拉图，在古希腊早已流行。希腊神话中的缪斯女神就是主宰、掌管文艺的，人间的艺术当然是她赐给某些人灵感，在她的凭附、驱遣下才得以产生的。赫西俄德在《神谱》的序曲中说，是诗神缪斯给他一根奇妙的月桂枝，使他唱出了美妙的歌。荷马在《伊里亚特》的卷首呼唤诗神赐给他灵感。但是，柏拉图与前人的不同之处在于，他不满足于接受一种流行的说法，而是对灵感作了进一步的研究、辨析和阐释。他以荷马等大作家为例，对艺术创作靠灵感而不靠技艺、知识、日常理智等进行了详细论证，又对靠灵感进行艺术创作的特征进行了生动、形象的描摹和渲染。可以说，正是从柏拉图开始，西方的“灵感说”有了较丰富的内容。

柏拉图的“灵感说”出自他的神学观念和“理念论”，有太多的神秘色彩。他把艺术创作理解为完全被动的受神驱遣、代神立言，显然忽视了创作主体的能动作用；他认为艺术创作与技艺知识没有关系，否认了知识积累和艺术修养对创作的重要性；他认为得不到神力的凭附，不失去平常理智而陷于迷狂，就没有创作的可能，不提艺术家的思考与判断对创作的重要性，无异于把艺术创作等同于非理性行为。

与中国晋代人陆机在《文赋》中所描述的与“感物说”有着密切联系的“灵感说”相比，柏拉图的“灵感说”缺乏唯物的成分；与中国宋代人严羽在《沧浪诗话》中所说的“诗有别

---

① ［古希腊］柏拉图：《伊安篇》，载《柏拉图文艺对话集》，朱光潜译，人民文学出版社 1980 年版，第 10 页。

② 同上书，第 11 页。

材，非关书也；诗有别趣，非关理也。然非多读书，多穷理，则不能极其至”①。相比柏拉图的“灵感说”缺乏辩证的意味。也就是说，柏拉图的“灵感说”无疑具有很大的片面性。

其实，柏拉图并不否认创作主体的作用，在《理想国》《斐德若篇》《法律篇》中，他都强调了作家的责任感和道德目的对创作的重要意义。在《伊安篇》中，他之所以极言灵感对创作的重要性，一是源于他对当时文风的不满，二是源于他对艺术审美本质的理解。柏拉图所处的时代是希腊由文艺高峰到哲学高峰的转折期，诡辩论者纷纷而起，他们讲究写文章的修辞术，讲究琐碎的技巧、规矩，却往往不顾内容的真理性，强词夺理、无中生有、指鹿为马之类的问题充斥在各种各样的表达中。柏拉图厌恶这种风气，抛出“灵感说”，在他显然有纠正不正文风的用意。柏拉图用“迷狂说”把艺术与技艺，艺术思维与理智认识进行了划分，启发我们对艺术活动审美属性的思考。强调艺术创作不靠日常理智，就是希望文学艺术少些公式化、概念化，少些条条框框，少些长官意志，多些生动、丰富、鲜活，多些激情、想象、梦幻甚至无意识，多些超计划、越安排等神来之笔；强调艺术创作不靠知识，就是希望文学艺术少些迂腐的掉书袋和酸腐的学究气，少些教条和机械，少些死板和沉闷，多些灵性和活气，多些兴致和情趣；强调艺术创作不靠技艺，就是希望文学艺术少些涂来抹去、修来改去的匠气，多些挥洒自如和一泻千里，多些酣畅淋漓和恢宏大气，多些兴之所至和回肠荡气。如果后人能在这样的意义上理解柏拉图的“灵感说”，那么这种“灵感说”就称得上是“深刻的片面”或“片面的深刻”了。

---

① （宋）严羽：《沧浪诗话·诗辨》，载郭绍虞《沧浪诗话校释》，人民文学出版社1961年版，第26页。

（三）针对特定接受者：文学功能观

我们在“文学概论”之类的教材或课堂上经常能看到或听到这样的说法：文学具有认识、审美、教育等多方面的作用。不过，这种对文艺社会作用的认识，只是在理论上就一般情况所说的。其实，对文艺社会作用的认识，与具体的历史情况是有关系的。

柏拉图非常了解文艺，对文艺的“魔力”深有领会。他说：“音乐（包含文学在内）教育比起其他教育都重要得多”，“头一层，节奏与音调有最强烈的力量浸入心灵的最深处，如果教育的方式合适，它们就会拿美来浸润心灵，使它也就因而美化”，“其次，受过这种良好的音乐教育的人可以很敏捷地看出一切艺术作品和自然界事物的丑陋，很正确地加以厌恶；但是，一看到美的东西，他就会赞赏它们，很快乐地把它们吸收到心灵里，作为滋养，因此自己性格也变成高尚优美。”①

那么，滋养、美化心灵，培塑高尚优美的性格，提高鉴别美、丑的能力，是不是柏拉图确认的文艺的最终极作用呢？要解开这个问题，需要对他的文艺功能观进行细致剖析。

其实，柏拉图也看到了文艺的认识作用，他认为，艺术家以一定的方式描写某种事物，就会引导欣赏者朝着这个方向认识这个事物。比如，作家如果写神们争吵、打斗、残杀、嫉妒、欺诈、贪婪、好色等，那么读者、听众、观众就会以为神真的如此而不再敬神。作家如果把冥界写得阴森、恐怖、可怕，那么读者、听众、观众就会信以为真而贪生怕死了。另外，柏拉图对艺

---

① ［古希腊］柏拉图：《理想国》卷二至卷三，载《柏拉图文艺对话集》，朱光潜译，人民文学出版社1980年版，第62—63页。

术的感染作用也有相当的体认。在《伊安篇》中他就借伊安之口指出了史诗的感染作用，说它能使读者和听众或“满眼是泪”，或“毛骨悚然”，表现出或哀怜或惊奇或严厉的神情。在《理想国》中他说悲剧使人产生“感伤癖”和“哀怜癖”，喜剧“挑动人的诙谐欲念”。而人们却愿意沉浸在这种感染之中：“听到荷马或其他悲剧诗人模仿一个英雄遇到灾祸，说出一大段伤心话，捶着胸膛痛哭，我们中间最好的人也会感到快感，忘其所以地表同情，并且赞赏诗人有本领，能这样感动我们。”①

显然，柏拉图虽然认识到了文艺有多方面的作用，却不是一视同仁地客观阐释这些作用，而是从其奴隶主贵族身份、立场出发规定文艺的认识、教育作用，排斥、歪曲文艺的感染作用。他规定，写神就应该写他是善的事物和福事的因，而不能写他是恶的事物和祸事的因，写神就应该写他是恒一守常的，而不能写他是善变、撒谎的。写英雄就要写他英勇善战、镇定自若、大公无私、视死如归，而不能把他混同于普通人。写好人就要写他做好事、得好报，而不能写他做好事却遭厄运。写坏人就要写他做坏事、得恶报，而不能写他做坏事却得幸福。因为只有这样写神、英雄、好人、坏人，才能把读者、听众、观众引导到正确的认识方向上来，才能对他们起到良好的教育作用。而在他看来，当时希腊的文艺，无论是史诗、抒情诗，还是悲剧、喜剧，都徒有一副“取悦人”的本领，对人的感染太甚，认识导向有误，教育作用不足。这种局面的形成，既与这些艺术的内容有关，也与它们的写作方式有关。“模仿叙述”是导致文艺作用方向出现问题的一方面原因，因此，柏拉图提倡“单纯叙述”为主，“模仿叙

① ［古希腊］柏拉图：《理想国》卷十，载《柏拉图文艺对话集》，朱光潜译，人民文学出版社 1980 年版，第 85 页。

述”为辅的叙述方式。

柏拉图对文艺社会作用的论说，出于他为维护奴隶主贵族的政治统治服务的功利目的，他希望文艺直接承担起为城邦培养勇敢、诚实、镇定、有节制、善服从的保卫者即合格公民的责任。可见，滋养、美化心灵，培塑高尚优美的性格，提高鉴别美、丑的能力等只是达成培养合格保卫者、为政治统治服务的保障而已。

正是政治功利这个大计，让柏拉图紧紧围绕少年儿童和青年谈文艺的作用问题。他认为城邦的合格保卫者应该从小培养，文学教育是其中重要的一环。他之所以那么排斥文艺的感染作用，那么详细地规定文艺的内容和形式进而规定文艺发挥认识作用的方向，就是考虑到以少年和青年，尤其是少年为主要接受者这一情况。在《理想国》卷二至卷三中，柏拉图反复强调这样的接受主体的身心特点：儿童“性格正在形成”①，“理智还没有发达”②，“没有能力辨别”③，“任何印象都留下深刻的影响”④，“年幼时所听到的东西容易留下永久不灭的印象。”⑤ 因此，他反问道：“我们不是要防止我们的保卫者们在丑恶事物的影像中培养起来，有如牛羊在芜秽的草原中培养起来一样，天天在那里咀嚼毒草，以至日久就不知不觉地把四围许多坏影响都铭刻到心灵的深处吗？我们不是应该寻找一些有本领的艺术家，把自然的优美方面描绘出来，使我们的青年们像住在风和日暖的地带一样，

---

① ［古希腊］柏拉图：《理想国》卷二至卷三，载《柏拉图文艺对话集》，朱光潜译，人民文学出版社 1980 年版，第 22 页。

② 同上书，第 23 页。

③ 同上书，第 24 页。

④ 同上书，第 22 页。

⑤ 同上书，第 25 页。

四围一切都对健康有益，天天耳濡目染于优美的作品，像从一种清幽境界呼吸一阵清风，来呼吸它们的好影响，使他们不知不觉地从小就培养起对于美的爱好，并且培养起融美于心灵的习惯吗?”①

柏拉图是在目标明确、对象明确的前提下谈文艺的社会作用的，而不是作为一个专职的文艺理论家一般性地谈文艺的社会作用。他站在自己的政治主张和阶级立场上强调文艺的教化作用、巩固政治统治的作用，我们能够理解。但是，他把文艺的感染力量、揭示意义与文艺的政治功用绝对地对立起来，认为所有希腊艺术都因感染太甚或写了神、英雄、好人的一些所谓负面的东西而不能使人心向善，从而不能使人肩负起国家保卫者的重任，则有失偏颇、有违史实。柏拉图虽然既从文艺的内容，又从文艺的形式，还从文艺诉诸的对象等角度谈论文艺的作用，看似较全面，但还是有简单、刻板之嫌，他没有考虑到文艺发挥社会作用的复杂机制。文艺发挥社会作用不只是作家、作品与接受者之间的事，它与接受者所处社会的政治、经济、哲学、宗教、法律、道德、教育、社会风气、审美趣尚等因素有着这样那样既奇妙又极富个性化的联系。任何一部文学作品所发挥的社会作用，都会因时因地因接受者的不同而不同。正是因为影响文艺接受的因素很多，接受者与作品的关系并不都是一一对应的正方向关系。也就是说，并不是作品写了好人，接受者就学好人，作品写了坏人，接受者就学坏人。即便是年幼的儿童，也没必要用遮眼法只给他看纯化了的世界和生活。因为作品中决定文艺作用的重要因素与其说是写了什么，不如说是怎么写的。如果作家能够在健

① ［古希腊］柏拉图:《理想国》卷二至卷三，载《柏拉图文艺对话集》，朱光潜译，人民文学出版社 1980 年版，第 62 页。

康、进步的审美理想的烛照下，从正确的人性观、历史观、价值观出发，秉持倡扬真、善、美，揭露假、恶、丑的原则写作，他的作品就具备了发挥良好社会作用的潜能。另外，文艺在儿童、青年那里发挥作用，需要中介，家长、从幼儿园到大学的老师就是这个中介，他们在进行文艺教育的时候，对内容、形式等的阐释会引导受教育者让文艺在自己身上发挥正方向的作用。

不过，柏拉图的文艺功能观时刻提醒我们，儿童的文学教育问题确实是值得思考的重要问题。像柏拉图那样绝对纯化文艺的内容和形式，让儿童只接触一尘不染、绝对雅正、绝对纯洁的文艺肯定不是办法，而一点也不注意儿童文艺接受的特殊性，不在内容、形式等方面进行取舍也是不可以的。那么，取舍的原则是什么？文艺向儿童开放的度在哪里？这些都是摆在文学教育工作者、家长、教育主管部门甚至国家领导者面前的不小的题目。

柏拉图的文艺功能观也启发我们思考：文艺的感染、感动作用与生理刺激、欲望诱发作用的区别和联系是什么。柏拉图之所以那么担心、排斥文艺的感染作用，肯定是把它与生理快感、非理性欲念等混为一谈了，这当然有问题，但要把它们区别开来也确实是件复杂的事情，这就有待于我们做更深入的研究。

（四）从培养保卫者出发的价值取向：文学评价标准

从是否有利于城邦保卫者即理想国合格公民培养的根本目标出发，柏拉图确立了文学评价的标准。也就是说，如果一部作品是有利于勇敢、诚实、镇定、有节制、善服从等品质的培养的，它就能得到柏拉图的肯定，如果相反，就会得到他的否定。柏拉图用这把尺子对以往全部希腊文学进行了测量，结果是令他失望的。他认为希腊文学，无论是史诗、抒情诗，还是悲剧、喜剧，都不利于合格的保卫者的培养：一是因为它们没有真实性，不能给人提供真理；二是因为它们迎合人性中的非理性，摧残人性中的理性，惑乱人心。由此可以分析出，柏拉图评价文学的标准由三方面组成。

首先，从文学与描写对象关系的角度，柏拉图确立了“真”的标准。这个标准要考察作品是否能反映真理，是否能观照、洞见到某事物之所以成为该事物的“理式”。按照这个标准，如果是写神，就应该写出神之为神的神性，而不能与人性相混淆。神性有两个基本点：一、神是善的，所有的善事、福事与他相关，所有的恶事、祸事与他无关；二、神是恒一不变的，所有撒谎、欺诈等事与他无缘。用这个标准衡量希腊文学，那些与人“同形同性”的神，当然遭到了柏拉图“不真实”、“撒谎”的痛斥。按照这个标准，如果是写英雄，就应该写出英雄之为英雄的英雄性，而不能与普通人相混淆。英雄性的基本点是英勇善战、镇定自若、大公无私、视死如归。用这个标准衡量希腊文学，像阿喀琉斯之类的英雄，在柏拉图看来，是塑造得失了真的。按照这个标准，如果是写好人，就应该写出好人之为好人的好人性，而不能与坏人相混淆。好人性的基本点是：一、做好事，二、得好报。用这个标准衡量希腊文学，柏拉图也是不满意的，因为大多数作品中的好人都被赋予了遭殃、受罪的命运，这在柏拉图看来，就是一种不真实。按照这个标准，如果是写坏人，就要写出坏人之为坏人的坏人性，而不能与好人相混淆。坏人性的基本点也有两个：一、做坏事，二、得厄运。用这个标准衡量希腊文学，很多作品中做了坏事的人并没有得到应有的惩罚，反倒生活得安然无恙甚至在享福，柏拉图当然判它们是不真实的。

其次，从文学与接受者关系的角度看，柏拉图确立的评价标准可以概括为“善”。这是从道德教化、政治统治等角度衡量文学，看它是否对读者的心灵、性格的培养起好作用，进而对政治统治的巩固起好作用。依照这个标准，柏拉图认为几乎全部希腊文学都没有资格作为培养理想国合格保卫者的教材。因为，史诗亵渎神灵、贬低英雄，悲剧培养人的“感伤癖”、“哀怜癖”，喜剧挑动人的“诙谐欲念”，培养人的“小丑习气”，“逢迎人性中低劣的部分”……总之，在柏拉图看来，希腊文学容易把人心引向歧途，不能培养正义感和正确的善恶观念，很难胜任为国家培养保卫者的重任。

另外，从写作方式的角度，柏拉图确立了评价文学的形式标准。他把文学的叙述方式分为三种：一种是只以诗人口吻叙述的“单纯叙述”，一种是让人物出场以人物的语言和行为直接叙述的“模仿叙述”，一种是前二者兼用的“混合体”。从价值取向上看，柏拉图认为“单纯叙述”最好，但是，因为在实际的写作过程中这种方式很难做到一贯到底，他只能认可“一部分用单纯叙述，一部分用模仿叙述，但是模仿叙述只占一小部分”①的“混合体”为最可取了。“模仿叙述”是柏拉图不喜欢的，因为在他看来这种方式“是性格和教养都和好人相反的那种人所惯有的”②。“性格愈卑劣，他也就愈能无所不模仿，看不到什么可以降低他的身份的事情，所以他会在大庭广众之中，故作正经地模仿我们在前面所说的一切（指模仿女人、奴隶、坏人、懦夫、手艺人、疯人等），打雷吹风下冰雹的声音，轮盘滑车的声音，号角箫笛以及各种乐器的声音，乃至于鸡鸣狗吠羊叫的声

① ［古希腊］柏拉图：《理想国》卷二至卷三，载《柏拉图文艺对话集》，朱光潜译，人民文学出版社 1980 年版，第 54 页。

② 同上书，第 53 页。

音。所以他的叙述几乎全是声音姿势的模仿，很少用单纯叙述。”① 看来，柏拉图把文学的叙述方式与叙述主体的性情、志趣、人品等简单地联系起来了。柏拉图厌恶“模仿叙述”根源还是在于他认为这种叙述方式不利于城邦保卫者的培养，他说：“保卫者们必须卸去其他一切事务，专心致志地保卫国家的自由，凡是对这件要务无补的他们都不该去做；那么，除了这件要务以外，他就不应该做旁的事，也不应该模仿旁的事了。如果他们要模仿，也只能模仿适合保卫者事业的一些性格，模仿勇敢、有节制、虔敬、宽宏之类品德；可是卑鄙丑恶的事就不能做，也不能模仿，恐怕模仿惯了，就弄假成真。……模仿这玩意儿如果从小就开始，一直继续下去，就会变成习惯，成为第二天性，影响到身体、声音和心理方面。”②

柏拉图确立文学评价标准时，既注意到内容，也注意到形式，既联系创作主体，又联系描写对象，更考虑到接受主体，应该说，视角是较全面的，视点是较准确的。这样的视角、这样的着眼点，对后世探讨文学评价标准构成某种示范意义。

但是，柏拉图的文学评价标准是始终围绕他的根本目标——为城邦培养合格保卫者——展开论说的，是从他的哲学思想、政治思想、阶级立场、道德观点出发确立的，因此，他对真与假、善与恶、好与坏的界定，都着上了鲜明的柏拉图色彩，都具有明显的实用性、功利性，因而也就有了较大的相对性。这一点，柏拉图自己也意识到了，当他指出希腊文学那样写神、写英雄、写死亡的可怕等不真，不能引人向善时，他却能同时说出这样的

① ［古希腊］柏拉图：《理想国》卷二至卷三，载《柏拉图文艺对话集》，朱光潜译，人民文学出版社 1980 年版，第 54 页。

② 同上书，第 52 页。

话："我们要请荷马和其他诗人们不要生气，如果我们勾消去这些以及类似的段落，这倒不是因为它们是坏诗，也不是因为它们不能悦一般人的耳，而是因为它们愈美，就愈不宜于讲给要自由，宁死不做奴隶的青年人和成年人听。"① 足见柏拉图非常清楚，他并不是抽象地为好诗、坏诗订立绝对的标准，有些在艺术上堪称"好诗"的作品，并不一定适合培养城邦的保卫者，那些适合培养城邦保卫者的作品，也许在艺术上算不得"好诗"，但是，从培养城邦保卫者的需要出发，他宁愿舍弃那些艺术上的所谓"好诗"。只有明白柏拉图不是站在文学艺术的角度，而是站在政治、道德的角度确立文学评价的标准，我们才能真正理解他的言论。

柏拉图从道德、政治的角度确立评价文学的标准，触及了艺术创作典型性、普遍性的问题，但是，他不能摆正典型性、普遍性与丰富性、复杂性、个别性之间的关系。在他那里，后者只字未提，前者就是一切，显然犯了为了共性牺牲个性的毛病。

不过，柏拉图的文学批评标准还是具有启发意义的。它强调文学与生活的间离，强调文学在培养人的生活热情、生活信念、美好心灵、崇高品德等方面的作用，是可贵的。

二　亚里士多德的文学观

亚里士多德（公元前 384—公元前 322 年）是柏拉图的弟子，但是，与其师没有专门的文学论著、不是一个专门的文艺理

① ［古希腊］柏拉图：《理想国》卷二至卷三，载《柏拉图文艺对话集》，朱光潜译，人民文学出版社 1980 年版，第 36 页。

论家不同，亚里士多德称得上是古希腊第一个用科学的观点和方法研究文学的人，他的《诗学》是西方历史上第一部从理论内容到理论形态都比较完善的文论专著。俄国著名民主主义批评家车尔尼雪夫斯基对亚里士多德的评价可以说是中西文论界的共识：他是“第一个以独立体系阐明美学概念的人，他的概念竟雄霸了两千余年”，“《诗学》是第一篇最重要的美学论文，也是迄至前世纪末叶一切美学概念的根据。”[①] 如此高度的评价，当然对研析其文学观构成了“诱惑”。

（一）在“创造”的含义上肯定艺术：“模仿说”

在《诗学》第一章中，亚里士多德开宗明义：“史诗和悲剧、喜剧和酒神颂以及大部分双管箫乐和竖琴乐——这一切实际上是模仿。”[②] “模仿”是《诗学》的中心概念和出发点，是亚里士多德艺术理论的基础。

亚里士多德认为，“诗”之所以是“诗”，就因为它是“模仿”的产物，而不在于它是否押韵、分行、有文采；“诗人”之所以是“诗人”，就因为他以某种媒介、某种方式模仿了某种行动，而不在于他是否使用了某种格律和某种外在标志，他说：“与其说诗的创作者是‘韵文’的创作者，毋宁说其是情节的创作者；因为他之所以成为诗的创作者，是因为他能模仿，而他模仿的就是行动。”[③] 他认为，如果一个医生、哲学家、历史家或自然科学家等用韵文表达他们的学说，而被称为“诗人”，也未

---

① ［俄］车尔尼雪夫斯基：《美学论文选》，缪灵珠译，人民文学出版社 1957 年版，第 129 页。

② ［古希腊］亚里士多德：《诗学》，载《诗学·诗艺》，罗念生译，人民文学出版社 1962 年版，第 3 页。

③ 同上书，第 30 页。

尝不可，但严格说来，这种称呼是不准确的，因为他们只是运用了格律，并没有“模仿”，在实质上，他们写的东西不是“诗”，他们的身份也不是“诗人”。

亚里士多德明确了“模仿”的三方面内容：（1）“模仿”要有对象。模仿的对象是人的行动或曰行动中的人。（2）“模仿”要有媒介。绘画、雕塑使用颜色和姿态，舞蹈使用节奏和姿态，音乐使用节奏和音调，“诗”使用有音乐性的语言。（3）“模仿”要有方式。“模仿”有三种方式：一种是始终以作者口吻叙述，一种是让人物直接出场以他们的言行来叙述，一种是作者口吻叙述与人物出场叙述结合的叙述。用亚里士多德所阐说的“模仿”的三方面内容综合地衡量一个对象物是否为艺术，确实是很有效的。医生、哲学家、历史家、自然科学家等即使用韵文阐述他们的观点写出来的也不是真正意义上的诗，原因就在于他们的文字不是模仿，不具备模仿的对象、媒介和方式。

亚里士多德不仅阐释了“模仿”的内涵，还揭示了“模仿”的实质，而这种揭示突破了“模仿”就是学样的本义，把“模仿”提升到了创造的高度。在《诗学》第九章中，亚里士多德说：“诗人的职责不在于描述已发生的事，而在于描述可能发生的事，即按照可然律或必然律可能发生的事。历史家与诗人的差别不在于一用散文，一用‘韵文’……两者的差别在于一叙述已发生的事，一描述可能发生的事。因此，写诗这种活动比写历史更富于哲学意味，更被严肃地对待；因为诗所描述的事带有普遍性，历史则叙述个别的事。”① 显然，亚里士多德是在普遍性、概括意义上重视“诗”即文学的，而不是在事实性、实有性上

① ［古希腊］亚里士多德：《诗学》，载《诗学·诗艺》，罗念生译，人民文学出版社 1962 年版，第 28—29 页。

理解文学。在《诗学》第二十五章中，他说："一桩不可能发生而可能成为可信的事，比一桩可能发生而不可能成为可信的事更为可取。"[①] 还说："如果有人指责诗人所描写的事物不符合实际，也许他可以这样反驳：'这些事物是按照它们应当有的样子描写的'，正像索福克勒斯所说，他按照人应当有的样子来描写，欧里庇得斯则按照人本来的样子来描写。"[②] 当然，亚里士多德的意思并不是只要是已然的事诗都不能写，诗可以写已然的事，前提是已然的事中蕴涵着可然律或必然律，昭示着可信性。他说："即使他写已发生的事，仍不失为诗的创作者；因为没有东西能阻挠，不让某些已发生的事合乎可然律，成为可能的事；既然相合，他就是诗的创作者。"[③]

总之，亚里士多德的意思是，不管是写已然的事，还是写未然的事，不论是写实，还是虚构，只要能写出事物之间的内在必然联系，揭示生活的某些规律性、普遍性，提供某种可能性和可信性，都属于"模仿"的题中应有之义。这样，"模仿"在亚里士多德看来，就远不是照搬现象、抄袭现实的意思了，显然，"模仿"更多的是指创造。把"模仿"理解为创造，还可以在《伦理学》中得到证明，《伦理学》中有这样一段话："艺术就是创造能力的一种状况，其中包括真正推理的过程。一切艺术的任务都在生产，这就是设法筹划怎样使一种可存在也可不存在的东西变为存在的，这东西的来源在于创造者而不在于所创造的对象本身；因为艺术所管的既不是按照必然的道理既已存在的东西，也不是按照自然终须存在的东西——因为这两类东西在它们本身

① ［古希腊］亚里士多德：《诗学》，载《诗学·诗艺》，罗念生译，人民文学出版社1962年版，第101页。

② 同上书，第94页。

③ 同上书，第30—31页。

里就具有它们所以要存在的来源。创造和行动是两回事，艺术必然是创造而不是行动。"[①] 这就非常清楚地说明，艺术关乎的不是生活中有没有事实的问题，艺术的关键是主体，是想象力、创造力、设计能力、筹划能力等问题，而这一切又都源于对生活的理解和向往。亚里士多德一再替作家寻找对付责难的理由，告诉他们，当面临"与事实不符"之类的指责时，完全可以用"是希望有的"或"应当有的"或"相信有的"等来为自己的写作进行辩解。也就是说，亚里士多德正是在创造的意义上，在超越事实的意义上肯定艺术的。

亚里士多德的"模仿说"是针对当时一些人对艺术的诸般指责，尤其是"与事实不符"等指责提出的，也是对其师柏拉图的"模仿说"的批判的继承。这个"模仿说"体现了他对艺术的深刻理解，对后世人理解艺术一直产生着非凡影响。首先，它区分了艺术与哲学、历史、科学，艺术家与哲学家、历史家、科学家，在西方文论史上第一个揭示了艺术的相对独立性，为艺术和诗人争得了独立的并且是较高的地位。这与其师柏拉图形成了明显的差异。在柏拉图那里，模仿的诗人因只得到事物的外形不能提供真理而地位低下，被驱逐出理想国。灵感的诗人虽因得到了神启、超越了外形而被他肯定，但那毕竟是受神驱遣、代神立言，诗人并没有得到应有的独立性和较高的地位。其次，它给艺术创作者的想象、虚构、创造、发挥能动性留下了广阔的空间，肯定了创作主体之于艺术的举足轻重的作用，比柏拉图乞灵于神更科学。再次，它突破了在"学样"的意义上、在事实的束缚下理解艺术这一古希腊"模仿说"的藩篱，在超越事实、

① ［古希腊］亚里士多德：《伦理学》，转引自朱光潜《西方美学史》上卷，人民文学出版社 1984 年版，第 70 页。

面对理想却又提供可能性、可信性的意义上肯定了艺术，为艺术伸张了深层次的真实和真正的存在价值。柏拉图的“模仿说”也力主艺术摆脱事实的纠缠，反对在只获得外形的“镜子”的、“学样”的意义上肯定艺术，但是，由于表述方式的非直接性、非正面性和非论证性，它被误解的情况多，在正面发挥积极的启发意义上远不及亚里士多德的“模仿说”。

亚里士多德的“模仿说”也有令人费解的地方。首先，有些概念有含义不清的问题。比如“可能”，到底是指事实层面的，还是指作品所设定的情境下的？未说清楚。又如，既说作品要“合情合理”，又说“不近情理”甚至“荒诞不经”有时也是可以的，那么，何时何种场合需要前者，何时何种场合需要后者？二者到底是什么关系？也未论说清楚。其次，亚里士多德把“模仿”理解为人的天性、本能，虽比柏拉图将艺术创造能力归于神力作用合理些，但也不免有片面性。另外，既然在创造的意义上理解艺术，就没必要将“创造”之义塞入“模仿”一词，倒不如另辟新词阐释艺术，既能避免混乱、缠绕，也能避免误解。

（二）突出艺术规律的文学批评价值体系

与柏拉图从道德、政治需要出发确立评价文学的标准不同，亚里士多德是以一个文艺理论家的身份确立文学批评标准的。他明确意识到文学批评的标准具有特殊性，在《诗学》第二十五章中他说：“衡量诗和衡量政治正确与否，标准不一样；衡量诗和衡量其他艺术正确与否，标准也不一样。”①

① ［古希腊］亚里士多德：《诗学》，载《诗学·诗艺》，罗念生译，人民文学出版社 1962 年版，第 92 页。

具体说来，亚里士多德所确立的衡量“诗”的标准，可以从三个方面进行分析：（1）从作品与描写对象关系的角度，确立了真的标准；（2）从艺术表现的角度，确立了艺术规律即美的标准；（3）从对接受者作用的角度，确立了善的标准。

真，即文学作品怎样才算有真实性的问题。在亚里士多德看来，过去有的、现在有的、传说中有的、希望或应当有的事，作家都可以写，只要在作品所设定的情境下写出内在必然联系就算真，只要通过这种有内在必然联系的事件的叙述反映出某种规律性的东西就算真。他为作家寻找了很多对付无理指责的辩护理由：（1）对已然的事物的细枝末节认识不清而出现了错误，只要不影响作品的表现力，不影响引起欣赏者审美快感的效果，就应称为“偶然的错误”①，这种错误应该得到宽谅。如不知马在奔跑的时候不是两条右腿或两条左腿同时抬起而写成同时并进，不知母鹿无角写它有角，都属“偶然的错误”，不至于影响文学作品整体。（2）所写如果被指与事实不符，可以说写的是事物应当有的样子。（3）所写如果被指与事实不符，可以说写的是传说中有的事物或人们相信有的事物。（4）所写在现时看来不合习惯，可以说是按过去某时的习惯写的。（5）被指某处字面义与上下文相矛盾时，可以说所用是借用字或隐喻字或衍体字或变体字或装饰字或多义字。

可见，亚里士多德所理解的“真”，是超越了事实层面、上升到意义层面的“真”。在他看来，文学作品的真实与否，不在于写什么，而在于怎么写。对于希腊的史诗、悲剧、喜剧等文学作品，他不像其师柏拉图那样指责它们不真，因为他让“真”

---

① ［古希腊］亚里士多德：《诗学》，载《诗学·诗艺》，罗念生译，人民文学出版社1962年版，第92页。

与“不真”的判断来自客观而不是来自主观。只要作品写出了设定情境下的客观必然性（“可然律”、“必然律”、“可信性”），就获得了真实性，否则就缺乏真实性。柏拉图在谈文学真实性时，虽然也超越了事实层面，触及了典型性、普遍性的问题，却没能把它与事物的内在必然性相联系，而是让它出自主观的需要和规定，因此他所说的“真”是局限在极其狭小的范围内的。

亚里士多德认为，文学作品应该是美的，而要使其成为美的，关键在于创作者要遵循艺术规律。(1) 作家应掌握“整一”的原则进行创作，作品应该具备“整一”的审美属性。“整”即完整，有头、有身、有尾，有一定长度。太短，会因内部含混不清而不美；太长，会因难以把握而不美。“一”即一致、统一，作品的各部分要联系成一个有机的活的整体，去掉偶然、无关的东西。“里面的事件要有紧密的组织，任何部分一经挪动或删削，就会使整体松动脱节。要是某一部分可有可无，并不引起显著的差异，那就不是整体中的有机部分。”① 对于“整一性”原则的掌握，亚里士多德最推崇的是荷马。他认为荷马在这方面表现得最高明，“他写一首《奥德赛》时，并没有把俄底修斯的每一件经历……都写进去，而是环绕着一个像我们所说的这种有整一性的行动构成他的《奥德赛》，他并且这样构成他的《伊里亚特》。”②“他没有企图把战争整个写出来，尽管它有始有终。……荷马却只选择其中一部分，而把许多别的部分作为穿插，例如船名表和其他穿插，点缀在诗中。”③ (2) 作家应掌握“适合”的原则进行创作，作品应该具备自然、和谐而不突兀、

① ［古希腊］亚里士多德：《诗学》，载《诗学·诗艺》，罗念生译，人民文学出版社 1962 年版，第 28 页。

② 同上。

③ 同上书，第 82—83 页。

乖谬的审美属性。比如，悲剧的人物性格必须“适合”，即人物的言行等与人物的身份、环境、处境、性格等相符合。作品的体裁与所用的材料应符合，故事较为繁多的材料适合写成史诗，相对来说较单纯的材料适合写成悲剧。语体形式与体裁应该适合，六音步长短短格适合写成史诗，而短长格适合写成悲剧。（3）作家应掌握“不单调”的原则，作品应该具备“不单调”的审美特征。《诗学》第二十四章有这样一段话：“因为采用叙述体，能描述许多正发生的事，这些事只要能联系得上，就可以增加诗的分量。这是一桩好事（可以使史诗显得宏伟），用不同的穿插点缀在诗中，可以使史诗起变化；单调很快就会使人腻烦，悲剧的失败往往在于这一点。”[①] 在“不单调”这一点上比较史诗和悲剧，亚里士多德认为史诗略胜一筹，因为史诗容量大，可以写很多事，可以把正在发生的事写进去，可以做不同的穿插，因此史诗具备了丰富、厚重、宏伟、富于变化等特征。推而论之，面对文学作品，亚里士多德的审美取向应该是，在不影响“整一”性的前提下，越多姿多彩、越变化多端、越摇曳多姿、越绚烂缤纷越好。（4）作家应掌握“不平淡”的原则进行创作，作品应该具备“不平淡”的审美特征。《诗学》第二十二章说：“风格的美在于明晰而不流于平淡。”[②] 为了增强作品的吸引力和感召力，亚里士多德希望作家在不影响明晰性的前提下尽量发挥自己的能力使作品避免“平淡”。他不厌其烦地给作家支招，认为适当使用隐喻字、衍体字、借用字、装饰字等“奇字”，就能收到“不平淡”的惊人效果。为避免“平淡”而求新、求奇、求惊

---

① ［古希腊］亚里士多德：《诗学》，载《诗学·诗艺》，罗念生译，人民文学出版社 1962 年版，第 86—87 页。

② 同上书，第 77 页。

人，亚里士多德的“不平淡”原则真可以视作俄国形式主义“陌生化”理论的鼻祖啦。

在亚里士多德看来，作家如果违反艺术规律即美的标准进行创作，就会使作品缺乏表现力、感染力而不成其为艺术品，就是犯了“艺术本身的错误”，那是没有任何理由可以辩护的。

在确立文学批评标准时，亚里士多德没有像其老师柏拉图那样时时把城邦保卫者的培养挂在嘴边，但是，这绝不是说亚里士多德不重视文学的向善性标准。在《政治学》中他说过：“在一切科学和艺术里，其目的都是为了善……善就是正义，换句话说，就是共同利益。”① 在《修辞学》里他说：“美是一种善，其所以引起快感，正因为它善。”② 只不过，在《诗学》中，亚里士多德对“善”的标准的言说是隐含式的而不是凸显式的。在第十三章谈悲剧情节安排时，他说：“第一，不应写好人由顺境转入逆境，因为这只能使人厌恶，不能引起恐惧或怜悯之情；第二，不应写坏人由逆境转入顺境，因为这最违背悲剧的精神——不合悲剧的要求，既不能打动慈善之心，更不能引起怜悯和恐惧之情；第三，不应写极恶的人由顺境转入逆境，因为这种布局虽然能打动慈善之心，但不能引起怜悯或恐惧之情，因为怜悯是由一个人遭受不应遭受的厄运而引起的，恐惧是由这个这样遭受厄运的人与我们相似而引起的。”③ 这种对悲剧情节的规定，说明亚里士多德认识到审美快感的产生是与人的道德判断、生活

---

① ［古希腊］亚里士多德：《政治学》，转引自黄药眠《亚里士多德的美学》（续），载《哲学研究》1980 年第 5 期，第 54 页。

② ［古希腊］亚里士多德：《修辞学》，转引自朱光潜《西方美学史》上卷，人民文学出版社 1984 年版，第 84 页。

③ ［古希腊］亚里士多德：《诗学》，载《诗学·诗艺》，罗念生译，人民文学出版社 1962 年版，第 37—38 页。

信心、人生理想等密切相关的。不过，亚里士多德对“善”的理解，远比其师柏拉图宽泛和复杂，在《诗学》第二十五章中，他说：“在判断一言一行是好是坏的时候，不但要看言行本身是善是恶，而且要看言者行者为谁，对象为谁，时间系何时，方式属何种，动机为什么，例如要取得更高的善，或者要避免更坏的恶。”① 正是这样辩证地、具体地、历史地理解好、坏，善、恶，亚里士多德才没像柏拉图那样动辄指责希腊文学惑乱人心、伤风败俗、不利于青少年成长等。

可以想见，亚里士多德的文学批评标准是在对文学的审美属性、艺术特征等有透彻、深刻的理解的基础上提出的，也是针对当时的批评家对文学的诸般指责而提出的。他的批评标准，是对批评家作出的提醒，而不是立对作家进行指责的尺度，这正与柏拉图相反。亚里士多德要求批评家是一个懂得艺术规律、能对作品进行艺术分析的有艺术眼光的人，不要动辄大惊小怪、吹毛求疵，不要以自己对事物的主观看法为标准绳削作家作品。这种突出艺术规律、强调审美属性的文学批评价值体系的确立，对后人在新的历史条件下评价文学作品、确立文学批评价值体系一直有启发意义。

亚里士多德文学批评标准最值得称道的，是他始终在文学范围内突出艺术规律、强调审美属性，而不是一般性地谈艺术规律、审美属性，他能够把“衡量诗和衡量其他艺术正确与否，标准也不一样”贯彻到底。在比较悲剧和史诗哪种体裁更高一筹时，他明确区分了作为“诗”的悲剧与作为舞台艺术的悲剧。针对因演员表演“太过火”而把悲剧视为“庸俗的艺术”的批

---

① ［古希腊］亚里士多德：《诗学》，载《诗学·诗艺》，罗念生译，人民文学出版社1962年版，第94页。

评者，他说："这不是对诗的艺术的指责，而是对演唱者的艺术的指责；因为史诗朗诵者手舞足蹈，也可能做得过火"，"悲剧跟史诗一样，不依靠动作也能发挥它的力量；因为只是读读，也可以看出它的性质。"①

（三）比较的方法与语境：悲剧、史诗优劣论

在《诗学》中，亚里士多德多处同时提到悲剧和史诗，将二者加以比较，可见，比较在他那里已经是一种既明确又习惯的思路和方法了。那么，把这些比较集中起来，分析它们是在什么情况下做出的、为什么做出等将是一件有意义的事情。

亚里士多德同时提到悲剧和史诗时，是为了辨同异呢，还是为了分高低？这是值得分析的。应该说，在不同的语境下，他的旨意是有所不同的。有时意在分高下，有时意在辨同异。

《诗学》中涉及论悲剧、史诗高下的文字有四处。最明显的一处在第二十六章，亚里士多德因为悲剧"能给我们很鲜明的印象"、"能在较短时间内达到模仿的目的"即因较集中的模仿能较快地引起我们较强烈的快感、"它还具备一个不平凡的成分，即音乐，它最能加强我们的快感"② 等理由，判定悲剧胜过史诗。很多读者会因此而认定亚里士多德是扬悲剧而抑史诗的。其实，在悲剧与史诗孰优孰劣这个问题上，亚里士多德并不是一个绝对主义者。他对二者做出高下、优劣判断是有具体语境的，是相对的。这里，亚里士多德之所以旗帜鲜明地为悲剧说话，是因为当时有一种错误认识，认为史诗是一种"比较不庸俗的艺

① ［古希腊］亚里士多德：《诗学》，载《诗学·诗艺》，罗念生译，人民文学出版社 1962 年版，第 104 页。

② 同上书，第 105 页。

术”，是“高等听众所欣赏的艺术”[①]，因而比较高；悲剧则因为“模仿一切”，因为演员“演得太过火了”而被认为是“非常庸俗的艺术”[②]，“是给下等观众欣赏的”[③]。在他们看来，“整个悲剧艺术之于史诗，有如后辈演员之于老辈演员”[④]，是每况愈下的。针对这种错误认识，亚里士多德指出，“这不是对诗的艺术的指责，而是对演唱者的艺术的指责；因为史诗朗诵者手舞足蹈，也可能做得过火”，“再则，悲剧跟史诗一样，不依靠动作也能发挥它的力量；因为只是读读，也可以看出它的性质。”[⑤]亚里士多德一向反对把衡量诗的标准与衡量其他艺术的标准混淆起来，演员表演得怎样，那是戏剧作为综合艺术要考察的规律，与作为“诗”的悲剧无太多关系。

在谈诗的体裁的历史发展时，亚里士多德认为，悲剧与史诗有渊源关系，喜剧与讽刺诗有渊源关系。而一旦悲剧、喜剧这两种体裁由史诗、讽刺诗发展而来，逐步走向成熟、完善以后，就更受重视，被认为更高。[⑥] 这是用发展的眼光看问题，肯定了不同代际的创作者对于文艺发展做出的贡献。这里作出的悲剧高于史诗的判断有历史进化论的味道，并不是就史诗与悲剧的内部构成和特点进行具体比较。

第二十四章有一段话则明确作出了史诗高于悲剧的判断，他说：“史诗有一个特殊的方便，可以使长度分外增加。悲剧不可能模仿许多正发生的事，只能模仿演员在舞台上表演的事；史诗

---

① ［古希腊］亚里士多德：《诗学》，载《诗学·诗艺》，罗念生译，人民文学出版社 1962 年版，第 103 页。

② 同上。

③ 同上书，第 104 页。

④ 同上书，第 103 页。

⑤ 同上书，第 104 页。

⑥ 同上书，第 13 页。

则因为采用叙述体，能描述许多正发生的事，这些事只要联系得上，就可以增加诗的分量。这是一桩好事［可以使史诗显得宏伟］，用不同的穿插点缀在诗中，可以使史诗起变化；单调很快就会使人腻烦，悲剧的失败往往由于这一点。”① 这是在容量、规模、状态等方面肯定了史诗的审美风貌。虽然悲剧不一定都有单调的毛病，史诗也不一定篇篇都具备不单调的审美特征，但是，从总体上说，在丰富、厚重、富于变化、宏伟壮观等方面，史诗一般来说是优于悲剧的，这是由文体的属性和规范带来的天然优势。显然，亚里士多德是在深入探讨文体规律的前提下比较史诗和悲剧的。

亚里士多德很重视文学的“惊奇”效果，因为“惊奇给人以快感”②。在是否容易造成“惊奇”这一点上，他也对史诗做出了更大的肯定，他说：“惊奇是悲剧所需要的，史诗则比较能容纳不近情理的事（那是惊奇的主要因素），因为我们不亲眼看见人物的动作。赫克托耳被追赶一事，如果在舞台上表演，就显得荒唐；但是在史诗里，这一点却不致引人注意。”③ 当然，亚里士多德意识到了，写一些不近情理的事，有可能容易造成惊奇，但是多数诗人写不好，而且，按照真正的艺术规律来说，也不应该写不近情理的事。也就是说，史诗如果靠写一些不近情理的事造成“惊奇”效果，是一件冒险的事，能否真的造成“惊奇”感，要看作家的写作水平。所以史诗的这个优势相对性是很大的。

《诗学》中谈史诗、悲剧异同而不涉及二者高低、优劣的文

---

① ［古希腊］亚里士多德：《诗学》，载《诗学·诗艺》，罗念生译，人民文学出版社 1962 年版，第 86—87 页。

② 同上书，第 89 页。

③ 同上书，第 88—89 页。

字有三处。第五章的两段文字是从悲剧由史诗发展而来，在发展的过程中有些什么变化的角度谈的。认为悲剧和史诗相比，在模仿媒介上既有同也有异，同在于都用“韵文”，异在于悲剧还增加一个“歌曲”。在模仿对象上两者相同，都是严肃的行动，都是重大的事件。在模仿方式上两者不同，史诗用叙述体，悲剧用模仿体。在长度上二者也不同，史诗不受时间限制，相对较长，悲剧“以太阳的一周为限”[①]，相对较短。在成分上，二者相同的是都有情节、性格、思想、言词四种，不同的是悲剧多了“形象”和“歌曲”两个成分。

第二十三章，在谈史诗的情节规范时谈到了与悲剧的相同，即情节都应具有整一性，应该“环绕着一个整一的行动，有头，有身，有尾，这样它才能像一个完整的活东西，给我们一种它特别能给的快感”[②]。这显然是面对悲剧描写对象相对单一，情节“整一性”较容易做到，接受者也惯于这样要求悲剧，而史诗描写对象相对庞杂，情节的“整一性”比较难以做到，接受者也不太重视这种规范的创作与欣赏的实际情况时，亚里士多德做出的带有语重心长味道的强调。

第二十四章，承接第二十三章以谈史诗为主体，首先谈到在种类上史诗与悲剧相同，也分为简单史诗、复杂史诗、性格史诗和苦难史诗四种。并以荷马的两部史诗为例说明了这种分类，认为他的《伊里亚特》是简单史诗兼苦难史诗，《奥德赛》是复杂史诗兼性格史诗。在格律方面，亚里士多德明确说出了史诗与悲剧的不同，因为史诗是英雄格即六音部长短短格，悲剧是短长

① ［古希腊］亚里士多德：《诗学》，载《诗学·诗艺》，罗念生译，人民文学出版社 1962 年版，第 17 页。

② 同上书，第 82 页。

格，前者是最从容最有分量的格律，短长格则急促，适合表现行动。但是，在论说时他并没有像在别处一样仅仅比较史诗和悲剧，而是以史诗的格律为主要谈论对象，比较的对象则是史诗以外的其他诗体形式，不仅仅是悲剧。

没有比较就没有鉴别，比较的方法是说清事物的特征和实质的得力方法之一。亚里士多德正是用比较的方法将史诗与悲剧既联系起来又区别开来的，他在不同情况下、不同语境中将史诗和悲剧加以比较，该说同异时说同异，该分高下时分高下。即使是分高下，他也不是绝对地一直认为悲剧高于史诗，或史诗高于悲剧，而是客观、辩证地指出，史诗和悲剧在不同的点上，各有高下。这是比较文学、比较诗学学者在进行比较研究时应该汲取的思想方法。

三　贺拉斯文学观中的新因素

贺拉斯（公元前65—公元前8年），是早期罗马帝国较著名的抒情诗人、讽刺诗人、文艺批评家。他的文学思想虽不及柏拉图、亚里士多德的文学思想那样深邃、体系宏大，却也有一定的可取之处。但是，在中国文论界似乎有一种轻视贺拉斯文论的倾向。也许是由于他的观点的后面没有玄妙深奥的哲学作后盾？也许是由于他主张艺术创作者向古希腊学习有泥古之嫌？也许是由于他重复了一些柏拉图、亚里士多德的观点而被人视为缺乏新意？其实，仔细研读《诗艺》就会发现，贺拉斯的文论远不是一句“未涉及文艺根本问题”或“古典主义”或“缺乏原创性”等就能忽视掉的。

《诗艺》是一封诗体书信，对文学创作问题的阐释具有形象、生动的特点，其中很多比喻、类比等修辞手法的运用非常恰当，使问题的说明变得浅显生动、通俗易懂。当然，正因为是书信，也使得它具有了漫谈的性质，理论色彩和系统性确实不是很强。但是，稍加整合，我们就能发现，《诗艺》其实着重论述了关乎文学创作的三个原则和四种关系。三个原则可以概括为：（1）整一、和谐的原则；（2）适合或曰“合式”的原则；（3）“寓教于乐”的原则。四种关系可以概括为：（1）传统与创新的关系；（2）天才与人力的关系；（3）生活与心灵的关系；（4）创作与批评的关系。

毋庸讳言，《诗艺》中的文学观有些来自柏拉图和亚里士多德，但是，这并不影响它的价值，因为即使是面对一些所谓老问题，贺拉斯也能够做出自己的进一步的思考和极其富有个性的生动形象的阐释，让我们看到一些新因素。比如，贺拉斯与亚里士多德一样，认为文学作品应该具备整一的审美特性，艺术家应该掌握整一的审美原则。不过，贺拉斯并没有停留在认同亚里士多德的层面上，而是能够进一步从反面对这一特性和原则加以生动的论证。将完整与一致区别开来，也让人知道胡拼乱凑、任意妄为、乱翻花样等与创造根本不是一回事。使和谐、谐调等属性较为明确地进入了“整一”的含义之中。他非常重视整体，强调作品的总效果，反对作品整体看来的不统一、不一致，他说，如果诗人写神坛、写溪流、写田野、写彩虹，“开始很庄严，给人以很大的希望”，但是，中间“出现一两句绚烂的辞藻，和左右相比太显得五彩缤纷了。（绚烂的辞藻很好，）但是摆在这里摆得不得其所”①。这也就是说，贺拉斯主张文学作品在内容、形

---

① ［古罗马］贺拉斯：《诗艺》，载《诗学·诗艺》，杨周翰译，人民文学出版社1962年版，第137页。

式、性质、风格等方面要保持基本的一致。在他看来，作家违背整一、和谐的原则写作，就像画家画了莫名其妙的画。如果人们看到这样一幅画：在树林里游动着海豚，或看到这样一幅画：在海浪里跑着野猪，或看到这样一幅画：美女的头长在马脖子上，脖子下面衔接的是由各种动物的肢体拼凑起来的覆盖着各色羽毛的四肢，下面还连接着又黑又丑的鱼尾巴，人们一定会捧腹大笑。那么，人们读到缺乏统一性、一致性的文学作品时，也应该加以否定。荷马被贺拉斯视为整一、和谐的原则掌握得好的典范，因为“他的虚构非常巧妙，虚实参差毫无破绽，因此开端和中间，中间和结尾丝毫不相矛盾”[①]。这种充斥着比喻、类比、举例、反面论说等方法的阐释方式，生动形象、浅显易懂、亲切感人，往往比烦琐概念、推理满天飞的晦涩的理论论证更容易收到效果。

贺拉斯文学观的新不仅仅体现在对前人已发现问题和已有结论的进一步生动论证和强调上，更表现在他自己对文学问题的发现和阐释上。贺拉斯发现了柏拉图、亚里士多德等古希腊文论家未曾遇到或未曾发现的新问题，面对这些问题他做出了自己的回答。

（一）“寓教于乐”原则的提出

贺拉斯明确指出：“诗人的愿望应该是给人益处和乐趣，他写的东西应该给人以快感，同时对生活有帮助。”因为“如果是一出毫无益处的戏剧，长老的‘百人连’就会把它驱下舞台；如果这出戏毫无趣味，高傲的青年骑士便会掉头不顾。寓教于

---

① ［古罗马］贺拉斯：《诗艺》，载《诗学·诗艺》，杨周翰译，人民文学出版社 1962 年版，第 145 页。

乐，既劝谕读者，又使他喜爱，才能符合众望。这样的作品才能使索修斯兄弟（罗马著名书商）赚钱，才能使作者扬名海外，流芳千古”①。显然，贺拉斯强调的是文学作品中“教”与“乐”的结合及相互为用，即文学作品既不能一味给人提供没有益处的快乐，也不能一味给人提供没有乐趣的劝谕。“教”不是耳提面命，而是潜伏在“乐”后面、蕴涵在“乐”里面的“教”；“乐”不是低级趣味的满足，而是精神愉悦、审美享受，是有“教”的深义存焉的“乐”。

教育读者也好，感染读者也好，在一般的文艺理论中往往作为对文艺功能的解释来传播，贺拉斯却把“寓教于乐”作为对作家进而对作品的要求来提出，说明他对文学的理解是系统性的，而不是孤立的。在他看来，并不是任何被称为文学的东西都毫不例外地发挥认识、教育、感染等作用，一部作品能否发挥应该发挥的多方面的社会作用，关键在于作家抱着什么样的目的和态度写作以及作家的创作能力能否把自己的目的传达成功。也就是说，读者在很大程度上是作家、作品塑造、生产出来的，就如马克思所说：“艺术对象创造出懂得艺术和能够欣赏美的大众”②。

“寓教于乐”既可以理解为对作家写作原则的要求，也可以理解为对作品审美特征的要求，还可以理解为对作品社会功能的期待，无论在哪个侧面理解它，都是贺拉斯文学观中不同于柏拉图和亚里士多德的新因素。我们知道，柏拉图非常厌恶文学的感染性和娱乐性，认为，“乐”则不能“教”，“教”则不宜

① ［古罗马］贺拉斯：《诗艺》，载《诗学·诗艺》，杨周翰译，人民文学出版社 1962 年版，第 155 页。

② 马克思：《〈政治经济学批判〉导言》，载《马克思恩格斯选集》第 2 卷，人民出版社 1975 年版，第 95 页。

"乐"，把"教"与"乐"完全对立起来了。亚里士多德虽不反对文学给人以快感，却未曾明确谈论文学中"教"与"乐"的关系。只有贺拉斯明确把"教"与"乐"联系起来，建立了二者之间的辩证关系，阐述了文学为"教"而"乐"，"乐"才能"教"的道理。这个道理，看似浅显，实则深刻。

（二）审美范畴的辨析

在文学艺术的审美实践中，确实存在着一些似是而非的感觉和认识，比如，有人往往把胡涂乱抹、胡编乱造当成创造，把晦涩当成深刻，把贫乏当成简洁，等等。这种现象不论是发生在创作者那里，还是发生在欣赏者那里，都不利于文学艺术的健康发展。文论史上，有很多文论家注重对重要的审美范畴进行规范和辨析，贺拉斯就是其中的一位。

在强调文学作品应该具备统一、和谐的审美属性时，贺拉斯对"创造"、"整一"这两个文学艺术中的重要概念进行了辨析。针对"画家和诗人一向都有大胆创造的权利"这种流行见解，他说："不错，我知道，我们诗人要求有这种权利，同时也给予别人这种权利，但是不能因此就允许把野性的和驯服的结合起来，把蟒蛇和飞鸟、羔羊和猛虎，交配在一起。"① 他还用不伦不类的画为例子，说明了完整不等于整一，任意妄为、乱翻花样不等于创造。创造是发现别人不曾发现、写出别人未曾写出或不能写出的东西的能力，真正的创造是在生活逻辑、情感逻辑、艺术规律的范围内进行的。贺拉斯特别强调创造应受"整一"原则的规范。整一，是指所写事物之间具有内在联系，文学作品是

① ［古罗马］贺拉斯：《诗艺》，载《诗学·诗艺》，杨周翰译，人民文学出版社1962年版，第137页。

一个活的有机体，那些机械相加、东拼西凑的东西，即便长度、规模给人的感觉够完整，也仍然不具备“整一”的属性。而缺乏整一性的作品，即便有几处再新鲜、再独特的局部，也称不上真正的创造。

贺拉斯提醒人们，应该仔细加以辨析的范畴还有“简短”、“平易”、“宏伟”等。他说：“我们大多数诗人所理解的‘恰到好处’实际上是假象。我努力想写得简短，写出来的却很晦涩。追求平易，但在筋骨、魄力方面又有欠缺。想要写得宏伟，而结果却变成臃肿。”① 也就是说，真正的简短是能够把事情说明白的，不以牺牲明晰为代价的简短，把晦涩混同于简短，既是对晦涩的遮掩，也是对简短的误解和亵渎；真正的平易是蕴涵着力度、不丢弃筋骨和魄力的，把乏力误认为平易，既是对乏力的修饰，也是对平易的不敬；真正的宏伟是与拖泥带水、废话连篇毫无干系的，把臃肿当成宏伟，既是对臃肿的美化，也是对宏伟的隔膜。贺拉斯的提醒主要针对作家的创作，其实，欣赏和批评环节中加强辨析意识也是十分必要的。文学艺术的良性发展需要作家、欣赏者、批评家等都是懂得艺术规律的人。

（三）传统与创新关系的论述

古罗马的艺术家既是幸运的也是不幸的。幸运的是，他们面前有古希腊斐然的艺术成就和丰富的艺术经验，只要他们愿意，随时可以拿来学习、参照，不幸的是，他们每每动笔都会被学不学、学什么、学多少、怎么学、出不出新等问题困扰着，他们很难摆脱“影响的焦虑”。贺拉斯也是一个诗人，他应该对这种幸

① ［古罗马］贺拉斯：《诗艺》，载《诗学·诗艺》，杨周翰译，人民文学出版社 1962 年版，第 138 页。

与不幸有很多体会。在《诗艺》中，他明确表达了对文学创作中传统与独创关系的认识。为了分析的方便，我们不妨把涉及这种认识的文字摘录下来。

你与其别出心裁写些人所不知、人所不曾用过的题材，不如把特洛亚的诗篇改编成戏剧。从公共的产业里，你是可以得到私人的权益的，只要你不沿着众人走俗了的道路前进，不把精力花在逐字逐句的死搬硬译上，不在模仿的时候作茧自缚，既怕人耻笑又怕犯了写作规则，不敢越出雷池一步。①

我的希望是要能把人所尽知的事物写成新颖的诗歌，使别人看了觉得这并非难事，但是作家一尝试却只流汗而不得成功。这是因为条理和安排起了作用，使平常的事物能升到辉煌的峰顶。②

你们应当日日夜夜把玩希腊的范例。……你我至少要能分辨什么是粗鄙，什么是漂亮文字，用我们的耳朵、手指辨别出什么是合法的韵律。③

在安排字句的时候，要考究，要小心，如果你安排得巧妙，家喻户晓的字便会取得新义，表达就能尽善尽美。万一你要表达的东西很深奥，必须用新字才能表明，那么你可以创造一些围着腰巾的克特古斯这类人（指罗马的古人）所没有听见过的字；这种自由，用得不过分，是可以允许的。这种新创造的字必须渊源于希腊，汲取的时候又必须有节

---

① ［古罗马］贺拉斯：《诗艺》，载《诗学·诗艺》，杨周翰译，人民文学出版社 1962 年版，第 144 页。

② 同上书，第 150 页。

③ 同上书，第 151 页。

制，才能为人所接受。[①]

我们的诗人对于各种类型都曾尝试过，他们敢于不落希腊人的窠臼，并且（在作品中）歌颂本国的事迹，以本国的题材写成悲剧或喜剧，赢得了很大的荣誉。我们罗马在文学方面（的成就）也绝不会落在我们光辉的军威和武功之后，只要我们的每一个诗人都肯花功夫、花劳力去琢磨他的作品。[②]

以上几段文字，表面看来似乎矛盾，实际上并不矛盾。在贺拉斯看来，不论是一个人的写作，还是一个国家在某个时期的文学创作，都应该以形成自己的风格、创出自己的成就为最高旨归。而要做到这一点，不可能从零开始、置传统于不顾或不知传统是什么。传统与创新并不是水火不容的，传统是创新的前提，创新是继承传统的目的，在继承传统的基础上创新是文学创作臻于上乘的必由之路。贺拉斯实际上把文学创作在传统的基础上创新分成了两种情况：一种是题材、语言等是传统的、家喻户晓的，但作者通过自己的组织、安排等体现自己的思想，产生新的效果；另一种是题材、部分语词等是自创的，但组织、安排遵循传统法则。前一种情况，传统较显，创新较隐；后一种情况，创新较显，传统较隐。

文学创作必然涉及传统与创新的关系，今天看来，辩证地理解二者的关系是一个常识，但在贺拉斯时代能够发现这个问题，并且能够辩证地透彻地较全面地阐释这个问题则是一种贡献。

---

① ［古罗马］贺拉斯：《诗艺》，载《诗学·诗艺》，杨周翰译，人民文学出版社1962年版，第139页。

② 同上书，第152页。

（四）天才与功夫关系的阐明

是靠天才还是靠功夫？这是谈论文学创作的人无法绕过的问题。

柏拉图说创作要靠神力的凭附和驱遣，同时又不无遗憾地认为希腊的作家都在模仿，都是模仿诗人。在《斐德若篇》中，他还针对“修辞术”流行的写作风气提出了“辩证术”，强调既统一又多样的原则对于创作的重要性，指出“语文的天才”、“知识”、“练习”等是创作的必要条件。可见，柏拉图对文学创作实质的认识是在神力与人力之间摇摆不定的。

亚里士多德对创作实质的认识不同于其师柏拉图，在《诗学》第十七章中他说：“诗的艺术与其说是疯狂的人的事业，毋宁说是有天才的人的事业；因为前者不正常，后者很灵敏。”[①]在《诗学》第四章谈诗的起源的时候，他说，诗的起源有两个原因：一个是模仿，一个是节奏感和音调感，而“模仿出于我们的天性，音调感和节奏感也是出于我们的天性，起初那些天生最富于这种资质的人，使他一步步发展，后来就由临时口占而作出了诗歌”[②]。可以看出，亚里士多德将创作能力视作本能、天资、天赋、天分，即天才，而后天的训练和实践锻炼又能使天才得到发展。

到贺拉斯则明确指出创作是天才与功夫的辩证统一。他说：“有人问，写一首好诗，是靠天才呢，还是靠艺术？我的看法是：苦学而没有丰富的天才，有天才而没有训练，都归无用；两

① ［古希腊］亚里士多德：《诗学》，载《诗学·诗艺》，罗念生译，人民文学出版社1962年版，第56页。

② 同上书，第12页。

者应该相互为用，相互结合。”[①] 这种言论，活像是学过马克思主义唯物辩证法的人说出的，根本用不着后人花什么解释的力气。在天才与人力两个因素中，贺拉斯似乎更看重并强调人力，他以十分肯定的语气对皮索氏父子说：“你们若见到什么诗歌，不是下过很多苦功写的，没有经过多次的涂改，没有（像一座雕像，被雕塑家的）磨光了的指甲修正过十次，那你们就要批评它。”[②] 足见其对功夫的重视。贺拉斯之所以在承认天才的同时重视功夫，是因为他看到了世人对天才的误解和依赖。他说：“由于德谟克利特相信天才比可怜的艺术要强得多，把头脑健全的人排除在赫利孔（传说诗神居住之山）之外，因此就有好大一部分诗人竟然连指甲也不愿意剪了，胡须也不愿意剃了，流连于人迹不到之处，回避着公共浴场。假如他不肯把他那三服安提库拉（希腊一因产精神病药而著称的城）药剂都治不好的脑袋交给理发匠里奇努斯，那他肯定是不会撞上诗人的尊荣和名誉的。”[③] 语气是诙谐的，问题却是严肃的。贺拉斯是在纠正人们对天才的错误观念，他告诉我们，天才是人的一种内在素质，不是外表的不修边幅、不拘小节等可以冒充和替代的。即使真的有较他人高些的天赋才华，也不能放弃后天的学习、训练，否则，天才也会泯于平庸。真可以说，贺拉斯对天才与功夫辩证关系的论说，是文学创作领域不可磨灭的真理。

---

① ［古罗马］贺拉斯：《诗艺》，载《诗学·诗艺》，杨周翰译，人民文学出版社 1962 年版，第 158 页。

② ［古罗马］贺拉斯：《诗艺》，载《诗学·诗艺》，杨周翰译，人民文学出版社 1962 年版，第 152 页。

③ 同上书，第 153 页。

（五）生活与心灵关系的触及

对于文学创作来说，是客观生活更重要呢，还是主观心灵即创作主体的情感、思想、理想、意志等更重要呢？这在文艺理论史上也是一个争论不休、莫衷一是的问题。早在古罗马，贺拉斯就比较客观、公允地谈到了这个问题。

贺拉斯以十分艳羡又不无遗憾的心情说："诗神把天才，把完美的表达能力，赐给了希腊人；他们别无所求，只求获得荣誉。而我们罗马人从幼就长期学习算术，学会怎样把一斤分成一百份。'阿尔比努斯的儿子，你回答：从五两里减去一两，还剩多少？你现在该会回答了。''还剩三分之一斤。''好！你将来会管理你的产业了。五两加一两，得多少？''半斤。'当这种铜锈和贪得的欲望腐蚀了人的心灵，我们怎能希望创作出来的诗歌还值得涂上杉脂，保存在光洁的柏木匣里呢？"① 显然，在贺拉斯心目中，希腊之所以取得辉煌的文学成就，是因为希腊的诗人以在创作上取得成绩为要务，世俗的利欲不能对他们构成诱惑。罗马的文学成就无法与希腊相提并论，虽然原因是多种多样的，但罗马人太过实用、太过追求金钱和物质享乐的生活态度和生活状况是较为重要的原因。也就是说，在贺拉斯看来，对于文学创作来说，生活和心灵同等重要，因为生活积累和心灵陶冶于作家是个二而一的问题。生活积累到一定程度，便内化为心灵，所以，怎样生活就是很值得注意的问题。同样，一个作家如果重视心灵陶冶，让自己与名、利、欲拉开距离，让自己保持对高尚、纯洁、善良、勇敢、正义等的向往与亲近，那么，他对生活的理

① ［古罗马］贺拉斯：《诗艺》，载《诗学·诗艺》，杨周翰译，人民文学出版社 1962 年版，第 154—155 页。

解和选择就会趋于崇高和神圣。

文学作品中的生活是心灵化了的生活，而作家的心灵又是生活过程内化的结果，因此文学作品的优劣与作家的生活和心灵有密切关系这种判断是合乎逻辑的判断。贺拉斯的话确实应该拿出来让作家们共勉："如果一个人懂得他对于他的国家和朋友的责任是什么，懂得怎样去爱父兄、爱宾客，懂得元老和法官的职务是什么、派往战场的将领的作用是什么，那么他一定也懂得怎样把这些人物写得合情合理。我劝告已经懂得写什么的作家到生活中到风俗习惯中去寻找模型，从那里汲取活生生的语言吧。"①

当然，从作家的生活、心灵、人格到文学作品并不是一条直线，作家生活态度的端正、生活内容的纯良、人格境界的高尚并不一定保障其所创作的作品也是优秀的。文学创作是一种复杂的精神活动现象，对于文学创作的研究不能简单化。贺拉斯没有论及问题复杂性的一面，这毋庸讳言，但是，我们也绝不能因为问题有复杂性的一面而否认贺拉斯所论问题的重要性。

（六）"磨刀石"之喻：关于批评的作用

贺拉斯说："我自己不写什么东西，但是我愿意指示（别人）：诗人的职责和功能何在，从何处可以汲取丰富的材料，从何处吸收养料，诗人是怎样形成的，什么适合于他，什么不适合他，正途会引导他到什么去处，歧途又会引导他到什么去处。"②这里所说的"指示"其实就是批评所做的事情，批评做这些事对创作所起的作用，在贺拉斯看来，就相当于磨刀石之于刀所起

---

① ［古罗马］贺拉斯：《诗艺》，载《诗学·诗艺》，杨周翰译，人民文学出版社 1962 年版，第 154 页。

② 同上书，第 153 页。

的作用。他认为，批评家应该这样理解自己的价值："我不如起个磨刀石的作用，能使钢刀锋利，虽然它自己切不动什么。"①这种对批评的理解是耐人寻味的，它从批评与创作有不同的着眼点、不同的言论角度和言论方式、不同的功能等方面，把批评与创作区分开来，与那种瞧不起批评、把批评视为创作的附属物、寄生虫以及认为没有创作实践的人就没有资格进行批评的批评观形成了鲜明的对立。中外文学发展史早已证明，优秀的文学批评家对文学发展、对人类文化和文明的发展所起的作用丝毫也不亚于优秀的作家。

批评的作用不是任何一个从事批评的人都能发挥的，积极的作用来源于真正的批评。贺拉斯在《诗艺》中提到了两个批评家的典范：一个是他的同代人、他的朋友昆提留斯，另一个是公元前2世纪亚历山大城著名的严厉批评家阿里斯塔科斯。他们的共同之处在于：坚持原则、敢说真话、毫不含糊。对于有瑕疵的作品，他们指出并建议修改；对于修改不成的作品，他们建议涂掉重写；对于自视甚高不肯修改的作者，他们则不会浪费一字使其传播。

贺拉斯认为，真正发挥作用的批评是那些有勇气讲真话的批评。

首先，批评的勇气应该体现在不能容忍平庸上。贺拉斯说，这个世界上有些事物犯了平庸的毛病可以勉强容忍，但是，"唯独诗人若只能达到平庸，无论天、人或柱石都不能容忍。"②批评家遇到平庸或者有问题的作品当然应该直率地指出，"对毫无

---

① ［古罗马］贺拉斯：《诗艺》，载《诗学·诗艺》，杨周翰译，人民文学出版社1962年版，第153页。

② 同上书，第156页。

生气的诗句，一定提出批评；对太生硬的诗句，必然责难；诗句太粗糙，他必然用笔打一条黑杠子；诗句的藻饰太繁缛，他必删去；说得不够的地方，他逼你说清楚；批评你晦涩的字句；指出应修改的地方。”① 如此不厌其烦，如此细致地告诫呼吁批评家注意什么、指出什么，可以推想，贺拉斯时代能够做到这般地步的批评家不在多数。

其次，批评的勇气应该体现在对把文学创作视为玩意儿、以追捧之名行亵渎之实的附庸风雅之徒的愤怒上。贺拉斯不无讽刺地说道：“不会吟诗的人却敢吟诗。有什么不敢呢？他有自由，他是个自由公民，特别是他很有钱，骑士阶级出身，身上不曾沾有任何瑕疵。”② 如果有谁把这段话理解为贺拉斯在文学创作上搞垄断，把文学创作局限在狭小的圈子里，剥夺公民文学创作的权利，一定是大错特错了。贺拉斯讽刺的是那些不懂诗、不学诗，仗着自己有钱、有地位、有名望的人硬往文学创作队伍里挤，以便装点门面、附庸风雅的社会现象。这种现象既危害文学，也污染社会风气，有损时代精神。文学批评家应该肩负起社会良心的使命，理直气壮地对这种现象进行尖锐的批评，在文学领域和整个社会领域形成正本清源的形势。

另外，批评的勇气源于对非分物质利益的轻视。贺拉斯毫不怀疑地认为，一个诗人，“如果他的田产很多，放出去收利的资财也很多，也可以召唤一批牟利之徒来替他捧场。”③ 这说明他看到了一些批评家在从事批评时摆脱一己之私利考量的难度。他甚至想象了一个滑稽可笑却绝不罕见的“假意奉承”的场

① ［古罗马］贺拉斯：《诗艺》，载《诗学·诗艺》，杨周翰译，人民文学出版社 1962 年版，第 160 页。

② 同上书，第 157 页。

③ 同上书，第 159 页。

景：一个接受过作家礼物或得知作家即将给自己礼物的批评家，面对作家的作品时，“激动得面色苍白，他那充满友情的双目中甚至会凝结出露珠般的眼泪，他会手舞足蹈。”① 利诱难以摆脱并不意味着利诱不能摆脱而是昭示着摆脱利诱的可贵，在文学批评史上并不乏置金钱、权力、私情等于不顾的为美和艺术勇敢说真话的批评家。很多作家受益于这样的批评家，文学的整体繁荣发展受益于这样的批评家。贺拉斯在《诗艺》中对“牟利之徒”的讽刺，意义正在于呼唤这样刚正的批评家。

贺拉斯还告诉我们，讲真话、发挥积极作用的批评并不是毫不宽容、绝对苛责的“酷”评。他认为，就像弹琴不可能总是弹出得心应手的曲调、射箭不可能永远射中靶心一样，文学创作也不可能绝对完美无瑕，作为批评家，应该本着这样的态度：“一首诗的光辉的优点如果很多，纵有少数缺点，我也不加苛责，这是不小心的结果，人天生是考虑不周全的。”② 这就把真正为创作考虑、与作家为善的批评与哗众取宠、故作高深、靠打击作家来标榜自己的批评区别开了。这种对批评的言说，可谓语重心长、意味深长。

四 《论崇高》中的“崇高”分析

崇高作为一个美学范畴，在西方美学史上被很多美学家论述

① ［古罗马］贺拉斯：《诗艺》，载《诗学·诗艺》，杨周翰译，人民文学出版社1962年版，第159页。

② 同上书，第156页。

过，而第一个对崇高进行探讨的是古罗马的朗吉弩斯[①]，他在《论崇高》中对崇高的含义、审美特征、根源等作了较为系统的论述。鲍桑葵在《美学史》中这样评价《论崇高》："这部著作不管从哲学上说多么不完备，却给经验在美的范围内所揭示出的范畴，又增添了一个新的范畴，而关于崇高的理论所以在近代思辨中起着极其重要的作用，大概也应归因于这部著作。"[②] 应该说，这个评价是客观公允的。与柏克、康德、车尔尼雪夫斯基等人侧重探讨自然的崇高以及相应的由痛感转化为快感的崇高感相比，朗吉弩斯的《论崇高》更具有值得珍视的现实品格、思想价值和社会意义。他以作者的心灵与情感力量作为作品效果的主要源泉的批评观念，不仅涤荡过古罗马社会金钱至上、物欲泛滥的浊流，也使得18、19世纪以来的很多批评家将他引为知己，正如《镜与灯》的作者艾布拉姆斯所说："由于他的论文与人们所熟知的浪漫主义传统丝丝入扣，因此后来研究批评的人虽然觉得亚里士多德笼统，贺拉斯俗气，修辞学家琐细，但却认为朗吉弩斯生机勃勃，很有'现代感'。"[③] 然而，中国的文艺理论界和美学界对《论崇高》重视、研析得并不够，不少人以"仅论一种文章的崇高体"或"主要从修辞学角度论崇高"等理由忽视了对它的深入研究。其实，《论崇高》的内容是很丰富的，尤其是在我国处于社会转型期的今天，研讨它，让更多的人知道它，必将对我们的生存状况、文学状况、美学建设等起到不容置疑的作用。

---

① 《论崇高》的作者是谁还是个没有定论的问题，本书沿袭文论界的惯用说法。

② ［英］鲍桑葵：《美学史》，张今译，商务印书馆1985年版，第141页。

③ ［美］艾布拉姆斯：《镜与灯》，北京大学出版社1989年版，第112页。

(一)“崇高”的含义

从范围上讲，《论崇高》的主要谈论对象是作品[①]崇高与否的问题，与近代美学家柏克等人着重谈论自然物崇高与否是不同的。但是，朗吉弩斯没有封闭在语言修辞学的狭小范围内谈作品的崇高，而是以主体的精神境界为重心谈崇高何以形成及崇高的审美效果。这样，崇高就冲出了古希腊罗马一直给它界定的修辞学范围而进入了美学领域。

在《论崇高》中朗吉弩斯并没有以定义的方式对崇高的外延及内涵做出明确的规定，但是，从他对具体作家作品所做的生动、形象的分析中，从他对崇高来源的考察中，从他对真假崇高的甄别中，我们还是可以对崇高的含义及特点做出大体推断的。

从审美效果的角度看，朗吉弩斯认为，具有崇高品格的作品对读者发生作用具有两个特点：（1）使人狂喜、使人惊叹。他说：“崇高的语言对听众的效果不是说服，而是狂喜。一切使人惊叹的东西无往而不使仅仅讲得有理、说得悦耳的东西黯然失色。”[②] 这是说崇高的作品具有震慑人的心灵、激起人的情感狂澜的力量，是那种仅仅有条有理、有声有色的作品无法比拟的。（2）不由分说地一下子降服读者。“相信或不相信，惯常可以自己做主；而崇高却起着横扫千军、不可抗拒的作用；它会操纵一切读者，不论其愿意与否。”[③] 这是说崇高的作品对人发生作用的速度极快，具有迅雷不及掩耳之势，读者与作品的共鸣是不可

---

① 朗吉弩斯所说的作品既包括史诗、戏剧等文学作品，也包括哲学著作、演说辞、论辩文等。

② ［古罗马］朗吉弩斯：《论崇高》，载伍蠡甫主编《西方文论选》上卷，上海译文出版社 1979 年版，第 122 页。

③ 同上。

遏止的，因为它使人感到灵魂被它提高，使人充满了快乐与自豪，好像我们自己开创了我们所读到的思想。

从作品风貌的角度看，朗吉弩斯认为，一旦崇高的思想、急湍般的热情被美妙的措辞、卓越的结构表现出来，那么，光彩照人、光辉灿烂、生机勃勃、丰富多彩的具有崇高性质的作品就得以产生了。也就是说，崇高就是不同凡响，就是活力充盈，就是气脉畅通，就是昂扬向上，就是摧枯拉朽，它是与言之有物、有感而发紧密相关的；相反，它不是四平八稳，不是老态龙钟，不是萎靡不振，不是晦暗无光，不是散漫无际，不是懈怠松垮，不是软弱无力，不是逼仄狭小，它是与谈玄嬉戏、无病呻吟、拘谨造作无关的。这种对崇高的认识，可以从他对荷马的《伊里亚特》和《奥德赛》的不同评价中看出[①]，他告诉我们，崇高是作品蕴涵着的内在力量与气势。

从作品魅力的角度看，朗吉弩斯认为，掌握真正崇高的明确理论和标准虽然比较困难，却并不是没有可能。真假崇高的界限在于作品是否能够强烈地抓住读者，而且是长时间地抓住读者、广泛地抓住很多读者。也就是说，具有摄魂动魄的感染力，具有常看常新、历久弥新的永恒魅力，具有越过时间、地点、文化、心理、语言等限制吸引众多读者的普遍魅力的作品才是崇高的，反之，则与崇高无缘。值得强调的是，朗吉弩斯向我们透露了这样的讯息：使读者的灵魂适应崇高的思想，把他的精神提高到伟大的水平，使读者由有限之言悟想无限之意，是作品获得永恒魅力因而拥有崇高品格的标志。

通过以上分析我们可以作出这样的判断，朗吉弩斯所说的崇高不是与许多具体风格并列的一种风格，而是层次更高的具有包

---

① 参见缪朗山《西方文艺理论史纲》，商务印书馆 1985 年版，第 144—145 页。

容性的品格，它标志着作者的精神高度和作品的境界高度，意味着读者的思想在它启发下的深度和广度。它是昂扬激越、蓬勃向上的劲头美，是勇往直前、摧枯拉朽的气势美，是雍容大方、舒展豪放的风度美，是庄严肃穆、宏伟壮丽的风采美，是海纳百川、厚德载物的境界美。恢宏、雄伟、遒劲、威武、庄严、堂皇等是崇高，秀丽、圆润、优美、静谧、轻捷、灵巧也可以是崇高的题中应有之义。因为朗吉弩斯明确说过："柏拉图的散文尽管像潺湲的溪水平静地流着，他却仍然是崇高的。"①

（二）"崇高"的来源

朗吉弩斯认为，崇高主要来源于五个因素，分别是"庄严伟大的思想"、"强烈而激动的情感"、"运用藻饰的技术"、"高雅的措辞"、"整个结构的堂皇卓越"。

在朗吉弩斯看来，作家的思想是否庄严伟大在根本上决定着作品能否崇高，因为庄严伟大的思想是崇高作品产生的最重要的条件。而思想庄严伟大与否，不是有无智慧的问题，不是聪明不聪明的问题，而是心地如何的问题。庄严伟大的思想来自"高尚的心胸"，来自"伟大的心灵"，崇高是"伟大心灵的回声"②就是说，崇高品格的作品只能诞生在胸襟博大、灵魂高尚、志趣高远的人的手中，而与斤斤计较的人、琐琐碎碎的人、被眼前利益羁绊住的人无缘。那么，思想的庄严伟大是先天所获呢，还是后天培养所致？朗吉弩斯说："虽然这是一个天生而非学来的能力，但是尽可能也锻炼我们的灵魂，使之达到崇高，使之永远孕

---

① ［古罗马］朗吉弩斯：《论崇高》，载伍蠡甫主编《西方文论选》上卷，上海译文出版社 1979 年版，第 126 页。

② 同上书，第 125 页。

育着高尚的思想。”[①] 因为将灵魂、心灵、心胸视为思想的根据地，又将灵魂、心灵、心胸视为可锻炼、可雕塑、可培养的，所以思想的非纯先天性在朗吉弩斯也就是顺理成章的观念了。这就等于对创作主体的人格修养提出了高要求，把主体的人格与作品的品格联系起来了。

朗吉弩斯认为，强烈激动的情感对于作品崇高品格的形成也有着不容忽视的作用，只是情感与崇高的关系较为复杂。首先，并不是任何强烈激动的情感都能导致崇高。因为崇高与热情不是一回事，“有等热情是卑微的，去崇高甚远。”[②] 也就是说，情感的性质不等于情感的强度，即便是激动程度相同的情感也有崇高与卑琐之分，崇高品格的作品只能来自拥有高尚情感的创作主体。归纳朗吉弩斯的意思可以说，崇高的情感就是仰慕伟大、神圣事物的情感，就是向往真理、正义、英雄业绩的情感，就是蔑视庸俗享乐的情感，就是不惜牺牲自己的豪迈、慷慨的情感。其次，也不是任何崇高品格的作品都含有强烈激动的情感。像演说家的演讲辞、典礼上的发言词、法庭上的辩护辞以及荷马史诗中的一些诗句，都属于崇高品格的作品，但是，它们之中并不包含强烈激动的情感。

在肯定思想、情感是决定作品崇高与否的关键因素的同时，朗吉弩斯也强调了形式技巧的作用，因为他知道“用语言表达思想和表达思想的语言，总是密切相联的”[③]，“美妙的措辞就是

---

① ［古罗马］朗吉弩斯：《论崇高》，载伍蠡甫主编《西方文论选》上卷，上海译文出版社 1979 年版，第 125 页。

② ［古罗马］朗吉弩斯：《论崇高》，转引自缪朗山《西方文艺理论史纲》，商务印书馆 1985 年版，第 156 页。

③ ［古罗马］朗吉弩斯：《论崇高》，载伍蠡甫主编《西方文论选》上卷，上海译文出版社 1979 年版，第 128 页。

思想的特有的光辉”①。他反对一些人主张“崇高是天生的，并非依靠传授所能获得的；天资是唯一能够教授它的老师”的观点，认为对于思想、情感来说，“决定其恰当强度、恰当时刻和提供其为了实践和应用的规则的，总是方法的任务。那些巨大的激烈情感，如果没有理智的控制而任其为自己盲目、轻率的冲动所操纵，那就会像一只没有了压舱石而漂流不定的船那样陷入危险。它们每每需要鞭子，但也需要缰绳。”“作者在什么时候必须听天资的指挥，也只有从技术上才会体会到”②，因此他认为对那些积极学习技巧的作家进行挑剔是不应该的。当然朗吉弩斯并没有把形式技巧的作用说得过头，他很辩证地指出，在思想、情感贫乏的情况下，专门在形式技法上下功夫，一味地浮夸、无谓地雕琢、空泛地抒情，只能导致作品矫揉造作、琐屑无聊，从而背离真正的崇高，走向“华丽的外表是虚伪恶劣的表演”的假崇高，“一个琐屑的问题用富丽堂皇的语言打扮起来，会产生把一个悲剧英雄的巨大面具戴在小孩头上那样的效果。”③。

总之，朗吉弩斯的意思是，只有庄严伟大的思想、不卑琐的强烈激动的情感被高雅的措辞、高超的藻饰技巧、卓越堂皇的结构恰当地表现出来，崇高品格的作品才会诞生。一旦某个因素在质上有问题或违背与其他因素相适合的原则，作品将不可能成为崇高的。但是，值得注意的是，朗吉弩斯并没有把崇高与完美无缺等同起来，因为“最恢宏的智力并不是最精细的”，伟大作家不免“由于那种大天才所固有的不屑细务和满

---

① ［古罗马］朗吉弩斯：《论崇高》，载伍蠡甫主编《西方文论选》上卷，上海译文出版社1979年版，第129页。

② 同上书，第123页。

③ 同上书，第129页。

不在乎的马虎”[①] 而使作品产生小瑕疵，但是，只要他的作品体现了灵魂的高尚、胸怀的博大，这种小瑕疵是不会影响其作品的崇高品格的。相反，倒是那些才力低弱、情思平庸的作家，终日在言语、技巧上经营，即便作品找不出什么毛病，也无资格上升到崇高的行列。可见，在内容与形式、情思与技巧这些与创作有关的对立统一因素中，如果非分出倾向的话，朗吉努斯是看重内容和情思的。

（三）“崇高”的根源

朗吉努斯不仅从作品构成的角度论述了崇高的来源，还从作家生活状态和人生意义追求的角度揭示了崇高的深层根源。而这一点往往被研究朗吉努斯或研究崇高的人所忽视。

首先，作家只有确立伟大的人生目标，不断超越自我，才有可能创作出崇高品格的作品。在朗吉努斯看来，人生的意义在于努力、进取、追求，在于不断提升自己、超越自己。人既然是人，就不能把自己等同于只能维持生存、繁衍后代的一般生物，不能放任自己贪求金钱与享乐，不能为物所役。一个作家想让自己的精神境界提升从而写出崇高品格的作品，有两条切实可行的途径：（1）向古代伟大的诗人、作家学习，与他们竞赛。朗吉努斯以柏拉图学习荷马为例，以女祭司获悉神灵的气息为类比，说明作家向古代伟大的作家学习、与他们竞赛是创作出崇高作品的好途径。因为“对于那些想向古人学习的人来说，从古人伟大的气质中，就有一种涓涓细流，好像从神圣的岩洞中流出，灌注到他们的心苗中去，因此连那些看来不容易着迷的人也受到了

① ［古罗马］朗吉努斯：《论崇高》，载伍蠡甫、胡经之《西方文艺理论名著选编》，北京大学出版社 1985 年版，第 125 页。

启示，在古人伟大的魅力下，不觉五体投地了”[①]。作为古罗马作家当然要到古希腊的文学艺术和哲学著作中悉心领会它伟大的精神，接受它崇高气质的感染，在这个基础上让自己的精神和创作都走向崇高。（2）向大自然学习，与它竞赛。朗吉弩斯说，伟大作家都应坚信一条真理：“做庸俗卑陋的生物并不是大自然为我们人类所订的计划，它生了我们，把我们生在这宇宙间，犹如将我们放在某种伟大的竞赛场中，要我们既做它的丰功伟绩的观众，又做它的雄心勃勃、力争上游的竞赛者；它一开始就在我们的灵魂中植有一种所向无敌的，对于一切伟大事物、一切比我们自己更神圣的事物的热爱。……当我们观察整个生命的领域，看到它处处富于精妙、堂皇、美丽的事物时，我们就立刻体会到人生的真正目标究竟是什么了。”[②] 这与中国古人所说的“天行健，君子以自强不息；地势坤，君子以厚德载物”，“桃李不言，下自成蹊”，“天何言哉？四时行焉，万物生焉”等是同样的思路。大自然似有目的的运动与组织构造，时时启发着人、教育着人，而人一旦在自然的启发、教育下拥有了开阔的胸襟、远大的怀抱、高尚的境界，崇高品格的作品就有了得以产生的前提。

其次，崇高品格作品的诞生还需要作家勇敢、坚定地与恶劣环境斗争，超越现实。公元1世纪前后的古罗马缺乏崇高品格的作品，这种现象引起了当时一些人的关注，有人提出这种观点：自由、民主的社会环境才是高深、宏大的天才成长的沃土，而专制统治、高压政策、奴才教育只能是灵魂的笼子、公众的监牢，不可能诞生具有伟大、高尚心胸的天才，因而也不会有崇高品格

---

① ［古罗马］朗吉弩斯：《论崇高》，载伍蠡甫主编《西方文论选》上卷，上海译文出版社1979年版，第127页。

② 同上书，第129页。

的作品问世。朗吉弩斯表明了与此不同的看法：外在环境并不是伟大、高尚人格形成的主要决定因素，没有哪一种环境能够绝对造就崇高，和平中、战乱中、自由中、险恶中，都有伟大的人物存在过，一个人能否伟大、高尚，关键在于他能否在超越自己的同时超越现实。越是污浊的环境就越是需要有人凭刚强的意志在战胜各种欲望、诱惑的同时，抵抗住环境的重重压力，保持人格的独立。《论崇高》这一长文正是要通过谈论崇高品格的作品呼唤崇高的人，崇高的人就是确立了远大的人生目标并朝着目标奋进的人，是追求真理、坚持真理、为真理而奋斗的人。

朗吉弩斯大声疾呼崇高，是针对当时罗马社会普遍缺乏集体荣誉感和责任心，过分追求金钱、物质利益、官能享乐的现实而发的。他提醒人们抬起头来，目光向前，把精神、心灵看重些，把物质、肉体看轻些。有识之士的呐喊，往往能够穿越空间障壁和时间隧道在遥远的时空中引起回声。历史进入到 20 世纪 90 年代，960 万平方公里的中国大地上正在发生巨大的变化，由计划经济向市场经济转变是中国走向现代化的必由之路。加强物质文明建设并没有错，问题是在党中央一再强调两个文明同时抓的情况下，我们还是痛心地看到，在物质富裕不断成为现实的同时，物欲膨胀、追求享乐、道德滑坡、心灵扭曲等现象在一些人中正呈弥漫之势。真正秉持集体主义、爱国主义、助人为乐原则并在实际行动中体现出来的人越来越少。而面对社会的物化倾向，我们的文学正像有人指出的那样："正在失去应有的刚健骨骼和血性气质，正在加速自身的精神瘫痪症。一大批本应是民族之魂、社会良心、历史旗手的诗人们、小说家们，已经越来越淡漠了作为中国当代作家应有的现实责任感和历史使命感。他们越过了我们的现实，浮着在西方现代文化思潮的泡沫上，搅动起了肤浅的文艺浪花。他们或迷恋于超前消费的先锋意识，或困扰于无可奈何的生存状态，或热衷于纯技巧的模仿与卖弄……”[①] 即是说，中国当前的文学未能承担起校正人性偏执的责任，文学家甘于自我放逐，或自娱或媚俗。但是，我们不应做悲观主义者，应该看到，以上情况并不是文坛的全貌。必须承认，我们的老中青作家中都有一些不肯放弃理想与真理、把文学当作与庸俗和堕落进行斗争的武器的人，而很多人对文学的媚俗与消沉进行批判的举动则令人欣慰地意识到文学不会堕落，文学可能而且必须走向崇高。朗吉弩斯的《论崇高》向我们昭示了文与人走向崇高品格的路，值得我们经常地认真地加以咀嚼。

① 杨守森：《二十世纪现代、后现代文艺思潮反思》，载《文艺研究》1996 年第 5 期。

第 三 编

梁启超文学观掠影

一　梁启超崇高美学思想初探

1840年后，中国进入了动荡混乱的近代，一些有识之士意识到，在这样一个危机四伏的艰难时世里，以和谐宁静为美已经于事无补了，真正能够拯救时局的应该是以天下为己任的敢作敢为者、叱咤风云者、勇者、健者、刚者、强者。只有这样的人起而实施变与动、兴与立的举措，国家和民族才有起死回生的指望。于是，呼唤、高扬动态、豪迈、雄伟、悲壮等崇高之美的风气便趋于形成了。

梁启超虽没有直接用过崇高美这个词汇，但他是那个时代崇高美倡扬者中声音最响亮、用力最笃重的一位。

（一）极言变与动之必要和效应

在梁启超1896—1902年间的文章中，变、动、异、创、更、改、振、立、兴、通、新、活、强、智、刚等是出现频率最高、最富有活力的一组词，而与之相对的则是守、静、沿、因、陈、塞、旧、死、弱、愚、柔等词，也就是说，在梁氏看来，近代中国的危局，只有通过变与动，才能得以拯救，因为只有通过变与动，才能收到通、智、新、活、强的效果；相反，守与静只能导致塞、愚、旧、死、弱，只能使危局更危乃至灭种亡国。

梁启超认为，无论是历时性地古今对比，还是共时性地中外对比，都能说明中国之陷于困境是由于守与静，而中国之走出困境的出路则在于变与动。他认为，造成国人惯于守与静的原因有三：其一是老子、杨朱的柔静无为、明哲保身之说，这种说法流毒深广，秉持这种人生观的人，满足于所谓的清心寡欲，实际上对他人、对社会没有任何责任感、义务感，无异于行尸走肉、死灰槁木，这样的人多了，一个国家、一个民族的命运便可想而知了。其二是千百年来教人消磨意志的旧教育。其三是论资排辈、嫉贤妒能的官僚政治。

针对中国的病症与病根，梁启超所说的变，既指变器物，也指变制度，更指变观念，而观念的变在他看来是一切变的关键。与此相应，他所说的动既包括建工厂、修铁路，又包括反慈禧、反满清，更包括办学校、办学会、办报馆等。变与动的第一义是“破坏”。“破坏”之所以被梁启超视为“今日第一美德”①，是因为它的对象是枯与朽，它的目的是兴立、新盛的进步，所以，变与动的另一义是建设。只有以建设为目的，作为成立之前奏的破坏，才能称为具有崇高品格的美，那些作为“快心之具、出气之端”，甚至有行恶之嫌的破坏，不但不可能被视为崇高之美，反而是一种丑，因此可以说，摧枯拉朽的破坏之所以美，是因为它呼唤着并一定能带来大张旗鼓、热火朝天的建设之美。梁启超说：“非有大不忍人之心者，不可以言破坏；非有高尚纯洁之性者，不可以言破坏。”② 正说明了破坏能否走向崇高，就在于其是否向善的道理。

（二）呼唤英雄、豪杰、大丈夫应时而出

梁启超把希望寄托到有扭转乾坤之能力的英雄豪杰身上，大声疾呼他们应时而出。他说：“若今日之中国，则其思想发

---

① 梁启超：《十种德性相反相成义》，载《梁启超选集》，上海人民出版社1984年版，第163页。

② 梁启超：《新民说·论私德》，载《梁启超选集》，上海人民出版社1984年版，第262页。

达、文物开化之度，不过与四百年前欧洲相等，不有非常人起，横大刀阔斧，以辟榛莽而开辟新天地，吾恐其终古如长夜也。英雄乎，英雄乎，吾夙昔梦之，吾顶礼祝之!"[1] 他认为，英雄与时势相互为用，递相为因，当时中国，需要英雄的时势已具备，英雄应该乘时而出进而创造新时势了。而英雄又不是天赐神授的，只有想成为英雄又敢做英雄的人，才能真正成为英雄。

梁启超所大声疾呼的英雄，是内忧沉沉、外辱频频之时能导中国走上起死回生之路的人，他说："英雄之种类不一，而惟以适于时代之用为贵。故吾不欲论旧世界之英雄，亦未敢语新世界之英雄，而惟望有崛起于新旧两界线之中心的过渡时代之英雄。"[2] 梁氏为过渡时代之英雄所赋予的品格是崇高，他虽未直言崇高一词，但他的意思是：不管是破坏还是建设，不管是成功还是失败，不管是痛苦还是乐观，他们的情志言行，都表现为一种崇高美。

豪杰之士，立志远大，是为崇高之美。梁启超认为，当此过渡时代之青年，应该像孔子那样，立"己欲立而立人，己欲达而达人"之志，像孟子那样，立"如欲平治天下，当今之世，舍我其谁"之志，像范仲淹那样，立"以天下为己任"之志，像顾亭林那样，立"天下兴亡，匹夫之贱，与有责焉"之志。只有这样，才能有望真的做出有功于天下的事，成为豪杰之士。

大丈夫，情系天下，不畏险阻，不怕牺牲，是为崇高之

---

① 梁启超：《自由书·文明与英雄之比例》，载《梁启超选集》，上海人民出版社 1984 年版，第 202 页。

② 梁启超：《过渡时代论》，载《梁启超选集》，上海人民出版社 1984 年版，第 169 页。

美。在梁启超看来，一国之走上新途，取得进步，最需要的是敢为天下先者、首倡风气者。而只有从国家、民族之大利益出发，从将来之长远利益出发，才能敢于无所顾忌地冒险为先、首倡风气。这是大智与大勇结合呈现出的崇高美，具备这样美德的人行事就不会畏首畏尾，也不会患得患失。遇到阻碍，他们能察而排之，就像奔腾千里的江河，“曲折奔赴，遇有沙石则挟之而下，遇有山陵则绕越而行，要之必以至海为究竟”①。遇到艰险，他们能迎而战之，就像暴雷烈风中，“乘之飞行绝迹焉”的蛟龙，而不像“戢翼恐惧”的群鸟；就像惊涛骇浪中“御之一徙千里焉”的鲸鲲，而不像“失所错愕”的儵鱼。②

真英雄，孜孜不倦，不计一己之成败，不慕虚荣，是为崇高之美。梁启超认为把孔子的“知其不可而为”与老子的“为而不有”结合起来，能够成就一种崇高之美。也就是说，抱定为天下的远大理想，奋斗不止，不图眼前、个人之小收效，而图未来、宏观之大收效的人能造就出一种“大美”。他说：“凡任天下事者，宜自求为陈胜、吴广，无自求为汉高，则百事可办。”③“若怵于目前，以为败矣败矣，而不复办事，则遂无成之一日而已。”④

真豪杰，忍万辱，敢担当，是为崇高之美。当旧之已朽、新

---

① 梁启超：《自由书·养心语录》，载《梁启超选集》，上海人民出版社 1984 年版，第 96 页。

② 梁启超：《自由书·英雄与时势》，载《梁启超选集》，上海人民出版社 1984 年版，第 96 页。

③ 梁启超：《与严幼陵先生书》，载《梁启超选集》，上海人民出版社 1984 年版，第 39 页。

④ 梁启超：《自由书·成败》，载《梁启超选集》，上海人民出版社 1984 年版，第 92 页。

之未成之际，倡风气者就像居举世混浊之境中的屈原，会被扣上“少年意气、妄事更张、沽名钓誉、露才扬己、哗众取宠”等罪名，但是，真正的英雄绝不会畏首畏尾、举步不前，为了除旧，他们不怕“犯众忌、触众怒”；因为爱国，他们不怕“败己之身、裂己之名”。这种大气大义当然崇高。

我们不相信英雄创造历史的神话，但是，每当社会发展到转折的关键时刻，确实需要一些以天下为己任的得风气之先者奋不顾身地激扬蹈厉、挥斥方遒，他们所激荡起来的崇高之美会形成一种不可遏止的力量吸引、鼓动更广大的人们投入到奋斗之中去。

（三）崇高美意象与趋向崇高之路

梁启超所高扬的崇高之美，主要指社会事物。为人，则如前所述是英雄、豪杰、大丈夫；为国，则少年中国；为时，则过渡时代。但是，在论述社会事物的崇高美时，他常常以满带感情之笔锋旁征博引、举譬联类，因此使其文章中充满了丰富多彩、生动鲜活的崇高美意象。

崇高者（人、国、时代、行动等）如少年，“常思将来而不恋既往，她满怀希望而决不悲观，她孜孜进取而不因循保守，她常敢破格而不事事照例，她豪壮气盛而不怯懦灰心，她敢冒险而不苟且。她如朝阳而不是夕照，她如乳虎而不是瘠牛，她如侠而不是僧，她如戏文而不是字典，她如泼兰地酒而不是鸦片烟，她如大海洋之珊瑚岛而不是别行星之陨石，她如春前之草而不是秋后之柳，她如长江之初发而不是死海之潴为泽。”①

---

① 梁启超：《少年中国说》，载《梁启超选集》，上海人民出版社 1984 年版，第 122 页。

崇高者如大鹏，她“抟九万里，击扶摇而上”，崇高者如凤凰，她“餐霞吸露，栖息云霄之表”[①]；崇高者如麒麟驺虞，“往来开化之国，以方仁者”，崇高者如狮象狻猊，“纵横万壑，虎豹慑伏”[②]；崇高者如蛟龙，乘暴雷烈风飞行绝迹，崇高者如鲸鲲，御惊涛骇浪一徙千里[③]；崇高者如“鲲鹏图南，九万里而一息”，崇高者如“江汉赴海，百千折以朝宗”[④]。崇高者如飓风，如火山之喷发，如大地震，如彗星，即使自身持续时间不长，也能给世界带来强大的震慑和惊异[⑤]。

崇高美的境界，那是“大风泱泱，前途堂堂；生气郁苍，雄心矞皇”[⑥]；那是“大旗觥觥，大鼓冬冬，大潮汹汹，大风蓬蓬，卷土挟浪，飞沙走石，杂以闪电，趋以万马”[⑦]；那是“红日初升，其道大光；河出伏流，一泻汪洋；潜龙腾渊，鳞爪飞扬；乳虎啸谷，百兽震惶；鹰隼试翼，风尘吸张；奇花初胎，矞矞皇皇；干将发硎，有作其芒；天戴其苍，地履其黄；纵有千古，横有八荒；前途似海，来日方长”[⑧]。

---

① 梁启超：《说动》，载《梁启超选集》，上海人民出版社 1984 年版，第 69 页。

② 同上。

③ 梁启超：《自由书·英雄与时势》，载《梁启超选集》，上海人民出版社 1984 年版，第 96 页。

④ 梁启超：《过渡时代论》，载《梁启超选集》，上海人民出版社 1984 年版，第 167 页。

⑤ 梁启超：《清代学术概论》，载《梁启超史学论著四种》，岳麓书社 1985 年版，第 78、91 页。

⑥ 梁启超：《过渡时代论》，载《梁启超选集》，上海人民出版社 1984 年版，第 167 页。

⑦ 梁启超：《自由书·破坏主义》，载《梁启超选集》，上海人民出版社 1984 年版，第 98 页。

⑧ 梁启超：《少年中国说》，载《梁启超选集》，上海人民出版社 1984 年版，第 127 页。

梁启超以人的崇高为中心，以国的崇高为旨归，把自然界、艺术作品中的崇高意象大量地会聚到社会崇高的麾下，让近代中国人乃至现当代中国人在阅读他的文章时，经受一次次崇高的洗礼。

梁启超清醒地意识到，只靠少数几个英雄豪杰在那里振臂高呼，多数人则在一边漠然旁观，中国的命运将无从改变，因此，他期待“人民不依赖英雄之境界”、“人人皆英雄”之时代早日到来。为了使更多的中国人在救亡图存的民族抗争中焕发出崇高美的光彩，为了使更多的炎黄子孙在生命的行程中迸发出辉煌的能量，生存得更有意义，梁启超义不容辞地担当起了引导崇高之路的责任。

首先，他指出，人若能置自身于紧迫情境下，知、情、意等各种机能都被激发到高度亢奋的状态，就能焕发出崇高美的光彩。“当生死呼吸之顷，弱者忽强，愚者忽智，无用者忽而有用；失火之家，其主妇运千钧之笥，若拾芥然。”[①] 因此，“使人之处事也，常如在火宅，如在敌围，则‘烟士披里纯’日与相随，虽百千阻力，何所可畏？虽擎天事业，何所不成？”[②]

其次，他认为人若争自由、善自主、能独立，就有缘达致崇高之境。梁启超认为，民有力则国有力，民有权则国有权，而民有力、有权的标志就是每个人都有不受三纲压制、不受古人束缚、不受欲望摆布的独立人格，享有自由，能够自主；每个人都有“活泼之气象”、“勇敢之精神”、“沉雄强毅之魄力”[③]。而人

---

① 梁启超：《自由书·烟士披里纯》，载《梁启超选集》，上海人民出版社1984年版，第110页。

② 同上。

③ 梁启超：《新民议·禁早婚议》，载《梁启超选集》，上海人民出版社1984年版，第358页。

的独立、自由、自主，只能靠自己去争取，不能靠别人来施舍。当人人为赢得独立自主而抗争、奋斗的时候，其国家、其民族的精神就是昂扬的，前途就是光明的，崇高当然属于他们。

再次，他强调人若知责任、行责任、不旁观，能相善其群，则有可能走向崇高。他说："知责任者，大丈夫之始也；行责任者，大丈夫之终也。"[①]"大抵家国之盛衰兴亡，恒以其家中、国中旁观者之有无多少为差。国人无一旁观者，国虽小而必兴；国人尽为旁观者，国虽大而必亡。"[②] 只要人人为国家出力，个个为民族贡献，其场面就是壮观的，其力量就是强大的，其前景就是辉煌崇高的。

在梁启超看来，崇高并不是距普通人千里之遥的高不可攀之物。一个人只要求知，只要做事，只要拿出热诚来，只要知道一己之自由、权利与他人之自由、权利相关甚深从而能群、能公，他就与崇高有缘。

梁启超所呼唤、倡扬的崇高，是在社会的激烈矛盾冲突中升华起来的美，是救亡图存的高度的民族责任感、使命感迸发出来的美。它侧重的是人与社会的关系，不同于西方康德等人所说的侧重于人与自然关系的崇高。对于崇高，梁启超着重于从思想启蒙、社会改革的角度进行呼唤、倡导，强调它的意义，并不是从学理的角度进行研究，分析它的含义、界定它的概念，梁启超对崇高的理解更直接地指向对社会的改造，更具有不步西人后尘的独特性。

---

① 梁启超：《呵旁观者文》，载《梁启超选集》，上海人民出版社 1984 年版，第 128 页。

② 同上书，第 129 页。

二　梁启超与文学观念的现代转型

19 世纪末 20 世纪初的几十年里，有一个人的名字在中国可谓是家喻户晓、尽人皆知的。随着《时务报》《清议报》《新民丛报》《新小说》等报刊，这个名字在华夏大地上广泛传播着，随着那慷慨激昂、一泻千里的 1400 多万字的文章，这个名字早已深入人心，他就是曾经与康有为一道发起过“公车上书”，参与过“戊戌变法”的梁启超。

梁启超（1873—1929 年），字卓如，号任公，是中国近代著名的资产阶级改良主义宣传家、政治活动家、启蒙思想家，也是一位在政治、经济、哲学、史学、文学、教育、新闻等方面颇有成就的学者。

梁启超不是一个一生以美学、文学研究为务的纯粹的专职的美学家、文学理论家，他的美学、文学思想是在思考、探讨中国的前途、命运的过程中，从社会改革的角度形成的。因此，我们不应该从是否建构了严密、系统的理论体系的角度，而应该从与社会发展相联系、与人的生存意义相联系的角度，评价和确认梁启超在美学史和文论史上的地位和作用。随着他那魅力四射的文章的深入人心，他的美学、文学思想也在近、现代中国产生过极大的影响。作为承上启下的人物，在梁启超的美学、文学思想中，既体现着中国古代美学、文学思想的渗入，也萌发着启迪中国现代美学、文学思想的新因素。

作为致力于思想启蒙的社会活动家，梁启超对文学问题的思考是以对社会问题的密切关注为前提的。面对被内忧外患困扰着的危机四伏的近代中国，梁启超既看到了上层政治体制的弊端而急欲改变之，也看到了广大人民思想意识方面的落后与陈旧而急欲改变之。他认为，新民是强国的必由之路，因为“国也者，积民而成。……未有其民愚陋、怯弱、涣散、混浊，而国犹能立者”①。“民德、民智、民力，实为政治、学术、技艺之大原。”②所以，“欲其国之安富尊荣，则新民之道不可不讲。”③“苟有新民，何患无新制度，无新政府，无新国家。”④可见，培养、塑造新人问题是梁启超思想和活动的出发点，当然也是他文学主张的出发点。为了使具有新的智力结构、新的道德水准、新的实践能力的既独立自主又能公善群的人在新的历史条件下应运而生，梁启超探索了很多办法，而审美则是他最器重的启蒙方式。他说：“我确信‘美’是人类生活一要素，或者还是各种要素中之最要者。倘若在生活全内容中把‘美’的成分抽出，恐怕便活得不自在，甚至活不成。”⑤也就是说，有了美，有了人对美的欣赏，生活才有情趣、有生气、有意义，人才会有健康的趣味、美好的情感、健全的人格。

在梁启超看来，自然美、社会美、艺术美对人的生活都有举足轻重的作用，但相对来说，艺术美对人生的作用更大一些，因为它可以通过各种媒介、技法、手段把自然美、社会生活美容纳入到自己的范围中来，当人们说艺术美时，实际上很多时候是包

① 梁启超：《新民说·叙论》，载《梁启超选集》，上海人民出版社 1984 年版，第 206 页。

② 梁启超：《新民说·释新民之义》，载《梁启超选集》，上海人民出版社 1984 年版，第 212 页。

③ 梁启超：《新民说·叙论》，载《梁启超选集》，上海人民出版社 1984 年版，第 206 页。

④ 梁启超：《新民说·论新民为今日中国第一急务》，载《梁启超选集》，上海人民出版社 1984 年版，第 207 页。

⑤ 梁启超：《美术与生活》，载乙丑重编《饮冰室文集》卷六十九，中华书局 1926 年版，第 1 页。

含自然美和社会美的，只不过艺术中的自然美和社会美经过了艺术家的加工、改造，比本然的自然美和社会美更具有明确、突出的意义，更隽永、更精粹了。梁启超说："情感教育最大的利器，就是艺术。音乐、美术、文学这三样法宝，把'情感秘密'的钥匙都掌住了。艺术的权威，是把那霎时间便过去的情感捉住，令他随时可以再现，是把艺术家自己个性的情感，打进别人的情阈里头，在若干期间内占领了他心的位置。"① 在艺术的众多门类中，文学是梁启超谈论最频繁、关注最切实的一种，以为文学的媒介——语言是思想和情感的直接现实，它之作用于人心意向最明确，方式最便捷，它与时局、世态联系最紧密。

关于梁启超的文学思想是否具有现代性这一问题，存在着众说不一的情况。有人把梁启超与王国维对举，认为二人分别是20世纪"他律"文学观和"自律"文学观，即功利主义文学观和审美主义文学观的始作俑者，前者没有现代性，后者才有现代性，从而流露出抑梁扬王的倾向。这种论断和倾向，与20世纪80年代以来我国改变"文学为政治服务"的文学观，强调文学的审美属性，重视文学的审美特征的事实有关，有其产生的必然性。但是，不管怎样，我们还是认为这种论断和倾向失之粗疏与绝对。实际上，王国维在把诗人分为主观之诗人与客观之诗人，把意境分为有我之境与无我之境，把意境创造分为写境与造境的时候，并没有否定与社会、与现实生活有关系的文学的价值。而梁启超之所以把文学作为启蒙的利器，所看重的恰恰是它所具有，而其他手段，诸如科学知识、文化教育、舆论宣传以及各行各业的实践活动等所缺乏的突出审美特征。实际上，只要是对文

---

① 梁启超：《中国韵文里头所表现的情感》，载乙丑重编《饮冰室文集》卷七十一，中华书局1926年版，第2—3页。

学的创新发展产生过积极影响的文学思想，都会程度不同地注意到文学的社会本质与审美本质、社会功能与审美功能、他律与自律的不可乖离性，而那些偏执于一隅的文学理论和文学实践，则会使文学面貌呈现出畸形，这是早已被中外几千年的文学发展史证明了的。

梁启超文学思想的现代性，体现在他既强调文学的启蒙作用，又重视文学的审美作用。他认为，既让人有知识、有理性、争自由、要民主、知责任、不旁观，又让人情感丰富而高尚、趣味多样而健康，是近代文学在当时的历史条件下必须承担起来的二而一的使命，因为只有这样，强国才有希望。梁启超的思路是：要救亡必须启蒙，要启蒙必须审美，审美为了启蒙与救亡，而救亡和启蒙则是为了使人能在更好的条件下、更高的层次上审美。在文学中，启蒙因素与审美因素应融合在一起，在读者那里，知、情、意等心理机能应被作品同时调动起来。

梁启超的文学思想，主要体现于他对“小说界革命”、“诗界革命”和“文学界革命”的倡导，在三界革命的倡导中，既能看出他对中国如何走向现代化这一社会历史问题的思考，也能看出他对文学的特征、规律的认识；既能看到他对国之历史与文之历史的不满，也能看到他对文之未来与国之未来的展望。

梁启超说：“要而论之，清代学术，在中国学术史上，价值极大；清代文艺美术，在中国文艺史、美术史上，价值极微，此吾所敢昌言也。”① 他还一一指出了几种主要文学体裁的不景气：“以言夫诗，真可谓衰落已极。吴伟业之靡曼，王士祯之脆薄，号为开国宗匠。乾隆全盛时，所谓袁（枚）、蒋（士铨）、赵

---

① 梁启超：《清代学术概论》，载《梁启超史学论著四种》，岳麓书社 1985 年版，第 97 页。

（翼）三大家者，臭腐殆不可向迩。诸经师及诸古文家，集中多亦有诗，则极拙劣之砌韵文耳。嘉、道间，龚自珍、王昙、舒位，号称新体，则粗犷浅薄。咸、同后，竞宗宋诗，只益生硬，更无余味。其稍可观者，反在生长僻壤之黎简、郑珍辈，而中原更无闻焉。直至末叶，始有金和、黄遵宪、康有为，元气淋漓，卓然称大家。……以言夫小说，《红楼梦》只立千古，余皆无足齿数。以言夫散文，经师家朴实说理，毫不带文学臭味；桐城派则以文为'司同城旦'矣。其初期，魏禧、王源较可观。末期，则魏源、曾国藩、康有为。清人颇自夸其骈文，其实极工者仅一汪中，次则龚自珍、谭嗣同。其最著名之胡天游、邵齐涛、洪亮吉辈，已堆垛柔曼无生气，余子更不足道。"[①] 他认为，造成文学衰落的原因之一是，"当时诸大师方以崇实黜华相标榜，顾炎武曰：'一自命为文人，便无足观。'（《日知录》二十）所谓'纯文艺'之文，极所轻蔑，皆第二流以下人物，此所以不能张其军也。"[②] 对于一个时代的文学状貌和文学观念有这样的认识，其倡导文学革命当然就是情理之中的事了。

（一）使小说成为"文学之最上乘"

1897 年，几道（严复）、别士（夏曾佑）在天津《国闻报》上发表《本馆附印说部缘起》时就提出了改变小说旧貌，译介、创作新小说，使其在改良社会中发挥好作用的主张，这是"小说界革命"的先声。自此，较系统、一贯地提倡"小说界革命"的人，当数梁启超。

---

① 梁启超：《清代学术概论》，载《梁启超史学论著四种》，岳麓书社 1985 年版，第 96—97 页。

② 同上书，第 98 页。

首先，梁启超指明了“革命”的对象，那就是“诲盗诲淫”的旧小说。梁氏认为，它们对人心、世道的毒害极深、极大，是“吾中国群治腐败之总根源”。“吾中国人状元宰相之思想”、“吾中国人佳人才子之思想”、“吾中国人江湖盗贼之思想”、“吾中国人妖巫鬼狐之思想”①，都自旧小说中来。“今我国民，惑堪舆，惑相命，惑卜筮，惑祈禳，因风水而阻止铁路，阻止开矿，争坟墓而阖族械斗，杀人如草，因迎神赛会而岁耗百万金钱，废时生事，消耗国力者，曰惟小说之故。今我国民慕科第若膻，趋爵禄若鹜，奴颜婢膝，寡廉鲜耻，惟思以十年萤雪，暮夜苞苴，易其归娇妻妾、武断乡曲一日之快，遂至名节大防扫地以尽者，曰惟小说之故。今我国民轻弃信义，权谋诡诈，云翻雨覆，苛刻凉薄，驯至尽人皆机心，举国皆荆棘者，曰惟小说之故。今我国民轻薄无行，沉溺声色，眷恋床第，缠绵歌泣于春花秋月，消磨其少壮活泼之气；青年子弟，自十五岁至三十岁，惟以多情、多感、多愁、多病为一大事业，儿女情多，风云气少，甚者为伤风败俗之行，毒遍社会，曰惟小说之故。今我国民绿林豪杰，遍地皆是，日日有桃园之拜，处处为梁山之盟，所谓‘大碗酒，大块肉，分秤称金银，论套穿衣服等’思想，充塞于下等社会之脑中，遂成为哥老、大刀等会，卒至有如义和拳者起，沦陷京国，启召外戎，曰惟小说之故。呜呼！小说之陷溺人群，乃至如是！乃至如是！”②

其次，梁启超指明了新小说的方向、目的。“今日欲改良群治，必自小说界革命始；欲新民，必自新小说始。”③“欲新一国

---

① 梁启超：《论小说与群治之关系》，载《梁启超文集》，北京燕山出版社 1997 年版，第 286 页。

② 同上书，第 286—287 页。

③ 同上书，第 287 页。

之民，不可不先新一国之民，不可不先新一国之小说。故欲新道德，必新小说；欲新宗教，必新小说；欲新政治，必新小说；欲新风俗，必新小说；欲新学艺，必新小说；乃欲新人心，欲新人格，必新小说。”①

从以上两点可以看出，梁启超确实有夸大小说社会作用之嫌，不管是对旧小说的坏作用，还是对新小说赋予的新意义，都过大过重，这与他作为维新派社会宣传家欲迅速改良积贫积弱积弊的社会状况的急切心情有关。我们绝不能因为他夸大了小说的社会作用，就用一句“功利主义文论”概括他，从而忽视他所提出的“小说界革命”的意义。

实际上，梁启超不仅仅是从社会学意义上，而且也是从美学意义上提倡“小说界革命”的。

首先，他从心理学角度分析了人接受事物的“常性”、“常情”：“凡人之情，莫不惮庄严而喜谐谑，故听古乐，则惟恐卧，听郑、卫之音，则靡靡而忘倦焉。此实有生之大例，虽圣人无可如何者也。善为教者，则因人之情而利导之，故或出之以滑稽，或托之于寓言。孟子有好货好色之喻，屈平有美人芳草之辞，寓诸谏于诙谐，发忠爱于馨艳，其移人之深，视庄严危论，往往有过，殊未可以劝百讽一而轻薄之也。”②

其次，他又从心理学角度分析了人有对他境之好奇与欲对自身之返观的普遍性：“凡人之性，常非能以现境界而自满足者也。而此蠢蠢躯壳，其所能触能受之境界，又顽狭短局而至有限也。故常欲于其直接以触以受之外，而间接有所触有所受，所谓

① 梁启超：《论小说与群治之关系》，载《梁启超文集》，北京燕山出版社 1997 年版，第 282 页。

② 梁启超：《译印政治小说序》，载陈平原、夏晓红编《二十世纪中国小说理论资料》，北京大学出版社 1989 年版，第 21 页。

身外之身，世界外之世界也。此等识想，不独利根众生有之，即钝根众生亦有焉。”[①]“人之恒情，于其所怀抱之想象，所经阅之境界，往往有行之不知、习矣不察者；无论为哀为乐、为怨为怒、为恋为骇、为忧为惭，常若知其然而不知其所以然。欲摹写其情状，而心不能自喻，口不能自宣，笔不能自传。有人焉和盘托出，彻底而发露之，则拍案叫绝曰：‘善哉善哉，如是如是。’所谓‘夫子言之，于我心有戚戚焉’。”[②]

最后，他从小说的审美特性与人的以上特点正相契合这一点，说明了小说作用巨大之必然和小说“革命”之必要。（一）小说“浅而易解”、“乐而多趣”[③] 的特点，正好应和了“人情厌庄喜谐之大例”[④]；（二）“小说者，常导人游于他境界，而变换常触常受之空气”的特点，正好契合了“非能以现境界而自满足者”之人性；（三）小说这种“问题曲折速达，淋漓尽致，描人情之情状，批天地之窾奥，有非寻常文家所能及者耶”[⑤] 的特点，又正好能起到提醒“行之不知，习矣不察”的人们反观自身的生活的作用。因此，小说这种文体才入人也深，感人也切，才能对人产生“熏”、“浸”、“刺”、“提”四种作用[⑥]，进而不可思议地“支配人道”。因此，小说这种文体才应该被视为

---

① 梁启超：《论小说与群治之关系》，载《梁启超文集》，北京燕山出版社1997年版，第283页。

② 同上。

③ 同上书，第282页。

④ 梁启超：《译印政治小说序》，载陈平原、夏晓红编《二十世纪中国小说理论资料》，北京大学出版社1989年版，第21页。

⑤ 《中国唯一文学报〈新小说〉》，载陈平原、夏晓红编《二十世纪中国小说理论资料》，北京大学出版社1989年版，第41页。（按：此文虽署名新小说报社，但其观点可视为出自梁启超。）

⑥ 梁启超：《论小说与群治之关系》，载《梁启超文集》，北京燕山出版社1997年版，第284—285页。

"文学之最上乘"[①]，而认真加以对待。从事小说创作的人，"必须具一副热肠，一副净眼"，"以藏山之文、经世之笔行之"[②]，"以发起国民政治思想，激励其爱国精神"[③] 为旨归。不仅如此，小说作者还要时时把小说的审美特性、艺术性放在心上，"若用著书演说窠臼，则虽有精理名言，使人恹恹欲睡，曾何足贵?"[④]

梁启超还分析了中国旧小说不令人满意的原因："汉唐以后，学者拘文牵义，困于破碎之训诂，鹜于直渺之心性，而于人情事理切实之迹，毫不措意，于是反鄙小说为不足道。"[⑤]"所谓好学深思之士君子，吐弃不肯从事，则儇薄无形者，从而篡其统，于是小说家言遂至毒天下。"[⑥]

以上种种，让我们理解了梁启超抬高小说地位，肯定小说价值，倡导小说革命，呼吁并身体力行地译介、创作小说，寄大希望于新小说的理由之所在、用心之所在。梁启超所倡导的"小说界革命"意义非同凡响，它揭开了中国小说史上新的一页，成为20世纪中国现代小说的真正起点。据有关人士统计，从20世纪初至1911年，出版小说千余种，各种小说刊物30多种，小说创作热闹非凡，这种状况，与梁启超的倡导有很大关系。尽管

---

① 梁启超：《论小说与群治之关系》，载《梁启超文集》，北京燕山出版社1997年版，第283页。

② 《〈新小说〉第一号》，载陈平原、夏晓红编《二十世纪中国小说理论资料》，北京大学出版社1989年版，第39页。（按：此文未有署名，但其观点可视为出自梁启超。）

③ 《中国唯一文学报〈新小说〉》，载陈平原、夏晓红编《二十世纪中国小说理论资料》，北京大学出版社1989年版，第41页。

④ 《〈新小说〉第一号》，载陈平原、夏晓红编《二十世纪中国小说理论资料》，北京大学出版社1989年版，第39页。

⑤ 《中国唯一文学报〈新小说〉》，载陈平原、夏晓红编《二十世纪中国小说理论资料》，北京大学出版社1989年版，第41页。

⑥ 同上。

1951 年梁启超在《告小说家》一文中表示对十多年的小说创作状况不甚满意，对自己煞费苦心、尽心竭力播种新小说之种却见到旧小说有死灰复燃之势深表遗憾，但“小说界革命”的倡导使得更多人的文学观念、审美观念发生了变化，小说为“街谈巷议、道听途说”之言，为“雕虫小技”、旁门左道的认识已一去不复返；小说由文学格局之边缘走向中心，也成了不争的事实。

梁启超尊小说为“文学之最上乘”所产生的全社会都重视小说的效应，可以从以下两段话略见一斑：“吴感夫饮冰子《论小说与群治之关系》之说出，倡导改良小说，不数年而吾郭之新著新译之小说，几于含万牛充万栋，犹复日出不已而未有穷期也。”① “今之时代，文明交通之时代也，抑小说交通之时代乎！国民自治，方在预备期间；教育改良，未臻普及地位；科学如罗古董，真赝杂陈；实业若掖醉人，仆立无定；独此所谓小说者，其兴也勃焉。海内文豪，既各变其索缣乞米之方针，运其高髻多脂之方略：或墨驱尻马，贡殊域之瑰闻；或笔代燃犀，影拓都之现状。集葩藻春，并亢乐晓，稿墨犹滋，囊金竞贸。新闻纸报告栏中，异军特起者，小说也；四方辇致，掷作金石声，五都标悬，烁若云霞色者，小说也；竹罄南山，金高北斗，聚珍摄影，钞腕欲脱，操奇技赢，舞袖益长者，小说也；虿发学僮，蛾眉居士，上自建牙张翼之尊严，下迄雕面粥容之琐贱，视沫一卷，而不忍遽置者，小说也；小说之风行于社会者如是。……昔之视小说也太轻，而今之视小说也太重也。”② 前一段话是写过《二十

① 吴沃尧：《〈月月小说〉序》，载陈平原、夏晓红编《二十世纪中国小说理论资料》，北京大学出版社 1989 年版，第 169 页。

② 黄摩西：《〈小说林〉发刊词》，载陈平原、夏晓红编《二十世纪中国小说理论资料》，北京大学出版社 1989 年版，第 232—233 页。

年目睹之怪现状》的吴沃尧说的，后一段话是对小说有自己看法的黄摩西说的。虽然他们并不是怀着欢欣鼓舞的态度而是抱着对小说鱼龙混杂的现状忧虑的态度说这些话的，但它说明小说雨后春笋般生长的态势中所透露出来的人们对小说的格外重视已经成了无法改变的事实。应该说，人们重视小说并没有错，鱼龙混杂的现象与一些人对小说社会本质和审美规律的认识存在偏差有关系，罪责不应归咎于梁启超。

当然，在肯定梁启超倡导“小说界革命”的意义的同时，我们也必须承认，他不是一个专门的小说理论家，因此言论有不科学、不周密之处，比如对晚清以前的小说不加分别地冠以“诲盗诲淫”，比如没有注意研究新小说本身的艺术特质，认为只要不是以“经”、“史”、“子”、“集”的形式，就能毫无质疑地“有不可思议之力支配人道”，就能收到新民进而强国的效果，都显得失之简单；他不是马克思主义者，因此在作价值判断时不免有思想上的偏颇，如对水浒英雄和义和团起义的非难等。

（二）为新诗确立标准

梁启超说过：“余向不能为诗，自戊戌东徂以来，始强学耳。然作之甚艰辛，往往为近体律绝一二章，所费时日，与撰《新民丛报》数千言论说相等。”① 确实，梁氏之诗与他那一泻千里、文采飞扬的文相比，无论是量还是质抑或是影响，都有渊壤之别，但是，他喜欢诗，关注那个时代的诗歌创作状貌。正如他所说：“我生爱朋友，又爱文学，每于师友之诗文辞，芳馨悱

① 梁启超：《饮冰室诗话》，人民文学出版社 1982 年版，第 52 页。

恻，辄讽诵之，以引于脑。”[1]

对于诗，与对于小说一样，梁启超也是从时代变革、社会改良的需要出发，论及革新的必要性的。1899 年，他在《夏威夷游记》中说：“余虽不能诗，然常好论诗。以为诗之境界，被千百年来鹦鹉名士占尽矣。虽有佳章佳句，一读之，似在某集中曾相见者，是最可怜也。故今日不作诗则已，若作诗，必为诗界哥伦布、玛赛郎然后也。……要之，支那非有诗界革命，则诗运殆将绝，虽然，诗道无绝之时也。今日者，革命之机渐熟，而哥伦布、玛赛郎出世，必不远矣。”[2] 以哥伦布、玛赛郎（麦哲伦）为喻，可见梁启超期待并呼唤勇于探索、善于创造、有新贡献的诗人应运而生，起而打破诗界陈陈相因、无病呻吟的僵死局面。其实，早在 1898 年“百日维新”之前，维新派的一些人士们已经热衷于讨论“诗界革命”了，只不过他们当时的认识以及在那种认识下所进行的创作实践，都表现出对“诗界革命”理解得肤浅、简单。梁启超东渡日本以后，于 1902—1907 年间写成了《饮冰室诗话》，表达了对“诗界革命”更深入、更全面的认识。他说：“过渡时代，必有革命。然革命者，当革其精神，非革其形式。吾党近好言诗界革命。虽然，若以堆积满纸新名词为革命，是又满洲政府变法维新之类也。能以旧风格含新意境，斯可以举革命之实矣。苟能成尔，则虽间杂一二新名词，亦不为病。不尔，则徒示人以俭而已。”[3] 在谈对谭嗣同诗的看法时，他也表达了同样的观点：“复生自喜其新学之诗。然吾谓复生三十以后之学，因远胜于三十以前之学；其三十以后之诗，未必能

---

① 梁启超：《饮冰室诗话》，人民文学出版社 1982 年版，第 1 页。

② 梁启超：《夏威夷游记》，载乙丑重编《饮冰室文集》卷三十七，中华书局 1926 年版，第 61—62 页。

③ 梁启超：《饮冰室诗话》，人民文学出版社 1982 年版，第 51 页。

胜三十以前之诗也。盖当时所谓新诗者，颇喜挦扯新名词以自表异。丙申、丁酉间，吾党数子皆好作此体。提倡之者为夏穗卿，而复生亦嗜之。……其《金陵听说法》云：'纲伦惨以喀私德，法会盛开于巴力门'……当时吾辈方沉醉于宗教，视数教主非与我辈同类者，崇拜迷信之极，乃至相约以作诗非经典语不用。所谓经典者，普指佛、礼、耶三教之经。故《新约》字面，络绎笔端焉。……至今思之，诚可发笑。"[①] "此类之诗，当时沾沾自喜，然比非诗之佳者，吾俟言矣。"[②]

那么，"诗之佳者"应该具备怎样的特质呢？梁启超在不同地方以不同方式回答了这个问题。他认为"独辟新界而渊含古声"[③]、"熔铸新理想以入旧风格"[④]、"以旧风格含新意境"[⑤]、"理想风格，茹今而含古"[⑥]、"以新理想入古风格"[⑦] 的诗，才是佳诗。显然，以上几种说法表达的是一个相同的意思，即好诗的标准只有一个：有新理想、新意境，同时又有旧风格。至于"新理想"、"新意境"、"旧风格"所指为何，我们无法从《饮冰室诗话》中找到直接的、明确的解释。"诗话"是中国独有的以比较自由的形式记录与某些诗、某些诗人相关的一些事情的诗论体裁，中国文学批评的直觉式、印象式、感悟式、点评式等特点在"诗话"中表现得最为突出，梁启超的《饮冰室诗话》也不例外。要想对"新理想"、"新意境"、"旧风格"作出符合梁氏原意的理解，我们只能仔细品味、分析他所记录的诗以及他对

---

① 梁启超：《饮冰室诗话》，人民文学出版社 1982 年版，第 49 页。
② 同上书，第 50 页。
③ 同上书，第 1 页。
④ 同上书，第 2 页。
⑤ 同上书，第 51 页。
⑥ 同上书，第 86 页。
⑦ 同上书，第 107 页。

一些诗所做的概略评价。

首先，我们为“新理想”、“新意境”作解。舒芜在《〈饮冰室诗话〉校点后记》里曾从五个方面做了分析，他认为梁启超所说的“新理想”、“新意境”，一指“进化论的哲学思想和近代自然科学知识”，二指“爱国主义思想与为保卫祖国而战的尚武精神”，三指“崇高的抱负和宏伟的气魄”，四指“关心政治、参与政治的政治态度和反映时局、保存诗史的创作态度”，五指“对于科学技术的进步及其所带来的生活中的新事物的敏感”。①应该说，这种分析是比较全面、准确的。但是，与梁氏所录的那些诗相比，这种概括还是显得拘束、死板。其实，梁启超所谈的新理想、新意境，无非是指把个人的情感与时局的安危、国家的强弱、民族的存亡关联起来的思想意识，也就是说，关注并力图在新的思想意识的冲击下拯救那个动乱的时代、破碎的国家、蒙辱的民族的诗，才被梁启超认为是有新理想、新意境的诗，那些在求变图新的意识指导下所写的忧国忧民、感时伤世、慷慨赴难、大义凛然的诗，才被梁氏认为是有新理想、新意境的诗。因此，只要是蕴涵新民强国、改天换地之情思的诗，不管是感伤、悲凉、沉郁、愤慨的，还是悲壮、豪迈、慷慨、磅礴的，梁启超都记录之、欣赏之。

其次，我们来分析“旧风格”。梁启超把“旧风格”、“古声”作为新时代好诗的一个必备条件，令很多研究中国近代文学、美学的人费解。他们不理解，一个力主“诗界革命”的人，怎么会在确立新诗评价标准的时候，那么留恋古与旧呢？他们只能得出结论说，梁启超的“诗界革命”主张没有“小说界革命”

---

① 舒芜：《〈饮冰室诗话〉校点后记》，载梁启超《饮冰室诗话》，人民文学出版社 1982 年版，第 146 页。

主张那样彻底，那样坚决；梁在提倡“诗界革命”的时候，是把内容与形式割裂开来的，形式不在其革命范围之内。最后，他们在一个大前提下理解了梁启超的所谓恋古恋旧：因为它是一个改良主义者，那就不可避免地摆脱不掉“不彻底”这种局限性。

我们认为，像上面这样认识梁启超所说的“旧风格”，是不得其“诗界革命”主张之要领的。要领会梁启超所说的“旧风格”，既要对“风格”一词作特别的理解，也要对“旧”这个词作特别的理解。在梁启超所说的“旧风格”中，“风格”一词既不指语言、结构、手法等形式方面的东西，也不指内容与形式相结合体现出来的标志诗人创作个性的或豪放、或沉郁等风貌、格调。它的意思相当于今天我们所说的“审美特征”。而对梁氏在“风格”前面所加的“旧”字，也不能作陈旧、古老等解，把它解释为“本来”、“本然”等较为合适。那么，“旧风格”无非是指多少年来人们业已认识到的诗之为诗所本来应该具备的审美特征，也就是我们平常所说的“诗意”、“诗味”，也就是说，有审美特征的、有诗味的诗，才是好诗。

综合以上两点，可以看出，梁启超所说的好诗，就是以审美的方式表达与时代相应的新的理想、情思、怀抱的诗。也就是说，在梁启超看来，只表达了新的理想、情思、怀抱，而不具备审美特征的诗，与只具有审美特征，却没有表达与时代相联的情思的诗，都不能算是20世纪“诗界革命”时代的好诗。

我们之所以把“旧风格”理解为诗本该具备的审美特征，是受梁启超在《饮冰室诗话》多次运用的一个词启发的结果。那个词就是“芳馨悱恻”。依辞书解释，“芳馨”该指散布很远的袭人的香气；“悱恻”则形容内心悲苦凄切。梁启超把两词相联用以形容诗，我们就该相应地对其作诗学的美学的理解，可以说，“芳馨悱恻”就是梁氏概括出的诗本该具有的审美特征，就是“旧风格”的具体说法。说得明白、确切些，“芳馨悱恻”应该指诗具有引譬连类、形象生动、情深意长、感人肺腑的特点，亦即诗应该具有很强的形象性、很大的感染力。要写诗，不管写什么内容，只要写的缺乏这种特征，就不能算作“诗之佳者”。

我们之所以把“旧风格”理解为诗本该具备的审美特征，而不把它理解为中国古代诗人所留下来的旧规矩、旧格套，是因为梁启超是个反复古、倡创新，反拘束、张自由的人。在《饮冰室诗话》开篇第一则，他就声明：“自忖于古人之诗，能成诵者寥寥，而近人诗则数倍之，殆所谓丰于昵者耶。”① 在第八则中他又明确表达了对贵古贱今倾向的批判：“中国结习，薄今爱古，无论学问文章事业，皆以古人为不可几及。余生平最恶闻此言。窃谓自今以往，其进步远轶前代，固不待蓍龟，即并世人物亦何违让于古所云哉?”② 他认为中国古人之诗既缺乏皇皇巨制，又缺乏“精深盘郁雄伟博丽之气”③，即便是被宋朝人称为可与日月争光的杜甫之《北征》、韩愈之《南山》，也不能全然避免这种缺陷，倒是当代人黄遵宪的《锡兰岛卧佛》一诗，“可谓空前之奇构”④，在中国是“有诗以来所未有也”⑤。不能说梁启超对中国诗歌的这种看法没有偏颇，但从中我们所看到的是他不唯古诗是尊，把眼光放在现在和未来，对新诗充满希望和期待的信心与进步倾向。至于用“戛戛独造，无崇拜古人意”⑥。评价林旭之诗，用“有开拓千古推倒一时之概”⑦ 赞赏陈千秋、曹泰、

① 梁启超：《饮冰室诗话》，人民文学出版社 1982 年版，第 1 页。
② 同上书，第 4 页。
③ 同上。
④ 同上。
⑤ 同上书，第 5 页。
⑥ 同上书，第 40 页。
⑦ 同上书，第 41 页。

吴樵三人的文学成绩，用“意境新辟”[①] 评价邱仓海之诗，屡用“开新壁垒”、“独辟境界，卓然自立于20世纪诗界中，群推为大家”等语激赏黄遵宪之诗，足以说明梁启超对诗歌创新的重视，而这种创新绝不仅仅指内容，也包括体制、结构、格局、气势等形式方面的因素。

我们之所以把“旧风格”理解为诗本该具有的审美特征，而不把它理解为旧形式，是因为梁启超已经注意探索诗歌形式革新之路了。在《夏威夷游记》中，梁启超就明确说过：“第一要新意境，第二要新语句，而又须以古人之风格入之，然后成其为诗。”[②] 这里，“语句”相当于我们所说的形式，“意境”相当于我们所说的内容，二者的“新”是相呼相应的。而“古人之风格”即“旧风格”，根本不能再指旧形式是显而易见的，否则梁启超就是在一句话中自相矛盾，刚说形式要新，又说形式要旧，这是不符合说话之常理的。有人也许会以梁启超曾反思过青年维新派人士夏穗卿等人以新名词标新逞异来倡言“诗界革命”是一种失误为证据，说梁不主张诗歌语言等形式方面的创新。梁启超确实认为当年自己那群好友连篇累牍用新名词写诗，不是真正的“诗界革命”，但他并不绝对地反对新名词入诗，他的意思是，如果新名词不太偏太僻，不太生太涩，能够被读者理解，如果新名词用得巧妙，最重要的是，如果新名词足以表达诗人的新理想、新情怀，而不是无思想指引、无内在关联的堆砌，则新名词完全可以成为好诗的有利条件。他所称赞的黄遵宪的诗就不乏新名词，他也因麦孺博把新名词用得巧妙而一再称赏之。当然，

---

① 梁启超：《饮冰室诗话》，人民文学出版社1982年版，第28页。

② 梁启超：《夏威夷游记》，载乙丑重编《饮冰室文集》卷三十七，中华书局1926年版，第61页。

新名词并不是新语句的等义词，梁启超认为，不是新名词也能够造就新语句，进而成就好诗。他就因邱仓海“以民间流行最俗最不经之语不该入诗”，而称其为“诗界革命一巨子”[①]。诗向来为中国古代文学之正宗，写作、欣赏它的人，大多数会认为民间流行最俗最不经之语不该入诗，因为那样会造成诗的不雅不正。梁启超却大声赏誉以俗语入诗的人为“诗界革命”巨子，谁还能给他扣上一顶不主张诗歌形式革新的帽子呢？“五四”新诗运动，主张作白话诗、自由诗，难道与梁启超的主张没有渊源关系吗？还有，梁启超主张诗人应根据接受对象斟酌诗歌用词，他认为，如果是给幼儿园的孩子及小学生写诗，则一定要让语言明白、自然、晓畅、净洁、简单，且富有音乐性；[②] 如果是给军人写诗，则用语应偏于豪壮、刚健、雄浑，以鼓舞士气、振奋军心。[③]

既反对无病呻吟、模拟游戏的诗歌创作状态，又力戒诗歌作品缺乏审美特征；既提倡与国与民与时与世相关的新理想、新意境，又提倡勿把新名词等同于新理想、新情思，可以说，这种“诗界革命”主张既具有启蒙现代性，又具有审美现代性。“五四”时期的新诗运动正是沿着这样的路子走的，只不过对格律的自由、语言的白话化强调得更明确、更大胆、更有声势罢了。

梁启超的“诗界革命”主张确实没有其“小说界革命”主张影响大、效果显，但是造成这种局面的原因却不在其“不彻底”，而在于其以“诗话”的形式表达，免不了意旨的一定程度的模糊性，更在于人们没能透过表象深入本质很好地理解它。但

---

① 梁启超：《饮冰室诗话》，人民文学出版社 1982 年版，第 30 页。

② 同上书，第 97 页。

③ 同上书，第 42—43 页。

是，不管怎样，这种“革命”呼声，还是为“五四”新诗运动起到了提起话头的铺垫作用。

（三）亲笔实践，使新文体深入人心

应该说，梁启超倡导三界“革命”，都是既有理论又有实践的。但是相比较来说，“小说界革命”的倡导，理论重于实践。而“文界革命”、“诗界革命”的倡导，则实践重于理论。可以说，从1986年主笔的《时务报》开始，梁启超就投入到“新文体”的创作之中了，经过在《清议报》《新民丛报》以及各类场合发表大量文章，他的新文体达到了炉火纯青的程度。从《变法通议》《自由书》《少年中国说》《新民说》《论小说与群治之关系》等众多文章中，我们都能体会到那种扑面而来的一泻千里、排山倒海、激情澎湃、酣畅淋漓的气势和魅力。

对于梁启超文章的特征和效应，很多人有所论及。黄遵宪称其文章“惊心动魄，一字千金，人人笔下所无，无过于此者矣”①。即便是当时反对维新派的胡思敬，也不能不承认“启超名重一时，士大夫爱其言语笔札之妙，争礼下之。上自通都大邑，下至僻壤穷陬，无不知有新会梁氏者”②。胡适曾在《四十自述》中说：“严先生（指严复）的文字太古雅，所以少年人受他的影响没有受梁启超的影响大。”③ 对梁启超“新文体”的特征、效应、意义评价最全面的当属曾做过他学生的吴其昌了，吴

---

① 《梁启超年谱长编》，转引自钟珍维、万发云编著《梁启超思想研究》，海南人民出版社1986年版，第202页。

② 转引自李华兴《〈梁启超选集〉前言》，上海人民出版社1984年版，第2页。

③ 转引自陈书良《〈梁启超文集〉前言》，燕山出版社1997年版，第2页。

在抗日时期曾写过《梁启超》一书，其中一段这样写道：“当年一般青年文豪，各家推行着各自的文体改革运动，如寒风凛冽中，红梅、腊梅、苍松、翠竹、山茶、水仙，虽各有各的芬芳冷艳，但在我们今天立于客观地位平心论之，谭嗣同之文，学龚定庵，壮丽顽绝，而难通俗。夏曾佑之文，杂以庄子及佛语，更难问世。章炳麟之文，学王充《论衡》，高古淹雅，亦难通俗。严复之文，学汉魏诸子，精深邃密，而无巨大气魄。林纾之文，宗诸柳州，而恰逸条畅，但只适小品。陈三立、马其昶之文，祧祢桐城，而格局不宏。章士钊之文，后起活泼，忽固执桐城，作茧自缚。至于雷鸣怒吼、恣睢淋漓，叱咤风云、震骇心魄，时或哀感曼鸣，长歌代哭，湘兰汉月，血沸神销，以饱带情感之笔，写流利畅达之文，洋洋万言，雅俗共赏，读时则摄魄忘疲，读竟或怒发冲冠，或热泪湿纸，此非阿谀，惟有梁启超之文如此耳！即以梁氏一人之文论，亦惟有戊戌以前（约 1896—1910）如此耳。在此十六年间，任公诚为舆论之骄子，天纵之文豪也。革命思潮起，梁氏之政见既受康氏之类而落伍，梁氏有魔力感召的文章，也就急速的下降了。可是就文体的改革的功绩论，经梁氏十六年来洗涤与扫荡，新文体（或名报章体）的体制、风格乃完全确立。”① 通过比较，吴其昌从有无气魄、是否宏大、是否通俗、是否包含感情等方面把梁启超之文与谭嗣同等当时也是相当有名气的一些人的文章区别开来，从而突出了梁启超那些真正可称为“新文体”之文的特殊性、优秀性。

确实，有气魄、含感情、宏大而又通俗的文章，才能吸引人、感染人，进而影响人。梁启超是非常清楚这一点的，“新文体”之于他，是有意识追求的结果，而不是无意识遇着的结果。

① 转引自叶朗《中国美学史大纲》，上海人民出版社 1985 年版，第 594 页。

正如他 1920 年在《清代学术概论》中总结的那样："启超夙不喜桐城派古文，幼年为文，学晚汉、魏、晋，颇尚矜炼，至是自解放，务为平易畅达，时杂以俚语韵语及外国语法，纵笔所致不检束，学者竞效之，号新文体。老辈则同和痛恨，诋为野孤。然其文条理明晰，笔锋常带感情，对读者别有一种魔力焉。"[①] 梁启超的"新文体"是既超越宗宋的桐城派古文，又超越宗汉的自己幼年文章的结果。在梁氏看来，宗宋的桐城古文，既拖着曾巩、归有光的"义法"不放，又拖着欧阳修的"以文见道"不放，太拘束，太推来敲去，太缺乏真性情；而宗汉魏的文章则又太高古，缺乏平易、通俗感。也就是说，只要不打碎依傍，就不自如，不真切，不感人。

实际上，梁启超是从三方面综合考虑才创造出"新文体"的，一是新民强国的大目标，二是自己的思想、情感、性格的特点，三是读者接受文章的心理特点，三者凑泊，所得即为"新文体"。也就是说，他之"开文章之新体"，正是为了"激民气之暗潮"[②]，之所以这样做，是因为他对自己这方面的能力有信心，他曾说："鄙人无他长，然察国民心理之微，发言搔着痒处，使人移情于不觉，窃谓举国中无人能逼我者。"[③] 可见，梁启超倡导"文界革命"与倡导"小说界革命"和"诗界革命"的思路是一致的，既然要它发挥新民强国、改良社会的作用，就必须考虑怎样才能发挥这一作用，出路就在于让它尽可能地具备

---

① 梁启超：《清代学术概论》，载《梁启超史学论著四种》，岳麓书社 1985 年版，第 84 页。

② 梁启超：《〈清议报〉一百册祝词并论报馆之责任及本馆之经历》，载《梁启超选集》，上海人民出版社 1984 年版，第 195 页。

③ 梁启超：《致罗惇曧书》1911 年 11 月 26 日，载《梁启超选集》，上海人民出版社 1984 年版，第 606 页。

审美特征。尽管当时所写的那种文章并不是严格意义上的文学作品，但是梁启超还是尽最大努力让它有一定的审美属性，因此我们才能在他的文章中感受到诗一般的激情和想象，反复与排闼，音乐般的节奏与韵律，绘画般的逼真与鲜明，谈心般的亲切与热诚。郑振铎认为梁启超的“新文体”“鼓荡了一支像生力军似的散文作家，将所谓恹恹无生气的桐城文坛打得个粉碎”①。“使一般的少年都能肆笔自如，畅所欲言，而不再受已僵死的散文套式与格调的拘束；可以说是前几年的文体改革（指“五四”白话文学运动）的先导。”② 应该说这种评价也是允当的。显然，如果把梁启超所倡导的“文学革命”与高举反帝反封建和科学民主大旗，倡导人道主义与个性解放的“五四”新文学运动相比，它的现代性当然弱得多，但是，我们应该看到的是，梁氏的“文学革命”主张既呼应时代现实，又面对未来理想，既比他的许多同时代人“现代”，又引发了“五四”文学思想的现代展开，其功绝不可没。现代文学史上一些著名作家的话也许最有这方面的说服力，钱玄同曾致信陈独秀说：“梁任公实为近来创造新文学之一人。……鄙意论现代文学之革新，必数及梁先生。”③ 郭沫若曾说：“文学革命……滥觞应该要追溯到清朝末年资产阶级的意识觉醒的时候。这个滥觞时期的代表，我们当推数梁任公。”④

梁启超的文学思想以及这种文学思想在中国文学观念由古代

① 郑振铎：《梁任公先生》，转引自郭延礼《近代西学与中国文学》，百花洲文艺出版社 2000 年版，第 278 页。

② 同上。

③ 钱玄同：《寄陈独秀》，载胡适编选《中国新文学大系·建设理论集》，上海文艺出版社 1980 年版，第 52 页。

④ 郭沫若：《文学革命之回顾》，载胡适编选《郭沫若全集·文学编》（十六），人民文学出版社 1989 年版，第 88 页。

向现代转向过程中的作用，还不止于以上所说，如他把小说分为写实派、理想派两种，把杜甫的诗分为半写实派和写实派两种，把中国韵文的表情方法分为奔进的、回荡的、蕴藉的、象征派的、浪漫派的和写实派的五种等等，都表明他已经对创作方法问题有一定的自觉。而这种自觉正是中国现代文学史上20世纪二三十年代写实主义、浪漫主义、现代主义等创作方法竞相出现、争芳斗妍的先声。

用梁启超自己的话说，他是一个流质善变、太无成见、不惜以今日之我非昨日之我的人。仔细分析，他的文学观也是在不同时期有所变化的，但是，我们没有对其作历时性的描述和阶段性的划分，因为我们认为，总体看来，梁启超的文学观始终没有脱离以审美的方式启蒙国民这条主线。在启蒙与审美之间，他有时也会有所侧重，但整体看来，他还是追求二者的融合统一，也就是追求文学的社会功能和审美功能的统一、他律与自律的统一的。这一点，从他对自己所创作的《新中国未来记》的认识上可以看出，在《〈新中国未来记〉绪言》中他曾说："此编今初成两三回，一覆读之，似说部非说部，似稗史非稗史，似论著非论著，不知成何种文体，自顾良自失笑。……编中往往多载律法、章程、演说、论文等，连篇累牍，毫无趣味，知无以飨读者之望矣，愿以报中他种之有滋味者偿之。"这段话说明，梁启超已意识到《新中国未来记》作为小说，其审美特征、艺术性是有些不足的，虽然他说为了"发表政见，商榷国计"不得不如此，但遗憾之情还是能看得出来的，对自己小说创作能力不太强还是有自知之明的。从对人生派文学观和对艺术派文学观的看法，也能得知梁启超是主张启蒙和审美的统一的，他说："诗是歌的笑的好呀？还是哭的叫的好？换一句话说：诗的任务在于赞美自然之美呀？抑在呼诉人生之苦？再换一句话说：我们应该为作诗而作诗呀，抑或应该为人生问题中某项目的而作诗？这两种主张各有极强的理由；我么不能作极端的左右袒，也不愿作极端的左右袒。以我所见：人生目的不是单调的，美也不是单调的。为爱美而爱美，也可以说为的是人生目的；因为爱美本来就是人生目的的一部分。诉人生苦痛，人生黑暗，也不能不说是美。因为美的作用，不外令自己或别人起快感；痛楚的刺激也是快感之一；例如肤痒的人，用手抓到出血，越抓越畅快。像情感恁么热烈的杜工部，他的作品，自然是刺激性极强，近于哭叫人生的那一路：主张人生艺术观的人，固然要读他。但要知道：他的哭声，是三板一眼的哭出来，节节含着真美；主张唯美艺术观的人，也非读它不可。”[①] 可见，梁启超认为人生与美是相互内在，而不是互相外在的。

当然，梁启超毕竟处于古典文学观向现代文学观转型的初期，尽管他在各种文体上都号称“革命”，但转型期特有的新与旧、中与西驳杂不清的问题还是比较严重地存在着，这一点是我们不能苛责于梁启超的。

---

① 梁启超：《情圣杜甫》，载乙丑重编《饮冰室文集》卷七十，中华书局 1926 年版，第 71 页。

第四编

新时期以来中国文学观探脉*

* 本编内容为国家社科基金项目“新时期以来中国文学批评理论的进程研究”（11BZW023）、辽宁省教育厅人文社科基金项目“新时期以来文学批评价值观念嬗变研究”（W2011074）的阶段性成果。

一　“20 世纪中国文学”性质争论概述

自从 20 世纪 80 年代中期一些学者主张打破近代文学（1900—1919）与现代文学（1919—1949）以及现代文学与当代文学（1949 至今）之间的界限，将 1900 年以来的中国文学统称为“20 世纪中国文学”以来，百年中国文学如何定性的问题就成了文学史研究者无法绕过也不该绕过的关键问题。围绕这一问题的探讨与争论一时间成了文坛的焦点话题，大体来说，论争主要集中在以下几个问题上。

（一）20 世纪中国文学是否具有现代性

杨春时、宋剑华在 1996 年第 12 期《学术月刊》上发表题为《论二十世纪中国文学的近代性》一文，揭开了为 20 世纪中国文学定性的一页。他们在文中说：“20 世纪中国文学的本质特征，是完成由古典形态的过渡、转型，它属于近代文学的范围，而不属于世界现代文学的范围，所以，它只具有近代性，而不具备现代性。”这种说法犹如一石激起千层浪，引来了很多不同意见者的反驳，为了把问题说得更清楚更透彻，杨春时在 1997 年第 4 期《文艺理论研究》上再一次发表题为《试论 20 世纪中国文学的前现代性》的文章，以期对问题作进一步展开，深化前文引起的讨论。他在文中说：“由于近代与现代划分并未被世界所公认，因此对于近代性的提法就成为问题，而这场讨论的前提应当加以审查。笔者以为，更好的做法是，不使用近代性概念，而以前现代性概念代替之，这样，所谓 20 世纪中国文学的近代性问题就转换成 20 世纪中国文学的前现代性问题，从而避免了概念混乱而抓住了问题的实质。”可见，在杨春时那里，说 20 世纪中国文学只具有近代性与说 20 世纪中国文学只具有前现代性是意思相同的，用后者取代前者只是出于避免用词引起混乱的考虑。总之一句话，杨春时认为 20 世纪中国文学不具备现代性。

一时间，很多人纷纷发表文章反对杨春时的观点，尽管采取的角度不同，但他们的观点可概括为一个意思，那就是：20 世纪中国文学是具有现代性的。

那么，如此对立的观点为什么会产生呢？要深究这个原因，就涉及了下面的问题。

（二）如何理解“现代性”

杨春时认为，说“五四”以后的中国文学具有现代性的人是遵从了前苏联依据意识形态标准划分历史时期和文学时期的做法，这样做的结果是只承认社会主义文学才具有现代性，而同时代的其他文学则只能看做是腐朽没落文化，还没有资格进入“现代”，因此是荒谬的。在他看来，应该依据社会发展水平尤其是生产力发展水平进行社会历史划分和文学划分。从这个角度考察，他认为 20 世纪中国社会无论是前叶、中期，还是新时期，都还停留在前现代而未进入现代，20 世纪中国文学也还只具有前现代性而不具备现代性。

杨春时认为，应该从“现代化”与“现代性”两方面解释“现代”的含义。“所谓现代化，是一个社会学的概念，它指工业革命以来的对传统社会的全面改造，而工业化则成为现代化的基础，由此导致社会组织结构、文化观念等的一系列的变革。现代性则是一个哲学领域的概念，它指文艺复兴以来确立的理性精神，包括工具理性（科学）和人文精神（对人的价值的确认）。在这种理性精神驱动下，人类文明才发生了反传统的变革，从而走出传统社会，进入现代社会。”

杨春时认为文学的现代性和社会的现代性并不同步，含义也不同，他说：“文学现代性的获得要落后于社会的现代化”，“现代文学或文学的现代性不是对现代理性精神的肯定和表现，而是对理性的批判、否定。”“由于对理性（现代性）的抗议，文学才获得了现代性，反抗理性是文学现代性的核心。”基于这种理解，他认为就世界范围讲，直到19世纪，文学并未获得现代性，只有20世纪兴起的现代主义文学，由于以非理性精神对抗理性、抗议现代性、控诉现代化带来的异化，才具有了现代性。另外，杨春时还把“反传统”、申张“文学独立性”、“关注个体精神世界”、“走向世界文学”视为文学现代性的几个基本特征。

认为20世纪中国文学具有现代性的论者，主要从以下几个方面对杨春时解释的“现代性”提出质疑：

1. 将文学的现代性定位在时间性上是不妥的

刘锋杰说：“我认为，现代性的概念与其建立在时间的划分上，还不如将它建立在审美倾向的类型学划分上，这样更可以标识人类精神活动的多样性。”“现代性这一思想不仅发生在我们这一时代，被我们作为精神的旗帜高举着，同时也发生在过去的时代，被过去的人们高举过。”“现代性可以作这样的解释：传统在于守成，现代在于创新；传统偏向封闭，现代偏向开放；传统维护规则，现代超越界限；传统寻求平衡，现代趋向极端……但这不是说，只要是传统派，就毫无开放意识，只要是现代派，就毫无传统精神。”“精神历史从开始起就有传统与现代的冲突，文学历史也同样如此。”①

---

① 刘锋杰：《何谓20世纪中国文学的现代性》，载《学术月刊》1997年第9期。

2. 把有无现代主义作为20世纪中国文学的定性标志是站不住脚的

陈辽认为，从20世纪中国文学并未出现成熟的现代主义思潮，始终停留在欧洲近代文学所倡导的浪漫主义和现实主义的文学思潮的范畴内，就得出20世纪中国文学是前现代性的结论是本末倒置的，“现代主义文学思潮，竟有那么大的神通，有了它，文学就进入了现代，没有了它，文学就只能算是近代，应该说这是天方夜谭。因为，现代主义文学思潮也属于意识形态范畴，它不可能决定也是意识形态之一的文学的性质。意识不能决定意识。社会存在才决定社会意识。当某一国家被迫实行或自觉实行开放时，某一国家的文学也就一定会受到其他国家尤其是发达国家文学的影响。但是这种影响是有限的，不能超越经济、政治对文学性质的决定作用，不能超越文学的思想内容对文学性质的决定作用。”①

3. 以欧美现代主义的特性为绝对判断标准是不可取的

孙絮说：“作者说，‘文学的理性精神和理想性消歇，非理性、非理想倾向的加强’，‘这正是现代主义的基本特征’，言下之意，中国文学要想具备现代性，必须走非理性化的道路。这是一个值得讨论的命题。”“欧美现代主义的非理性是得自其特定的历史背景的，那就是两次世界大战对整个人群价值信仰的无情摧毁和继起的资本主义社会的各种经济问题、社会问题对人类的全方位围困，这些因素加上非理性主义哲学与现代心理学的理论催生，才产生了总名为‘现代主义’的20世纪各种非理性主义文学流派。现代主义文学当然是文学在新的时代考验面前的一次

① 陈辽：《关于“20世纪中国文学”的性质问题》，载《南京社会科学》1997年第4期。

成功突围，然而必须指出的是，现代主义文学中也有不少属于文学的畸变。未来主义的随心所欲和对凌乱感的过分追求，新小说派对小说基本要素的不成功消解，'垮掉的一代'对人的原始欲望的放纵和粗糙表现，等等，与其说是中国文学的发展方向，毋宁说是应当引起我们警觉的前车之鉴。"①

"20 世纪中国文学"性质的争论还在继续，但愿这种争论不但有利于人们认清即将过去的一个世纪的文学的性质，而且有利于下一个世纪的文学创作朝着更令人满意的方向发展。

二　美学研究中的还原倾向质疑

对于近几年的美学研究状况，业内人士看法不一，有人认为沉寂，无甚起色；有人却认为像大浪淘沙见真金一样，经过各种各样浪潮冲击以后依然坚守在美学研究阵地上的人数量虽少，却是真正热爱美学并且真正有能力搞美学研究的人。因此，近几年的美学研究处在亦蓄亦发、似冷实热的良好状态中，没有了表面的嘈杂与喧嚣，却有着较为深沉、内在的实绩。

不能否认，与 20 世纪 50 年代那场受政治意识形态太多规约与控制的美学大讨论相比，近一阶段的美学研究赢得了难得的正常的学术空气，美学研究者终于摆脱了"左"还是"右"、"唯物"还是"唯心"、"反动"还是"进步"等太多的顾虑，能够堂堂正正地亮出自己的观点，能够客观公允地评价他人的主张，也能够心平气和地对待别人的商榷与批评。总之，研究者们所关

① 孙絜：《现代性·近代性·现代主义——对〈论二十世纪中国文学的近代性〉的质疑》，载《学术月刊》1997 年第 5 期。

注的焦点越来越切近美学问题本身。与20世纪80年代那场伴随着方法论热而兴起的美学热潮相比，近一时期的美学研究超越了浮躁、花哨，趋于平稳、求实，美学研究者中打一枪换一个地方、手忙脚乱地趋赶时髦话题的人不太多见，潜下心来在中外美学成果的基础上把研究推向深入，已成为多数人的努力方向。以超越实践美学为旨归的生存美学、生命美学、怀疑论美学等"后实践美学"主张的不断探讨，以及在坚持实践美学的基础上于内部不断拓展实践美学的努力，都是较为引人注目的现象。这些可说是令人欣慰的地方。然而，在欣慰的同时，我们也应该保持一份清醒，对美学研究中出现的一些倾向应予以及时的辨析、评介。对任何观点、主张都不置可否，不是一个涉足或关注美学研究的人应持的态度。学术空气的自由绝不能以没有争论为标志。

正是基于以上认识，本书试图对美学研究中存在的还原倾向加以辨析。笔者所说的还原倾向，不是哪一美学派别或哪一美学研究者大张旗鼓地提出的美学主张或研究的总体倾向，而是一些学者在研究具体的美学问题时流露出的思考路向，即把仅仅属于人的，对人来说才有意义的一些审美现象还原给自然界或动物。从笔者的狭窄视野看来，起码在以下三个问题的研究中，一些学者表现出还原倾向，下面一一指出并提出质疑。

(一)"美的规律"先于、外于人而存在吗?

"美的规律"是马克思在《1844年经济学——哲学手稿》中论述人的生产与动物的生产本质区别时提出的，马克思说："动物只生产它自己或它的幼仔所直接需要的东西；动物的生产是片面的，而人的生产则是全面的；动物只是在直接的肉体需要的支配下生产，而人则摆脱肉体的需要进行生产，并且只有在他摆脱了这种需要时才真正地进行生产；动物只生产自己本身，而人则再生产整个自在界；动物的产品直接同它的肉体相联系，而人则自由地与自己的产品相对立。动物只是按照它所属的那个物种的尺度和需要来进行塑造，而人则懂得按照任何物种尺度来进行生产，并且随时随地都能用内在固有的尺度来衡量对象，所以，人也按照美的规律来塑造。"①

对于"美的规律"的属性及内涵作怎样的理解，在我国美学界一直存在争议。虽然随着实践美学逐渐成为中国当代美学的主潮，把"美的规律"视为在实践活动基础上形成的属人的规律的主张越来越被多数人接受，但是，把美的规律还原给自然界的观点还是偶能见到。1997 年第 1 期《文艺研究》上载有陆梅林先生的文章:《〈巴黎手稿〉美学思想探微——美的规律篇》。陆先生在文中就表达了美的规律在事物本身而与人无关的观点。他对"在人类社会产生以前，世界上无所谓'美'，亦无所谓'美的规律'"的主张表示不满，在他看来，这种主张否定了美的规律的客观性。他说:"我觉得，这种观点还是把美看做是审美对象的身外之物，而没有把它看成是物的客观属性。这是值得斟酌的。这里有一个是否把唯物主义辩证法贯彻到底的问题。"曾永成在《"后实践美学":前进还是倒退?——对世纪之交中国美学理论走向的思考》一文中对美的规律的属性也表达了类似的看法，他说:"人的实践之所以能按美的规律建造，不是因为只在实践中才存在美的规律，而是因为美的规律被人所自觉地掌握；美的规律是先于实践的。可以说，如果大自然中本不存在美的规律，就不会有自然向人的生成，就不会有人的实践和实践

① 马克思:《1844 年经济学—哲学手稿》，刘丕坤译，人民出版社 1979 年版，第 50—51 页。

的人。”又说：“生态学启示我们，实践不是美的根源，只有自然界运动中隐在的美的规律才是美的根源，同时也是实践之所以能创造美，乃至实践本身之所以美的根源。”[①]

笔者以为，陆先生等人不承认美的规律是属人的规律大概出于以下原因：(1) 思想上还没有完全摆脱“唯物”与“唯心”的纠缠，对唯物与唯心的理解有表面化之嫌，认为只有把美的规律理解为与人相关的规律就是主观的、唯心的。(2) 把人与自然理解得过于分立，似乎自然与人从未发生过任何关系。(3) 混淆了“属人的规律”与“人的规律”的不同含义。我认为，“属人的规律”是指对人来说才有意义的规律，而“人的规律”是指人本身的生理、心理诸方面的规律，切不可把二者等同理解。(4) 混淆了个体的人与人类社会的不同。

我们说美的规律是属人的规律，既可以从历时性的审美发生的角度得到说明，也可以从共时性的人与动物的对比的角度得到说明。我们说人类社会产生以前无所谓美与美的规律，并不等于我们只承认人在实践中创造了美的规律而不承认人在自然界中发现并力求把握和运用美的规律。我们是承认人在自然中发现美的规律的，但我们并不把美的规律还原给自然界的理由在于，我们认为，人并且只有人才能在自然中发现美的规律这一点恰恰说明，一些自然规律被视为美的规律，其美的属性正是人赋予的，假如没有人类社会的诞生，云霞草木就是它们本身，只是自在地聚散、出没、荣枯，哪里会有“云霞雕色，有逾画工之妙；草木贲华，无待锦匠之奇”[②] 的判断？甚至连云霞草木之名都没

① 曾永成：《“后实践美学”：前进还是倒退？——对世纪之交中国美学理论走向的思考》，载《四川师范大学学报》1998 年第 1 期。

② （梁）刘勰：《文心雕龙·原道》，载陆侃如、牟世金《文心雕龙译注》上册，齐鲁书社 1982 年版，第 2 页。

有呢！陆先生所说的“即使某某人或某些人感知不到，美仍然存在那里。泰山、桂林、庐山、张家界的景色或雄伟挺拔，或绚丽秀美，或风姿绰约，就是如此”，我们也是承认的，但是若以此证明美及美的规律在人类社会之外或原先存在，则是我们所不能苟同的。我们认为陆先生把个体的人与对象所形成的具体的审美关系同整体的人类社会之于美及美的规律在发生学上的意义混同起来了。泰山等自然景物的美虽然不依赖某个个体的人的存在而存在，却不能不依赖人类社会的存在而存在，没有区别于动物的、类存在意义上的人，谁来判断它是美还是不美呢？

说美的规律之审美属性是人赋予的，并不等于认为美是主观的，因为人不仅仅是观念、心灵、精神的存在物，而且是物质、实践活动的存在物。正是因为感性的物质实践活动的不断深入与拓展，才使得自然向人的生成以及人向更高意义上的人的生成成为可能。我们说美与美的规律是人类社会诞生以后才有的，与休谟所说的“美并不是事物里的一种性质。它只存在于观赏者的心里，每一个人心见出一种不同的美”[①] 是不同的，后者既是审美上的相对主义，又是美的根源问题上的唯心主义，这两点正是我们反对的。

至于“自然界中隐在的美的规律是实践的人和人的实践诞生的基础”之类的说法则更显得证据不足。如果美的规律真的存在于与人无关的自然界，为什么它不能影响到动物的生产呢？这一点恰恰说明，不是美的规律决定人及人的生产的有无，而是人及人的生产决定美的规律的有无。人类学者的考察与考古学者

① ［英］休谟：《审美趣味的标准》，载《西方美学家论美和美感》，商务印书馆 1980 年版，第 108 页。

的发掘证明，处在原始狩猎历史阶段的部族即使生活在遍地是花的环境中，也只是用动物的毛、皮、骨骼等装饰自己而绝不用花打扮自己，成为他们绘画题材的也只有动物而没有植物。[①] 这一点也说明美及美的规律根本不可能不与人及人的生活相关而存在。

（二）有必要为审美活动的历史发生寻找先天基础吗？

潘知常在《诗与思的对话》[②] 一书的第一章“审美活动的历史发生”中说，像传统美学那样仅从非还原论的角度（即人性的角度）或者像当代美学那样仅从还原论的角度（即人的本性的角度）去考察审美活动的历史发生，都是片面的；对于审美活动的起源应该既从还原论又从非还原论的角度综合考察。在他看来，审美活动的发生既有先天的原因，也有后天的原因，而针对中国人普遍喜欢接受非还原论而不喜欢接受还原论的现象，他特别强调并论述了还原论，竭力为审美活动寻找先天基础。

首先，潘氏从自然进化的普遍规律的角度论述审美活动发生的先天基础。他认为生命在 38 亿年以前产生以后，就因其与环境之间相互交织、相互促进不断进化着，人也是这种进化的结果，人的产生纯是一种偶然，是自然进化中复杂多样之一种。就连看似神奇的大脑、精神，也不过是自然进化的最高成果而已。自然虽不具有审美自觉却具有审美天性，自然本身在进化过程中也是充满了创造性的。对称、平衡、比例、和谐等都是自然的造

---

① 参见［俄］普列汉诺夫《论艺术（没有地址的信）》，生活·读书·新知三联书店 1964 年版。

② 潘知常：《诗与思的对话》，生活·读书·新知三联书店 1997 年版。

化。显然，为了说明人不在进化规律之外，潘氏完全不敢在此言及劳动、实践在人的大脑、精神等形成过程中的作用，这是我们所不能苟同的。

其次，潘氏从自然进化的特殊规律的角度论述审美活动的先天基础。他认为，人不仅因为劳动在后天与动物有了本质的区别，即使在先天的进化过程中人也已经与动物有了区别。动物与环境之间的关系是强本能化的、特定化的，而人与环境之间的关系则是弱本能化的、未特定化的。也就是说，人不像动物那样有特定的器官、特定的身体机能与环境形成对应。通俗地说，就是人的生命结构决定了人适应环境的能力差。这样，人就被逼得从生命的存在方式走向超生命、非本能的存在方式，以便维持生存求得进化，而超生命、非本能的存在方式必然使人类最终走向实践活动，走向审美活动。这种论述使我们产生一连串的疑问：(1) 与环境之间形成弱本能化关系，是人类诞生以后才有的呢，还是人类诞生以前就有的？如果是人之成为人以后才有的，则劳动实践等肯定已从中起了作用，怎么能够忽视呢？如果是人之成为人之前就有的，则谈不到人在进化过程中与动物的区别，只能说不同的动物与环境之间存在不同的适应关系。(2) 人是先抽象地获得一种生命结构，然后由这种生命结构决定以一种超生命、非本能的方式存在，最后才不得不走向实践的吗？难道不是实践使人获得了超生命、非本能的存在方式，又使人的生命结构逐渐形成并完善的吗？

另外，潘氏还试图从情感、直觉的产生远早于理性、思维的产生的角度证明审美活动的先天基础。他认为在爬虫复合体、边缘结构和大脑新皮质组成的三位一体的人脑结构中，前二者是原始的人与动物的共同栖居地，人类情感的、直觉的生命世界正源于此，审美活动主要与情感、直觉相关，因此，审美活动的发生有先天基础。这一点也不能不让人产生疑问，既然爬虫复合体、边缘结构是人与动物的共同栖居地，为什么动物不能在这一基础上发生审美活动？可见，人类审美活动的发生，肯定有比这先天基础更关键的决定因素。

总之，潘氏的论述尽管旁征博引，却还是让我们感觉出在探讨审美活动的历史发生时运用还原法没有太大必要。首先，从论述方式的角度看，还原论的引入使问题的阐述出现矛盾。潘氏不是以审美活动的历史发生为中心，将还原论与非还原论结合起来综合地阐发它，而是分为两大块，分别以先天性和后天性为中心进行论述，为了证明先天性，不得不置明显的后天性作用于不顾，而为了证明后天性，又几乎否定了先天性。其次，从论述根据的角度看，还原论并没有使人产生茅塞顿开之感，相反，倒是增添了几分混乱。潘氏论述人类审美活动的历史发生，基本上是以后于早期人类不知多少万年的今天的个体的人的审美活动的产生为根据，我们认为，这种拿人类发展到今天的生命个体审美能力的获得去类比早期人类审美活动最初发生的做法是不可取的。今天生命个体的一些所谓先天的东西，对于早期人类来说，根本就是后天的，是通过实践、生活不断积累而获得的。可以说，离开实践从进化的角度把人类审美活动的发生原因推给自在的自然界的还原做法，既缺乏史的可验证性又缺乏理的可论证性。

（三）美感等同于生理快感吗？动物真有美感吗？

我国当代美学家对美感的认识比对美的认识分歧要小一些，受康德等西方美学思想及中国古代哲学、美学思想的影响，“美感不等于生理快感，美感是仅属于人的一种心理现象”的共识还是基本上达成了。不过，20 世纪 80 年代后期以来，随着学术界自由空气的逐渐形成，一些人在美感问题上也表达了“新看法”。

祁志祥在《美学关怀》[①] 一书中赫然列下两个小标题：“美感与快感无质的区别”、“动物也有美感”。他认为，美是“普遍快感的对象”，“快感的本质在于对象信息契合感官的结构阈值”，因此，不仅形、色刺激眼产生视觉快适和声刺激耳产生听觉快适是美感，而且佳肴刺激口产生味觉、芳香刺激鼻产生嗅觉、冷热软硬等刺激肤产生触觉快适也是美感，即五觉快感都是美感。人的美感与动物美感的区别仅在于：（1）前者在范围上比后者多了真善快感；（2）二者与对象信息契合的感官阈值不同。为了证明自己的观点，祁氏拉上的最牢固的靠山是生物进化论主张者达尔文。

我们认为，把美感等同于生理快感，认为动物也有美感的主张是站不住脚的。

首先，美感是人的心理诸因素协调运动、畅通无碍的精神状态。美感不仅不等于味、嗅、触觉快感，也不等于视听觉快感。人的美感的获得需要通过感觉器官，但停留于这些官能的快感并不就是美感。获得美感的标志在于：感知格外敏锐，联想异常丰富，情感波澜起伏，想象飞腾，理解迅捷而深刻，似不假思考但直抵事物本质，而且感知、联想、想象、情感、理解诸心理机能之间形成了互渗互生关系，在相互引发下协调运动。处于美感状态中的人往往有一种在寻常状态下难以体验到的人生境界的开悟感、超迈感、焕然一新感，他所获得的是精神的愉悦和情感的升华。

感觉的适与不适不足以成为判断美感有无的标准。马克思

---

① 祁志祥：《美学关怀》，复旦大学出版社 1998 年版。

说："忧心忡忡的穷人甚至对最美的景色都无动于衷；贩卖矿物的商人只看到矿物的商业价值，而看不到矿物的美和特性。"①显然，穷人在美景面前、商人在矿物面前没有产生美感，不是由于对象引起了感觉不适，而是另有原因。根据马斯洛的需要层次理论，低层次需要的满足是高层次需要产生的基础，忧心忡忡的穷人为生计、为温饱发愁，其生活状况、心境决定他在美的景色面前除了感知以外不可能有其他心理机能的活跃，在最切近的生存需要得不到满足的情况下，他无暇顾及审美需要。马斯洛还讲到，低层次需要的满足是高层次需要产生的必要条件但不是充足条件，矿物商人虽不为温饱发愁却被利欲左右，由于不能从利害打算中超拔出来，在矿物面前他就不会调动起与其形状、色彩、光泽的美有关的联想、想象、情思而获得美感。日常生活经验也能告诉我们，感觉的快适并不就是美感，冬天坐在有空调的屋子里浑身有暖洋洋的感觉，很快适，可你能说这是审美吗？无论春夏秋冬用适当温度的水洗脚，很快适，可谁都知道这也不是审美。相反，真的在审美时，主体的感觉却不一定都是很快适的。比如欣赏自然界中的崇高，无论是量的巨大还是力的巨大，起初都给人一种耳不暇听、目不暇视的不适感，但也正是这种不适，才使主体产生由惊惧到昂奋的美感。《巴黎圣母院》中的加西莫多奇丑无比，不会给任何读者感觉上的快适，然而他给读者带来的美感却是意味深长的。

祁志祥引述很多古籍文字推断"汉字中的'美'最初是用来指称味觉愉快及其对象，后来才扩大到视听觉愉快及其对象乃至其他快感及其对象的"。这也许能够成立，但这并不足以证明

---

① 马克思：《1844年经济学—哲学手稿》，刘丕坤译，人民出版社1979年版，第79—80页。

中国古人将生理快感等于美感，“子（孔子）在齐闻《韶》，三月不知肉味”、“宁可食无肉，不可居无竹”等，都说明中国古人将味觉快感与美感区分得很清楚，并且重后者而轻前者。事实上，古往今来很多思想家、美学家都是强调美感与生理快感有区别的，这是他们对人类健康发展有责任心的表现，怎样使人从感官享乐的沉醉痴迷中超拔出来达到身心和谐发展，确实于人类命运至关重要。老子在他那个时代就警告过人们：“五色令人目盲，五音令人耳聋，五味令人口爽，驰骋田猎令人心发狂。”孔子也主张“乐而不淫，哀而不伤”。强调生命意志的叔本华，也曾批判过引人产生性感的“媚美”。在当前大众文化朝感官化、娱乐性、浅俗性方向发展之时，我们应该强调美感与生理快感的区别，而不应该硬把二者等同起来，从而为这股风潮推波助澜。我们应该让更多的人知道，美感是以感官为基础、以精神为归宿的特殊快感，与生理快感有质的区别。

其次，审美不仅是一种心理现象，而且是一种社会文化现象。美感的获得不假逻辑推理，不用概念判断，表面看来似乎只要有感觉器官就具备了条件，其实绝不这么简单。正如马克思所说：“对于不辨音律的耳朵说来，最美的音乐也毫无意义。”[①] 审美是人在类本质层面上的自我意识活动，是人在现实中所进行的精神确证，是洞见到自己的潜能、力量、创造性、生存价值与意义时产生的愉悦感、自由感，美感中渗透着人的审美理想、审美趣味、审美观念。不同民族、不同时代、不同阶级或阶层、不同地域的人，甚至同一个人在不同的时空条件下，面对同一个审美对象，美感内容都不尽相同。这些都表明，审美的进行、美感的

---

① 马克思：《1844 年经济学—哲学手稿》，刘丕坤译，人民出版社 1979 年版，第 79 页。

获得，既需要“人化”的社会化的感官，又需要人的生活、人的意识能力。动物既不具备社会化的人的感官，又没有意识能力，怎么能够获得美感呢？达尔文所说的“动物的审美”并不是美学研究的结论，而是在研究生物进化规律时发现声音、色彩、形状等特定感性刺激在动物性选择中有作用和影响而得出的说法。其实，这种说法是从人出发，以人的经验类比动物的一种方法，根本不足以成为美学研究者论断动物也有美感的根据。所谓动物审美，无非就是与动物的择偶相伴生的现象，是动物在自身生存、自身再生产过程中体现出来的本能规律。在性选择时，动物对声、色、形特别关注，但不能因此就说动物获得了自由与越超并在审美，其实它还是被本能束缚着，只不过从一种本能束缚转到另一种本能束缚。声、色、形对它的吸引既不能使它产生联想、想象、情感、理解等心理活动，也不能使它产生生存意义的自意识，那根本就是没有心理与文化内容的纯感觉。总之，不具备社会化的人的感官，不具有自觉的文化意识，是不可能获得美感的。

以上所说的“还原倾向”，虽然体现在几个不同问题的研讨过程中，却有着比较一致的思考基点，那就是从时空二维对人与自然加以比较。从时间上看，他们认为，人类诞生不仅是地球上生命出现很久以后的事情，而且是自然进化的结果；从空间上看，他们认为尽管人类实践活动的领域在不断拓展，但与广袤的宇宙相比，人所能触及的范围还是有限得可怜。因此，在绵长亘远广袤无垠的大自然面前，人类并没有资格骄傲。

确实，人类不应过分骄傲，在科学技术水平飞速发展的现代化世界里，自然灾害却频频发生，这不能不使人类反思，人类对自然的掠夺是不是太过分了？绝对以人类为中心的思想和行为是不是意味着人类在自掘坟墓？美学从来都不是区区于字句之间的小学，还原倾向的产生也许正基于对人类命运的这种思考，如果是这样，那它的意义也应该被我们领会。但是我要说，人类既然已经是人类了，人类既然已经创造了辉煌的文明和丰富的文化，我们就没有必要再把属于人类的东西还原给自然界或把人拉回到动物的水平。只要有对人类命运负责的声音随时警示人类：与自然界保持和谐关系才是人类发展的真正出路；只要人类中的大多数越来越懂得这个道理并落实在行为上，人类的命运就是光明的。

三　接受美学的中国化及其意义

崛起于20世纪60年代的接受美学，在现代西方文论史上具有重要的地位。如果说20世纪30年代以前的西方文论是以表现主义、心理分析学派等为代表的作者研究，20世纪40年代至50年代的西方文论是以新批评、结构主义等为代表的作品研究，那么20世纪60年代至70年代的读者研究则是以接受美学为代表的。接受美学的兴起，对当代文艺理论起了转变视野的作用，影响了诸多文艺理论流派。美国的读者反应批评学派、法国的新新批评学派深受其影响。它们有过之而无不及地几乎取消了本文的地位，片面地将读者的能动作用推到了极点。而以瑙曼为代表的前民主德国的接受美学一派，则吸取了康斯坦茨学派的基本观点，并从马克思主义的生产和消费理论出发，阐述了文学生产与文学接受、作品与读者的相互关系和相互作用。他们发展了姚斯、伊塞尔关于文学作品在动态阅读中实现的理论，同时批判了他们过高估计读者能动作用、夸大读者在阅读活动中的自由等主观化和相对性错误，重新确立了本文的决定性地位。

不管怎样，接受美学以其独特的主张开拓了文学研究的新途径，他对读者的重视与研究给从事文学研究的人们带来了不少有益的启示。

中国也在接受美学影响之列。如今，“接受美学”可以说是一个使用频率非常高的词汇，翻阅各种各样的中文刊物，“接受美学”一词真可谓俯拾即是。无论是教育、教学，还是广告、传播，不管是电视、电影，还是新闻、翻译，各个领域都在竞相争用着“接受美学”，诸如“从接受美学看阅读教学改革的走向”、“接受美学与电视剧审美价值取向”、“论接受美学对电影编剧艺术的影响”、“传播学视野中的接受美学”、“接受美学对新闻学的启示”、“接受美学对翻译研究的启示”、“从接受美学看广告受众中心论”等带有“接受美学”字样的文章标题，不经意间就会跳到我们的眼前，“接受美学”真可谓是学科跨度最大的词汇了。

作为产生于文学研究领域的话语，“接受美学”这一外来词汇在中国的反响，也主要体现在文学研究领域，正如金元浦所说：“80年代中期，接受美学传到中国，我国的文学理论与批评工作者在探寻方法论的热潮中，迅速并敏感地译介了接受美学，展开了我国的接受美学研究。一时间，接受美学登高一呼，应者云集。”① 于是，像“中国古代文论与接受美学”、“中国现代派诗与接受美学”、“先锋派小说的接受美学诠释”、“接受美学与文学史的撰写”等文章便源源而出了。

那么，接受美学在中国文学研究界产生的影响具体有怎样的过程，表现在哪些方面？它为什么能被中国文学研究界比较广

① 金元浦：《接受美学与读者反应批评在中国》，载陈厚诚、王宁主编《西方当代文学批评在中国》，百花文艺出版社2000年版，第338页，

泛、深入地接受？这些问题都是值得我们认真探明的。

与任何一种外来思潮、理论在中国传播的过程相似，接受美学中国化也是经历了从介绍、翻译到阐释、研究、评价、重构、应用的复杂过程。

首先是介绍。1983 年，张黎率先在《文学评论》第 6 期上发表《关于“接受美学”的笔记》一文，在对文学发展过程的描述中介绍了德国接受美学的产生、基本观点以及它们的意义，也介绍了东德学者对西德接受美学的补充与争论。虽然未对接受美学的范畴、概念、内涵作更为透彻的揭示，却对中国人进一步接近接受美学起到了引发作用。1984 年，张隆溪在《读书》杂志第 3 期发表《仁者见仁、智者见智》一文，将接受美学与解释学一道作了介绍，使国人得以进一步了解接受美学的一些基本内容。1985 年第 1 期《外国文学报道》发表了冯汉津的文章《文学接受理论纵横谈》，对姚斯、伊塞尔的基本理论观点及其意义与局限进行了介绍、分析。虽然将姚斯译为乔斯，将“期待视野”译为“预期前景”等，与后来接受美学广泛传播开来时相比显得稚拙，但其介绍和分析却是较明白的。同年第 2 期《文艺研究》上发表了章国锋的文章《国外一种新兴的文学理论——接受美学》，非常明晰地介绍了接受美学产生的背景，接受美学两个主要代表人物姚斯、伊塞尔两篇重要文章《文学史作为文学科学的挑战》、《本文的召唤结构》中的观点，还介绍了东德学者瑙曼等人合著的《社会—文学—阅读》一书中的观点，并且分析了接受美学的合理性与存在的问题，简明扼要、清楚明白。是接受美学在国人中已经有了较透彻的认识并将引起更广泛认识和研究的证明。

与对接受美学的介绍同时进行甚至比介绍更起劲、更热闹的是对它的翻译。《文学理论研究》1983 年第 3 期和 1985 年第 2

期分别发表了翻译文章《论文学接受》和《美学接受》，虽然两篇文章都不是接受美学代表人物的直接言论，但它们毕竟让我们见识到了外国人对接受美学的认识和评价对我们理解接受美学是一个借鉴，给了一些启发。1987 年辽宁人民出版社出版了由周宁、金元浦翻译的《接受美学与接受理论》一书，它是姚斯的《走向接受美学》与美国学者霍拉勃的《接受理论》两书的合译本。一方面是接受美学主要代表人物的直接言论，一方面是旁观学者对这种理论的研究、分析、评价，可谓双管齐下，满足了通过介绍间接了解一点接受美学的人直接领略其风采的渴望，可以说，后来在接受美学的研究、应用、重构等方面取得成绩的中国学者大都从这本书中受益匪浅。1989 年，三联书店出版了刘小枫编选的《接受美学译文集》，四川文艺出版社出版了张庭琛选编的《接受理论》，接受美学的本来面目得以进一步展露。进入 20 世纪 90 年代，有关接受美学的翻译更上一层楼。伊塞尔的《阅读活动》一书分别由中国社会科学出版社和湖南文艺出版社出版，两个译本并行不悖，各有特色、各有优长。姚斯的《审美经验与文学解释学》先是由朱立元以《审美经验论》为名译出前半部在作家出版社出版，后又由顾建光等译出全部在上海译文出版社出版。而姚斯和伊塞尔在 20 世纪 80 年代末对接受美学的发展历程进行回顾以及对文学理论未来进行展望的文章也在中国社会科学出版社出版的《文学理论的未来》一书中得到翻译。这种整体性强、与原作产生时间距离小的翻译形势，为接受美学在中国产生更为广泛、深远的影响起了很好的铺垫作用。

经过 20 多年的介绍、翻译、传播、言说，真可以说接受美学已经在中国大地上生根、开花、结果了。虽然不能说中国已经形成了接受美学派别，但从接受美学的角度思考问题、分析现象的文学观确实是形成了。粗略说来，它起码表现在以下几个方面。

（一）激活古代文论，为其现代转型提供可行之路

对于这个问题的说明，也许只需我们罗列一些文章及其发表时间就足够了。《中国古典美学的“玩味说”与西方接受美学》（董运庭，载《四川师范大学学报》1986 年第 5 期）、《从接受美学看意境》（张小元，载《文艺研究》1988 年第 1 期）、《“品味论”与接受美学的异同观》（邓新华，载《江汉论坛》1990 年第 1 期）、《文之本体与道之本相》（程地宇，载《探索》1991 年第 4 期）、《中国诗论的接受意蕴》（樊宝英、殷杰，载《华中师范大学学报》1992 年第 3 期）、《“诗无达诂”论》（孙立，载《文学遗产》1992 年第 6 期）、《“诗无达诂”与中国古代学术史的关系》（孙立，载《学术研究》1993 年第 1 期）、《中西读解理论的历史嬗变与特点》（龙协涛，载《文学评论》1993 年第 2 期）、《中国古代的文学鉴赏接受论》（紫地，载《北京大学学报》1994 年第 1 期）、《中国古代文论与接受美学》（唐德胜，载《广东社会科学》1994 年第 2 期）、《论孟子的接受美学思想》（韩学君，载《湘潭师范大学学报》1996 年第 5 期）、《接受美学与“道”》（张胜冰，载《思想战线》1998 年第 1 期）、《从古代解诗看接受美学的合理性》（巩凌，载《文山师范高等专科学校学报》1999 年第 1 期）、《接受美学、意象主义与韵味说》（王敏琴，载《中国比较文学》2002 年第 1 期）、《试析“诗味论”的接受美学蕴涵》（钱文彬，载《菏泽师范专科学校学报》2003 年第 3 期）、《中国古代文论中的“接受美学”》（陈昕，载《广西社会科学》2004 年第 5 期）……应该说，我们所罗列的只是 20 年来中国人以接受美学为参照系对自己的古代文论进行重新阐释、重新价值赋予的一部分。

除了见于各种期刊中的文章外，还有几本书的出版值得重视。1989 年巴蜀书社出版了张思齐的《中国接受美学导论》一书，著者竭力挖掘中国古代文论中与西方接受美学相通的东西，试图以接受美学统揽古代文论，使其以新的面貌呈现出来。虽然书中有些地方体现出对接受美学的理解不甚准确，有些地方表现出中西比较有牵强之嫌，但是，那份让中国古代文学在接受美学烛照下焕发新姿的努力值得肯定。1992 年，中国社会科学出版社出版了陈良运的《中国诗学体系论》一书，把古代诗歌体系由自在状态转为自为状态，该书与接受美学的联系既体现在其中有运用接受美学研究中国古代阅读鉴赏理论的部分，还体现在他的整体思路上，著者把古代诗歌观念看成是在接受、阐释过程中形成的，既可形成“政教中心”观，也可形成“审美中心”观。1992 年岳麓书社出版了叶嘉莹的《中国词学的现代观》一书，这本书实际上是 1986 年 12 月至 1988 年 6 月，叶嘉莹先生在《光明日报》上发表的《三种境界与接受美学》、《文本之依据与感发之本质》等一系列论文的结集。叶先生发现并揭示了中国古代词学理论与西方接受美学、阐释学等暗合之处，借用西方文化对中国传统文论进行反思、再阐释，以期使之发扬光大。

可以说，20 年来，中国古代文论中的知音说、韵味说、玩味说、妙语说、兴会说、悟道说、以意逆志说、意境说等与文学阅读相关的内容都不同程度地在不同语境下被接受美学照亮，得到了新的阐释。这样一来，中国古代文论遗产在今天的文论建设中发挥作用就已不是一句空话。

（二）相互阐发，使马克思主义文论焕发新生机

马克思主义文学思想、文学批评方法在我们的文学理论话语、文学批评话语中不断地有所体现，它并没有像有些人说的那

样遭到了冷遇。但是，我们也得承认，随着五花八门的西方文学理论流派、各种各样的文学批评方法的引进，马克思主义文学思想、批评方法，在一些时候、在一些人那里，确实有被悬置的现象，甚至一些人早就发出了“马克思主义文学观已经过时”的声音。一些人抱着所谓的“进化论”，认为一切后起的的东西总比先前的东西先进，因此用后来的事物否定先前的事物就是必然。想不到的是，接受美学的进入不但没有像其他西方现代文学观的引入那样引起人们对马克思主义文学观的怀疑，反而照亮了它，使它的一部分内容得到了新的阐释。在接受美学的视角下，马、恩的存在与意识关系的理论、物质生产与精神生产关系的理论、生产与消费关系的理论，再一次突显了它深刻、全面与辩证，突显了它的丰富的可阐释性。反映这方面的文章是很多的，这里只对作为马克思主义文学思想的一个组成部分的毛泽东文艺思想被接受美学照亮的情况简单复述一下。

1994 年第 1 期《盐城师范学院学报》发表了柯玲的文章《接受美学成因新探——重温毛主席〈讲话〉一得》，从《讲话》在德国的译介、传播情况以及《讲话》的具体内容与接受美学的相通之处等方面，论述了《讲话》中的文学思想是德国接受美学先声、成因之一的观点。张恩科在《内蒙古电大学刊》1994 年第 1 期发表了题为《毛泽东的读者观与接受美学》的文章，通过与西德接受美学进行比较，对毛泽东的读者观产生的传统背景、现实背景、现实意义、理论价值等做了揭示。孙文愿在《中国文学研究》1994 年第 2 期上发表文章《辩证唯物论的接受美学思想》，认为“接受者”、“接受”两词于其中出现九次的《讲话》，“是毛泽东文学接受美学理论、观点的集中表现”，其中无论是对接受、接受者的细致分析，还是对接受与创作的相互作用的阐述，都体现着辩证唯物论的光辉，因此，在某种意义上它比西方接受美学还公允。1997年第4期《绥化师专学报》发表了燕世超的文章《略论毛泽东接受美学思想》，作者认为毛泽东的主张作家通过社会实践深入了解读者的期待视野、通过社会实践了解作品在读者中效果的观点是对接受美学的贡献。汪代明在2002年第1期《临沂师范学院学报》上发表题为《“普及与提高”和接受美学“期待视野”比较研究》一文，认为从接受美学的角度看，毛泽东在《讲话》中提出的“普及与提高”的观点非常科学、重要，不仅如此，他还对西方接受美学“期待视野”理论的盲区构成添补，弥足珍贵，从而说明了中西文化差异的存在和互补的必要。

应该承认，无论是对西方接受美学的理解，还是对毛泽东文艺思想的阐发，上述文章都不同程度地存在着不准确，甚至牵强的缺陷。我们肯定的是文章的写作者善于在外来理论的启发下重新阐发我们曾有的理论，以便在视野融合中形成新的理论视野的努力。

（三）文学研究新视角、新思路的形成

从接受美学出发研究文学首先表现在文学评论方面。可以说，中国古代文学、中国现当代文学、外国文学评论界都出现了对接受美学的应用。像《李白与〈史记〉人物情节之接受美学透视》（宋嗣廉，载《北华大学学报》2002年第3期）、《从接受美学角度看屈骚、楚辞在汉初的流传》（盛树屏，载《安庆师范学院学报》2002年第2期）、《用接受美学解读〈三国演义〉和〈水浒传〉》（龙协涛，载《文史哲》2002年第1期）、《不是幡动，是心动——试用接受美学观点重新阐释李杜优劣论》（葛景春，载《河南社会科学》2000年第1期）、《从接受美学看〈憩园〉的意义与价值》（韩曦，载《齐齐哈尔大学学报》1998

年第1期)、《戏剧文本的召唤结构——以〈雷雨〉的接受美学分析》（杨茂义，载《北京青年政治学院学报》1999年第2期)、《接受美学视野中的赵树理》（杨新敏，载《苏州大学学报》2000年第3期)、《重读〈伤逝〉——〈伤逝〉的接受美学分析》(冷桂军，载《张家口师专学报》2003年第2期)、《中国现代派诗与接受美学》（吴晟，载《广东社会科学》1994年第6期)、《"先锋派小说"的接受美学诠释》(陈渊，载《郧阳师范高等专科学校学报》1994年第1期)、《接受美学与〈红字〉的未定点》(田祥斌，载《湖北三峡学院学报》1996年第4期)、《意识流与接受美学——析福克纳〈喧嚣与骚动〉》（徐文培，载《求是学刊》1997年第2期)、《接受美学与霍桑小说中的歧义》（田祥斌，载《外国文学研究》1997年第2期）之类的文章确实呈越来越多的势头，足见文学批评界接受美学话语流行之一斑。而在批评实践领域更显话语分量之重的要数以下几部著作：1992年，刘宏彬的《〈红楼梦〉接受美学论》一书由河南人民出版社出版。著者考察了《红楼梦》主题接受史，对"私欲解脱"说的王国维范式、"自叙传"说的舒适范式、"封建社会阶级斗争说"的李希凡范式进行了分析、评说，从而说明一种新的红学解读范式出现的必要。著者从接受美学的角度分析了《红楼梦》中的人物，以《葬花词》为例对《红楼梦》的诗歌进行了接受研究。还对《红楼梦》的结构艺术做了接受美学角度的新探索。其意义不仅仅在于启发古代文学研究者更换新视角，更新思路。1994年，王卫平的《接受美学与中国现代文学》由吉林教育出版社出版，这是把接受理论运用于中国现代文学研究的一部力作。鲁迅的小说、茅盾的《子夜》、巴金的作品、曹禺的剧本、钱钟书的《围城》、徐志摩的诗歌、赵树理的小说，都在他的接受美学视角下得到了新的阐释。在接受史（包括研究史）中看文学的意义和地位，其启示作用也不仅仅局限在现代文学研究领域。1995 年，学林出版社出版了马以鑫的著作《接受美学新论》，具体的文学批评并不是该书的全部宗旨，但是著者毕竟还是在探讨接受与文化的关系、接受与传播的相互作用、接受美学与文学史的关系等问题之余，对张贤亮的《感性的历程》、贾平凹的《浮躁》，还有一些短篇小说及一些文学现象进行了接受美学的批评，给人耳目一新的感觉。1996 年，金元浦、杨茂义合著的《读者：文学的上帝》一书由江苏教育出版社出版。用金元浦的话说，书中“运用了接受美学的效果史原则、三级视野的阐释方式、空白与未定的理论以及召唤结构、暗隐的读者、游移视点、格式塔建构、被动综合等接受美学的方法，对陶渊明的诗歌、王之涣的《凉州词》、张若虚的《春江花月夜》、李商隐的朦胧诗歌及李煜的词进行了接受效应分析，也对《阿 Q 正传》、《雷雨》、《围城》、《红高粱》等现当代名著进行了接受阅读描述。该书拓宽了接受阐释批评的新生面，虽未臻完善，但仍不乏实践意义”①。

从接受美学出发研究文学还表现在文学理论建设方面。中国的一些文学研究者一方面深入研究西方的接受美学，接受其基本观点，领会其重要启迪；一方面则不甘心停留在西方理论上亦步亦趋、照搬套用，而是一面吸收一面改造，一面学习一面补充，在这个过程中，中国的接受理论也就建立起来了，虽还有待完善，但毕竟已初露端倪。早在 1987 年，夏中义就分别在《文艺理论研究》第 4 期和《批评家》第 5 期发表了题为《接受主体结构的调整与文体实验》和题为《论接受的发生、审美形态及其限度》的文章，前者对接受主体的审美心理结构进行了较细

---

① 金元浦：《接受反应文论》，山东教育出版社 1998 年版，第 420 页。

致的分析，认为它包括语句思维、二度造型、总体文化态度，受背景熏陶而成；后者探讨了文化基因对文学接受的制约。1989年第5期《学术界》发表了王列生的文章《论接受能力》，对阅读主体构成、确立做了精细研究。张微在《武汉大学学报》1993年第4期发表《文学接受的一个梯级模式》一文，饶有趣味地探讨了读者对作品理解的准确度与时代、民族的关系。他认为条件如果按不同民族、不同时代→不同民族、同一时代→同一民族、不同时代→同一民族、同一时代的方向递进，读者对作品理解的准确度就越来越强化，相反则越来越弱化。邵培仁在《徐州师范学院学报》1993年第3期上发表《论艺术接受者》一文，尝试对艺术受众的特征进行立体描述，将受众分成预期、现实、潜在、纯粹、介质、俯视、仰视、平视等八种新类型。以论文形式从某一方面为接受理论的建构提出主张并不止于这些，以上所列只是为了说明问题举的几个例子而已。

更为系统的构建接受理论应该归功于几本著作的完成，它们是朱立元的《接受美学》（上海人民出版社1989年版），丁宁的《接受之维》（百花文艺出版社1990年版），谭学纯、唐跃、朱玲的《接受修辞学》（上海教育出版社1992年第1版、安徽大学出版社2000年增订版），金元浦的《文学阅读论》（中国社会科学出版社1998年版）等。这些著作合起来，显示了中国接受文学观的壮观面貌，真是既有宏观之论，又有微观之说，既有整体性又有细密性，既接受了西方美学的优长观点，又修正了其缺陷，弥补了其不足。无论是作者—作品—读者之间的动态关系、文本与读者之间的立体性关系，还是文学与社会、历史、文化的关系；无论是文学的价值构成，还是效果实现；无论是文本的各方面特征，还是读者的期待视野；无论是制约接受的诸种因素，还是接受的具体过程；无论是接受的类型、方法，还是接受的特征、构成；无论是创作史，还是接受史；无论是一般阅读史，还是批评史，都得到了论说，收获是丰硕的。

有人担心，接受美学以铺天盖地之势在中国文学研究乃至更广泛的领域掀起一股热浪，既是中国人已经患上“失语症”的一种表现，也是加剧中国人患上更严重的“失语症”的一股力量。

其实这种担心是不必要的。接受美学在中国引起较强烈的反响，并不是崇洋媚外者强拉硬拽使然。中国人青睐接受美学，既与接受美学本身标志着文学研究范式转型、蕴涵着开启文学研究新视野、新思路的理论合理性有关，也与中国人随改革开放的国策相伴生的文学观念转型要求有关，还与中国文论遗产中富含相关内容有关。

事实上，对于接受美学，中国人并不是被动地接受。在接受美学影响中国人的同时，中国人也在改造、补充、丰富着接受美学，也就是说，接受美学“化”中国的过程即是接受美学中国化的过程。当我们说中国古代文论、毛泽东文艺思想中的相关内容被接受美学照亮、得到重新阐释的时候，也就等于我们在说，另一方面，中国古代文论、毛泽东文艺思想丰富了接受美学，并通过接受美学这一话语为世界文论发展做出了贡献。同样，当我们说中国文学研究在接受美学影响下形成了新视角、新思路时，也就等于我们在说，另一方面，以中国的文学现象为研究对象、以中国的文学理论传统为基础的中国接受文学观，也丰富了接受美学，并在“接受美学”这一共用话语下为世界文学理论建设做出一份贡献。

四　20世纪90年代以来中国人文学接受心理变化的表现

接受美学的代表人物姚斯反对忽视接受和影响之维，仅把文学局限在生产美学和再现美学的封闭圈子内进行研究，认为“只有当作品的连续性不仅通过生产主体，而且通过消费主体，即通过作者与读者之间的相互作用来调节时，文学艺术才能获得具有过程性特征的历史”①。这种对以往文学研究只重创作、忽视接受的纠正，其实与马克思对生产与消费相互作用关系的全面论述是相通的。

如果我们承认文学接受应该构成文学史的一维和文学研究的有机部分，那么我们就应该着手进行文学接受的研究。分析、省察一个时期的文学接受情况，也就在一定程度上探悉了这个时期人们的精神状况和社会心理，进而还可能揭示出引导、制约人们精神、心理的诸多因素。由此说来，文学接受研究的意义是多重的、深远的。

20世纪90年代以来，中国的文学接受情况如何呢？毫无疑问，社会的转型，人们的生活方式、生存状态、价值观念的变化以及电子信息产业发展带来的图像媒体的扩张等，确实影响了人们对文学的关注。忙忙碌碌的人们、追逐实利的人们、读图时代的人们，实在没有太多的精力和热情关注文学了，文学接受变得日益稀薄已是不争的事实。但是，文学还在热闹地生产着、传播

① ［德］姚斯：《走向接受美学》，载《接受美学与接受理论》，周宁、金元浦译，辽宁人民出版社1987年版，第19页。

着，动辄几十万、上百万册发行着的各种文学作品说明，文学接受还坚硬地存在着，这也是事实。只是，90 年代以来的文学接受在主体、对象、方式、类型、趣尚等方面都发生了变化。

曾经，以“文以载道”、“文章，经国之大业，不朽之盛事”、使命意识、忧患情怀为潜在文化—心理结构的中国文学创作者，是不屑于将日常性的生活写进文学的，读者也从没想过到文学中感受生活的日常性并从中获得轻松快乐。因为文学的创作者、接受者都视日常生活为粗俗、鄙陋、微不足道、不关宏旨，即便涉及一花一草、一虫一鱼，也要上升到与国家民族前途、命运相关的高度。正如孟繁华所说：“百年来，激进的、理想的话语构成了一种新的文学传统，统一的写作范式已不是什么暗示，而是一种明令，黄钟大吕或硝烟弥漫是响遏文坛的主旋律。”[①] 然而历史的脚步跨入 20 世纪 90 年代以后，中国人曾经那么牢固的文学理念松动了。在中心价值离散的状态下，在商品大潮的冲击下，所谓“个人化写作”、“私人化写作”、“身体写作”、“欲望写作”等声音一浪高过一浪，总是有很多人参与搅起的各种类型的文学热也是纷纷攘攘。透过各种声浪、各种热潮，人们发现，中国人的文学生活局面发生了很大变化。在文学创作者一方，“宏大叙事”、国家民族寓言式写作不再被奉为方向；在文学接受者一面，到作品中重温国族关怀、体验宏伟崇高也不再是主要的阅读动机和心理期待。个人趣味成了决定文学接受状貌的决定性因素，而从个人趣味、个人需要出发的文学接受又往往形成一些耐人寻味的趋势或潮流，文学接受心理正可从中透视。

---

① 孟繁华：《梦幻与宿命》，广东人民出版社 1999 年版，第 243 页。

（一）优游于日常与闲适

德国学者西美尔说："总的说来，随着文学的发展，感官对远距离事物的感受力越来越弱，对自身周围的感受力却越来越强；我们变得不仅短视，而且感觉迟钝，然而我们对身边的事物却非常敏感。"① 20 世纪 90 年代的中国也许正来到了这样的文化发展期，人们总是觉得理想、信仰、崇高、伟大一类的概念及它们所指称的事物已经遥远得恍如隔世，已经悖晦得老朽不堪。个人的日常生活内容和个人的悠闲舒适程度，成了 90 年代以来中国人最为关心的事情。表现在文学上，则是创作者不再以写日常琐事为小道，接受者更是愿意徜徉在由日常生活构成的文学景观中体味悠游不迫的闲适。于是，衣食住行、吃喝拉撒、花鸟鱼虫、琴棋书画等成了吸引人们眼球的文学元素。于是，我们看到了书商、出版部门与文学接受者相互利诱、相互促动而形成的一股"闲适文学热"。

似乎是理所当然的事情，周作人、林语堂、梁实秋等现代作家的散文小品被当成了"闲适文学"的典型。他们的散文作品以各式各样的组合方式和各种各样的版面形式被十儿甚至几十家出版社竞相出版。如果我们到"百度"、"Google"这样的网站，以这几位现代作家的名字为关键词进行搜索，就会有 20 万、30 万甚至 60 万条相关信息被搜到，足见这些作家热到什么程度。热出、热销，当然意味着热读。20 世纪 90 年代的读者热衷于林语堂的幽默、超然、豁达以及那种所谓"私房娓语"式的笔调；流连于周作人的冲淡美，欣赏他的雅趣、智

---

① ［德］西美尔：《时尚的哲学》，费勇等译，文化艺术出版社 2001 年版，第 13 页。

趣、情趣；陶醉于梁实秋的反语、讽刺、智慧之中，与他一同品鉴男人、女人、中年、老年，体会旅行、运动、观光、喝茶、饮酒、吸烟，在热衷于闲适的读者看来，似乎这几位现代作家的散文小品就是要告诉人们，除了轻松、舒适、玩赏以外，生活就没有别的什么了。

然而，这样一味地沉浸于闲适、消费闲适，正体现出今天的文学接受者（包括书商、出版人等）与现代作家的隔膜。鲁迅当年曾说："自己放出眼光看过较多的作品，就知道历来的伟大的作者，是没有一个浑身是'静穆'的。陶潜正因为并非'浑身是'静穆'所以他伟大。现在之所以往往被尊为'静穆'，是因为他被选文家和摘句家所缩小，凌迟了。"① 现代作家的散文小品也并不浑身是"闲适"，它们被尊为"闲适"，也是今人"缩小"、"凌迟"的结果。的确，无论是周作人、林语堂，还是梁实秋，都不是浑身"闲适"并教人如何闲适的大师，他们的"闲适"后面都有不闲适。周作人的"闲适"，是由积极启蒙到看到启蒙无望时无可奈何的苦中作乐，其中的失落、犹疑、徘徊、愤懑、煎熬是可想而知的。林语堂的"闲适"，源于他对幽默作用的信任及对在中国提倡幽默的效果的期待，他说："我认为这就是幽默的化学作用：改变我们的思想的特质。这作用直透到文化的根底，并且替未来的人类，对于合理时代的来临，开辟另一条道路。"② 梁实秋的"闲适"是对抗急功近利的文艺观，何况，他笔下揭示出的人性，无论是男人的懒惰、嘴馋、自私（《男人》），还是女人的说谎、善变、爱哭（《女人》）；无论是

① 鲁迅：《"题未定"草·七》，载《鲁迅全集》第6卷，人民文学出版社1981年版，第430页。

② 林语堂：《生活的艺术》，载《林语堂名著全集》第21卷，东北师范大学出版社1994年版，第83页。

谦让掩盖下的自私和虚伪（《谦让》），还是躲藏在黑暗中的人心的险恶（《匿名信》），都不可能仅仅出于静观、把玩和品味。写所谓“永久人性”难道不是出于某种愤懑？难道不是寄希望于人性有变？看来，不在于有没有“闲适文学”，只要人们有闲适的需要，某些作家作品就会被召唤为“闲适文学”。正是 20 世纪 90 年代这个文学演变的新阶段以新的接受、以变化了的审美态度、以闲适需求照亮了现代作家的所谓“闲适”散文。

一般地理解，“闲适”似乎更偏于超凡脱俗、高古优雅的一面，“日常”则偏于世俗黏滞、粗糙琐屑的一面，不过，在 20 世纪 90 年代以来的多数中国人这里，它们的相通多于相异，它们都意味着不狂热、不激越，都意味着对宏大事物、对公共领域、对乌托邦等的规避和逃遁。因此可以说，潜心于日常也是一种闲适，而优哉游哉的闲适也是一种日常。张爱玲就是在“日常”又“傲然”的意义上被 90 年代以来的读者接受的。她的小说和散文总是被多家出版社以这样那样的形式花样翻新地出版着、销售着。她之被这个时代的人们引为同调，是有理由的，她说过：“强调人生飞扬的一面，多少有点超人的性质。超人是生在一个时代里的。而人生安稳的一面则有着永恒的意味，虽然这种安稳常是不安全的，而且每隔多少时候就要破坏一次，但仍然是永恒的。它存在于一切时代。它是人的神性，也可以说是妇人性。”“文学史上素朴地歌咏人生的安稳的作品很少，倒是强调人生的飞扬的作品多，但好的作品，还是在于它是以人生的安稳做底子来描写人生的飞扬的。没有这底子，飞扬只是浮沫，许多强有力的作品只予人以兴奋，不能予人以启示，就是失败在不知道把握这底子。”①

---

①　张爱玲：《自己的文章》，载《张看》，经济日报出版社 2002 年版，第 366 页。

既然人生安稳的一面才有永恒的意味，既然以人生安稳的一面做底子来描写人生飞扬的一面才能写出好作品，才能给人以启示，那么，追求安稳、日常、闲适的20世纪90年代以来的中国人自然就要到说出这话的张爱玲的作品中流连忘返了。正如温儒敏描述的，“曾几何时，张爱玲式对生活傲然而又投入的姿态，庶几成了一种时尚，大学生枕头边放一本《张爱玲文集》也是一道好看的风景，‘张爱玲’变成某种趣味的象征而被争相仿效。”① 王安忆说：“我在张爱玲散文中看见的，是一个世俗的张爱玲。她对日常生活，并且是现时日常生活的细节，怀着一股热切的喜好这种细节里有着结实的生计，和一些放低了期望的兴致。”② 这些话都说出了张爱玲作品在这个时代的中国呈魅力四射状态的原因的实质。不过，“世俗”也好、“日常”也罢，仅仅在这样的意义上炒作张爱玲、消费张爱玲是不是也造成了对张爱玲接受的某种遮蔽与盲视呢？温儒敏的话值得深思，他说：“然而从普遍的阅读接受来看，除却专业研究者，恐怕少有读者能够深刻理解张爱玲作品中深蕴的悲凉，以及那种于人生的‘惘惘的威胁’。张爱玲的作品中隐藏着的式微破落的颓势，对私人生活关注背后的犬儒，对价值的嘲弄与颠覆，以及对人性近乎残酷的解剖，这一切，大都被浮躁的阅读心态给忽略和消解了。张爱玲就这样变得很‘现代’又很‘现实’了。”③ 这话提醒我们，张爱玲的作品内容是驳杂的、意义是丰富的，先入为主

---

① 温儒敏：《“张爱玲热”的兴发与变异——对一种接受史的文化考察》，载《中华读书报》2000年12月27日。

② 王安忆：《世俗的张爱玲》，载《张看》，经济日报出版社2002年版，第5页。

③ 温儒敏：《“张爱玲热”的兴发与变异——对一种接受史的文化考察》，载《中华读书报》2000年12月27日。

地或者是人云亦云地仅仅抱着优游于日常的寻乐心态面对它，或许有某种程度的不得要领和某种程度的缺乏清醒。

向 20 世纪 90 年代的中国人提供“日常”与“闲适”的，绝不局限于现代作家作品资源，当代作家更是利用同一时空的有利条件与读者一拍即合，恰逢其时地形成了供求两旺的蓬勃局面。

《长恨歌》中的王琦瑶，当电影圈中孕育着革命的种子时，她却沉醉于自己的梦想中；当抗日战争如火如荼时，她则有心有肠地参选上海小姐；当内战蜂起时，她独守爱丽丝公寓；当反右斗争狂热进行时，她围着火炉有滋有味地生活着。她让读者酣畅地体会了与大事无关的“日常”与“闲适”。不光普通人“日常”着、“闲适”着，就连大人物的书写也走上了这条路子，各种传记中的毛泽东也适时地“走下神坛”，出现在夫妻、父子、饮食、起居等日常生活场景中，以温和、亲切替换了神圣、威严。各种历史小说中的皇帝们，虽朝代不同、名姓不同，却不约而同地或吃喝玩乐或儿女情长或求仙拜佛起来了。真应了“重要的不是神话讲述的时代，而是讲述神话的时代”那句话，这个时代的读者们需要“日常”和“闲适”，于是作家们就用各种元素制造日常和闲适。就连一向被视为最跳跃、最玄奥、最幽深、最高蹈的诗歌，也走向了日常、闲适。于是，我们能看到如下的一些诗歌题目：《晚餐，有牛肉及其他》《餐桌上剩下的一把鱼骨头》《一只蚂蚁躺在一棵棕榈树下》《喝一口水》《没有开水的安眠药》《那是一声怎样的喷嚏》，确实是实在、朴素、平和、亲切了。然而，追求“日常”、“闲适”的时代，真的不需要诗带着心飞翔了吗？

当然，最适合人们体味“日常”与“闲适”的还属散文作品。在 20 世纪 90 年代的市民文化、家庭文化、校园文化中，

"闲适散文"，或曰"通俗散文"，或曰"生活随笔"，是最受欢迎的一道快餐。它的作者不计其数、数不胜数，可以说，只要愿意，谁都可以把自己在日常生活中的所见所闻、所思所想、所感所触写出来，只要得以发表，你就成了"闲适散文"创作队伍的一员，你就为别人的"闲适"需求提供了一种满足。不过，在"闲适散文"创作上形成较大声势的有两部分人：一部分是文坛宿将，像孙犁、汪曾祺、王蒙、刘心武、林斤澜、蒋子龙、贾平凹、冯骥才等人都写有这类作品；另一部分是都市女性，她们多数生活在一些大城市，像广州的黄茵、黄爱东西、马莉、张梅，上海的素素等。因此，一般人谈到当代闲适散文，主要想到的是"文人随笔"和"小女人散文"。无论是发表于正宗文学期刊上，还是发表在报纸副刊上，无论是刊登在各类杂志上，抑或是被出版社结集出版，这类散文都拥有庞大的读者群。当《猫鼠的故事》（孙犁），《蟋蟀图》（流沙河），《我爱喝稀粥》《搬家》《轻松》（王蒙），《酒话》《和气生财》《家有升学女》（蒋子龙），《从一个微笑开始》《学会吃冷面》（刘心武），《夕阳下的小女人》《第一次幽会》（马莉），《就做一个红粉知己》《心安即是家》（素素）等作品诉之于人时，作为普通读者，他们就是为了在这样的散文世界中优游于日常与闲适，就是要在轻松舒缓、平和亲切中体会一点微微的心动。至于那些质疑"闲适散文"及"闲适散文热"的言论，他们也许根本没有看到，即使听到些什么人们也会认为与自己无关，照样让"日常"和"闲适"调节他们并不轻松的生存。

其实，质疑"闲适散文"的人主要有两方面的担忧：一是担忧如果整个社会都在文学的带领下趋之若鹜地奔向"日常"与"闲适"，那么谁来审视生活？谁来批判社会？谁来关心公平、正义等问题？二是担忧有些"闲适散文"有向旁门左道偏斜的迹象。确实，当算命、测字、相面、风水、神秘感觉等以极其灵验的面貌被作家信誓旦旦津津有味地写到作品中的时候，有人担心读者会被引到听天由命、丧失主体意志的邪路上去，并不是故意无事生非。

有些事情就是这样值得深思，当其匮乏之时，我们呼唤它，就有向成规、偏见、世俗挑战的意味，而当其已成弥漫之势，我们还来鼓噪它，那我们的所作所为就可能走向当初积极意义的反面。对日常生活意义的肯定，对闲适人生态度的赞赏，也应该纳入到这样的思考框架。到任何时候我们都应该说，作为文学接受者，任何个体都有到文学作品中体味“日常”与“闲适”的自由，这不仅是无害的，而且可以说是有益的。但是，如果“日常”、“闲适”被某种意识形态为了遮蔽什么、为了达到某种目的利用为工具，我们就要保持应有的警惕。

（二）迷恋于时尚与流行

时尚、流行拥有巨大的裹挟力量，往往接连不断地掀起一阵又一阵诱惑力极强的风潮，使得不少社会成员心甘情愿地为之投入很大热情、很多精力和财力并且乐此不疲。追逐时尚、加入流行，已经成为当今大众的一大生活乐趣，甚至成为很多人的精神寄托。一提时尚、流行，人们最容易想到的就是广告、商场、街头、影视剧、电视节目、时尚杂志、美容美发、时装表演、模特大赛等，这些确实是时尚元素、流行讯息的最直观、最集中的呈现载体。不过，不该忽视的是，文学在引导时尚和流行这方面从来都不是落后分子。作家是敏锐的，他们总是能够以迅雷不及掩耳之势捕捉到时尚元素、流行讯息，并且能够酣畅淋漓地将其挥洒在自己的作品中，从而增加其作品的吸引力。文学传递时尚和流行，虽然少了直观性，却自有其他形式无法比拟的优势，它细致、详尽、娓娓道来地传递，它在人物形象塑造、人物关系设置、故事情节发展过程中传递，它用妙词警句及各种修辞手段传递，它给接受者随时随地、反反复复咀嚼、体会、品味的方便。总之，它的引导是综合性的，因此它的力量是神奇的。人们热衷于读某些文学作品，很有可能是奔着它蕴涵着的时尚元素、流行风尚去的，难怪有人在谈如今的长篇小说创作时说出了这样的话："人们对于长篇小说的关注，实际上只是对于时尚的关注。没有人真正在意这些处于热闹之中的长篇小说，他们在意的不过是热闹本身，是希望藉此证明他们属于时尚的一部分。即使是他们真的在揽书阅读，那也不是因为他们有阅读的渴望，而是参与时尚的动机使然。时尚虽然使长篇小说变成了一个幌子，却有把握保证它的发行量，这就是时尚的威力。它永远在马不停蹄地制造着幻觉，并令众人满足于这种幻觉。"① 这话说的是有些人以正在阅读某部长篇小说做时尚表演，告诉别人也告诉自己该人属于时尚、未曾落伍。这与我们所说的作家将时尚元素、流行风尚投放到作品中引得读者流连忘返，正好构成了文学与时尚关系的表里两面。

时尚对于20世纪90年代以来的中国文学接受者大概意味着如下内容：

1. "成功人士"

"成功人士"作为一种形象，最早出现于电视广告中，多为跨国公司商品的代言人，起初是由洋人扮演的，后来改为由国人扮演，那是因为商家意识到本土形象更能刺激起本土人的消费欲望。逐渐地，电视剧中、文学作品中这类形象也多了起来。如

① 路文彬：《当下长篇小说创作中的几个问题》，载《文艺争鸣》2003年第2期。

《牵手》《让爱作主》《一声叹息》《来来往往》《婚姻相对论》等作品都在向人们传递着这样的信息："成功人士"就是拥有大量财富、能够进行高档消费且享受着甜蜜刺激的婚外情的人。所以，"'成功人士'似乎已经成为多数人最羡慕的生活形象，成为他们想象未来、表达自己人生欲望的最流行的文化符号了。"① 尽管作家们在塑造文学作品中的"成功人士"形象时并未持一味欣赏的态度，而是对其财富来历的不正当性等进行了一定程度的揭示，体现了一定的批判立场，尽管一些有责任感的知识分子一再提醒人们"时时警觉自己的人生欲求的被简化和被删削"、警惕"成功人士"神话的虚幻性、保持对自己真正的生活状况的敏感和关注，怎奈中国民众也许是穷怕了，也许是欲望被抑制得太久了，"成功人士"对他们构成的吸引力恐怕一时还减不下来。

2. "现代"女性

男人们想成功，以"成功人士"作参照物，女人们要让自己"现代化"，当然也得寻觅合适的参照物，文学作品自然也能不吝提供。"小女人散文"就是典型的"现代"女性文本。它所塑造的女性形象是：有一份稳定、体面的工作及保证过得上小康生活的收入，有充分的时间、精力、热情投入于美容、美发、美体、购物、着装、打扮，有充足的闲暇和较高的文化品位用于种类多样的娱乐和消遣。这样的文学作品实际上就是与各种大众文化、大众传媒一样不断地向人们灌输着：吃得营养、住得舒适、打扮得靓丽、活得滋润，才是"现代生活"，否则就是观念落后，就应该调整。张欣的小说《你没有理由不疯》，通过谷兰的

① 王晓明：《半张脸的神话》，载王晓明主编《在新意识形态的笼罩下》，江苏人民出版社2000年版，第30页。

“醒悟”、参与到“疯”的队伍中去，表达了对认同“现代生活”的一定程度的肯定；池莉在小说《小姐你早》中塑造了戚润物这一形象，她由羡慕打扮得异常漂亮的女孩到狠狠地打扮自己，迈出了走向“现代生活”的一步。这样的行为正是引导读者的有效因素。正如孟繁华所说：“就身体叙事而言，中产阶级女性的‘优雅’、‘体面’、‘匀称’、‘靓丽’等，加剧了中下阶层的焦虑和羞愧。急于投入身体的战斗变成了时代的号角和宣言。”①

“现代”女性的更新版本出现于20世纪70年代出生的女作家笔下，她们被称为“新人类”或“新新人类”。她们实在是太招人耳目、太惹人关注了，她们狂欢着、迷醉着、尖叫着，是那么与众不同，她们不要任何捆绑身心的职业，她们任性地放纵自己，她们尽情地享受着金钱、物质、肉体带来的快感。卫慧《上海宝贝》中的倪可，是个自由写作者，有在经济上可以源源不断支援她的精神情人天天，有在肉欲上能够充分满足她的异国情人马克，动辄活动于资产者阔人圈子，经常出入于世界级大酒店，出坐别克车、入喝朗姆酒、开各种派对，晚上乘飞机到北京消夜、早上又飞回上海；棉棉《糖》中的女主人公，靠不明去向的父亲及时寄来丰厚美金及情人们的大方出手，过着与常人不同的时髦生活：白天睡觉、傍晚购物、夜间喝酒，每夜尽情地体验发辫的荧光、电子乐的冥想、啤酒的热度及酒后失身的刺激；安妮宝贝《彼岸花》中的“我”：25岁，单身，靠电脑及打开几位杂志编辑的电子信箱生活，用稿费换取脱脂牛奶、鲜橙汁、燕麦、苹果、新鲜蔬菜和咖啡。三个月抽掉30包红双喜，吃掉三瓶镇静剂，逛了80次街，泡了50次吧，卖文30万字，与好

① 孟繁华：《战斗的身体与文化政治》，载《求是学刊》2004年第4期。

几个男人约会。新新人类们如此表演潇洒、玩弄刺激，怎能不引得十几岁、二十几岁的女孩读者急不可耐地效仿、实践呢？在城市的大街上、酒吧里、咖啡屋里、商场里，这样的“新新人类”已经身影迭现了，其中大概还有“没有条件创造条件也要上”者吧？

3. 异国情调

改革开放、国门打开，感受异国情调很快就成了时尚追逐者、流行赶潮者们的必修课程。除了在电视、电影等传媒中直观地感受外，他们还愿意以阅读的方式到文学作品中更详细、更完整、更生动、更感动地感受。20 世纪 90 年代初期兴起的持续好几个年头仍不见衰减的“留学生文学”热，就是这股风潮的最好表征。关于 20 世纪 90 年代的所谓“留学生文学”，戴锦华认为值得说道：“‘留学生’只是一种含糊的身份泛指，指趁着 80 年代初国门再度打开后，旅居、羁留海外的中国大陆华人的经历（包括留学、访问、探亲、经商，直到所谓的‘人蛇’——偷渡客）。名之为‘留学生’是因为这曾是涌出国门、进入美国的中国人可能拥有的唯一合法身份。所谓‘文学’则意指类似出版物介于非虚构、虚构间的模糊属性与位置。类似作品尤其是其中的畅销者，均以自传、亲历记的形态出现，并因此获得了广泛的接受与阅读，但其真实性却十分含混，故名之为‘文学’。”[①] 不管是哪种身份的人，只要是到过国外并且以文字的方式表达了自己亦实亦虚的经历及感受，“留学生文学”都收容它，这与国人到真正的留学生文学中也不关注教育、成长、文化、人性等问题而只是为了感受异国情调，真是合拍的。尽管广义“留学生文学”的作者也写了“留学”生涯的遭际、坎坷、辛酸和创伤，

① 戴锦华：《隐形书写》，江苏人民出版社 1999 年版，第 162—163 页。

并没有简单地把外国美化成天堂，但是，他们的叙述毕竟在粉碎出国梦的同时又牵连、诱发着出国梦，这样，未出过国的中国读者就获得一种混合的阅读快感，在老守家园、足不出户的情况下品味异国情调，既满足了安全需要又满足了时尚需要。于是，从纽约到东京，从巴黎到伦敦，从威尼斯到曼哈顿，从多伦多到悉尼，人们在阅读中游历着，在假想中感受着，那里的城市风光、那里的空气土壤、那里的风土人情、那里的饮食着装、那里的财富工商，都因隔着距离、隔着文字而更具魅力。难怪一本《曼哈顿的中国女人》被炒得沸沸扬扬，百万册以上的销量在 20 世纪 90 年代初的图书市场上搅动起一股狂潮。

在异国情调的书写、传递上绝不亚于“留学生文学”的，是晚生代作家创作的都市小说。在卫慧、棉棉、邱华栋、夏商等人的作品中，酒吧、咖啡屋、西餐店、夜总会之类的充满异国情调的意象出现的频率很高。2000 年 6 月 2 日出版的《南方周末》，在“新文化”版上讨论了 20 世纪 70 年代出生的作家作品，所配发的彩色照片就是三四位年轻女性，以意味模糊的神情和笑容出现在光晕迷离的酒吧中，照片下的文字说明则是：“‘泡吧’成了 70 年代出生的年轻人的消遣方式之一。”可以说，报刊记者所选择的照片、所做出的文字说明准确抓住了 20 世纪 70 年代生人的精神代码。

时尚、流行最突出的特点就是易变、喜新厌旧，它使热衷于它的人始终行进在追逐的路上，但时尚的获胜并不仅仅与人类的喜新厌旧心理相关。一般来讲，一个国家如果处于社会成员分层的稳定期，则时尚潮往往不易掀起，流行风也不易刮起来；相反，如果社会成员分层处于活跃期，则时尚潮、流行风就会频繁出现。时尚所起的是社会调适作用，当处于较上层的社会成员要保住在上层的位置，而处于较下层的社会成员不甘心处于下层而欲跻身上层且又有可能跻身上层的时候，时尚、流行就会接连不断地出现，正如西美尔说的："一个阶层越是接近其他的阶层，来自较下层的对模仿的寻求与较上层的对新奇的向往就会变得愈加狂热。"① 20 世纪 90 年代以来的中国，社会成员的阶层分化处于活跃期，时尚潮、流行风一个接一个不断涌出是不难理解的，这样，文学接受者以追时尚、赶流行的心态对待文学作品也就不难理解了。承认了一种现象的来头，并不等于认可了这种现象，我们的文学创作者、接受者、书商、出版人都应该适当停下脚步，对自己参与制造的"成功人士"、"现代女性"、"异国情调"等热潮进行必要的省思，警惕其中暗藏着的欲望陷阱、消费陷阱等可能造成的危害。

（三）满足于代偿与抚慰

每个人都有自身局限，不能对任何事情都亲见亲闻、亲力亲为，这是由天然的、人为的、主观的、客观的多种因素决定的。因此可以说，每个人的未知世界都比他的已知世界大得多。正是因为未知世界的存在，人类才有极强的好奇心。不过，好奇心的存在状态是有差异的，有时它以蛰伏的状态存在，有时它以活跃的状态存在。一般来说，在一个沉闷、僵化、思想和行为受到钳制的时代，人们的好奇心只能是蛰伏着的；而在一个政治民主、思想解放、信息发达、舆论自由、文化多元的时代，人们的好奇心往往就会活跃起来。20 世纪 90 年代以来的中国，具备令好奇心活跃起来的各种条件，而活跃起来的好奇心又在文学接受方面酣畅淋漓地表现了出来。

1989 年，中外文化出版社出版了权延赤写的《走下神坛的

---

① 西美尔：《时尚的哲学》，费勇等译，文化艺术出版社 2001 年版，第 74 页。

毛泽东》，一个曾经被全中国人神化的超重量级领袖人物开始以人的面貌出现。他有哪些爱好？他有什么习惯？他的饮食起居、衣食住行是怎样的？他在生活和工作中的哪些不为人知的细节将被公之于众？怀抱着方方面面的好奇，人们急切地购买、阅读这本书。一石激起千层浪，一本书良好的销售业绩引来了若干与毛泽东相关的书籍的诞生。一时间，类似纪实文学之类的出版物纷至沓来，什么《红墙内外》《领袖泪》《卫士长谈毛泽东》《毛泽东传》《毛泽东逸事》《毛泽东逸闻录》《生活中的毛泽东》《1946—1976 毛泽东生活实录》《我眼中的毛泽东》《走近毛泽东》，等等，不一而足。人们热衷于阅读与毛泽东相关的书，倒不是人们多么关心政治、多想反思历史，人们就是让自己的好奇心得到满足。作为普通百姓，与领袖的距离太过遥远，而五花八门的书籍让人们通过文字、通过阅读走进了领袖生活，人们在满足了好奇心的同时，也使缺失的领袖生活经验得到了代偿，而因缺失产生的那种隐隐的落寞、郁闷和不平也得到了抚慰。

可以说，当好奇心的满足表现为较为突出的文学接受心理时，它很可能是一种表层事实，而好奇心满足下面的缺失代偿与伤痛抚慰才是深层的心理真实。当然，文学接受者本人并不一定是自知的。

在代偿与抚慰这种深层的心理欲求和好奇心的满足这种表层的心理欲求的共同作用下，一种窥秘—揭秘式的文学需求与文学供给格局形成了。一时间，政治、经济、历史、文化、情感、职业、记忆、禁忌等都被作家巧妙地蒙上神秘的面纱，装点为文学消费的对象。

1992 年，周励的《曼哈顿的中国女人》着实火了一把，1993 年，香港女作家梁凤仪的财经小说在大陆也刮起了一股旋风。这是重农轻商的中国人在商业时代到来时对商场、商战等好奇心的大爆发，是财富和从商经验缺失的中国人需要心理代偿和抚慰的表现。

1998 年，窥秘—揭秘的买卖终于摆脱了羞羞答答、只做不说的局面，赤裸裸地叫嚣开来。以安顿的《绝对隐私——当代中国人情感口述实录》为开端，仅仅一年不到的时间里，以暴露"隐私"为卖点的作品就有《单身隐私——50 名单身男女情爱生活的口述纪实》《贞操隐私——27 名记者采访当代夫妻婚外情实录》《非常隐私》《情人现象——中国 36 对情人之间情爱生活的真实报告》《独身女人的情与爱——上海 34 位独身女人情爱生活的内心独白》等多部出版发行。真是难以想象，一向以内向著称的中国人，居然在 20 世纪 90 年代将情感、性爱这些人生最隐秘的内容大摇大摆地抖搂出来了，如此"思想解放"恐怕不是"思想解放"本身所能解释得了的。炮制者是挣了个钵满盆满，接受者则既获得了好奇心得到满足的快感，又获得了胸中块垒被人代吐后的轻松快感。人们给自己的窥视欲、倾诉欲、放纵欲找到了释放的途径。

好奇心有时是不可理喻的，它那青睐异常的偏向总是不免使人处于尴尬境地。1993 年顾城在激流岛杀妻、自杀，于是他的不怎么样的小说《英儿》就成了畅销书；1995 年，张爱玲在美国寂寞辞世，她的作品则在已经畅销的基础上更加畅销；1997 年，王小波英年早逝，其人其作品随即被炒红。是平淡的生活太需要意外事件的强烈刺激，还是真像弗洛伊德所说是人的死亡本能在作怪？

我们还是希望进行解释，我们倾向于认为，未知世界的庞大存在以及生活的枯燥、贫乏、平淡、落寞、苦累、疲惫、压抑等是好奇心强烈，代偿、抚慰需要强烈的根源。也就是说，有缺失才有好奇，有好奇才想窥秘，既然文学提供了正当满足好奇心的渠道，那么收获代偿和抚慰就是自然的了。亦是说，代偿与抚慰是缺失的想象性解决。这样，我们就可以解释中国人对武侠小说的偏爱了，张恨水说："中国的下层社会，对于章回小说，能感到兴趣的，第一是武侠小说。""那么，为什么下层阶级会给武侠小说抓住了呢？这是人人周知的事，他们无冤可伸，无愤可平，或托诸这幻想的武侠人物，来解除胸中的苦闷。"① 晚张恨水半个世纪的陈平原，以大致相似的思路说："现代读者之倾心于武侠小说，很可能并非真的相信其在现实世界的拯救功能，而是借此进行灵魂的自我救赎，关键的一点是'反抗平庸'。侠客那种独立苍茫狂放不羁的姿态，对于为'平庸'的自我感觉焦虑不安的现代书生，尤其有吸引力。"② 就连向金庸发难的王朔也抓住了武侠小说热的人生根由、心理根由，他说："金庸能卖，全在于大伙活得太累，很多人活得还有些窝囊，所以愿意暂时停停脑子，做一把文字头部按摩，能无端生些豪气，跟着感受一道善恶是非终有报这一古老的中国便宜话，第二天去受累还能怀着点希望。"③ 有意思的是，王蒙也是在相似的思路上谈论王朔的："读他的作品，你觉得轻松地如同吸一口香烟或玩一圈麻将牌，没有营养，不十分符合卫生原则与上级号召，谈不上感动但也多少地满足了一下自己的个人兴趣，甚至尝到一下触犯规范和调皮的快乐，不再活得那么傻、那么累。"④ 只不过，都在让读者潇洒一下、轻松一下的意义上理解文学的作用，王朔否定了金庸，而王蒙却肯定了王朔，可见文学的问题是千缠万绕、不易说清的。但是，从接受的角度，承认读者对文学有代偿、抚慰的

---

① 张恨水：《武侠小说在下层社会》，载《周报》1945 年第 2 期。
② 陈平原：《小说史：理论与实践》，北京大学出版社 1993 年版，第 282 页。
③ 王朔：《我看金庸》，载《中国青年报》1999 年 11 月 1 日。
④ 王蒙：《躲避崇高》，载《读书》1993 年第 1 期。

心理需要则是基本能达成共识的。

可以说，在某种意义上，所有的文学作品都是神话或梦境，它就是要让读者从现实中暂时抽出身来，忘我地像神那样为所欲为一把、无所不能一次，以代偿在现实生活中受到的各种各样的限制，从而抚慰因受限制而郁闷的心灵。至于梦境会不会延伸到现实，对现实生活的影响有多大、影响是积极的还是消极的，也就是说，文学满足接受者代偿、抚慰心理需要的作用是利大于弊还是弊大于利的问题，我们认为不可一概而论。"梦"醒之后的读者会不会更沮丧、更平庸地安于现状或者把"梦境"中的无所不能带到生活中变成胡作非为？有这种担心和警觉并加以积极的提醒和引导是必要的，但是，过分的担心乃至要阻断这一类文学供求，则是无益的。当年，柏拉图就因担心文学不提供真理、惑乱人心、迎合人性中的非理性部分而下过对文学家和文学作品的"逐客令"，然而，两千多年过去了，文学还生存着，文学也没有毁灭人类。其实，文学发挥作用的机制是非常复杂的，读者的接受心理也是多元的、综合的，我们应该相信，仅一种代偿、抚慰需要，不会打倒读者，也不会击败文学。

（四）沉醉于感官刺激与欲望释放

丹尼尔·贝尔曾说："目前居'统治'地位的是视觉观念。声音和形象，尤其是后者，组织了美学，统率了观众。在一个大众社会里，这几乎是不可避免的。"① 这话正可以拿来描述 20 世纪 90 年代以来的中国。这个时代，以电影、电视、网络为代表的影像文化，此起彼伏地、想方设法地、无所不用其极地冲击

① ［美］丹尼尔·贝尔：《资本主义文化矛盾》，赵一凡等译，生活·读书·新知三联书店 1989 年版，第 154 页。

着、震撼着我们的视听。一时间，感官享受、身体快意成了人们的审美动机，感官刺激花样的多少、程度的深浅成了人们的审美标准。曾经被我们尊奉的静观、沉思、超越、意味追寻、心灵沉醉等美感的必要因素，已经离今天的审美越来越远。

在影像文化的攻势下，文学也拿起了自己的武器，将感官刺激之能事发挥到了无以复加的地步。细腻地对稀有之物、罕见之物、过去之物、传奇之物、想象之物加以活灵活现的描摹以及大肆地写景等手法，当然还是作家们用来吸引读者眼球的最基本的方法，但是，他们绝不甘心停留在这样的手法上裹足不前，他们找到了更有利的手段，那就是进行性描写，让读者在力比多的尽情释放中心旌摇荡、沉醉不醒。这手法虽然不是他们的发明，却在他们的手上被运用得淋漓尽致。没有哪一代的中国作家像 20 世纪 90 年代以来的他们这样放心大胆地、理直气壮地写性，因为他们已经置身于一个市场经济为主的消费社会，他们懂得性是这个社会的最好卖点。确实，“性欲是消费社会的‘头等大事’，它从多个方面不可思议地决定着大众传播的整个意义领域。一切给人看和给人听的东西，都公然地被谱上性的颤音。一切给人消费的东西都染上了性暴露癖。当然同时，性本身也是给人消费的。”① 消费社会降服了作家，作家支持着消费社会，于是，性，这个被中国传统文化过分压抑、遮蔽的字眼，就大摇大摆地、畅行无阻地在文学中活跃起来了。作家们竞相写性，从老一代到“新生代”，从“美女作家”到“美男作家”，从通俗文学到纯文学，从“身体写作”到“下半身写作”，性，几乎成了文学的旗帜。而作家对消费社会的支持是要通过读者的，因此，读者的

---

① ［法］波德里亚：《消费社会》，刘成富、全志钢译，南京大学出版社 2000 年版，第 159 页。

接受心理、口味偏好在“性话语大爆炸”过程中所起的推波助澜的作用是不能轻视的。读者们竞相迎接刺激，在一次次欲望释放中露出心满意足的诡笑。其实，即便是《废都》这样以性为卖点炒作起来的作品，在文学评论者看来，也是有更为意味深长的东西存于其间的，孟繁华就说过：它“以强烈的失落情绪传达了人文知识分子无法获得自我确证的悲凉感和文化失败感，他只能在喧嚣的市声中随波逐流，并以极端的方式投身于世俗生活中。庄之蝶的心态和命运，在一个方面成为部分知识分子的精神缩影”①。可是，普通读者并不思考这样深奥的问题，他们的兴奋点只在性描写。《白鹿原》《丰乳肥臀》《英儿》《大浴女》等作品也是一样，它们的畅销，一是因为以性为卖点的炒作，一是因为以性为切入点的阅读。

以性内容畅销的文学作品不仅出于中国作者之手，外国作者的作品，只要有类似内容，再加上翻译者、出版商的渲染，更易勾起欲望呈打开状态的中国人的好奇。日本作家村上春树的小说《挪威的森林》在中国的热销就说明了这一点。1989年7月，漓江出版社出版了林少华翻译的《挪威的森林》，1990年6月，北方文艺出版社出版了钟宏杰、马述祯翻译的《挪威的森林》。两个出版社为了书的销量，都使出了浑身解数，在感官刺激、欲望挑逗上做文章。漓江出版社在书的封面设计了一幅日本美人后背图，以黑发高高盘起、和服呈下滑之势、雪白的肩背露出大半，构成欲说还休的诱惑之态。封底的内容简介则直接以三角恋爱、“发生了性关系”等信息形成直接告白式的邀请。至于在原作本无每章标题的情况下硬是安插上“永远记住我”、“校园罗曼史”、“夜来风雨声”、“野天

① 孟繁华：《众神狂欢》，今日中国出版社1997年版，第16页。

使”、“病院飞鸿”、“月夜裸女”、“同性恋之祸”、“玫瑰色狂想曲”、“难得的享受”、“情海弄潮儿”、“爱她还是爱我”、“魂断斜阳”这样12个标题，则更见其以时而朦胧、时而露骨的言辞拿“男女”之事大做文章的用心。北方文艺出版社做得也是有过之而无不及。首先，它在书名上做文章，硬是在“挪威的森林”后边加了个“告别处女世界”的副标题，其用心所在昭然若揭。至于封面营造的红男绿女的夜生活氛围及封底安放的裸背欧洲美人彩色照片，更是以艳俗表露着招揽读者的急切心情。最为可笑的是与漓江出版社如出一辙也安插了十二个充满诱惑的小标题。出版者如此煞费苦心的经营，当然是有回报的，《挪威的森林》在中国的销量一再攀升，到现在，各家出版社合起来算，百八十万册总该有的了。还有那本美国人写的《廊桥遗梦》，在20世纪90年代中期也热销了一阵，有人分析《廊桥遗梦》的热卖与温情、浪漫、责任这些久违了的东西再度出现打动了务实、疲惫的国人的心有关，我们则不太认同这种说法。大多数国人读《廊桥遗梦》是冲着美国人的“一夜情”去的，寻找刺激、释放欲望还是最主要的接受动机。

中国已经走出了禁欲时代，人们再也不会谈性色变，这无论如何是一种历史的进步。既然性是一种客观存在，那么，不带成见地正视它也应该成为我们每个人的正确态度。文学当然可以写性，文学接受者也可以大大方方地阅读写有性内容的作品。关键在于，无论是文学创作者，还是文学接受者，我们都应该明白：性不是人生和人性的全部，性也不是人生终极意义之所在；在中国，20世纪90年代以后的性话语已经不再像80年代那样负载着“革命”、“解放”、“前卫”、“现代”等意义，它已经被消费社会收编，成了市场和消费意识形态的开路先锋。在这样的时候，如果我们抛却价值目标、将道德悬置、将理性放逐，一味地沉溺于无节制的感官刺激、欲望释放之中去，那么，我们收获的只能是虚无和非人。

我们知道，真正的文学接受状况、文学接受心理比我们描述出来的要纷繁复杂得多。应该说，文学接受，无论是主体还是对象，无论是方式还是角度，无论是动机还是收获，都是多种多样的，我们所总结出的仅仅是文学接受心理的某些方面的特点及相关因素。但我们不能不承认，20 世纪 90 年代以来中国人的文学接受确实流露出金钱为基础、消费作中介、享乐为目的的生活观、价值观。对乌托邦式的理想主义的东西丧失渴望和追求，对现实生活中公共领域的事物缺乏关怀和热情等精神状态，也体现在文学接受心理中。尽管这是一个多元的杂陈的时代，每个人都有选择自己生活方式、行为方式、思维方式乃至文学接受方式的自由，但是，我们还是应该有一颗善于自省的心，我们应该认识到："如果一个社会中的普遍的文学艺术趣味是非常粗劣和狭隘的，那么，这个社会的精神的全面发展是很难想象的。"① 英国小说理论家阿米斯说过："正如对那些生活厌倦、忍辱负重的人来说，文学的价值就是安慰，就是劝解，而对那些饱食终日、脑满肠肥的人来说，文学的价值就是调味品，而对那些准备寻求新的境界、寻求更高层次上的觉醒人生的人来说，文学更大的价值就是一种复活。"② 这是对不同层次的文学接受心理进行的价值评判。是的，我们偶尔可以到文学中寻找些安慰、劝解甚至开心，但是，我们坚持做的则应该是到文学中寻求让自己的人生觉醒、复活、更新的芬芳和动力。

---

① 王晓明：《半张脸的神话》，南方日报出版社 2000 年版，第 142 页。

② ［英］阿米斯：《小说美学》，傅志强译，燕山出版社 1983 年版，第 90 页。

五　20世纪90年代以来中国人文学接受心理特性分析

20世纪80年代，文学观念一度发生变化，文艺学、美学界的学者们特别重视文学的独立自律性和它的审美属性，一再强调文学欣赏与一般的文学阅读存在本质区别。认为前者意味着接受者进行了审美再创造，获得了精神愉悦，体会了丰盈的诗意，领悟了深刻的意义，达成了人生的超越，绝不同于只停留在字句之间，只徘徊于表层意思之上或仅追求生理快感的一般阅读。认为文学欣赏时接受者处于感知敏锐、联想丰富、想象驰骋、情感沛然、理解迅捷而深刻、似与天地精神相往来的美感心理状态之中。那真是把文学欣赏尊奉为美轮美奂、纯洁无瑕的精神盛宴了。

然而，到了20世纪90年代，面对多数人将注意力集中于经济、物质、利益的现实，面对花样翻新的各种文学畅销书一波一波风行的事实，学者们也不得不承认，中国人的文学生活又发生了变化，中国人的文学接受心理也发生了变化，文学接受不再像当初他们规定文学欣赏时那样诗意盎然、纤尘不染了。确实，社会的转型，人们的生活方式、生存状态、价值观念的变化，不能不导致文学接受心理的变化。我们可以用"优游于日常与闲适"、"迷恋于时尚与流行"、"满足于代偿与抚慰"、"沉醉于感官刺激与欲望释放"等来描述20世纪90年代以来中国人文学接受心理变化的表现。但是，要概括出这变化了的文学接受心理的特性，却是件颇犯踌躇的事情。因为，总是有这样的情况出现：你刚刚以为发现了一个比较突出的特征，可是还未等你来得及兴奋，又一个与它对立的特点跳将出来，打破了你刚才的自信。然而，当你想用“对立”表达一些特征时，你又会发现，那貌似对立的东西则又暗示出它们的对立很可能是一种假象，而缠绕不清、交叉相通则是实质。因此我们的概括只能是辨析式的而不是判断式的。

（一）追新与怀旧

追逐时尚、加入流行，已经成为当今大众的一大生活乐趣，甚至成为很多人的精神寄托。20 世纪 90 年代以来的中国文学接受者，有些就是以追逐时尚、参与流行的心理阅读文学作品的，他们欣赏、羡慕并向往着“时尚先生”、“现代女性”、“新新人类”等人物形象那种住洋房、开洋车、穿洋装、喝洋酒、旅游、泡吧、打高尔夫、听交响乐之类的所谓“现代”生活方式。这种文学接受心理明显地表现出追新特征。然而，就在追新的同时，人们还表现出强烈的怀旧倾向。20 世纪 90 年代以来，怀旧风潮一波未平一波又起，有知青们对自己青春岁月的缅怀；有大江南北对“红太阳颂歌”的热唱；有长城内外热听、热唱、热看“样板戏”；有对“红色经典”的多元传播方式的重写；还有《花样年华》《天上的恋人》《阳光灿烂的日子》《小城之春》《我的父亲母亲》《离开雷锋的日子》等电影界的怀旧，真是不一而足。

文学领域的怀旧也有多种表现，而较集中、较典型的，被评论者们极为重视、一再谈论的，要数上海文学中表现出的怀旧。1995 年，王安忆的长篇小说《长恨歌》在《钟山》的第二、三、四期上连载，1996 年 2 月，作家出版社出版它的单行本。这样，在张爱玲之后，文学带领人们对老上海进行的怀旧又开始了。一时间，怀旧之作集束出现。随着素素的《前世今生》，陈丹燕的《上海的风花雪月》《上海的金枝玉叶》《上海的红颜遗事》，程乃珊的《上海女人》《上海沙拉》《上海探戈》，以及树棻的《豪门旧梦》等作品的出版，文学中的怀旧在世纪之交的几年间形成了高潮。老上海——当然是作家想象出的老上海，栩栩如生地嵌入了人们的脑海，就连一块地板、一个门把手都被描绘得熠熠生辉，更不要说旧街道、旧洋房、旧器物、旧装饰、旧服装等联袂散发出的韵味会有多浓郁了。车水马龙、灯红酒绿、繁华锦绣、精致唯美……老上海成了读者挥洒想象的神往之地。正像陈丹燕所写："繁华如星河灿烂的上海，迷沉如鸦片香的上海，被太平洋战争的滚滚烈焰逼进着的上海，对酒当歌、醉生梦死的上海。那个乱世中的上海，到了现在人的心中，已经包含了很多意义。抱着英雄梦，想象自己的一生的人，在那里面看到了壮怀激烈的革命；生活化的人，在里面看到盛宣怀华丽的大客厅和阳光灿烂的大浴室；向往西方的人，在里面看到了美国丝袜，法国香水，外国学堂，俄国芭蕾舞；就是街头小混混，也在里面找到了黄金荣桂子飘香的中国式大园子……"①

在评论家看来，怀旧中的老上海，不管能指意义多么繁复，其所指还是很明确的，他们指出："这类作品中的上海，已不完全是历史上真实的上海，而是被人们理想化乃至美化了的'上海'形象。这里的'上海'形象，以一种暧昧的方式褪去了原先的政治意识形态色彩，而又一次成为人们欲望的直接对象。"②因为"在大量有关旧上海的怀旧文字中，不论其侧重点有多么不同，文字风格有多么奇异，它们在下面一点上却达到了共识：

① 陈丹燕：《张可女士》，载《上海的风花雪月》，作家出版社2000年版，第230页。

② 王宏图：《九十年代上海都市文学经验中的欲望》，载王晓明主编《在新意识形态的笼罩下》，江苏人民出版社2000年版，第262页。

将 1949 年后对上海进行的社会主义革命运动或明或暗地视为莫名的灾难和梦魇。怀旧话语的共同策略是，通过对理想化了的上海的改写、复现，将上海重新放回世界性现代化的宏大图式中，以便将革命和社会主义等不和谐音从人们集体性的意识中悬置起来，甚至消失”①。这确实是看穿了怀旧文学实质的话。人们重温老上海的繁华旧梦，目的在于用昔日的繁华锦绣暗示今后以繁华锦绣为取向的合理、必要与可能。怀旧不是目的，让满足欲望的方式更多、更方便的现代生活早日到来、与世界接轨，才是目的。怀旧之意不在旧而在新，怀旧是追新的一种形式，怀旧、追新一表一里，真是一种奇妙的组合方式。

还有一种怀旧，并不源于对滋润、舒适、时尚的所谓“现代化”生活的肯定、追求的动机，恰恰相反，是出于对眼花缭乱的生活的不耐烦，出于对时尚、现代的某种程度的抵拒。按说，这样的怀旧，与追新是不沾边的，可是，事情绝不如此简单，市场、传媒是敏锐的，这种怀旧的信息被它们捕捉且传播开来时，一种时尚又诞生了。难怪有人说“一代人的怀旧是另一代人的作秀”。

总之，一个时代的结束、历史感的消失、对现实的隐约不满、对未来的迟疑迷茫等都与怀旧的产生有关。但是，市场经济下、商业社会里，怀旧往往成为打造新时尚的契机，人们轻飘飘地怀旧，在过去意象的碎片中得到类似吃零食般的感官快适和心理满足。阅读了大量怀旧作品的读者，并没有获得对历史的整体的、深刻的把握，更谈不上结合现实的有主体见解的反思。怀旧既然成了一种新的时尚表演，那么，时过境迁之后，它定会被人们抛掷一边甚至忘得一干二净，再度轮回大概还需某股追新之风

---

① 王宏图：《九十年代上海都市文学经验中的欲望》，载王晓明主编《在新意识形态的笼罩下》，江苏人民出版社 2000 年版，第 265 页。

将其翻腾出来吧。

（二）个性与盲从

大多数人承认，与以前的几个历史阶段相比，今日的我们生活得最自由、最有个性。不是吗？在自身条件允许的情况下，我们想吃什么吃什么，想穿什么穿什么，想玩什么玩什么，想看什么读什么就看什么读什么，我们的物质生活、精神生活、文化生活皆由我们自己决定，没有什么人、什么组织、什么舆论对我们形成干涉。然而，这只是问题的一个方面，从群体意识形态、思维方式中解放出来的个体是不是名副其实的有个性的、自主的个体，还需要做进一步的分析才能看清。韩少功的一句话非常形象地提醒我们注意问题的另一方面："人们紧急解散以后并没有各行其是，倒是更加潮流化地步调一致。"① 人们标榜个性，以个性的名义做出各种仿佛很个性化的举动并且扬扬自得。人们没有意识到，其实种种看上去好像很彰显个性的行为尤其是那些令行为主体自鸣得意、忍不住加以卖弄的个性化行为，恰恰是接受了某种指令的行为，是一种模仿、盲从。只不过指令的发出主体、发出方式、发出目的等与过去时代有了区别，这才使得大多数人并不能察觉它的存在。

1997 年 4 月 11 日，一个叫王小波的人在北京因心脏病突发去世。可能是因为英年早逝这个意外事件有某种吸引力，这个生前虽发表过作品却算不上知名作家的人被炒作起来。他的经历、行为、思想、创作等都成了人们关注的对象。很快，他被作为"特立独行"的符号传播开来，他的小说、杂文、随笔几乎得以全部出版并拥有了不少读者，很多人甘愿成为其"门下走狗"。

---

① 韩少功：《个性》，载《小说选刊》2004 年第 1 期。

2002 年，在纪念王小波逝世五周年的时候，《三联生活周刊》刊发了一组青年人的文章。其中，一个大学毕业生写道：“不愿去当老师换城市户口，想要自己安排生活”，毅然离开家乡闯深圳、闯上海、闯北京；一个女青年告诉人们，她曾经有工作单位，但认为在单位中只是痛苦地混日子，所以辞职当了自在的自由撰稿人，而且剃了光头，经常与朋友一道喝喝咖啡或在家睡觉；还有一个身为专栏作家的人说自己的生活内容就是，看“佛教电视台，系统地看自己计划的书，泡功夫茶，和朋友聊天喝咖啡”，很“清凉”地活着。应该承认，这些人所表白的自立自主的生活意识是可贵的，他们身上所体现出来的自由自在、我行我素、摆脱束缚与羁绊、不以媚态依赖体制攀附势力的生活状态也是值得向往和争取的。但是，不得不指出的是，他们所标榜的独立、自主、个性中能让人明显地感觉到有表演、夸张的成分。颇具讽刺意味的是，他们所表现的所谓个性，恰恰是对偶像的一种模仿。这种模仿，是一种盲从，其中暗含着一种简化和肤浅。将一种精神、思想轻飘飘地转化为一种行为，其中的遗漏和遮蔽是可想而知的。正如有人指出的，“无论是‘舒服’、‘有趣’还是‘凌乱’、‘缺乏主题’，都是对王小波小说的误解。王小波小说承接的传统，他小说中表现出的拒绝、质疑权力机制的精神，对有趣有活力有生机有美感的文学创造的追求等等，这些写作者最可宝贵的精神素质，在众多仿制的‘小波体’小说中，在油滑、‘搞笑’、哗众取宠中遗漏殆尽。他生前开辟的包含着丰富可能性的个人写作之路被向下拉平到了网络上集体性的时尚写作狂欢活动。”①

---

① 郑宾：《九十年代文化语境中媒体对王小波身份的塑造》，载《当代作家评论》2004 年第 4 期。

现在，一些文学作品包括较好的、很一般的，甚至不怎么样的，之所以动辄有令人咋舌的销量，其实依靠的并不是人们正常的审美需求、审美判断力、艺术情结之类的东西，而是靠炒作。书商、出版人已经识破了读者往往以追求个性之名行盲目从众之实的心理，打造出作品的卖点，通过各种途径诱导人们成为它的消费者。以《挪威的森林》为例，几个出版社不仅打造了性这个卖点，还同时打造了销量大这个卖点。漓江出版社 1989 年版的封面上赫然书写："印行三百万册的日本青春小说佳作"，封底又详细写道："去年雄踞日本畅销书榜首，自 1987 年 9 月问世到 1988 年底，已印行三十余次，印数高达三百二十万册，我国已有十多家报刊做了报道。"这还嫌不够，译者林少华又在"译后记"中进一步强化三百二十万册意味着："几乎每三十人中便有一人手头有这部小说。"北方文艺出版社则在封底裸背美人彩照上面印有"风靡日本，重版三十次，发行三百九十万册，创日本纯文学发行量最高纪录"这样的说明。而 2001 年上海文艺出版社出版这部小说时，在封面的勒口上这样写道："纯而又纯的青春情感，百分之百的恋爱小说，七百万册的畅销奇观，村上春树的毕生杰作。"译者林少华的"代译序"则说："在他的母国日本，其作品的发行量早已超过了一千五百万册这个可谓出版界的天文数字。在我国大陆，其中译本也在没有炒作的情况下执著地向四十万册逼近。仅《挪威的森林》，不到半年便重印四次，但仍不时脱销。"出版者一再强调发行量，而且还强调惊人的发行量是在"没有炒作的情况下"取得的，用"没有炒作"进行炒作，真是绝妙到家了的炒作。它告诉人们：已经有很多人在看村上春树的作品了，这些人的看绝不是跟风，绝不是受了什么怂恿，而是自发的，从自己的个性出发，从自己的审美需要、审美判断力出发的看，于是，一拨儿一拨儿的读者就在所谓个性、自愿、自主的名义下，欣然地汇入了畅销书读者的人流，既受了“畅销”的引导，也参与了“畅销”的制造，实际上每个人都在无形中乖乖地从了众。

不可思议的是，即便通过自己的阅读，认识到某些作品其实是乏善可陈、并不像传扬的那么好，下一次，人们还是控制不住自己涌向人流的脚步。以自我、自主的名义盲目从众，这大概就是我们这代人的宿命吧。因为我们躲不开规模宏大的大众传媒的冲击和培育，我们逃不脱广泛强大的情报信息通信系统的包围，而它们之所以执著地追击我们、包抄我们，是因为它们的后面是市场、利润那只巨手在拨弄。我们还是共同咀嚼波德里亚的警语吧！“消费社会中个体的自恋并不是对独特性的享受，而是集体特征的折射。”① “正是在您接近您的理想参照之时，在您‘真正成为您自己’时，你最服从集体命令，也最与这样那样一种‘强加’的范例相吻合。这是大众文化的魔鬼诡计还是其辩证诀窍？”② 也许我们一时难逃罗网，但是识破真相，勇敢地承认自己作为一种存在的某种悖谬性，则是极为重要的事情。

（三）中产趣味与市民口味

中国到底有没有中产阶级？中国中产阶级的人数有多少？他们的组成成分、生活状态、社会地位、社会作用、发展前景如何？这样的问题，目前在中国乃至在世界都有不少人在关注，说法也各不相同。有人一针见血地揭露中产阶级的腐朽实质，提醒我们

---

① ［法］波德里亚：《消费社会》，刘成富等译，南京大学出版社 2000 年版，第 91 页。

② 同上书，第 90—91 页。

不要对它寄予厚望；有人则认为，目前中国中产阶级身上所表现出来的麻木、狭隘、自私等与社会文化环境有关，责任不全在他们自己，一旦社会真相呈现在他们面前，他们还是能够发出有良心的声音的；有人则从构成成分的角度提醒我们认识到中产阶级人群的驳杂性，以便在做出各种判断的时候避免一概而论的片面。

尽管中产阶级还是一个一时难以认识清楚的事物，但是，中产阶级趣味却已经在中国人的生活中弥漫开来了。就如孟繁华所说："中国的中产阶级目前虽然还是一个暧昧的不明之物，但中产阶级的趣味却在全球化的语境中提前与国际接轨。""'中产阶级话语空间的扩张'，是当下中国最引人注目的文化政治现象。""在获得了'奔小康'的主流意识形态的合法依据后，中产阶级话语在窃喜中实现了它的话语功能。"[①] 那种在衣食住行等各方面讲究高档、舒适、格调、品位，在闲暇时以旅游、打高尔夫、喝咖啡、坐酒吧、听音乐、看时尚杂志等"时髦的娱乐"为内容的生活情趣，不仅在现实生活中，而且在文学艺术中也有充分的表现。文学接受者在阅读作品的过程中体现出的对"成功人士"、"现代女性"、"新新人类"、"异国情调"的向往，就足以说明中产趣味的影响力。

如果不做深入思考，我们一般都会毫不迟疑地将市民口味与中产趣味区别开来。确实，同样生活在城市，市民这个概念一般不包括达官贵人，也不包括文人雅士。它既没有达官的权力，也没有显贵的财富，还没有精英分子的知识文化，它是那么普通，那么务实，那么世俗。普通市民是城市中的芸芸众生，他们无暇也无力追求生活的高档、格调和品位，更没有所谓"时髦的娱乐"，他们偶有闲暇便以通俗读物为阅读对象，从中获得轻松、

① 孟繁华：《战斗的身体与文化政治》，载《求是学刊》2004 年第 4 期。

快意和抚慰。他们不怕别人说自己口味粗，20世纪90年代他们爱看王朔的作品，将王朔视为自己的代言人，就是因为王朔公开言粗，以犯粗为主要特点。王朔那只有打掉知识分子才有粗人翻身之日之类的话，以及他作品中人物那无视规则、嘲弄一切的调侃可能确实令市民读者产生一种舒畅和快意。市民们还承认自己俗，20世纪90年代，他们还把池莉作为最喜欢的作家之一，因为池莉不耻言俗，她说："我当然不会介意别人说我是小市民或者说我是世俗的作家，我永远不会否认自己的胎记、皮肤和头发的颜色以及自己生存的历史环境，不会否认自己的渺小和卑微。"①

然而，中产趣味与市民口味绝不是泾渭分明的两种存在，尤其是20世纪90年代中后期以来，它们之间的彼此渗透和一致性越来越成为不可忽视的事实。

首先，反映中产阶级生活的文学作品，比如发财故事、高消费高享受故事、偷情故事等，不仅中产阶层身份的人爱看，普通市民也对之兴味盎然。张颐武指出过这种现象并分析了原因，说这类文学作品"　方面是中产阶级特定阶层的，另　方面，对其他阶层的一般民众也产生了吸引力。因为经济的高速成长产生了大批的劳动力，他们作为中产阶级的后备军也渴望成为中产阶级。中国的无产阶级普通群众有一个特色，他们并不希望反抗，而是也希望加入到中产阶级中间去。像刘永好、潘石屹这些人成长的神话说明，年青的一代都很热爱中产阶级的生活方式，希望通过创业劳动实现自身价值，这与一些人认为的底层民众是非常悲愤的反抗的观点有所不同。"② 像《曼

---

① 程永新：《池莉访谈录》，载《作家》2001年第5期。

② 陈晓明、张颐武：《市场时代：文学的困境与可能性》，载《大家》2003年第3期。

哈顿的中国女人》《北京人在纽约》以及梁凤仪的财经小说、张欣的商战小说等，之所以有那样大的销售量，正可以从这方面得到一种说明。

其次，市民口味的假反高雅与中产趣味的假高雅有异曲同工之处，即都指向庸俗。市民们在精神领袖王朔的带领下过足了亵渎、嘲讽、调侃的瘾，没想到，王朔回过头来却说："到了九十年代……我依旧蔑视大众的自发趣味，一方面要得到他们，一方面绝不肯跟他们混为一谈。""不管知识分子对我多么排斥，强调我的知识结构、人品德性以至来历去向和他们的云泥之别，但是，对不起，我还是你们中的一员。"[①] 这个回马枪，不知道是否杀醒了沉迷在王朔作品中的市民们，让他们反省，其实王朔带领他们沉醉于其中的触犯也好、颠覆也好，都只是一种寻开心的假把戏，从中得到的那种畅快也许有某种霉味。陈思和曾经在这层意思上对王朔进行过评价，他认为王朔及对王朔作品的热读，体现了当代文学中的颓废文化心理，"它的反社会反偶像精神不是体现在积极的反叛上，而是一种消极的自我享乐主义。在这种文化心理里，国家、民族、信仰、道德等在传统文化中被视为神圣的东西无不贬值，根本不占任何地位，唯一有意义的就是及时行乐，不需要明天也没有明天。'颓废文化心理绝对是反社会反规范的，但它没有任何高尚的内容和悲剧的精神，只是用极其庸俗的方式去吞噬、消耗，甚至腐化社会机能，促使社会的传统规范在嘻嘻哈哈的闹剧中瓦解消失。"[②] 中产阶级趣味既不假反高雅，也不真反高雅，而是假装高雅，这是丹尼尔·贝尔早就揭穿了的，他说："在严肃批评家看来，真正的敌人，即最坏的赝

---

① 王朔：《无知者无畏》，春风文艺出版社 2000 年版，第 7 页。
② 陈思和：《笔走龙蛇》，台湾业强出版社 1991 年版，第 192 页。

品，不是汪洋大海般的低劣艺术垃圾，而是中产趣味文化，或沿用德怀特·麦克唐纳所贴的标签，即‘中产崇拜’。麦克唐纳曾说，‘大众文化的花招很简单——就是尽一切办法让大伙高兴。但中产崇拜或中产阶级文化却有自己的两面招数：它假装尊敬高雅文化的标准，而实际上却努力使其溶解并庸俗化。’”[①] 费瑟斯通则指出了这种假装的具体表现：“新型中产阶级”模仿知识分子，“创造着一种生活的艺术，以使他们以最小的成本获得惬意与满足，获得知识分子的特权：以向‘禁忌’开战和根除‘变态’的名义，他们选定了最为肤浅也最易借鉴的知识分子的生活风格。自由散漫的态度、装饰性或风暴式的装扮、开放性的姿态与动作，等等”[②]。确实，无论是打高尔夫、听交响乐，还是旅游、泡吧，无论是住洋房、开洋车，还是喝洋酒、抽洋烟，无论是看时尚杂志还是到高档影院包间看各种大片，无论是养情人还是同性恋，看起来都仿佛很高雅、开放、率性，然而这种高雅、开放之中的自负与卖弄及其后面的金钱、消费、欲望、享乐等黑洞，还是很难让这种趣味与庸俗绝缘。

另外，中产趣味与市民口味的相通性还表现在缺乏激情、没有理想、满足现状、无视公共领域、关心自己、关心眼前、关心物等特点上。李陀认为可以把今天的文学称为“小人时代的文学”，“小人”就是“近些年迅速崛起的中产阶级和新兴市民阶级”。“当代中产阶级的愿望、生活理想和价值的确很小，都建立在特别琐碎的‘物’，以及对这些‘物’的神往和消费上，一瓶香水、一支唇膏、一套西服、一辆轿车、一栋房子——‘自

---

① ［美］丹尼尔·贝尔：《资本主义文化矛盾》，赵一凡等译，生活·读书·新知三联书店 1989 年版，第 91 页。

② ［英］费瑟斯通：《消费文化与后现代主义》，刘精明译，译林出版社 2000 年版，第 133 页。

我实现'也好，'生存价值'也好，全是由这些琐碎的'物'来决定的。这种依赖'小'构成的生活意义的意识形态，和消费资本主义的急剧扩张有关，也和中产阶级与资本之间复杂的关联有关……这个时代的特点之一，就是'小人'们常常掌握文化领导权。在他们领导下，文学的内容必然越来越琐碎，不要说把人类解放的目标放进去，你就是稍微放进去一些高尚道德、英雄色彩，就会马上被嘲笑。"①

一个人的"小"与"近视"也许并无大碍，但是，如果"小"与"近视"成了一个社会、一个时代的流行趣味，那大概真可以说害莫大焉了。难怪有人说，过上中产阶级式的生活是应该的，但是中产阶级趣味是绝对应该摒弃的。不知道这样的想法是不是一种奢望。难道物质生活的提升一定要以精神深处毫无内容为代价吗？

（四）多情与无情

从情感性质的角度对我们所处的社会做出判断，也许并不是一件简单易行的事。王一川就说，我国社会状况与西方社会不同，因此不能因为英国人梅斯特罗维奇在《后情感社会》中将西方社会定性为"后情感社会"，也随着在不加深入考察的情况下将我们的社会定性为"后情感社会"。"但是，我国文艺和文化中已经形成后情感与后情感主义潮流，从而呈现出一种后情感文化现象，却应是不争的事实。"② 原理在于："在当代消费社会条件下，所有一切无论神圣或是卑贱，无论高贵或是低俗，均可

① 李陀、阎连科：《〈受活〉：超现实写作的重要尝试》，载《南方文坛》2004年第2期。

② 王一川：《从情感主义到后情感主义》，载《文艺争鸣》2004年第1期。

以被‘市场’这一无形之手‘加工’‘制作’成商品供大众消费。即使是人类最神圣、最本真的情感也不例外，它正在大众文化潮流中演变成后情感。大众文化领域流行的是利用高科技的图像制作手段对情感进行精心的策划、包装与复制，以满足市场对情感消费的需求。大众面对的尽管是成批复制的概念化、逻辑化、程式化、表层化的‘合成’情感，但依然乐此不疲，在消遣和娱乐中似乎又得到了情感的满足。”① 就文学领域来说，“后情感”现象体现为文学创作者在作品中提供大量替代的、虚拟的、操纵的、稀释的、变形的情感，文学接受者则在五花八门的情感内容和情感形式中随入随出、随吞随吐。供求双方都以一种多情的面貌掩盖着无情的事实。

以婚姻、家庭、爱情、伦理等为内容的文学作品是表现人类情感的重镇。曾经，有多少感人至深、沁人心脾的真情从作家笔下汩汩流出，激荡、震撼读者的心灵并且绵亘、沉积到内心深处使之永志难忘！今天，这样的情形已难觅踪影。无论是小说还是诗歌，无论是散文还是实录，与从前相比，“情”已经变得面目全非，文学接受者所面对的再也不是忠贞不渝、海枯石烂、心心相印的真情、纯情、深情，而是婚外情、一夜情、时时生情、处处留情。“我永远爱你”声声不断，但是谁都知道，那是随时随地随便变换听话对象的、令听者得到一时虚幻满足的唬人的把戏。真相是，真正意义上的“我永远爱你”已经被当成了压抑人甚至谋杀人的可怕符咒。这就是“在后情感时代，情感不是减少了而是增多了，不是减弱了而是增强了，只不过这种所谓情

① 付国锋：《图像文化》，载王一川主编《大众文化导论》，高等教育出版社2004年版，第149—150页。

感已经成为情感的替代品而不能当真了”[①]。

那么，文学接受者为什么甘愿在虚拟的、替代的、出售的而非本真的情感中浸泡，获得虚幻的满足且乐此不疲呢？这是与人的存在状态相关的问题。在一个前现代、现代与后现代交叉互渗的时代里，人们被没有稳定性的任意性和没有统一性的差异性推搡着，体会到了一种太强烈的无根感、碎片感、飘零感、空虚感，即便是芸芸众生不能对这些感受进行命名，但作为感受它实际存在着。冷漠了政治，割断了历史，放下了理想、信仰，丢弃了道德、理性，又不能个个都在经济的浑水中摸到鱼的20世纪90年代的中国人，作为一种空心状态的存在，其情感饥渴的状态是可想而知的。大众文化填补了这个黑洞，文学在大众文化的渗透、引导下走上了与它相同的路。于是文学的读写双方就形成了这样的局面：需要情，则成批量地供给情（当然是替代的虚拟的操纵的情）；供给情，则无选择地吞吐情；随吞随吐并没有解了饥渴的感觉反倒更需要情，更需要情则乱翻花样、频调配方加倍地供给情。就像拿甜味饮料来解渴，结果是越喝越渴，越渴越喝；也像吸毒成瘾，越吸剂量越大，剂量越大越麻木。这样就使得文学中的情非常驳杂，俗情、艳情、滥情、丑情、恶情、凶杀情、暴力情、变态情等不一而足，读者在如此“多情”的世界中浸泡着，收获的往往是麻木和无情。

我们知道，真正的文学接受状况、文学接受心理比我们描述出来的要纷繁复杂得多，应该说，文学接受，无论是主体还是对象，无论是方式还是角度，无论是动机还是收获，都是多种多样的，我们所总结出的仅仅是文学接受心理的某些方面的特点及相关因素。但我们不能不承认，20世纪90年代以来中国人的文学

---

① 王一川：《从情感主义到后情感主义》，载《文艺争鸣》2004年第1期。

接受确实流露出金钱为基础、消费作中介、享乐为目的的生活观、价值观。对理想主义的东西丧失渴望和追求，对现实生活中公共领域的事物缺乏关怀和热情等精神状态，也体现在文学接受心理中。尽管这是一个多元的杂陈的时代，每个人都有选择自己生活方式、行为方式、思维方式乃至文学接受方式的自由，但是，我们还是应该有一颗善于自省的心，我们应该认识到："如果一个社会中的普遍的文学艺术趣味是非常粗劣和狭隘的，那么，这个社会的精神的全面发展是很难想象的。"① 英国小说理论家阿米斯说过："正如对那些生活厌倦、忍辱负重的人来说，文学的价值就是安慰，就是劝解，而对那些饱食终日，脑满肠肥的人来说，文学的价值就是调味品，而对那些准备寻求新的境界，寻求更高层次上的觉醒人生的人来说，文学更大的价值就是一种复活。"② 这是对不同层次的文学接受心理进行的价值评判。是的，我们偶尔可以到文学中寻找些安慰、劝解甚至开心，但是，我们坚持做的则应该是到文学中寻求让自己的人生觉醒、复活、更新的芬芳和动力。

六　20世纪90年代以来影响中国人文学接受心理的诸因素

市场经济实行以后，很多人养成了思维习惯，无论遇到什么问题，出现任何情况，都到市场这只"无形的手"那里寻找原因。应该说，这样思考问题是符合道理的，也会得出比较合理的

---

① 王晓明：《半张脸的神话》，南方日报出版社2000年版，第142页。

② ［英］阿米斯：《小说美学》，傅志强译，燕山出版社1983年版，第90页。

结论。但是，如果仅仅考虑市场这个因素而忽视其他，也会出现将复杂问题简单化这样的错误。恩格斯曾经说过，推动历史前进的力量并不是一种因素，而是由多种因素组成的平行四边形。套用这样的思路，我们可以说，影响20世纪90年代以来中国人文学接受心理、使之发生明显变化的因素，也不是单一的，而是多种元素形成的一个多边形。

（一）市场经济

中国实行社会主义市场经济，是1992年10月中国共产党的第十四次代表大会报告中正式提出的。市场经济是以利益最大化为内在驱动力，通过供求、价格、竞争等市场机制配置社会资源和引导社会经济的经济体制模式。是高级形态的现代化商品经济。成熟的市场经济应该具备市场体系完善、市场统治完全、市场保证完备的特点。当然，我国的社会主义市场经济正走在不断完善的路上。

市场经济要求所有生产物资、消费物资都要以商品形态通过市场进行交换和分配，因此竞争就成了它的本质特征。竞争为社会成员提供了施展才华、发挥能力的舞台，但竞争也给人们带来了前所未有的紧张、压力和焦虑。这可能是文学接受心理中追求日常与闲适，追求轻松、消遣和娱乐倾向的主要根由。

市场经济往往制造出一些商业神话，炒作出一些商业奇才故事，这当然勾起了很多无缘财富的普通人的好奇心和财富欲，这就埋下了他们到财经小说、商战小说中去满足自己的好奇心、做做诱人的发财梦的种子，因为现实生活中的商业神话、发财故事虽然发生在真人身上，却并不让人感到真切，反倒给人一种高不可攀的距离感和压抑感，倒是文学中的描写叙述更生动、更传奇、更过瘾，更具有过程性，更让人感到轻松。这大概就是

《曼哈顿的中国女人》《北京人在纽约》以及梁凤仪的财经小说、张欣的商战小说等走红的一方面原因。

市场经济使一部分人先富了起来，有了经济实力的人，自然要讲究生活质量、生活品位、生活情调之类的东西，到文学中寻找闲适、轻松、消遣、娱乐，认同时尚、流行及中产阶级趣味，这样的文学接受心理产生于这样一部分人及受他们影响的人中间也在情理之中。

市场经济使人们形成了文学也是商品的意识，正是这样的意识使文学创作者放下了高高在上的架子，纷纷竭尽全力地使出吸引读者的高招以使自己的利益最大化，而文学接受者则像消费其他商品一样，往往从超市、商场、娱乐场所购得文学作品，从中获得开心、安慰、满足，获取时尚信息以及身份的确证和显示。

市场经济使人们的价值观发生了变化，只要合理合法，人们敢于言利；只要存在可能，人们敢冒风险；只要出现机会，人们善于表现。这些都是值得称道的。但是，不可否认的是，唯利是图、唯财是认、重利轻义、享乐至上等思想观念也在一些人那里抬了头，文学接受中所体现出的以中产趣味崇拜、感官刺激、欲望释放为倾向的心理状态，不能说与这种思想观念的抬头无关。

（二）消费主义

消费主义，是崇尚物欲、崇尚超越人的实际生存需要的过度消费以显示身份的一种社会意识形态。一直以来它都是西方发达国家针对消费社会的一个经济文化话题。严格说来，中国并没有全面进入消费社会，但消费主义意识形态，自 20 世纪 90 年代中期以来呈流行趋势，则是多数人都承认的事实。消费主义的流行，是政治、经济转型，现代化进程加速的结果，是市场化、全球化的伴随物。资料表明，中国人奢侈品消费额惊人，仅 2004

年，就占到了全球的12%，且以每年10%—20%的速度呈增长态势；中国人超前消费观正热，城市青年中有57%表示敢花明天的钱，48%表示不会因负债消费而担忧什么。而北京和上海两大城市的家庭实际负债比例都高于欧洲和美国，分别为155%和122%。费瑟斯通说："遵循享乐主义，追逐眼前的快感，培养自我表现的生活方式，发展自恋和自私的人格类型，这一切都是消费文化所强调的内容。"① 如今，不少中国人将消费当成了生活的理由，他们认为，在消费中个人才能获得自己的价值和意义。而"为构筑一种自我表现的生活方式，从云集在个人周围的商品和体验中获得满足，便会产生对生活方式信息的持续需求"②。除了各种大众传播媒介，文学也是很受青睐的生活方式信息的传递者，"成功人士"、"现代女性"、"新新人类"、"异国情调"、中产趣味等之所以成为吸引力极强的文学元素，就是因为它们所散发的时尚流行气息应和了消费主义鼓荡下的所谓"自我表现的生活方式"的追求。而文学接受心理中追求感官刺激、沉醉于欲望释放的倾向与消费主义的"遵循享乐主义，追求眼前快感"的内容也是有关的。至于"发展自恋和自私的人格类型"很可能是文学接受中中产阶级趣味盛行的根源之一。波德里亚说："人们从来不消费物的本身（使用价值）——人们总是把物（从广义的角度）用来当作能够突出你的符号，或让你加入视为理想的团体，或参考一个地位更高的团体来摆脱本团体。"③ 这让我们不能不做出如下判断：文学接受中看似个性十

---

① ［英］费瑟斯通：《消费文化与后现代主义》，译林出版社2000年版，第165页。

② 同上书，第166页。

③ ［法］波德里亚：《消费社会》，刘成富等译，南京大学出版社2000年版，第48页。

足其实是盲目从众的心理与消费主义的消费符号以求身份认同的实质有关。

（三）大众文化

应该说，我们时代的文化是多元的杂陈的，既有官方的主导文化，也有知识分子的精英文化，还有以市场为母体的大众文化。既有前现代性质的文化，也有现代性质的文化，还有后现代性质的文化。难怪戴锦华不无调侃地说："或许可以说，是在中国社会生活而非艺术实践中，我们可以发现并勾勒缤纷绚烂的后现代风景线：从北京街头顶戴着仿古亭台的摩天大楼，到'建设有中国特色的社会主义'与'轩尼诗 XO'共用的巨型翻版广告牌；从在影片被禁演的同时获国家劳动部'五一劳动英雄'奖章的张艺谋，到五六十年代社会主义劳动英雄照片与可口可乐广告比肩而立的朝阳区闹市；八九十年代之交，'中国摇滚'之父崔健的音乐事实上成为'精英'文化的核心象征之一；而在所谓快餐店林立的高速公路两旁延伸的中国乡村则重建起宗祠和寺庙。"① 但是，不管多么多元复杂，大众文化毫无疑问是这个时代最引人耳目、最风头占尽的文化主体。

大众文化是建立在现代工业化基础上，与市场经济相适应，以现代化传播媒介为手段，适应社会大众主要是都市大众的文化品位并在社会大众中广泛流行的，具有通俗性、娱乐性、商品性等特点的文化形态。也有人称其为市场文化或文化工业。20 世纪 80 年代中后期，中国尚不具备大众文化的生产能力，而大众文化的需求却出现了，于是港台的影、视、歌和言情、武侠小说以及现代文学史上的一些作品走红了一阵。进入 90 年代以后，

---

① 戴锦华：《隐形书写》，江苏人民出版社 1999 年版，第 233 页。

中国大陆的大众文化生产能力呈喷涌之势。十几年来，我们被广告、电视、电影、卡拉 OK、MTV、流行歌曲、休闲报刊、时尚杂志、模特大赛、时装表演、网络游戏和信息等包围着、冲击着、培塑着。我们知道，大众文化使我们的生活更丰富、更便捷，它使公共文化空间得以建立，使文化资本总量向民间下移，这些都是值得对其做出肯定判断的方面。但是，它的技术化、拼贴化、复制化、模式化、平面化、细节化、影像化、时尚化、娱乐化、感官化、欲望化、幻觉化等特点着实对人们的审美方式、审美趣味、审美心理等产生了负面大于正面的影响。那种超越的、静观的、沉思的、无功利的、追寻韵致的、获得独特领悟的审美被它挤远了。即便不是面对大众文化产品，而是面对文学作品，人们的这种审美方式、审美趣味也难以召回了。前面所说的追逐时尚与流行，寻求刺激与泄欲，满足好奇与安慰，盲目从众与中产趣味，看似多情实则无情等文学接受心理的诸种表现，皆与大众文化的熏染有关。

（四）创伤体验

这里所说的创伤，不是指身体受到伤害，而是指人在精神上、心灵上受到伤害。人在一生中会经历很多事情，其中有些事情可能就构成对我们的伤害。虽然具体到每个人会有不同的受到伤害的情况，但是一般来说，像误解、阻拦、羞辱、诋毁、打击、压迫、迫害、侵略等容易造成对人的伤害，而失去亲人、寄人篱下、背井离乡、生活无望、国破家亡等境况容易让人感受到伤害。创伤感是一种极其强烈、极其难以摆脱的痛苦，它总是会寻找适当情境随时袭上人的心头，使人体会到难以言说的抑郁、愤懑、憋屈、沮丧、悲伤、哀怨，形成创伤体验。伽达默尔说：“如果某个东西不仅被经历过，而且它的经历存在还获得一种使自身具有继续存在意义的特征，那么这个东西就属于体验"①。精神创伤于人，决不仅仅是一种经历，而是一种体验，是对人的心理影响巨大的体验。

作为中国人，自 1840 年鸦片战争以来 100 多年间，我们遭受了太多的伤害，我们的创伤体验太强烈、太深沉。从心理学的角度讲，如果一种心理能量太强大，就应该得到释放和宣泄从而达到心理平衡，而释放和宣泄是需要渠道的。文学作品历来被视为替人们降低心理紧张程度、减压卸负的最好工具。亚里士多德就曾经论述过悲剧对人的心理所起的净化作用。

不论是鸦片战争还是甲午海战，无论是八国联军还是某国独侵，中国近代史上所经历的挨打、失败、割地、赔款等若干丧权辱国的事件，给中国人心灵上留下的伤口太深太长，即便是在世界反法西斯战争的总体格局中取得了最后胜利的抗日战争，也因其过程中充满了烧杀抢掠、惨无人道，而让中国人承受着没齿难忘的痛。这些创伤体验不会随亲历过的一代人的离世而消失，不知什么时候，它就会在后代人的心中发作一下，而这种发作也会影响文学阅读。《北京人在纽约》《曼哈顿的中国女人》《我的财富在澳洲》等所谓留学生文学，之所以热了一阵子，固然与人们追逐时尚、流行，对异国情调好奇、对西方发达国家向往的心理有关，但也不能说与创伤体验无关。越是在国门打开、与外国交流增多的情况下，这种创伤体验可能越容易出现，它形成一种暗中的警示和自信自强自立的动力。戴锦华说：留学生文学的"流行已不仅在于展示美国奇迹，更重要的是在于以有效的方式，在日常生活的意识形态中确立、确认中国人乃至'中国'

---

① ［德］伽达默尔：《真理与方法》，洪汉鼎译，上海译文出版社 1999 年版，第 78 页。

的世界形象；讲述中国人在美国的成功故事，为了以一个扬眉于西方、美国的中国人形象，构造新的中国中心想象”①。确实，除了到留学生文学中找寻扬眉吐气的感觉以外，一阵阵武侠小说热以及大汉、大唐形象和故事的电视剧的热播，大致都与这种创伤体验的隐隐作痛有关。

新中国成立以后，中国人搞个人迷信、搞反右、搞文革、搞阶级斗争、搞上山下乡，人们在贫穷中斗争着、运动着、高喊着，也在整人与被整的怪圈中挣扎着。这种当时于很多人也许并未清楚地感受到的无意识深处的创伤，其后遗症可能更惊人。王晓明特别重视这种情况，多次不怕重复地加以言说：“我觉得，90 年代流行的‘个人’意识，正是搭着这样的创伤性记忆的肩膀才站立起来的。也唯其是在这些记忆的环抱中，90 年代的‘个人’意识长成了一副极不对称的体格：物质欲望和官能冲动日益泛滥，精神要求和公民责任感却日渐萎缩，无聊和惶惑日益深切，生活的主动性和热情却渐趋消退。”② “在 90 年代，人们想象个人独立和自由的现实可能性的大部分空间，就这样被圈定了：在公共领域里，你是争不到多少自由的，只有从广场和大街上退回家中，关紧门窗，你才能拥有自己的秘密；什么哲学、道德、爱情，什么政治理想、人文信仰、社会关怀，这统统都是陈词滥调，是虚伪，是压抑和束缚个人的圈套，只有从头脑中摒弃这一切，专注于个人的日常生活，甚至是个人的官能——譬如性欲——欲望，你才能找到真正属于自己的感觉；在这个世界上，一切都是空的，只有一张一张的钞票，那获得钞票的权力，那可

---

① 戴锦华：《隐形书写》，江苏人民出版社 1999 年版，第 173 页。

② 王晓明：《在创伤记忆的环抱中》，载王晓明主编《在新意识形态的笼罩下》，江苏人民出版社 2000 年版，第 240 页。

以用钱买来的物质，才是真实可信的，你也只有努力去追求这样的真实，才可能确保独立和自由……当然，这是社会上的一般看法，是在那些可能与文学无关的人中间流行的看法，但是，从90年代的文学当中，从许多自诩为‘个人写作’的小说、散文甚至诗歌当中，我看到的常常还是这些想象，或者说，是这些想象的引申、变形和杂交。即便是一些并不愿全盘依顺这些想象，甚至在有些方面力图对抗它们的作家，似乎也无力冲出滋生这些想象的心理空间。”① 20世纪90年代，“人们普遍像厌弃噩梦一样厌弃‘精神’和‘集体’，倘若有谁重提这些事物，许多人本能地就会怀疑，这是不是又要召回过去的虚伪、欺诈和专横。在这样一种特别的气氛里，那与‘精神’和‘集体’相对的‘物质’和‘私己’，就自然被供上了人生的高位。什么是‘私己’和‘物欲’呢？首先是‘钱’，其次是‘性’。于是，放肆地渲染对于钱和性的钦慕，成了一时间最正当的姿态，甚至汇成了文化界和大学校园里最流行的风气。”② “越是从小就被教导去空洞地理解人生的孩子，长大以后越容易滑到另一个极端，只专注生活中的琐碎利益。唯其没有发育出与自己相配的下半身，80年代那个只有上半身的‘现代人’形象，才会这么容易被90年代的风尚抛弃；也唯其只看见过80年代那样的上半身，90年代的人们才会心安理得地摆出这么一副仿佛只有下半身的姿态，并不觉得有什么严重的缺憾。”③ 我们如此不厌其烦地引用王晓明先生的言论，是因为深深地认同他的观点，也深深地领会了他如此

---

① 王晓明：《在创伤记忆的环抱中》，载王晓明主编《在新意识形态的笼罩下》，江苏人民出版社2000年版，第240—241页。

② 王晓明：《在“无聊”的逼视下》，载王晓明主编《在新意识形态的笼罩下》，江苏人民出版社2000年版，第207页。

③ 王晓明：《半张脸的神话》，南方日报出版社2000年版，第22页。

五次三番地揭示这种现象的用心所在。确实，一个时代的社会心理、精神生活状况、社会风尚，绝不仅仅决定于这个时代的现实，还决定于这个时代的前世，前世与今生是扯不断关联的。这样，我们不仅理解了今天文学接受心理中优游于日常与闲适、迷恋于时尚与流行、满足于代偿与抚慰、沉醉于感官刺激与欲望释放等表现的一方面原因，我们还会改变对一切现象听之任之的态度，因为我们知道我们的今生就是后代人的前世，他们的精神状态有一部分是由我们决定的。

创伤的到来有时是那样猝不及防，“80 年代终结处中国社会的急剧震荡，突兀地宣告了由精英知识界参与构造的社会解决方案的破产；那场预期中的由世界边缘朝向中心的伟大进军由此而遭到重创。”① 因此，“在 90 年代的起始处，一个必要而急迫的社会文化需求，是提供新的有效的抚慰方式，以平复 80 年代终结处的创伤。”② 这样，文学接受心理中表现出的日常与闲适追求、时尚与流行追逐、代偿与抚慰需要、感官与欲望沉醉、中产阶级趣味、怀旧等倾向，就又得到了一种解释。

（五）现实境遇

实际上，市场经济、消费主义、大众文化都是今日中国人的现实境遇，但这里我们所说的现实境遇主要是从与强势国家关系、与自然关系、各阶层关系的角度着眼的。这几种关系的状态对文学接受心理是有影响的。

新时期以来，我们国家的基本国策是“改革开放”，虽然也出现过一些曲折，但这个基本原则一直没有改变。既然要“开

① 戴锦华：《隐形书写》，江苏人民出版社 1999 年版，第 173 页。
② 同上书，第 177 页。

放”，就要与世界上其他国家建立关系、进行交流。与经济上、文化上都弱于我们的国家交流，问题相对简单，而与西方强势国家交流，问题是很复杂的。从心理上说，我们既不得不承认人家的先进、接受人家的影响、向人家学习，又时时受到民族自尊心、“崇洋媚外”等的折磨，而对强势国家有一种莫名的情绪上的抵触。

一方面，强势文化的影响是不能否认的。尽管亨廷顿在20世纪80年代就说过：“随着西方殖民统治变成历史的陈迹，随着精英分子越来越多地产生于本民族的文化而不是产生于巴黎、伦敦或纽约，随着非西方社会中从来不与西方文化有多少接触的人民大众在政治上的作用日益重大，随着主要西方强国的全球影响继续相对减弱，本土文化对于决定这些社会的发展进程自然就更为重要了。现代化与西方的搭档关系已被打破。第三世界在继续推进现代化的同时，也有一部分深深卷入并致力一个非西方化的进程。”① 但是，西方文化作为强势文化对中国大多数人还是构成诱惑甚至成为样板，李陀说：“冷战结束以后，以现代化为其底蕴的‘全球化’运动突然获得空前的活力……90年代的中国深深卷入这一全球化进程，已经是一个明显的事实……关于全球化这一进程所可能带来或者已经带来的令人不能乐观对待的问题，则更少被人关注和提及。”② 孟繁华说：“在任何一座城市里，发达国家的消费文化几乎应有尽有。”③ 王晓明则说得更细致具体：“从深圳特区到浦东特区，从各种服务业纷纷引入西方式的管理制度，到各级政府竞相以 Microsoft 装备自己的办公室，

① ［美］亨廷顿：《发展的目标》，载罗荣渠主编《现代化：理论与历史经验的再探讨》，上海译文出版社1993年版，第365页。

② 李陀：《差异性问题笔记》，载《天涯》1996年第4期。

③ 孟繁华：《众神狂欢》，今日中国出版社1997年版，第107页。

甚至人民解放军的军帽也越来越西方化了，倘说90年代有哪一件事情是从80年代一直延续下来的，那大概就是这个经济上的‘开放’吧。”[①] 毫无疑问，加上了中国人自己理解和想象的“西方文化”对中国人价值观念、生活方式、行为方式等的影响是片面的，拜金、尚物、消费、享乐、纵欲、潇洒走一回等可能就是中国人心目中的西方“他者”形象。这样的认识，对文学接受心理中时尚、流行倾向，中产阶级趣味，从众倾向，刺激、泄欲倾向等的影响是不能小看的。

另一方面，抵触情绪也确实存在。20世纪90年代中后期，随着《中国可以说不——冷战后时代的政治与情感》（宋强等著，中国工商联合出版社1996年版）一书的出版，一系列的“说不”书籍相继出现，涌动起一小股“民族主义”潮汐。它表达了对美国等强势国家的不满、怨怼、气愤，但是，戴锦华等学者分析，这股“民族主义”情绪的目标所指并不在于与强势文化决绝，而是希望通过嗔怪、怨怼使对方改变傲慢的态度，以便携手向前。所以，20世纪90年代“民族主义”情绪对文学接受心理的影响除了前面在创伤体验部分分析的一些以外，多体现为与强势文化认同错综交织在一起的复杂情况。文学接受中体现出的既追新又怀旧，既标榜个性又盲目从众，既为欲望所役又追求闲适等矛盾心理特征，大概跟中国处于与强势文化的复杂关系中有某种关联。

《北京青年报》曾经发表过一篇《我们为什么怀旧》的文章，作者陈述了好几种怀旧的原因，其中一段写道：“没办法不怀旧。往前看一目了然，不外乎是科技更加发达生活

---

① 王晓明：《在新意识形态的笼罩下·导论》，江苏人民出版社2000年版，第15页。

更加方便污染更加厉害心灵更加空虚，电脑会更进一步占领我们的生活资讯会进一步充斥我们的社会；往前看也一片模糊，我们不知道克隆人会什么时候到来我们该怎么称呼他们，但我们知道臭氧黑洞已经扩散到智利某个城市的上空全城警戒；水快不够用了，油也快淘干了，沙尘暴一年比一年凶猛。报纸上电视上每天都有让人恐惧的坏消息发布，让我们的神经备受摧残。”① 确实，人类的自私自利、急功近利使得自然被掠夺得太厉害了，被破坏得太严重了，满目疮痍的自然环境是人类自己给自己创造的境遇。虽然并不是所有怀旧都指向人与自然的和谐，但是追求人与自然的和谐却应该成为人与自然关系恶化这一现实境遇下人们文学接受心理的一种表现。

20 世纪 90 年代，社会转型，社会成员的重新分层势在必然，据一些调查统计材料表明，到目前为止，从收入、消费能力、生活方式、行为方式、生存状态等方面考虑，中国人大概可分为十个层次。② 不同的社会阶层在身份、地位、财富、趣味等方面存在较明显的差距，但这种差异并不是固定的而是变动的，低层成员向上一层靠拢的可能性存在，他们内心希望缩小差距的渴望也很强烈，因此，多数人只是承认暂时性的阶层分化，而不认为已严重到出现了贫富悬殊的敌对阶级。正如有学者指出的，20 世纪 90 年代的中国有阶级事实无阶级话语。这样的阶层关系及这样的社会心理对文学接受的影响表现在：一方面追时尚、赶流行，崇尚中产趣味；另一方面到“分享艰难”式及“反腐倡廉”类作品中寻求代偿和抚慰。

---

① 张扬：《我们为什么怀旧》，载 xinhuanet. com/ent/2002 - 04/12/content - 355260. htm - 25k。

② 陆学艺主编：《当代中国社会阶层研究报告》，社会科学文献出版社 2002 年版，第 10—23 页。

（六）文学功能观

谁都应该承认，文学的功能不是单一的，但是，在道德教化、政治服务、知识启蒙、人性健全、美的熏陶、娱乐消遣等多方面内容中，更侧重于强调哪一方面，则不同历史时期、不同国家民族、不同群体乃至不同个人，都会有不同看法。新中国成立后30年间，我们强调的是文学的道德教化和政治服务功能；20世纪80年代，我们重视的是文学的审美功能；20世纪90年代，文学的娱乐消遣功能由被讨论走上了被强调的地位，由附属功能变成了主导功能。虽然也有一些对娱乐消遣功能强调太过的担心和质疑，但这样的声音已经被高亢的娱乐消遣声淹没了。在众多的为娱乐消遣功能张目的言论中，马大康的文章《娱乐性的“越界”与当代文艺学》很有代表性。文章指出：“当今社会，人们承负着太多的竞争压力，谁也不愿意在繁重的劳作之余再承受一项额外的‘工作’，在严峻的竞争之外再经历一番额外的‘严肃’。文学阅读、艺术鉴赏就是为了放松，在娱乐中彻底地放松。”提出，“面对当前的现实境况，以‘娱乐性’取代‘文学性’、‘诗性’、‘艺术性’则更可行，也即文艺学应该以‘娱乐性文本’作为自己的研究对象。凡是包含娱乐性的文本，无论娱乐性居于主导地位，还是次要地位，均可成为文艺学的研究对象。更确切地说，文艺学研究对象的先决条件是：必须以‘文本’为其存在方式，在此基础上，以‘娱乐性’来给‘文本’划界。”认为强调娱乐性的意义在于“它贬谪了传统文学艺术的贵族身份，剥去了它的神圣光环，显得‘平民化’了”。“强调娱乐性就是强调感性生命的重要性和优先性。正是在娱乐中，感性生命获得最充分的自由，它完全回到了自身，自身自在地展开了自身。娱乐即感性生命的本性。重视娱乐就是要求理性尊重感性生命，要求理性以感性生命为出发点和旨归。如此，理性和感性才能达成和解，理性自身才能臻于至善至明。”针对法兰克福学派“娱乐所承诺的自由，不过是摆脱了思想和否定作用的自由”这样的观点，文章指出：“恰恰是娱乐，即使已受污染、扭曲的娱乐，还仍然保留着通向健全人性的通道。娱乐确实令人‘什么都不想，忘记一切忧伤’，而同时也会令人不想利益得失，忘记名声和金钱；娱乐确是一种‘避避’，而同时也逃避了权力纷争和商业竞争。正是在这里，保留着人性和感性生命的自然栖息地；也正是在这里成为培植反抗商业意识形态的精神策源地。”针对五四新文化运动反对游戏人生的消遣文学、反对“以为文学只是供人娱乐”的文艺观，文章认为，“其实，‘消遣娱乐’与‘思想启蒙’并不对立。正因为文学艺术具有消遣娱乐的特性，才被启蒙者们所看重，才被视为思想启蒙的利器。启蒙者们所反对的只是一味地‘娱乐’而不‘启蒙’，是因为思想启蒙的心太切，于是不能不把立论推向极端，把‘娱乐’作为假想的敌人，同时，也与他们居高临下的贵族心态有关。”① 如此不加掩饰、理直气壮地为文学的娱乐消遣功能争合理合法的地位，只能出现在20世纪90年代。就这样，学术界文学功能观的转变与阅读界娱乐消遣的文学接受心理之间形成了相互呼应、相互鼓励的关系，闲适、时尚、抚慰、刺激等的追逐在这个角度也能得到一种解释。

我们知道，真正的文学接受状况、文学接受心理比我们描述出来的要纷繁复杂得多，应该说，文学接受，无论是主体还是对象，无论是方式还是角度，无论是动机还是收获，都是多种多样

---

① 马大康：《娱乐性的“越界”与当代文艺学》，载《文艺争鸣》2006年第2期。

的，我们所总结出的仅仅是文学接受心理的某些方面的特点及相关因素。但我们不能不承认，20 世纪 90 年代以来中国人的文学接受确实流露出以金钱为基础、消费作中介、享乐为目的的生活观、价值观。对乌托邦式的理想主义的东西丧失渴望和追求，对现实生活中公共领域的事务缺乏关怀和热情等精神状态，也体现在文学接受心理中。尽管这是一个多元杂陈的时代，每个人都有选择自己生活方式、行为方式、思维方式乃至文学接受方式的自由，但是，我们还是应该有一颗善于自省的心，我们应该认识到："现代人其实生活在一个文化的笼子里，我们对自己实际境遇的感受，很大程度上受制于我们的趣味和成见，受制于文化环境灌输给我们的那些东西。"① 我们还应该清楚，"如果一个社会中的普遍的文学艺术趣味是非常粗劣和狭隘的，那么，这个社会的精神的全面发展是很难想象的。"② 我们不能浑浑噩噩地"明明淹在泥沼里，嘴巴都快要透不过气来了，却还自以为海阔天空、飞跃自如。"③

七 "日常生活审美化"论争分析

2002 年第 2 期《浙江社会科学》上发表了首都师范大学文学院教授陶东风的文章《日常生活的审美化与文化研究的兴起——兼论文艺学的学科反思》，这样，"日常生活审美化"就作为一个话题被抛到了中国学术界。2003 年 11 月，首都师范大

① 王晓明：《在新意识形态的笼罩下·导论》，江苏人民出版社 2000 年版，第 16 页。
② 王晓明：《半张脸的神话》，南方日报出版社 2000 年版，第 142 页。
③ 王晓明：《在新意识形态的笼罩下·导论》，江苏人民出版社 2000 年版，第 16 页。

学文艺学学科与《文艺研究》杂志社召开“日常生活审美化与文艺学美学的学科反思”学术讨论会，并在《文艺争鸣》2003年第6期和《文艺研究》2004年第1期上分别编发了一系列相关文章。于是，“日常生活审美化”话题引起了学术界的兴趣，引发了一场争论。

这场争论，表面看来好像形成了以陶东风、金元浦、王德胜等为主要代表的“审美化”派和以童庆炳、赵勇、鲁枢元等为主要代表的反“审美化”派，而实际上问题并不如此简单明了。参与“日常生活审美化”话题讨论的人很多，讨论所涉及的问题也很多，看似对立的两派，其观点有相通、相似之处，而看似同一派别的成员，其观点的差异性也存在。因此，对这样一场讨论作一些分析总结还是有必要的。当然，讨论还在继续，我们的总结只是阶段性的，如果它能对后面的讨论形成某种“干扰”，自然是我们求之不得的。

（一）“日常生活审美化”与“审美日常生活化”

“日常生活审美化”问题第一次在陶东风笔下是这样出现的：“……因文化的大众化、商业化以及大众传播方式的普及等原因而导致的大众日常生活的审美化以及相应的审美活动的日常生活化（或曰审美的泛化）”，“不管我们是否否认，在今天，审美活动已经超出所谓纯艺术/文学的范围，渗透到大众的日常生活中。占据大众文化生活中心的已经不是小说、诗歌、散文、戏剧、绘画、雕塑等经典的艺术门类，而是一些新兴的泛审美/艺术门类或审美、艺术活动，如广告、流行歌曲、时装、电视连续剧乃至环境设计、城市规划、居室装修等。艺术活动的场所等也已经远远逸出与大众的日常生活严重隔离的高雅艺术场馆（如北京的中国美术馆、北京音乐厅、首都剧场等），深入到大众的日常生活空间。可以说，今天的审美/艺术活动更多地发生在城市广场、购物中心、超级市场、街心花园等与其他社会活动没有严格界限的社会空间与生活场所。在这些场所中，文化活动、审美活动、商业活动、社会活动之间不存在严格的界限。”[①] 从表述的并列结构可以看出，陶东风认为“日常生活审美化”与“审美日常生活化”是既相互联系又各有所指的两方面内容。但是，从他所作的描述性解释中又可以看出，他大概认为在理解上不一定非把两者分得一清二楚不可，能够综合地用它们指认审美文化的新现象即可。不过，在大多数文章中，陶东风一直坚持用并列结构表述“日常生活审美化”与“审美日常生活化”，这也是一种很有意思的现象。

与以上所述形成对比的另一种情况，是以“日常生活审美化”一个词指涉两方面内容。张天曦说：“‘日常生活审美化’同时包括了两个方向相反、结果却相同的事实：一是现实物质生活领域中渗入了越来越多的精神性享受、审美因素；二是审美走出传统艺术领域，正以更丰富、朴实的方式融入公众日常物质生活衣食住行的各个方面。对前者而言，是当代人现实物质生活的丰富与提升；对后者来说，则是人类“日常生活审美化”审美价值更广泛的自我实现。”[②] 艾秀梅认为，“日常生活的审美化是谋求推翻工具理性对日常生活控制的一种根本诉求，其宗旨是要解决启蒙现代性以来的生存困境。”它同时指称着这种诉求和努力的双重效应：“首先，在生活层面上，人们越来越频繁地提出

---

① 陶东风：《日常生活的审美化与文化研究的兴起——兼论文艺学的学科反思》，载《浙江社会科学》2002 年第 1 期。

② 张天曦：《日常生活审美化：当代审美新景观》，载《山西师大学报》2004 年第 1 期。

美的要求，通过追求衣食住行的美化而把自己以及周围环境变得具有艺术品性质，我们生活的周围环境与生活个体日益被美的影像所包围；其次，在艺术层面上，它还指称着一个艺术与生活的边界日渐模糊的过程，艺术逐渐放弃了自足自为的标准，走向反艺术，并进而与日常生活一体化。”①

刘悦笛的一段话则表明，他无论是在表述上，还是在理解上，都把“日常生活审美化”与“审美日常生活化”分得很清，他说：“在全球化的境遇里，人们正在经历‘当代审美泛化’的质变，它包含双向运动的过程：一方面是‘生活的艺术化’，特别是‘日常生活审美化’的孳生和蔓延；另一方面则是‘艺术的生活化’，当代艺术摘掉了头上的‘光晕’，逐渐向日常生活靠近，即‘审美日常生活化’。”②

以上三种情况，虽然有两词一解、一词两解以及两词两解的不同，但能够看得出来，谈论者都强调“日常生活审美化”与“审美日常生活化”的关联性以及它们效应、目标的一致性。与此不同的是鲁枢元所做的分析，他认为，不应将“日常生活审美化”与“审美日常生活化”完全等同，“二者虽然有密切的联系，但在审美指向、价值取向上则又是迥然不同的。甚至，就像‘物的人化’与‘人的物化’一样，几乎是南辕北辙的。”“在我看来，‘审美的日常生活化’，是技术对审美的操纵，功利对情欲的利用，是感官享乐对精神愉悦的替补。而‘日常生活的审美化’则是技术层面向艺术层面的过度，是精心操作向自由王国的迈进，是功利实用的劳作向本真澄明的生命之境的提升。

---

① 艾秀梅：《“日常生活审美化”考辨》，载《南京师范大学文学院学报》2004 年第 3 期。

② 刘悦笛：《日常生活审美化与审美日常生活化——试论“生活美学”何以可能》，载《哲学研究》2005 年第 1 期。

二者的不同在于，一是精神生活对物质生活的依附；一是物质生活向精神生活的升华。”[①] 因此，他主张对目前中国的文化现实问题用“审美日常生活化”称之更合适，即指审美活动的实用化、市场化、技术化、产业化。

应该说，鲁枢元的区分不无道理，他表明了对艺术、审美一味向生活、向实利俯就有可能失落精神守望与心灵提升的担忧。那么，我们到底应该怎样界定“日常生活审美化”与“审美日常生活化”呢？我们时代的文化到底是属于“日常生活审美化”现象呢，还是属于“审美日常生活化”现象？抑或是处于二者的双向运动之中呢？这一系列问题确实值得我们进一步认真思考。

（二）特定时期现象与古已有之现象

“日常生活审美化”与“审美日常生活化”确实属于含义有别的两方面内容，但参加讨论的人多半以一词含二解的方式用“日常生活审美化”来行文，这仅仅是为了行文方便。

那么，“日常生活审美化”是指特定历史时期里出现的含义特别的现象呢，还是指由来已久的与人类相伴生的一种现象呢？参与话题讨论的人看法不同。

陶东风一直强调日常生活审美化的社会文化语境，强调它与消费社会、大众传媒、文化市场、文化产业等的密切关系。类似“今天我们所说的审美化是在特定的历史背景下出现的，是与商品化、物化同时出现的，在本质上不同于中国古代士大夫或西方前工业时代贵族的审美化的生活方式。传统社会的审美化是局限

---

① 鲁枢元：《评所谓“新的美学原则”的崛起——“审美日常生活化”的价值取向析疑》，载《文艺争鸣》2004 年第 3 期。

在少数贵族精英或士大夫阶层的现象，不具备大众性与普及性”[①] 这样的话他确实不知在多少篇文章中重申过。说得具体一点，他认为西方20世纪后期以来、中国20世纪末以来分别出现了“日常生活审美化”现象。

朱朝晖说：“与‘生活艺术化’或‘美就是生活’不同，日常生活审美化是在市场经济社会和大工业生产的基础上，在消费主义兴起的背景下产生的社会审美新取向，其突出特点就在于借助现代传媒工业的发展与批量化的文化生产方式，着力追求审美的大众化、世俗化、感性化和享乐化。”“它远远不是人们梦寐以求的‘诗意的栖居’，更与马克思所讲‘按照美的规律进行创造’差异甚大。”[②] 这种分析与陶东风一致的地方在于，将日常生活审美化限定在特定社会阶段。而与陶东风不同的是，他将日常生活审美化与前人审美生活方式的区别定位在世俗性、享乐性的有无上而不是范围的大小与阶级的贵贱上。

与特定阶段说相对立的观点是，“日常生活审美化”现象古已有之。童庆炳说：“日常生活审美化的现象并不是今天才有的。古时候，中国的仕宦之家，衣美裘，吃美食，盖房子要有后花园，工作之余琴、棋、书、画不离手，等等，这不是‘日常生活审美化’吗？”[③]

按说，较早谈论“日常生活审美化”的人既然已经对这个命题作了比较明确的限制，人们理解起来就应该比较趋于一致

---

① 陶东风：《日常生活的审美化与文艺学的学科反思》，载《中南大学学报》2005年第3期。

② 朱朝晖：《看上去很美——对日常生活审美化问题的思考》，载《学术论坛》2004年第2期。

③ 童庆炳：《“日常生活审美化”与文艺学》，载《中华读书报》2005年1月26日。

了。可是情况真的并不那么简单，最有意思的是，同一个人竟然在同一篇文章里表达了两种不同的理解。首先，他说："'日常生活的审美化'是20世纪80年代以来中国社会生活中出现的一个极为重要的现象"，"中国人的衣服越穿越漂亮，色彩越来越丰富……在当代中国社会，日常生活的审美化是一个实实在在的事实，又是一个势不可当、日益壮观的社会潮流。这是当代中国改革开放的结果，是当代中国人生活质量提高的具体表现。"①这表明他认为日常生活审美化是特定时代的特有现象，然而后面他却说：早期人类那"打造精致的劳动工具或有明显装饰痕迹的坛坛罐罐首先是物质生活用具（品），首先属于当时人们的日常生活，其次才是审美的对象，但它们又同时属于这二者，是这二者的兼顾与融合。于是，我们只能得出这样的结论：人类审美活动不能凭空产生，它有一个非常具体的现实环节，那就是日常生活，整个人类审美意识产生于日常生活的审美化……"，而"工艺审美"这种"人类审美活动的最基本形态"，是日常生活审美化演化而来的，"它不是于生活之外求审美，如艺术所表现的那样，而是就在日常生活之中求审美，要求生活与审美两不误。这一审美观念与审美形态长期存在于各民族的审美历史中，只是我们长期以来持艺术中心论之偏见，故而没有意识到它。"②这又分明说明他把"日常生活审美化"理解为人类早已有之的现象了。

看来，对"日常生活审美化"作再明确的限定，也挡不住人们对它的顾名思义。这就涉及一个命题与它所指涉及的对象到

① 张天曦：《日常生活审美化：当代审美新景观》，载《山西师大学报》2004年第1期。

② 同上。

底有怎样的吻合度的问题。

（三）普遍现象与局部现象

“日常生活审美化”到底是当今中国社会的普遍现象呢，还是局部现象？反对谈论这个命题的人主要是抓住这个问题向主张谈论者发难。

童庆炳说：“‘日常生活审美化’问题上的分歧，实际上是对于我们所处的时代究竟应如何定位的分歧。在某些人看来，当今中国已经进入‘消费主义’时代，消费成为社会的主题。……问题是中国进入消费主义的时代了吗？……如果硬要说我们进入了‘消费主义’的时代的话，那么，只有百分之一的人进入‘消费主义’的时代，对于百分之九十九的农民、城市打工者、下层收入者，并没有进入消费主义的时代。从这个意义上说，今天的所谓‘日常生活审美化’，绝不是中国今日多数人的幸福和快乐。”① 还说：“我们一定要了解我们中国自己的国情，对于一个还有几千万贫困人口的国家来说，感觉上的悦日、悦耳的审美，对于多数人来说还不是第一位的。”② 朱立元等则认为，“所谓‘化’乃是彻头彻尾彻里彻外之谓也，现在就断定日常生活已经‘审美化’，恐怕为时过早了。”因为无论是工作活动，还是业余活动中都有相当大的一部分未能审美化，而有些也根本不需要审美化。更为重要的是，“‘日常生活审美化’的生存方式，只为经济富裕的阶层所追求，也只有他们才有经济实力去享受。”“根据只占少数人口的强势群体的日常生活审美化

---

① 童庆炳：《“日常生活审美化”与文艺学》，载《中华读书报》2005 年 1 月 26 日。

② 童庆炳：《文艺学边界三题》，载《文学评论》2004 年第 6 期。

状况，怎么能推出整个社会、特别是占人口极大多数的普通大众的日常生活已审美化的结论呢？”[①]

既然“日常生活审美化”现象只发生在少数富人身上，那么接下来的推论就显得顺理成章了。童庆炳说，新的美学不过是“食利者的美学”[②]。赵勇说：“从价值判断的层面上看，日常生活审美化这个命题的深层含义其实就是对现实的粉饰和装饰。”[③]刘凯认为，“所谓‘日常生活审美化’的命题实际上是现代感觉、审美话语和资本力量的合谋，它以‘审美’的名义为某种现实提供着合理化辩护。”[④]

针对如此指责，陶东风作出了回答。第一，他表明在普遍事实与局部事实这个问题上他与童庆炳们没有分歧，他也承认日常生活审美化现象发生在中国的城市或曰大城市；第二，他认为较穷或很穷的农村也受到消费主义意识形态的辐射和影响；第三，他认为目前在数量上不占优势的事物也值得研究，并不是什么不符合国情；第四，他申明他所说的“日常生活审美化”中的“审美”不是人的精神升华的意思，而是“感性化”、“虚拟化”、“符号化”的意思；第五，他认为判定一种美学是什么性质的不应取决于它研究什么，而应取决于它站在什么立场上研究，他没有为“日常生活审美化”现象辩护的意思。[⑤]

---

① 朱立元、张诚：《文学的边界就是文艺学的边界》，载《学术月刊》2005年第2期。

② 童庆炳：《“日常生活审美化”与文艺学》，载《中华读书报》2005年1月26日。

③ 赵勇：《谁的“日常生活审美化”？怎样做“文化研究”？——与陶东风教授商榷》，载《河北学刊》2004年第5期。

④ 刘凯：《“日常生活审美化”：作为一个表征》，载《学术月刊》2005年第2期。

⑤ 陶东风：《也谈日常生活的审美化与文艺学》，载《中华读书报》2005年2月16日。

事实上，普遍现象、局部现象问题后面暗含着的更为重要的问题就是对“日常生活审美化”现象如何进行价值判断的问题。既然主张谈论这种现象的人能够明确表态不是出于为其辩护的目的才谈论它的，那么，该不该谈论它应该不再成为争论下去的问题了。

（四）事实存在与理想存在

前面的分析表明，将“日常生活审美化”理解为特定时期现象或古已有之现象也好，理解为普遍现象或局部现象也好，总之都是在事实层面上理解它，即是说认为“日常生活审美化”指称的是一种事实。与此不同的是，还有人偏重于从理想的维度理解“日常生活审美化”。

艾秀梅认为，将日常生活审美化“理解为物质丰盛时代人们生活表层的装饰化、美观化，尤其是指以感官享乐为目的的消费文化景观”，是把它狭隘化、庸俗化了。她说：“我们有必要将日常生活审美化作为一个开放的范畴，它可以用来概括现代化以来谋求改造由工具理性和社会分化所造成的日常生活困境的一切努力。概而言之，日常生活的审美化是谋求推翻工具理性对日常生活控制的一种根本诉求，其宗旨是要解决启蒙现代化以来的生存困境。它上承席勒、尼采等人所提出的审美理想，力求打破工具理性对日常生活的钳制，解除官僚体制以及商品拜物教的权力渗透，使人类的生存获得感性与理性的和谐，恢复创造性、差异性和有意义。”① 也就是说，在她看来，“日常生活审美化”是现代以来，西方人反抗日常生活平庸化、异化、缺乏诗意，重构

---

① 艾秀梅：《“日常生活审美化”考辨》，载《南京师范大学文学院学报》2004 年第 3 期。

日常生活丰富生动性的一种努力目标。而努力的具体途径或曰道路可分为两大类三种：一种是王尔德、海德格尔、阿多诺等提出的用艺术存在否定生活存在即以艺术拯救生活的道路；另一条是先锋派艺术家、列斐伏尔等所主张的利用日常生活中的非日常性因素将生活审美化的道路；还有一种是德塞托、费斯克等主张的用日常生活中的日常性因素即衣食住行等本身来使生活审美化的道路。后两种因为都是在日常生活本身挖掘可使日常生活审美化的因素，所以可视为一类。[①] 艾秀梅还倾向于将整个 20 世纪的艺术运动和社会改革实践视为朝向日常生活审美化所做出的努力，而不把它们看作是日常生活审美化本身。她说："事实上，使日常生活充满审美意味，使人发展为理性与感性和谐的自由主体，这始终是人类发展前进的方向。……日常生活的绝对自由和绝对审美实际上是一个人类自古就有的梦想，它带有乌托邦的性质，而不是一个可以考量的具体可见的目标。我们只能说，日常生活的审美化是一个未完成的规划，人类将始终前进在日常生活审美化的征程上，无限接近审美生存的目标。"[②] 正是出于这样的认识，她对目前所谓"日常生活审美化"现象提出了质疑："由大众文化所造成的文化盛况是否真正实现了人类审美生存的夙愿呢？实际上作为一种商品化的审美策略，它在带来文化共享与意义重构的同时也往往造成对真正的审美精神的消弭。在一定的情况下，它还会成为主流秩序得力的控制途径。……因此，日常生活问题的真正解决，仍然需要更为深远的思考。"[③]

将"日常生活审美化"理解为一种理想存在，用它烛照有

---

① 艾秀梅：《日常生活的审美化何以可能》，载《福建论坛》2003 年第 1 期。

② 艾秀梅：《"日常生活审美化"考辨》，载《南京师范大学文学院学报》2004 年第 3 期。

③ 艾秀梅：《日常生活的审美化何以可能》，载《福建论坛》2003 年第 1 期。

问题的现实以及试图解决现实问题的各种努力，既维护了“审美”的神圣纯洁性，又把消费文化视作一种努力纳入到了“日常生活审美化”的话题之下加以审视、分析，也许这样一条思路蕴涵着“日常生活审美化”讨论深入下去的可能?

（五）事实存在与话题存在

在一些人为“日常生活审美化”到底该指特定时代事实，还是该指古已有之事实进行争论时，李春青所做的一份分析富有启发意义。他将作为话题存在的“日常生活审美化”与作为事实存在的“日常生活审美化”区分开来，认为前者是当代社会才出现的，后者则古已有之。他说：“在当代西方文化语境中‘日常生活审美化’当然是一个有特定内涵的话题，但是无可否认，实际上在人类历史上‘日常生活中的审美’又是一种古已有之的社会文化现象。……从西方的古希腊、中国的先秦而至于今日，审美在社会各阶层的日常生活中都是无处不在的。也就是说，人们的日常生活早已经‘审美化’了。……例如中国古代的文人士大夫，他们平日里的琴棋书画、吟诗作赋、游山玩水、衣食住行之中何处无审美?他们甚至写一封家信都是美的创造，连走路都要讲究姿态，其审美化程度低于今日吗?西方古代的贵族同样如此，连日常交往的言谈举止都是精心打造的审美活动，这难道不是日常生活审美化吗?”至于作为话题的“日常生活审美化”之所以晚于作为事实的“日常生活审美化”，道理在于：“审美与生活一体化时期，无反思之主体，故无反思之意识；审美与生活分化时期，知识精英成为社会主流文化的承担者，故亦成为社会审美趣味的代表者，平民百姓的审美趣味是在其影响下形成的。反思主体关注于营构贵族化的独立的纯粹精神空间，根本不屑于注意日常生活的审美问题；只是到了日常生活审美化成为独立的超然于知识精英势力范围之外的文化现象，即成为‘他者’时，他们才以惊愕目光来审视这种文化现象了。”①

就是说，在李春青看来，作为事实的“日常生活审美化”是有人类以来就有的现象，至今为止可分为三个阶段：第一阶段，生活与审美浑然一体，人们日行不知；第二阶段，知识精英们专注于分离出去的纯审美领域，生活中虽仍不乏审美因素，但不被重视；第三阶段，伴随市场化、新传媒、高科技等而来的日常生活审美化，以不可预期性、不可操控性和强大的扩散能力使对面的知识精英刮目相看，纷纷关注之、谈论之。

从有无反思主体以及反思主体与文化现象处于怎样的关系中这样的角度来思考“日常生活审美化”问题，既顾及了古今“日常生活审美化”现象的联系，又揭示了今古“日常生活审美化”现象的区别。这样一种思路，似乎比那种用普及与否或世俗化与否生硬地将“日常生活审美化”限定给当代人更容易让人接受，更意味着研究空间的敞开。

以上所做的分析，是针对围绕“日常生活审美化”这一话题展开讨论出现的几种值得注意的不同观点进行的，而不是针对所谓正反两方如何针锋相对、唇枪舌剑、你来我往甚至捉对厮杀的过程进行的。之所以这样做，是因为我们认为，这场争论，在具体观点的论述上并没有形成界限分明、壁垒森严的两大敌对阵营。参加讨论的人基本上是在自己赋予的“日常生活审美化”这一命题的含义上说话。这是一场多元的、多声部的讨论。勉强分为两派，只能说一边属于主张谈论派，一边属于不主张谈论派。然而，主张谈论者在谈论什么、怎样谈论、为什么谈论等问

① 李春青：《在消费文化面前文艺学何为?》，载《北京师范大学学报》2004 年第 2 期。

题上却存在着诸多分歧；不主张谈论者在为什么不主张谈论上也是理由各异。有些人认为“日常生活审美化”这一话题有食西方人牙慧、在西方人后边亦步亦趋的嫌疑而不主张谈论它；有些人认为“日常生活审美化”意味着物质丰富、生活水平提高、购买力增强，也就是人们有钱且有闲，而中国还有百分之九十多的人与这种生活不沾边，所以不主张谈论它；另有一些人则认为审美一词无论如何不能摆脱掉无功利性、非感官享乐性、精神性、心灵性、理性、超越性等规定，把美容、健身、购物、家装、游玩、广告等视为“审美化”，怎么说都有玷污审美的纯洁性之嫌，因此不主张用“日常生活审美化”这一命题来谈论眼下中国的一些与消费文化相关的现象。有意思的是，不管是主张谈论“日常生活审美化”的人，还是不主张谈论“日常生活审美化”的人，实际上已经都在谈论“日常生活审美化”了。如此看来，这场争论的意义已经远远超越了争论者各自的想法，它表明“日常生活审美化”是一个涉义丰富的论题，是一个关联性很强的论题。谈论它，不仅是在谈论现在，也是在谈论历史和未来；谈论它，不仅关乎中国，也涉及西方以及中西比较；谈论它，不仅是在观照我们的生活状态，也是在返观我们的生活道路与生活态度；谈论它，不仅涉及生活与艺术的关系、生活与美的关系、艺术与美的关系、高雅艺术与通俗艺术的关系，也涉及人与人的关系、人与物的关系、人与政治、经济、文化、意识形态的关系……这倒不是说“日常生活审美化”是一个大而无当的话题，而是说人们能够从不同角度理解它、阐释它。尽管在中国首先抛出“日常生活审美化”这一命题的陶东风多次申明“我谈的‘日常生活审美化’是有特定含义的，它的出现是有特殊社会历史原因的。”尽管有一些人拿出费斯通对“日常生活审美化”所做的三方面规定以示正宗理解，中国的学者们还是在

“日常生活审美化”这一话题下谈论出了更多的内容。这样的局面，从一个角度看，似有各说各的、焦点不集中、构不成真正的对话之嫌，但从另一个角度看，它也正是一场讨论不期然而然的收获和意义。

“日常生活审美化”讨论除了让我们领略了命题有它自己的命运以外，还让我们感受到了既活泼又严肃的良好学术气氛。学术研究需要坐冷板凳、需要独立思考、需要沉潜下来，但是，这并不意味着它不需要争鸣和交锋。那种自说自话、互不搭界、彼此隔绝的状态，那种虽有会议、虽名曰讨论，却唯唯诺诺或欲言又止，不敢说出自己真实想法和主张的状况，给学术界带来的不仅是沉闷，更是虚伪和猥琐。这一场围绕“日常生活审美化”所展开的讨论则一改这种局面，它形成了真正的交流：一个人的话茬，任何人都可以接；一个人的观点，任何人都可以提出赞成或反对意见，说出赞成或反对理由。在讨论问题、辨析问题、提问与应答、挑战与应战的状态下，学术文章从遣词用语到结构布局到写法风格，都发生了很大变化，刻板少见了、活泼出现了，妙语连珠、机智风趣等特点在学术文章中不再难觅踪影。更为可贵的是，它是一场严格意义上的学术讨论，它超越了革命/反动、进步/落后、唯物/唯心的模式，超越了揪辫子、扣帽子、打棍子等人身攻击、政治迫害的情结，超越了表演、哗众取宠、出个人风头等狭隘念头。不管是同事之间、同学之间，还是师生之间，不管是熟人之间，还是不熟悉的人之间，都心平气和地、认认真真地、平等真诚地为问题而争论，为解决问题而探讨。一场争论，带来了良好的学术空气，那么，它的意义很可能超越了得到几个具体的结论。

“日常生活审美化”争论的意义还在于，它使得文艺学学科的反思更加深入。早在“日常生活审美化”话题还未在中国展开之前，文艺学学科的反思就已经开始，20 世纪 90 年代中后期出现的文化研究、文化批评的呼声和行动就是这种反思的表现。稳健派学者钱中文的话最能说明这种反思的普遍性。他说，对于那种“认为审美就是审美，审美与其他文化因素无关，排除了审美的文化选择与其所具有的文化内涵的现象”应该反思。应该“解构那些严重束缚、阻碍文学艺术发展，无法对文学艺术进行科学解释的教条规定”[①]。业内人士已经认识到，文学研究的视野、思路、领域等都有必要得到拓展。“日常生活审美化”的争论正是在文艺学学科的反思过程中形成的，而这场讨论的进行又深化了文艺学的学科反思。在“日常生活审美化”这一语境下，一些学者对文艺学中的“本质主义”、“文本中心主义”、“审美中心主义”、“学科中心主义”等进行了反思。虽然在能否将“日常生活审美化”现象纳入文艺学研究这一点上人们争论的还很激烈，虽然对文艺学中到底存在哪些问题、如何解决存在的问题、如何建构新的文艺学等，学者们也还在讨论，但不管怎样，还是基本上达成了“文艺学学科不能守成”、“文艺学研究应该保持与现实的活跃、积极的联系”、“文学艺术的面貌、特点、本质是历史的、变化的”、“文艺学的研究对象、范围应该拓展”、“文艺学的研究方法、范式应该改变”、“文艺学的学科界限、研究旨趣应该开放”等方面的共识。

围绕着“日常生活审美化”这一话题的讨论还在继续，它将走向哪个方向、它将还会连带出哪些有意味的相关话题，都不是我们能够预料和掌控的。只要参与讨论的人摒弃凑热闹的心态、摒弃遇到与自己商讨的观点就有面子遭损的情绪化想法、摒弃为了说明自己有理而故意曲解甚至构置对方观点的做法，遵守

---

① 钱中文：《全球化语境与文学理论的前景》，载《文学评论》2001 年第 3 期。

学界规范、尊重学术道德，进一步的讨论就一定会有更多的收获。

八 生态文学及其意义

文学何为？文学的出路在哪里？每当社会发展出现新的情况，文学家、文学理论家乃至思想家、哲学家等，就会思考并谈论这样的问题。这种提问本身就说明，对于人类社会来说，文学绝不是可有可无的东西。即使有再多的个体不关心文学、不阅读文学作品，也不足以证明人类社会可以没有文学。自黑格尔宣告艺术即将终结到现在一百多年过去了，文学依然存在，而且不断发展。文学的生命力到底在哪里呢？纵观人类文学发展史，我们能够找到答案。文学的生命力就在于，它关心人、关心人的生存状况、关心人的前途命运。希腊悲剧、文艺复兴文学、启蒙文学、浪漫主义文学、批判现实主义文学、现代主义文学，无不表现出这样的属性。中国古代文学虽无明显的主题阶段性，但从“发愤著书”、“不平则鸣”、“独抒性灵”等文学主张中，还是能够看出给文学赋予的人文关怀意义。至于近代以降的“启蒙”、“救亡”文学以及新时期以来的“伤痕”、“反思”、“寻根”、“先锋”、“新写实”、“新体验”等文学，则更是鲜明地表现了文学关心人的本性。当人作为类的存在物匍匐于强大的自然威力、残酷的专制统治、神秘的宗教神学等脚下，不能焕发生机和活力、不能高扬尊严和价值时，文学就以自己的方式为张扬人的主体性、能动性、自由性、个性、人性等做出了自己所能做到的努力。如今，人类又陷入了新的困境，人类在工业化、城市化、现代化、利益最大化的追逐中，欲望越来越膨胀，总是以强者、统治者的姿态君临自然、掠夺自然、蹂躏自然，使得环境越来越恶化、资源越来越匮乏，进而导致自身的生存条件越来越差。在家园将失的空前困境面前，以人类、人性关怀为己任的文学，自然会作出反应。全球范围的越来越高涨的生态文学思潮就是这种反应的集中表现。

（一）生态文学的诞生及含义

1962年，美国女学者、作家蕾切尔·卡逊的长篇报告文学《寂静的春天》问世了，她以真挚的感情、细腻的笔触描写了缺少百鸟争鸣、缺乏百花争艳的一个死气沉沉的春天，揭露了化学杀虫剂等对环境造成极其恶劣的影响的事实，批判了科技文明一意孤行犯下的罪过。它的诞生标志着作家在作品中自觉地表达生态意识、深入地思考人与自然关系的生态文学时代的到来。正如美国前总统阿尔·戈尔为《寂静的春天》再版写序时所说："蕾切尔·卡逊的影响力已经超过了《寂静的春天》中所关心的那些事情。她将我们带回如下在现代文明中丧失到了令人震惊的地步的基本观念：人类与自然环境的相互融合。本书犹如一道闪电，第一次使我们时代可加辩论的最重要的事情显现出来。"①继《寂静的春天》之后，美、英、法、德、加、俄等国家纷纷出现各种体裁的生态文学作品，像我们所熟悉的艾特玛托夫的小说《白轮船》《断头台》以及阿斯塔菲耶夫的小说《鱼王》等，都属于有明确生态思想的生态文学作品。

中国的生态文学思潮兴起于20世纪80年代初的台湾地区，

---

① ［美］阿尔·戈尔：《寂静的春天·前言》，载蕾切尔·卡逊《寂静的春天》，吉林人民出版社1979年版，第19页。

到80年代中期，大陆文学界亦见生态意识的觉醒，以生态问题为题材的报告文学、散文、诗歌、小说、童话等都有出现。这里，我们稍作一些列举，以示生态文学创作之一斑：沙青的《北京失去平衡》、《依稀大地湾》，徐刚的《伐木者，醒来！》、《江河并非万古流》、《世纪末的忧思》、《拯救大地》、《中国，另一种危机》，李青松的《遥远的虎啸》、《告别伐木时代》、《秦岭大熊猫》，哲夫的《黄河苦旅》、《长江怒语》，郭雪波的《大漠魂》等是生态报告文学的代表；包国晨的《寻觅第一峰》是生态诗歌、散文集；胡发云的《老海失踪》是生态小说；饶远的《蓝天小卫士》、《水妈妈的美梦》、《拯救魔星》等是生态童话……在我国，对生态文学发展有利的是，各级环保部门已经意识到以具体、生动、丰富、形象、感染力强为特点的文学之于环保宣传的重要性，纷纷大声疾呼文学家将自己的写作向这方面倾斜：各种环保刊物争相辟出副刊，给生态文学一席之地；专门发表生态作品的文学刊物《绿叶》也已于1992年正式出版发行；在作品中表达生态思想的作家越来越多，生态文明、生态文化建设成为很多人的自觉使命，像2009年5月由作家出版社出版的《一群文人与一片绿》一书就是2008年启动的“名人名家生态文化江西行”采风活动的成果。最为可喜的是，一些作家走出书斋、走入自然，不断揭示生态危机的严峻现实，不断批判人在自然面前的蛮横、霸道，不断指出人对生态和谐的重要责任，因而被称为生态文学家，徐刚、李青松、郭雪波、哲夫等人就是这样的作家。

应该说，“生态文学”一词或与该词意思相当的环境文学、自然写作等词汇，在西方是20世纪60年代以后随着生态作品创作的发展逐渐散播开来，于90年代达到盛行、热说的程度的。在中国，“生态文学”或与之意思相近的词汇是20世纪

80年代中期以后随着生态作品创作的发展逐渐盛行起来的。在生态文学领域存在着一词多义现象，也就是说，不同的人所说的“生态文学”其内涵和外延很可能是不相同的。有人认为，不仅自然界中存在着生态问题，人类社会、人自身、人的文化之中，都存在着生态问题，因此，生态文学不仅仅指反映人与自然关系的文学，也包括反映人与社会、人与人、人的物质生活与精神生活关系的作品，也就是说，应该广义地理解生态文学。我们认为，如果这样理解生态文学，那么可以说自有文学以来的一切文学作品都是生态文学，这样一来，生态文学一词就成了文学一词的代名词，生态文学所独有的文学史意义和环保旨趣反倒淡化了。与这种对生态文学的广义理解不同，有一些人则把生态文学界定得非常狭窄，认为只有直接呈现环境恶化现实、批判破坏环境行为或歌颂保护环境行为的作品才算生态文学。我们认为，把生态文学理解得太广与太狭，对于生态文学的发展和生态文学研究的展开都是不利的。那些讴歌美好的大自然的作品，那些表达对大自然热爱之情的作品，那些表现人与自然和谐相处的作品，那些呈示自然被蹂躏得满目疮痍的作品，那些抨击破坏自然行为的作品，那些由写自然的生态危机进而到人类的文化、价值观中挖掘造成这种危机根源的作品，都应该被称为生态文学。生态文学关乎的是人与自然的关系，表达的是生命平等观、生态和谐观。生态文学既包括近现代以来有自觉、明确的生态意识的作品，也包括古代有朴素生态意识的作品。生态文学的种类涉及报告文学、散文、诗歌、小说、童话等多种样式。在对生态文学的诸多界定中，我们比较认同王诺的定义：“生态文学是以生态整体主义为思想基础、以生态系统整体利益为最高价值的考察和表现自然与人之关系和探寻生态危机之社会根源的文学。生态责任、文明批判、生态理想和生态预警是其突出特点。”[①] 这样理解生态文学，也表明了我们对生态文学领域一义多词现象的看法：虽然用“环境文学”、“大地文学”、“自然写作”、“公害文学”、“绿色文学”等置换“生态文学”并不是绝对行不通的，但是，毫无疑问，“生态文学”是最恰如其分的称呼。

（二）生态文学与文学研究

生态文学的崛起给文学创作和文学研究带来了一股蓬勃生气。它拓宽了文学的审美领域、扩大了文学的题材范围、深化了文学的主题意蕴；它使得文学研究获得了新的视角、新的思路、新的价值判断标准。

20 世纪 90 年代，生态批评在美、英文学研究界掀起了一股不小的热浪。1991 年，美国语言文学界最有影响力的全国性组织——现代语言学会举办“生态批评：文学研究的绿色化”研讨会；1992 年，“文学与环境研究会”在内华达大学成立；1995 年，这个研究会在科罗拉多大学召开研讨会，二百多人参加会议、提交论文；1996 年，格罗特费尔蒂主编的《生态批评读本》出版；1998 年，英国批评家克里治、塞梅尔斯主编的《书写环境：生态批评和文学》出版……生态批评的特点和原则在于，它不搞封闭的理论象牙塔，它有明确的当下指向性、现实责任感，它反对人类中心主义，它秉承对自然的正派友好态度。

中国的生态文学研究几乎与美、英同步。1991 年中国环境文学研究会成立，1993 年“首届全国生态文学作品研讨会”在广东车八岭国家级自然保护区举办。至今，这种全国性的生态文

---

① 王诺：《欧美生态文学·导论》，载《欧美生态文学》，北京大学出版社 2003 年版，第 11 页。

学作品研讨会已经在不同地点举办了多次。另外，像包国晨、李青松、徐刚、郭雪波、饶远、王治安等人的生态文学作品研讨会也都分别在不同时间、地点举办过。

生态文学的研究，不仅表现在对当前有明确生态意识的生态作家作品的研究，还表现在对古今中外诸多反映自然与人之关系的作家作品的研究，像李明珠的《论陶诗创作的回归主题》（载《安徽教育学院学报》2004 年第 1 期），卢兆泉的《从生态视角重读〈猎人笔记〉》（载《杭州教育学院学报》2002 年第 3 期），王嘉绒、杨励轩的《在生态批评的视角中重新检视中国知青小说》（载《兰州铁道学院学报》2003 年第 5 期），陈茂林的《海明威的自然观初探——〈老人与海〉的生态批评》（载《江汉论坛》2003 年第 4 期），袁雪生、付淑琴的《追寻人与自然的和谐之美——生态批评视野中的〈鱼王〉》（载《江西社会科学》2003 年第 5 期），陆雷的《在荒野里永生——以生态文学视角解读福克纳小说〈熊〉》（载《苏州教育学院学报》2004 年第 3 期）等就是这方面研究的代表。从对生态文学的基本理解出发，其实是可以重读重审文学史上任何作品的，那些蕴涵着生态思想的作品将会得到增值评判，而那些缺乏生态思想甚至具有反生态思想的作品，就会得到减值评判，有的作品则会因为混合着生态思想与反生态思想而被判为需要辨析的复杂存在。

生态文学的研究不仅可以对以往的具体文学作品进行重读重审，作出作品诞生当时不可能作出的增值评价或减值评价，还可以更宏观地寻找、发掘出一条贯穿于一定时间范围的生态文学传统。像美国的生态文学研究者就通过一番努力挖掘出一个以自然为主题的非小说类美国自然文学传统。我国文学研究者也有这方面的尝试，陈旋波的《生态批评视阈中的 20 世纪中国文学》（载《创作评谭》2004 年第 4 期）就是这种研究的一个代表。

他力图把启蒙、救亡、抗战，一直到新时期以来的各种主流文学思潮遮蔽下的处于潜伏状态的生态文学线索寻找出来。这种从新的角度发掘、重构文学传统的努力，为文学研究走向更广阔的天地打开了一扇窗子，意义非同小可。

生态文学的研究还有一种表现，那就是它的学科化、理论化。尽管中外都有一些生态文学研究者反对生态文学研究的理论化，主张研究话语、研究方法等的开放性、灵活性、多样性，但是，学科理论化的想法和做法还是出现了。建立生态文艺学、生态诗学、生态美学等呼声在我国已经是言说多时的一件事情了。鲁枢元的《生态文艺学》、曾永成的《文艺的绿色之思——文艺生态学引论》于2000年分别由陕西人民教育出版社和人民出版社出版，这两本书所建构的理论体系其实并不仅仅关乎我们所理解的生态文学，而是关于文学生态即文学的生长条件的。但不管怎么说，对文学的生态研究是在生态文学创作热潮下诞生的。

总之，生态视角的文学研究不管走得有多远，其思路、视野的更新、扩展，确实受惠于生态文学创作热，这是不容否认的事实。

（三）生态文学与文化发展

诚然，生态文学是反对人类中心主义和文化中心主义的，但是，生态文学并不是反人类、反文化的。在生态文学这面旗帜下，人类既直面并回答了迎面而来的现实问题，又挖掘、发挥了自古以来的相关思想资源，还很好地进行了不同民族间的文化交流，所以说，生态文学不但没有破坏人类文化，反而发展了人类文化。

生态文学为古今贯通，使前代思想资源在当今时代焕发新的生机提供了契机。中国古代思想资源极其丰富，尘封于各种文献典籍之中。今天，随着生态思潮尤其是生态文学思潮的兴起，它们被激活了。像“天人合一”、“和实生物”、“道法自然”、“使民以时”、“用物以度”、“民胞物与”等思想，在生态文学作品和生态文学研究中一再被提及，陶渊明、谢灵运、李白、杜甫、王维、杨万里等古代诗人描写人与自然关系的作品一再被强调。他们在新的语境下获得了在他们那个时代不可能有的增值评价。西方人也在不断地挖掘、生发着他们的生态思想传统。他们不仅传扬着卢梭、梭罗、华兹华斯、海德格尔、里尔克等人讴歌自然、反思现代性的哲思和诗句，他们不仅到浪漫主义那里重构生态写作传统，他们还把触角伸向了文艺复兴、中世纪乃至荷马、赫西俄德。

生态文学还为中西文化交流、在全球化语境下建立真正的社会公共性话语开辟了渠道。它是一面有号召力的旗帜，在不算长的时间里，中西生态思想已经在这面旗帜下形成了对话、共鸣的态势。这里，我们不妨罗列一串翻译成中文的书名：《鱼王》（[前苏] 阿斯塔菲耶夫，上海译文出版社 1982 年版）、《俄罗斯森林》（[前苏] 列昂诺夫，黑龙江人民出版社 1984 年版）、《白轮船》（[前苏] 艾特玛托夫，上海译文出版社 1986 年版）、《断头台》（[前苏] 艾特玛托夫，外国文学出版社 1987 年版）、《环境科学导论》（[美] 莫兰，海洋出版社 1987 年版）、《生态哲学》（[德] 汉斯·萨克塞，东方出版社 1991 年版）、《细胞生命的礼赞》（[美] 刘易斯·托玛斯，湖南科学技术出版社 1992 年版）、《敬畏生命》（[法] 阿尔贝特·史怀泽，上海社会科学院出版社 1995 年版）、《濒临失衡的地球》（[美] 阿尔·戈尔，中央编译出版社 1997 年版）、《沙乡年鉴》（[美] 利奥波德，吉林人民出版社 1997 年版）、《寂静的春天》（[美] 蕾切尔·卡逊，吉林人民出版社 1997 年版)、《与狼共度》《被捕杀的困鲸》。《鹿之民》([加] 莫厄特，北岳文艺出版社 1998 年版)、《环境与社会》([美] 查尔斯·哈珀，天津人民出版社 1998 年版)、《大自然的权利》([美] 纳什，青岛出版社 1999 年版)、《自然之死》([美] 卡洛林·麦茜特，吉林人民出版社 1999 年版)、《环境伦理学》([美] 罗尔斯顿，中国社会科学出版社 2000 年版)《瓦尔登湖》([美] 梭罗，上海译文出版社 2006 年版)……这些译著的出版、传播，已足够说明中国人为了生态主动向西方“拿来”的气度，而这诸多书中的丰富思想也已逐渐在中国人中形成影响。同时，中国的生态思想也在西方得到了重视，《老子》《庄子》《论语》《孟子》《荀子》以及陶渊明诗等蕴涵着东方生态智慧的经典文献，被西方生态人奉若至宝。庄子关于机械、机事、机心的言论，被法国的史怀泽赞赏为有关生态危机的先见之明，他说：“这位园丁在公元前 5 世纪所感到的危险，正以其全部严重性出现在我们之中。”① 美国物理学家卡普拉说：“道家提供了最深刻和最美妙的生态智慧的表达之一。它强调本源的唯一性和一切自然与社会现象的能动本性。”② 澳大利亚学者西尔万·贝内特也说：“道家思想是一种生态学的取向，其中蕴涵着深层的生态意识，它为‘顺应自然’的生活方式提供了实践基础。”③ 美国学者杜宁在其《多少算够——消费社会与地球的未来》一书中引用了纽约世界观察研究所“世界的宗教和主要文化对消费的教导”所列的表格，其中，“过犹不

---

① [法] 阿尔贝特·史怀泽：《敬畏生命》，上海社会科学院出版社 1995 年版，第 35 页。

② [美] 弗·卡普拉：《转折点》，中国人民大学出版社 1989 年版，第 310 页。

③ 转引自雷毅《深层生态学——一种激进的环境主义》，载《自然辩证法研究》1999 年第 2 期。

及”和“知足常乐”被概括为儒家和道家的消费教导。① 中国当代作家的作品也引起了西方人的注意，2004 年初，山西生态作家哲夫的十卷本《哲夫文集》已由美国联邦书局向全球发行。

可以说，无论是中国还是西方，自古以来的生态思想资源都是极其丰富的，同时又都是散见于各种文献之中有待于进一步仔细发掘、整理、阐释的。生态旗帜下的文化重建和文化交流定会风景无限。

（四）生态文学与人类生存

近代以来，人类的生存方式是技术——经济模式的，是追求现代化、高扬主体性的，是自我膨胀型、征服型的。不能说这样的生存方式没有历史的合理性和进步意义。但是，如今，当人类的生存环境出现严重危机的时候，我们不能不对这种生存方式加以反思：现代化在给人类社会带来巨大进步的同时，也带来了重重灾难，以致人类的生存受到威胁。正如美国后现代理论家大卫·雷·格里芬所说：“现代性的持续危及我们星球上的每一个幸存者，随着人们对现代世界观与现代社会中存在的军国主义、核主义和生态灾难的相互关系的认识的加深，这种意识极大地推动人们去考核查看后现代世界观的根据，去设想人与人、人与自然界及整个宇宙之间关系的后现代方针。”② 其实，早在 19 世纪，马克思就意识到了这个问题，他说：“在我们这个时代，每一种事物好像都包含有自己的反面。我们看到，机器具有减少人

---

① ［美］艾伦·杜宁：《多少算够——消费社会与地球的未来》，吉林人民出版社 1997 年版，第 2 页。

② ［美］大卫·雷·格里芬：《后现代精神》，中央编印出版社 1998 年版，第 238 页。

类劳动和使劳动更有成效的神奇力量，然而却引起了饥饿和过度的疲劳。新发现的财富源泉，由于某种奇怪的、不可思议的魔力而变成贫困的根源。技术的胜利，似乎是以道德的败坏为代价换来的。随着人类日益控制自然，个人却似乎日益成为别人的奴隶或自身的卑劣行为的奴隶。甚至科学的纯洁光辉仿佛也只能在愚昧无知的黑暗背景上闪耀。我们的一切发现和进步，似乎结果是使物质力量具有理智生命，而人的生命则化为愚钝的物质力量。现代工业、科学与现代贫困、衰颓之间的这种对抗，我们时代的生产力与社会关系之间的这种对抗，是显而易见的、不可避免的和毋庸争辩的事实。"[①] 因此，马克思才号召人类为实现共产主义而奋斗，因为"这种共产主义，作为完成了的自然主义，等于人本主义，而作为完成了的人本主义，等于自然主义，它是人和自然界之间、人和人之间的矛盾的真正解决"[②]。马克思认为，"人同自然界的关系直接就是人和人之间的关系，而人和人之间的关系直接就是人同自然界的关系，就是他自己的自然规定。"[③] 所以，"人们对自然界的狭隘关系制约着他们之间的狭隘关系，而他们之间的狭隘关系又制约着他们对自然界的狭隘关系。"[④] 因此，"人与自然的和解"与"人本身的和解"是相互为用的。

生态文学就是要通过揭示自然生态危机严峻的现实，通过批判发展主义、人类中心主义、消费主义，通过展现人与自然同情共感、和谐交往的可能和理想等，呼唤、培育大众的生态意识、

---

① 马克思：《在"人民报"创刊纪念会上的演说》，载《马克思恩格斯全集》第 12 卷，人民出版社 1962 年版，第 4 页。

② 马克思：《1844 年经济学—哲学手稿》，刘丕坤译，人民出版社 1979 年版，第 73 页。

③ 同上书，第 72 页。

④ 马克思、恩格斯：《德意志意识形态》，载《马克思恩格斯选集》第 1 卷，人民出版社 1972 年版，第 35 页。

环保行为和健康的发展观、消费观、价值观，从而促进自然生态、社会生态、人的精神生态各自的和谐以及它们之间的和谐。它就是一袭凉风，要吹醒那些忙忙碌碌、急功近利、在泛商品化的消费社会中迷失方向的人们，让他们停一停，整理一下早已变得七零八落的人与人、人与自然、人与自我的关系，思考一下物质生活与精神生活的关系。还有，生态文学创作与研究将同女性主义文学创作与研究、后殖民主义文学批评等一道，形成一股旨在呼唤平等、消除对立的合力，对人的言行方式、价值观念等构成提醒，对世界结构产生影响。确实，当人在自然面前、男人在女人面前、富人在穷人面前、发达国家在发展中国家面前，仿佛天经地义的强势和特权受到越来越强烈的质疑时，当阶级、种族、性别、环境问题一再被意识和言说时，真正和谐的自然生态、社会生态、精神生态，或许有可能逐渐形成。

文学对人的作用不是立竿见影的，但是，生态文学就像海德格尔所说，是一棵"开花的树"，会不停地向人们示意"诗意栖居"的可能。尼采曾说："德国人畏怯地环顾四周，想为自己寻找一位引他重返久已丧失的家园的向导，因为他几乎不再认识回乡的路径。那么，他只需倾听酒神灵禽的欢快召唤，它正在他头顶上翱翔，愿意为他指点归途。"① 今天，我们可以视生态文学为向人类发出召唤的"酒神灵禽"，让它作为向导指引我们返回和谐的家园。

生态文学的勃兴，再一次证明，文学只要与摆在人们面前的严峻问题相关、与人类的终极关怀相关，就是有作为、有出路的。它也证明了文学建立与时代相关的"宏大叙事"的可能性

---

① ［德］尼采：《悲剧的诞生》，载《尼采美学文选》，生活·读书·新知三联书店1986年版，第103页。

与必要性。它对游戏文学观、泄欲文学观、金钱文学观等必然构成一定的冲击。它也向或无奈或兴奋地喊着“文学无用”“、文学过时”的人们亮起了一盏红灯。

当然，我们强调生态文学的意义，并不是主张生态文学一枝独秀从而反对文学的多元化，我们只是要说：刚刚初绽花蕾的生态文学，要为文学的百花园添姿增彩，要为人类的“诗意栖居”起到真正的示意作用，还需要更多的人关注、呵护和浇灌。

九　生态批评中的概念混乱问题

在“中国知网”的“人文与社科学术文献总库”中，以“生态批评”为主题进行检索，1980—1999 二十年间，文章篇数为 0，而 2000—2009 十年间，文章篇数为 944，2010—2011 两年间，文章篇数为 681。可见，对“生态批评”的言说，呈越来越热的趋势。这些言说包括对生态批评何时出现、为何出现、它的内涵、对象、范围、特征、意义、思想基础、理论依据、价值标准等的认识和讨论。其实，对生态批评的言说，实际的文章量远比我们列出来的篇数多，因为有些言说并未用“生态批评”这个词。在中国学界，谈论“生态批评”往往存在着与生态文学、生态文艺学、文艺生态学、生态文学研究等词混用，以致缠绕不清的问题。而这种现象的存在是不利于生态批评的理论建设和实践拓展的。因此，本书尝试对与生态批评既相关又含义不同的一些概念进行较为明确的辨析和厘清，作为对生态批评的一种正名。

（一）生态批评与生态文学

文学批评与文学作品不是同一层面的事物，这一点稍有文学常识的人都知道。同理，生态批评与生态文学所指不在同一层面，也不是什么需要特别指出的问题。但是，在翻阅与“生态”相关的一些文章时，偶尔还真能遇到一些稍显混淆的文字。在《生态文学研究不可“作茧自缚”》一文中，有这样一些话：“目前还存在以生态文学为旗号，为所谓的学术创新进行简单化的‘拉郎配’现象。即用生态文学理论去生搬硬套地解读文学史上的经典作品，却罔顾这些作品本身是否有生态文学的元素。这并不是说生态文学不能关注传统的经典作品，而是说生态文学作为新的学术体系，有其独特的内涵。”① 这段话意在指出，有些文学研究者缺乏严肃的治学态度和科学的治学精神，在批评实践中，只顾用“生态批评”这个新名，却并未真行生态批评之实，未能使自己的批评成为有新视野、新思路、新发现、新判断、新贡献的真正的生态批评。这种提醒和警示，针对越来越浮躁的学术界是很有必要的。但是，“不是说生态文学不能关注传统的经典作品，而是说生态文学作为新的学术体系，有其独特的内涵”这句话中两次出现的“生态文学”确属用词不当，两个“生态文学”无论如何都应换成“生态批评”。“生态文学”是创作层面、作品层面的存在，它不是什么新的学术体系，它也无法去关注传统的经典作品。作为新的学术体系、有能力去关注传统的经典作品的只能是“生态批评”。

探讨生态批评的起始点，学界一般把目光投射到20世纪70

① 武田田：《生态文学研究不可“作茧自缚”》，载《光明日报》2011年5月21日。

年代中后期。1974 年，美国学者密克尔出版专著《幸存的喜剧：文学的生态学研究》，主张批评应“细致并真诚地审视和发掘文学对人类行为和自然环境的影响”，并尝试从生态学的角度批评古希腊戏剧、但丁、莎士比亚以及某些当代文学作品。同年，另一位美国学者克洛伯尔在《现代语言学会会刊》上发表文章，将“生态学”和“生态的”概念引入文学批评。1978 年，鲁克尔特在《衣阿华评论》冬季号上发表题为《文学与生态学：一次生态批评实验》的文章，首次使用了“生态批评”一词，明确提倡“将文学与生态学结合起来”，强调批评家“必须具有生态学视野”，认为文艺理论家应当“构建出一个生态诗学体系”。20 世纪 90 年代以来，“生态批评”作为一种思潮、流派，在美、英等国的文学研究界盛行开来，声势可谓浩大。

在中国，“生态批评”一词出现在 20 世纪 90 年代。学界一般认为，司空草在 1999 年第 4 期《外国文学评论》上发表的《文学的生态学批评》一文，可视为中国出现“生态批评”这个概念的标志。司空草写的是一篇简介性质的文章，文中说，“生态学批评”作为新词汇，在西方虽有二十几年的历史，但作为一种文学批评方式，它 20 世纪 90 年代才兴盛起来，进入 21 世纪正呈方兴未艾之势。主要谈到了 1996 年出版的格罗特费尔蒂和弗洛姆合编的《生态批评读本》及霍普金斯大学出版的 1999 年夏季号《新文学史》中作为专辑出现的生态批评文章。认为生态批评主要是一种问题研究，而非方法论的批评，它产生于后现代、后殖民时代“杂交”的文化背景中，关注的也不仅仅是自然生态问题，也是文化生态批评。[①] 至于对生态批评的内涵、对象、范围、特征、意义、思想基础、理论依据、思想资源、价

① 司空草：《文学的生态学批评》，载《外国文学评论》1999 年第 4 期。

值标准等的认识和讨论，则兴盛于新世纪以来的十多年间。但是，出于对生态危机问题的关注等生态责任感而进行的，对文学与自然关系的考察、对文学作品生态意识的考察与呼唤等生态批评实践，却早于对生态批评本身的探讨。早在1983年，赵鑫珊就发表了《生态学与文学艺术》一文，呼唤文学艺术工作者，面对生态危机的现实，行动起来创作出不辱时代使命的艺术作品。[①] 这篇文章可视为我国生态批评实践的最早影踪。张韧于1987年、1994年、1999年分别发表《环境意识与环境文学》《环境文学：绿色家园的失落与重建》《环境文学与思维变革》等文章，为生态批评的展开做着不懈的努力。鲁枢元、王先霈、王诺等学者都从不同角度为我国生态批评的理论建设和实践开展做出了较为突出的贡献。

"生态文学"一词或与该词意思相当的环境文学、自然写作等词汇，在西方是20世纪60年代以后随着生态文学创作的发展逐渐散播开来，于90年代达到盛行、热说的程度的。在中国，"生态文学"或与之意思相近的词汇，是20世纪80年代中期以后随着生态文学作品创作的发展逐渐传播开来的。生态文学研究者王诺曾在2003年对生态文学做过较有说服力的界定："生态文学是以生态整体主义为思想基础、以生态系统整体利益为最高价值的考察和表现自然与人之关系和探寻生态危机之社会根源的文学。生态责任、文明批判、生态理想和生态预警是其突出特点。"[②] 然而，在生态文学领域，还是既存在一义多词现象，也存在一词多义现象。所谓一义多词，是指有一些人经常用"环

---

① 赵鑫珊：《生态学与文学艺术》，载《读书》1983年第4期。

② 王诺：《欧美生态文学·导论》，载《欧美生态文学》，北京大学出版社2003年版，第11页。

境文学”、“绿色文学”、“大地文学”、“公害文学”、“自然写作”、“环保文学”等表达与“生态文学”相近的意思。而一词多义指的是，不同的人所说的“生态文学”其内涵和外延很可能并不相同。有人把反映自然生态、社会生态、文化生态、精神生态的文学作品都视为生态文学，有人则只把直接呈现环境恶化现实、批判破坏环境行为或歌颂环保行为的作品视为生态文学。对于一义多词现象，我们倾向于认为，“生态文学”是最恰如其分的表述，但是，“绿色文学”之类的称谓也不是绝对行不通。而对于一词多义现象，我们认为有必要在充分讨论的基础上越早达成共识越好。因为把生态文学的含义理解得过广或过狭，对于生态文学创作和生态文学研究的展开都是不利的。生态文学是在生态危机的现实中诞生的，它关心的是人对自然的态度以及人与自然的关系，它表达的是生命平等观、生态整体观和生态和谐观，它蕴涵着对人类历史、文明、文化、生活方式、生产方式、价值观念、思维习惯等的反思。也就是说，生态文学有着较为强烈的生态意识。这样认识生态文学，我们倾向于把它进行广义和狭义之分，狭义的生态文学指现代针对严重的生态危机，表达自觉、明确的生态意识的作品，广义的生态文学则除此之外还包括古、近代有朦胧、朴素的生态意识的作品。

生态批评与生态文学的关系应该这样表述：二者在人生观、价值观、发展观、自然观、文学观等方面存在很大程度的一致性，但是，二者既不是同一层面的存在，也不是同一范围的存在。生态文学仅是生态批评对象中的一部分，生态批评的对象既包括生态文学，也包括非生态文学，甚至包括反生态文学。也就是说，作为一种批评派别、批评方法，生态批评应该具备解读、诠释任何文学作品的能力。有人担心生态批评因强调社会批评、文化批评而远离文学性，因而主张在“生态”和“批评”之间加上“文学”或“文艺”，把生态批评表述为“生态文学批评”或“生态文艺批评”。其实，这种担心和主张没什么必要，就像说精神分析批评、神话—原型批评、结构主义批评、女性主义批评等，谁都领会它们指向文学批评一样，说生态批评，谁也都知道它指的是文学批评之一种。如果一些人习惯于将生态批评称为“生态文学批评”或“生态文艺批评”，那也应该在“生态”后作停顿，而不应该在“批评”前作停顿，也就是说应将“生态”理解为这种文学批评或文艺批评的性质、方向，而不应该将“生态文学”或“生态文艺”理解为对这种批评的对象限定。

（二）生态批评与生态文艺学

把生态批评等同于生态文艺学，从而在言说中混合使用的现象更为普遍。像“一种与西方同步的文艺批评，即生态文艺学正在中国兴起”① 以及“作为一种文学和文化批评，生态批评（或称文艺生态学、生态文艺学）的产生有着时代的必然”② 等表述在各种文章、各种媒体中极其常见。

其实，生态文艺学作为一个学科存在的合法性，值得怀疑。众所周知，研究文学的学问统称为文艺学，它包含文学史、文学批评、文学理论三个分支。文学批评是最活跃的一个领域，每当社会的生产方式、生活方式、价值观念、审美风尚等发生变化，文学批评就会产生新流派、新方法、新视野、新思路，从而引起文学史写作、文学理论建构方面的一些变化。但是，一般来说，

① 张晧：《一种新的文艺批评——评鲁枢元的〈生态文艺学〉》，载《文艺报》2002 年 10 月 24 日。

② 李洁：《生态批评在中国 17 年发展综述》，载《兰州大学学报》2005 年第 6 期。

文学批评、文学史、文学理论的变化并不会导致文艺学的新命名，比如，我们并没有“反映论文艺学”、“本体论文艺学”、“价值论文艺学”、“系统论文艺学”、“信息论文艺学”、“控制论文艺学”、“精神分析文艺学”等称呼及一套相应的学科建制。因为，作为一门学问，文艺学是在兼容并蓄、博采众长的原则下一步一步积淀起来的；作为一个涵盖较广的学科，其发展有相对稳定性和延展合理性等规律。2002 年 6 月 21 至 24 日，“首届生态文艺学学科建设研讨会”在苏州召开，与会者发出的“绿化文学，绿化心灵”的倡议书耐人寻味。倡议书说：“生态美学、生态批评不仅仅是一些概念和规则、推理和论证，不仅仅是一些知识和逻辑，一些结构和系统，更重要的那还是一种立场，一种态度，一种情感，一种行为，一种实践，一种精神，一种生存的方式，一种人生的理想式憧憬。”[①] 这种理念与生态批评在西方产生时源于主张者们对理论思辨的反感、对抽象智力活动的厌烦，将批评从理论化的泥潭中拯救出来、使之与生动的现实相关联的初衷是相通的，反倒与“生态文艺学学科建设”的议题有些出入。这是否正意味着与其拉着架势忙于构建宏大的学科体系、理论话语，莫不如多注意具体的文学现象，从生态意识的形成、生态世界观的确立等角度对作家、作品、创作走向等进行深入分析和评价更有意义呢？在对生态文艺学的合法性表示怀疑的学人中，吴家荣的言辞比较激烈。他认为生态文艺学无学理性支撑，是臆造的一门学科。生态问题确实应该引起人们的广泛重视，但是，生态文艺学的诞生却没有道理，如果文学关注什么，

---

① 朱立元等：《绿化文学，绿化心灵——中国首届生态文艺学学科建设研讨会倡议书》，载鲁枢元《生态批评的空间》，华东师范大学出版社 2006 年版，第 328 页。

文艺学就相应地跟着建立一个新学科，“是否要产生‘反恐文艺学’、‘三农文艺学’、‘艾滋病文艺学’以引起世人疗救的注意呢？”如果为了树立生态环保观念、催生绿色文学，生态文学、生态批评足矣。“传统的文艺学难道对生态文学作品不能进行理论概况与指导，而需另创一套语码、范畴，来揭示出生态文学的独特规律？或者生态文学必得赖于生态文艺学独特理论的总结、提升，才能促进生态文学的繁荣吗？倘如此，军事文艺学等名目繁多的文艺学也就会雨后春笋般地涌现，这显然难为人接受。”①

即便生态文艺学作为一个学科的合法性得到承认，它与生态批评也是属性、含义不同的两个概念。生态批评是文学批评之一种，与社会历史批评、精神分析批评、神话—原型批评、结构主义批评、后殖民主义批评、女性主义批评等属于同一位列，主要指向在一定文学理念和价值理念之下对文学现象进行分析的批评实践。正如王诺所说：“生态批评不能仅仅限于学科建设和理论自足，不能纯学术化、艰深晦涩化。它是‘处于危险世界’的批评家奋起寻求自然和人类解救之途的批评。”② 而生态文艺学则学科性、学问性、理论性、体系性更强。广义地说，生态文艺学应该包括生态角度的文学批评、文学史研究、文学理论建构，显然在外延上包含生态批评；狭义地说，生态文艺学即指生态文学理论，与生态批评、生态文学史在同一位列，属于广义生态文艺学的三个分支之一。无论怎样，生态批评和生态文艺学都应是界限分明的两个概念。分清这两个概念，该用哪个的时候用哪个，使信息发出者和信息接收者在同一层面、同一范围思考问

① 吴家荣：《“生态文艺学”、“生态美学”的学理性质质疑》，载《学术界》2006 年第 3 期。

② 王诺：《欧美生态批评》，学林出版社 2008 年版，第 236 页。

题，既能避免意思传达的混乱，也有利于问题探讨的深入和两方面建设的加速。

（三）生态批评与文艺生态学

有相当一部分谈论生态批评的人在生态批评与文艺生态学之间也是画等号的，他们的逻辑是，文艺生态学就是生态文艺学，而生态文艺学等于生态批评，所以文艺生态学等于生态批评。如前所述，我们认为生态批评与生态文艺学不是一回事，即便承认生态文艺学有存在的合法性，二者也是有区别的。但是，就对“生态文艺学”这一概念的理解来说，它与生态批评有内在联系。它们以生态整体利益为最高价值诉求，秉持人与自然主体间性关系等新认识考察文学，检视文学在人与自然关系的历史中所持的态度、所起的作用、所在的位置。正如刘锋杰所说：“可以说现在的生态文艺学，是一种从生态学的宏观视野出发，研究文艺与宇宙生态系统关系的学科，且以这一学科来传达生态学的一般观念，从而为普及人类的生态意识而作出自己的独特贡献。它由以下五个基本方面构成：1. 它以人与宇宙生态系统关系的研究作为基本对象；2. 以人在文学艺术中如何表达了他们的生态意识作为基本内容；3. 要解决的是文艺在表现生态意识时所体现出来的与社会之间的矛盾冲突；4. 勾勒文艺表现生态意识的历史过程及其不同的方式与方法；5. 从事生态批评的一般理论标准的研究，为生态批评确立基本的批评原则。”[①] 而文艺生态学则既不应该是生态文艺学，也不等于生态批评。早在 1985 年，司马云杰就在《谈文艺生态学》一文中对文艺生态学进行了较

---

① 刘锋杰：《生态文艺学的理论之路》，载《安徽师范大学学报》2003 年第 6 期。

为明确的界定："文艺生态学是从人类生存的整个自然环境和社会环境的各种因素交互作用研究文艺生产、发展规律的一种学说。"[①] 1987 年，鲍昌主编的《文学艺术新术语词典》中收入了"文学生态学"一词。1988 年，古远清主编的《文艺新学科手册》中，对"文艺生态学"一词的解释更为清楚全面：文艺生态学是"从人、自然、社会、文化等各种变量关系中，研究文艺的产生、分布以及发展规律的一门学科，是文化生态学的一个分支。""具体说来，它强调文艺是在什么样的环境中产生和发展的，影响文艺生存、发展的都有哪些环境因素，这些因素之间存在什么样的关系。"[②] 也就是说，文艺生态学将文艺视为一种生物，研究其生长、分布、发展的态势、规律及影响因素。刘锋杰认为，"文艺生态学是将文艺作为一种生态学的具体研究对象来解剖，这可能会在文艺的内在生态模型问题的研究上，产生新的突破，但这样的研究，不是换一种眼光去观察文艺，从而引出对于文艺本质的颠覆性新理解，所以，这显然不是文艺学研究引进生态学的初衷。"[③] 我们同意这种看法。可以说，文艺生态学是对生态学结构框架的借用，生态批评则是对生态整体主义、生态和谐观、大自然的权利等生态哲学思想和生态伦理学思想的引进。前者的出发点和落脚点都是文学研究，而后者的出发点和落脚点则既是文学研究更是生态危机的现实和根源；前者旨在解释文艺为什么是这样的，后者则旨在通过对文学中自然描写及人与自然关系描写的分析，揭示生态危机的根源、探寻走出生态危机的途径。

---

① 司马云杰：《谈文艺生态学》，载《光明日报》1985 年 11 月 7 日。

② 古远清：《文艺新学科手册》，华中理工大学出版社 1988 年版，第 50 页。

③ 刘锋杰：《生态文艺学的理论之路》，载《安徽师范大学学报》2003 年第 6 期。

其实，把文艺比拟为生物，考察影响其生长、分布、发展的因素和规律，在文学研究的历史上早已有之且从未中断。辽宁社会科学院的高翔研究员曾对中国古代的文艺生态学思想和西方自古希腊至19世纪的文艺生态学思想进行过挖掘和梳理，写有《〈淮南子〉文艺生态学思想述评》《魏晋南北朝文艺生态学思想概说》《明代文艺生态学思想史论》《西方古代文艺生态学思想概说》《勃兰兑斯的文艺生态学思想》《丹纳的文艺生态学思想》《斯达尔夫人的文艺生态学思想》《黑格尔的文艺生态学思想初探》《普列汉诺夫的文艺生态观》《马克思恩格斯的文艺生态观》等文章，对中外文艺生态学思想的历史进程进行了较为细致的描述。他的描述表明了其对文艺生态学的理解，他是将讨论各种因素怎样形成合力作用于文艺作为文艺生态学的最主要内容进行阐释和描述的。我们对文艺生态学的理解都应该在这个基本的意义上，而不应该混淆于生态文艺学和生态批评。

国内最早把“生态”与“文艺”连在一起著书立说的学者当属鲁枢元和曾永成，2000年二人分别在陕西人民教育出版社和人民文学出版社出版专著《生态文艺学》和《文艺的绿色之思——文艺生态学引论》。严格地说，两部著作都没有对概念进行较清晰的界定。在《生态文艺学》中有考察文艺的产生、分布、发展规律的内容，表现在一、二、七、八、九、十一、十四等章节中；在《文艺生态学引论》中，也有“自然生态危机面前的生活方式忧思”、“人性危机自审与生态人格建构”、“诱导和营建生态化生活方式”等内容。当然，我们并不是主张在生态文艺学和文艺生态学之间机械、教条地树立森严壁垒，否认二者之间存在交叉地带。我们强调生态文艺学与文艺生态学各自的研究角度、内容、体制、侧重点、出发点、归宿点，是出于尽量减少不必要的混乱，让学术研究、学术争论更具有效性的考虑。

生态批评如果把上述意义上的文艺生态学内容纳入自己的范畴，得到的不仅不是对自己的丰富和深化，反而是对自身意义的冲淡和削弱。

（四）生态批评与生态文学研究

将文学批评与文学研究作同一理解从而在口头或书面上随便混用，在生活中或文学界已是司空见惯的事情，似乎没有什么不妥，如果有谁试图厘清一下，也许会惹来不解的神情或被笑作多事。正是基于这种惯性，将生态批评与生态文学研究混为一谈的人也不在少数，如高旭国在《国内生态文学研究述评》一文中就说："生态文学研究（或称生态批评）发端于上世纪 70 年代，兴盛于上世纪 90 年代，发源地是美国。"[①] 闫晓红在《生态文学研究简评》一文中说："生态文学研究或称生态批评从 20 世纪 70 年代发端，并迅速地在 90 年代成为文学研究的显学。"[②] 表述如出一辙，显然都认为生态批评与生态文学研究就是一回事。

其实，如果细较，文学批评与文学研究是并不相同的。从外延上看，文学批评小于文学研究。文学批评是对作家、作品等文学现象的评价、论说，而文学研究义同于文艺学，应包含文学批评、文学史和文学理论等分支。韦勒克认为，在人类历史上，文学研究具有"超乎个人意义的传统，是一个不断发展的知识、识见和判断的体系"[③]。其中，文学理论是对文学的原理、文学

---

① 高旭国：《国内生态文学研究述评》，载《宁夏师范学院学报》2009 年第 5 期。

② 闫晓红：《生态文学研究简评》，载《科技信息》2009 年第 23 期。

③ ［美］韦勒克、沃伦：《文学理论》，生活·读书·新知三联书店 1984 年版，第 6 页。

的范畴和判断标准等类问题的研究，文学批评是对具体的文学艺术作品的研究，文学史是对一定时空范围内的作家、作品的发展态势及之间关系的研究。尽管他说“文学理论不包括文学批评或文学史，文学批评中没有文学理论和文学史，或者文学史里欠缺文学理论与文学批评，这些都是难以想象的。”① 尽管他认为，将三者进行绝对的区分与割裂是“完全站不住脚的”②，但是，他毕竟不同意像人们通常所做的那样用文学批评兼指所有的文学理论，他强调说：“亚里士多德是一个理论家，而圣伯夫基本上是个批评家。伯克主要是一个文学理论家，而布莱克默则是一个文学批评家。”③ 他认为，这种区别是有效的、必要的、不容忽略的。确实，文学理论、文学批评、文学史共同构成文学研究，每一种研究都与另外两种研究有着千丝万缕的联系，但是，每一种研究都各有侧重、各有规范、各有格局、各有目标。假如一个文学研究者既进行文学理论研究，又从事文学批评，也涉足文学史撰写，而且哪方面的工作都做得很出色，你根本不能只称他为文学理论家或文学批评家或文学史家，或者说，你只能既称他为文学理论家，又称他为文学批评家，还称他为文学史家，也不能说明文学理论、文学批评、文学史是没有区别的或可以混淆的，只能说他的能力很强，研究范围很广，但不管怎样，他做的三种研究从质的规定性上说是面目各异的。

生态批评与生态文学研究不能混淆，需从两个方面辨析，这与生态文学研究是个歧义表述有关。首先，如果生态文学研究的意思是指对生态文学的研究，那么，它强调的是研究对象，它的

---

① ［美］韦勒克、沃伦：《文学理论》，生活·读书·新知三联书店1984年版，第32页。

② 同上。

③ 同上书，第31页。

组成就包括对生态文学的理论言说、对生态文学的现象评论、对生态文学历史走向的发掘、描述等。不属于生态文学的文学现象、文学问题就不是它的对象。这种情况下，如果把生态批评混同于“生态文学研究”，就既限制了生态批评的对象范围，又影响了生态批评的阐释能力。其次，如果生态文学研究的意思是指从生态角度研究文学，那么，它强调的是研究的性质，它的组成就包括生态角度的文学理论建设、生态角度的文学现象评论和生态角度的文学史写作等。这种情况下，生态批评是“生态文学研究”的一个分支，外延有小大之异，内涵有所指不同。总之，无论在哪个意义上，生态文学研究与生态批评都应分开表述、分头进行，这既有利于学术规范的建立，也有利于问题探讨的深入。

综上所述，生态批评既不是生态文学，也不同于生态文艺学，既不是文艺生态学，也不同于生态文学研究。生态批评是诸多文学批评种类中的一种，它是生态危机日益严重的现实境况下，文学批评界发出的声声警笛。它是秉持生态世界观、生态哲学观、生态伦理观、生态价值观，超越了狭隘的人类中心主义、急功近利的发展模式、暴殄天物的消费主义，对地球、宇宙、自然、人类、民族、世界等有着强烈的责任心和使命感的文学评论者从生态意识这一崭新维度对文学现象进行的评价和论说，它审视的是文学中人对自然的态度和人与自然关系的描写。其中蕴涵着对文学的美好愿景，更蕴涵着对人与自然和谐共生的世界的美好期待。生态批评的发展及其功能的实现，既需要生态批评规范的进一步建立，也需要生态批评实践的进一步展开，而这一切都以生态批评这个概念的含义清晰为前提，正所谓“名正则言顺”！

第五编

文学批评研究*

* 本编内容为辽宁省社科基金项目“新世纪中国文学批评价值体系建构研究”（L11BZW008）辽宁省教育厅人文社科基金项目“新时期以来文学批评价值观念嬗变研究”（W2011074）的阶段性成果。

一　文学批评问题的地域性观照

文学批评是文学活动三大实践环节中的一个重要环节。好的文学批评不仅对文学活动中的另外两个环节——创作、阅读——起着不可低估的促进和引领作用，而且对一个时代的审美趣尚、精神追求、价值取向等起着导航作用。正如丹麦文论家勃兰兑斯所说："批评是人类心灵路程上的指路牌，批评沿路种植了树篱，点燃了火把，批评披荆斩棘，开辟新路。因为，正是批评撼动了山岳——撼动了信仰权威的山岳，偏见的山岳，毫无思想的权力的山岳，死气沉沉的传统的山岳。"①

应该说，在"新时期"以来的三十多年中，我国的文学批评取得了显著的进步和发展，批评观念、批评方法、批评范式更新了，批评的思想资源、理论资源以及批评的对象丰富了，批评的视野开阔了，批评的环境宽松了，批评的成果得到了较为及时的发表、出版和较为广泛的传播。可以说，三十年来，中国的文学批评在推动思想解放和创新方面，甚至比其他所有领域更为领先。但是，批评的意义并不天然地与所有的批评行为和批评声音相伴随，批评也会出现问题，而出了问题的文学批评不仅不具备意义，还对文学事业和社会风气构成威胁和破坏。

20 世纪 90 年代中后期以来，人们发现，随着中国社会的转型以及人们生活观念和生活方式的变化，文学批评也出现了一些状况。它表现为，一些批评家的批评理念、批评行为发生了变

① ［丹麦］勃兰兑斯：《十九世纪文学主流》第五分册，李宗杰译，人民文学出版社 1989 年版，第 383 页。

化，权力、金钱、人情、世俗趣味的侵扰和左右使他们的批评遗落了批评精神和规范，呈现出越来越明显的商业化、娱乐化、广告化、圈子化、事件化、非学理化等倾向，因此，人们愤怒地把“奴才”、“应声虫”、“寄生虫”、“吹鼓手”、“文化杀手”、“沽名钓誉”、“唯利是图”、“见风使舵”等词摔给他们。文学批评的状况还表现为，一些批评家要么以强调学科化、专业化、知识化为由，要么以维护知识分子精英形象为出发点，与当下的文学现象、社会现实疏离，降低了把握文学及社会的意愿和解释文学及社会的能力。面对这样的批评现状，人们不断地用“困境”、“危机”、“绝境”、“死地”等词形容它，也就不足为奇了。

人们对文学批评进行指责和批评是有道理的，其出发点正是要引起批评从业者的注意和反思，以使批评回到健康正常的轨道上来。但是，我们要说的是，文学批评的形象和面貌是由诸多批评者的批评行为和批评文字构成的，在为文学批评把脉，为其诊断病情、寻找病根的时候，应该尽量避免笼而统之和以偏概全的毛病。当我们把目光停留在不同地域、不同批评群体、不同批评者身上时，我们的诊断结果和开出的药方应该是各不相同的。

身为辽宁人，关注辽宁的文学状貌、为辽宁的文学发展出一份力是我们义不容辞的责任。这里仅就辽宁的文学批评情况谈些不成熟的看法。辽宁的文学批评，三十年来也表现出了自己的努力和实绩。辽宁有一批甘于寂寞的文学批评者，出于对文学的热爱，一直按照自己的轨迹和节奏默默耕耘着，他们对一些作家、作品、文学现象、文学问题发出的评论声音虽不振聋发聩，却也在全国文坛传播开来，汇入了全国文学批评的声浪之中，为中国文学批评的繁荣贡献了一朵浪花；2004 年以来，孟繁华、贺绍俊、季红真等著名评论家相继调入沈阳师范大学加盟辽宁文学批评界，带动辽宁文学批评迈上了更高层阶，壮大了辽宁文学批评的声势，扩大了辽宁文学批评的影响；辽宁有以《当代作家评论》为主、《艺术广角》《理论界》《鸭绿江》《芒种》《诗潮》等为辅的一系列期刊组成的阵地，为辽宁文学批评声音的传播开辟了通道。但是，辽宁的文学批评也存在着问题，它的问题与中国文学批评整体表现出来的病相还不太一样。

（一）从参与文坛话题的能力看

辽宁的文学批评与全国文学批评整体相比，总的说来，略显沉寂。辽宁文学批评界对文坛新动向的敏感度以及对文坛热点、焦点问题议论的参与度，不是很高。当文坛围绕“人文精神”、“20 世纪中国文学”性质、王朔现象、余秋雨现象、张爱玲热现象、金庸热现象、身体写作现象、网络文学现象、“80 后”写作现象、重评 20 世纪 80 年代文学、重评“文革”时期文学等进行争论时，辽宁文学批评界并没有多少人参与其中并发出惹人侧耳的声音。看文学批评，既要看点，又要看面，如果我们仅就一个批评者的工作看，他既可以选择多个对象进行评论，也可以终其一生只评论一个对象，只要他扎扎实实地行进，不断有新发现、新收获，为人们提供新启示，他的批评就不失其深度、力度和意义。但是，如果我们综观一个省的文学批评，就不能认同只掘一眼井的所谓“专”，一个省的文学批评只在极其有限的几个文学现象上发言，批评的声势是很难形成的。一个省的文学批评，要摆脱沉寂的面貌，就应该将批评视野的开阔与否、批评对象的丰富与否、批评嗅觉的敏锐与否等作为一种衡量尺度。而在这几方面，辽宁的文学批评显然还有亟待开拓的空间。

（二）从视角、方法、思想资源、理论武器的丰富与否看

辽宁文学批评与全国文学批评整体相比，总的说来，在视

角、思路、方法、思想资源、理论武器等方面，略显陈旧。当有些批评被指责“理论空转”、“新概念新名词满天飞”、“新方法新模式胡乱用”时，辽宁的文学批评者或许在庆幸自己没有这方面的毛病。但问题在于，我们不是用了新理论、新概念、新方法避免了问题，而是我们与它们有隔膜，还没有弄懂它们，还不能运用它们，更谈不上在融会贯通的基础上创造出我们自己的理论、概念、方法。我们承认，亦步亦趋地跟在西方人的后面，笨拙生硬地将人家的理论、概念、方法机械地套用在中国的文学现象上，得出一些似是而非的结论是荒唐可笑的，这种情形被指责为患上了“失语症”，说明指责者抓住了要害。但是，我们坚决反对在前人留下来的诸多批评流派、批评理论、批评方法面前闭目塞听、装聋作哑。我们更不能容忍那些以无知邀清白、不求有功但求无过的懒惰、投机心理和行为。有成就的批评家不是天生的，大量阅读文学作品从中领悟文学真义、积极参与社会活动努力掌握生活真谛、认真咀嚼批评名著从中习得操作规范和方法技能，是任何一个有志于批评并想取得成绩的人的不二法门。辽宁乃至全中国的文学批评要发展，除了关注现实、关注文学创作之外，认真研究、学习马克思主义文学批评、中国古代及现当代文学批评、外国文学批评尤其是西方现当代文学批评，是绝对绕不过去的途径，只要我们在研究、学习的过程中警惕教条主义、复古主义、西方中心主义的陷阱，本着与时俱进、推陈出新的原则，就应该收获新的批评话语、批评范式、批评角度、批评方法。可以说，“新时期”以来，在中国文学批评界取得显著成绩的批评家，都是善于学习古今中外经典批评理论、方法并在融会贯通的基础上有所创新的人。像在文化人类学和神话—原型理论基础上进行批评的叶舒宪、在后现代主义理论基础上进行批评的陈晓明、在符号学和女性主义文学批评基础上进行批评的戴锦华、在巴赫金民间狂欢节理论基础上进行批评的陈思和等，都是值得我们学习的新批评方法的尝试者、实践成功者。他们为文学批评做出的贡献，是那些无论到什么时候都只会用“唯物”、“唯心”、“革命”、“反革命”、“先进”、“落后”等概念进行文学批评的人所无法相提并论的。

（三）从批评从业者的存在方式看

辽宁的文学批评者以散在、孤立的方式自然生长着，没有组织起来、联合起来，还不是真正的群体，不成系统，没有形成合力。当有人指责研讨会批评泛滥、沙龙式批评过腻的时候，辽宁的大多数批评者可能又在因为自己没有介入这样的批评而暗自庆幸了，而问题的另一面是，这些批评者根本没有机会、没有途径参加研讨会、加入沙龙。不能参加研讨会、加入沙龙，与厌倦了研讨会、沙龙中的俗与媚，坚决地与文学批评中的权力、金钱、人情等干扰说“不”是两回事。法国著名文学批评家圣伯夫说“巴黎真正的批评是在谈话中进行的”[①]，他说出了交流、沟通、碰撞、交锋等之于文学批评的重要性，也等于说出了单打独斗、闭门造车、自说自话等对文学批评的不利性。从系统论的角度讲，一加一的结果是大于二的，如果辽宁的文学批评者真的成立一个组织，定期或不定期地、定点或不定点地举办一些活动、交流一些信息、研讨一些作品、共同完成一些项目，辽宁文学批评的繁荣景观也许真的会早一天到来。这不是什么理论问题，它需要的是拿出方案，立即行动。这就给文学事业的主管部门和领导摆出了一道课题。

---

① ［法］圣伯夫：《月曜日漫谈》，载蒂博代《六说文学批评》，赵坚译，生活·读书·新知三联书店 1989 年版，第 5 页。

（四）从批评从业者的发展机会看

辽宁的文学批评者发展机会不平衡。马克思曾经说过，脑体分工使得少部分人能够专门从事艺术创作，这种情况一方面促进了艺术的发展，另一方面也阻碍了艺术的发展。分工之所以阻碍艺术的发展，是因为它使大部分人无缘从事艺术创造。因此，马克思营构的共产主义的宏伟蓝图的意义在于，它将使人得到全面发展，使人的本质力量的丰富性得到充分展开，每个人都不固定在一个职业上，他可以在极高的生产力水平上、在很好的社会组织的协调下，在不同的时间和空间做或画家或音乐家或诗人或工人或农民等的职业转换，他的各个方面的才能不会因没有机会而受到遏制，他是一个真正自由的人，同时，政治、经济、文化等各个方面的面貌也会因所有有能力的人尽情发挥其能力而得到发展。同理，我们谈论文学批评的繁荣发展，也不能忽视从业者队伍壮大的问题，而队伍的真正壮大绝不仅仅表现为人数的众多。如果这个队伍中只有少数所谓名家活跃在批评前台，多数人仅以批评者之名存在，其批评实践无缘得以发布，其批评声音无法得到传播，那么，文学批评的繁荣发展就只能是一句空话。孤掌难鸣，众人拾柴火焰高，一个省的文学批评状貌不可能仅仅依赖极少数人，哪怕他们再有能力、再有影响。所以，为大多数有志于文学批评的从业者创造亮相的条件，这是摆在辽宁文艺主管部门和领导面前的又一道题目。

以辽宁为范围谈文学批评，不是我们有狭隘的地域情结，而是因为文学批评确实存在着一定的地域特色。20 世纪 90 年代以来，批评界流传的所谓“后北京”、“新南京”、“旧上海”的说法，就是对批评话语地域特色的形象概括，这说明以地域为单位形成批评群体、批评话题、批评影响是可能的，也是必要的。当然，这倒不意味着我们要画地为牢、与世隔绝，辽宁文学批评要树立声音嘹亮、势头强劲、影响广泛的鲜活形象，既有赖于我们对全国乃至世界性热点、焦点文艺问题的关注热情和参与能力，也有赖于我们开掘属于自己的话题、形成自己的群体、营造自己的特色和影响的能力。

二　文学批评观念的维度

20 世纪 90 年代以来，中国的文学批评频繁遭到质疑，批评变得不再神圣，作家、读者大众对批评者表现出前所未有的不信任。确实，市场经济实行以来，有些批评家未能经受住利益的诱惑，使得红包批评、人情批评、广告式批评、骂派批评等不断产生，甚至有弥漫开来、扰乱视听之势。文学批评出了问题，究其原因应该说是多方面的、复杂的。但是，不管怎么说，批评主体缺乏或说丧失必要的文学批评观念是其中的主要原因之一。

当我们把目光集中于新时期以来中国的文学批评，对它进行整体观照和审视时，我们发现，从 20 世纪 80 年代到现在，在 30 多年的风雨行程中，它已走出曾经的幼稚与弱小、狭隘与专断，取得了不容忽视的成绩。在我们总结、反思文学批评的这段历史行程，为文学批评寻觅更大的发展空间的时候，我们不能不承认，文学批评从业者拥有明晰而不模糊、健全而不病态、正确而不错误的文学批评观念，是非常重要的一个方面。

（一）批评的独立性

文学批评是批评主体按照一定的文学观念和批评标准，对批评对象进行分析研究、判断好坏、阐释意义的理性活动，表达着批评主体明晰的立场观点和价值取向。作为一项独立的文学活动，文学批评既不能依附在创作之上成为它的寄生虫，也不能受权力或金钱的支配成为它们的奴隶，更不能在世风的裹挟之下成为随波逐流的跟跟派。

文学批评的独立性表现在它不是创作的附庸。有些作家往往傲慢地声称自己从来不看批评，自己的创作从来不受批评影响，因为批评家是依附在作家创作之上的寄生虫，根本不会对创作说出什么真知灼见。然而，事实并不如此，这种观念只能说是关于文学批评的错误的或片面的认识。批评绝不是无所作为的，它能发现创作的真正闪光之处，也能指出创作的问题所在。马克思、恩格斯对欧仁·苏的《巴黎的秘密》、拉萨尔的《弗兰茨·冯·济金根》的批评，恩格斯对敏·考茨基的《旧人与新人》和玛·哈克耐斯的《城市姑娘》以及卡尔·贝克的《穷人之歌》的批评等，都足以说明批评存在的意义。批评与创作所做的是不同性质的事，作家不能因为批评家不会创作或不创作就得出结论说批评家不懂创作、不能评价创作。早在古罗马，贺拉斯就对批评家与作家的关系做过非常恰当的比喻，他说，批评之于创作，就如同磨刀石之于钢刀，磨刀石的功能不在于切东西而在于使钢刀变得锋利从而更有效率地切东西。①

文学批评的独立性表现在它不受权力的干涉。客观、公允地评价文学现象，对于文学作品好处说好、坏处说坏，不隐恶、不溢美，是文学批评应该秉持的原则和追求的品格。而要做到这一

① ［古罗马］贺拉斯：《诗艺》，载《诗学·诗艺》，杨周翰译，人民文学出版社 1962 年版，第 153 页。

点，警惕并排除权力的干扰是极为必要的。既然从事批评，就应该秉持批评者的职业操守、胸怀批评者的职业使命感，以严肃认真的态度遵从文学批评的理性原则和实事求是的职业准则，捍卫批评家应有的神圣话语权。如果有政治权力拥有者或文化权威授意对优秀作品说否或对糟糕作品说是时，批评者应该敢于拒绝、善于拒绝。

文学批评的独立性表现在它禁得住物质、金钱的诱惑，不受其侵蚀。著名批评家李健吾说过，批评“不是老板出钱收买的那类书评。它有它的尊严”①。这句话指出了批评者与物质利益拉开距离的必要性，强调了文学批评价值取向的高尚性。如果批评从业者时时用这种对批评的理解提醒自己，履行一个批评家公正地评判美丑、精粗、优劣的神圣职责，红包批评、广告批评、捧杀批评等也就不会成风了。

文学批评的独立性表现在它不受世风的裹挟，不与世俗随波逐流。每一个时代都有自己的风气，而有些时代的有些风气是存在问题的。批评家作为一个理性的存在，应该拥有确切的文学观念、明晰的批评标准、坚定的批评立场和既不偏离历史理性、又不放弃人文关怀的价值取向，绝不能与不良世风沆瀣一气。当一个时代的大多数人尤其是文学家在创作中表现出诸如贪婪、色情、奢靡、狭隘、自私、冷漠等鄙俗气十足的精神走向时，批评家就应该适时地站出来，大胆地指出其问题所在，发挥社会风气反向调节机制的作用。

文学批评的独立性根源于批评家的独立人格和敬业精神。俄国 19 世纪著名批评家别林斯基说：“我们是自愿做这项工作的，被出于本能的愿望引导着，想和别人分享自己的美好感觉，告诉

---

① 李健吾：《咀华集》，人民文学出版社 2007 年版，第 50—51 页。

他们我们所认识到、但也许他们还不知道的美学享受的源泉。"①这句话道出了批评从业者的内在动力。有热爱才会有珍重、有敬畏，才不会有一丝一毫的亵渎和玷污，批评的独立、高洁、力量，有赖于此。

当然，不能把批评的独立性理解到绝对的地步。批评不存在于真空，它的产生是有语境的。文学批评同时又是社会批评，自然会受到经济、政治、文化、传统、风尚等因素的制约和影响。但是，这些关系并不是批评媚权、媚钱、媚俗的推手，批评走向堕落绝不能拿这些关系的存在当借口。在什么样的条件下都有秉持独立原则的好批评家。有责任感的批评家会随时保持警觉，不仅警惕自己被权、钱、俗裹挟，还肩负起用批评点醒社会的责任。

（二）批评的批判性

文学批评不能只停留在作品的表层进行句读、辞藻、技巧等分析，不能只对作品进行简单的肯定或否定，而是要掘进到文本的深层及文本的背后，对作家的人生经历、人生观、文学观、价值观、时代的审美风尚、民族的文化传统、社会的意识形态等与作品的关系进行考察和剖析。文学批评主体应该以一种问题意识、怀疑精神、意义追寻劲头对文学现象进行体味、揣摩、透视、揭橥。

文学批评是一种社会批判。文学批评通过作品、作家分析进行社会分析是顺理成章的事情。我们所处的社会，并不是完美无瑕、无可挑剔的，即便是政治清明、经济繁荣的时代，也还是有

---

① ［俄］别林斯基：《莎士比亚的剧本〈汉姆莱脱〉——莫恰洛夫扮演汉姆莱脱的角色》，载《别林斯基选集》第一卷，上海译文出版社 1979 年版，第 513 页。

值得指出的问题或欠缺。作家通过创作作品向社会发言，批评家则通过分析、评价作品向社会发言。马克思、恩格斯、列宁等人通过文学批评对他们所在的社会进行了无情的批判，使更多的人认清了社会关系的真相，把握了社会发展趋势，明确了斗争方向，是不争的事实。那些表面看来不直接指向社会的批评，诸如俄国形式主义、英美新批评、法国结构主义、解构主义等，其实也在不同程度上对社会构成了某种意义的批判。树立社会批判意识的文学批评者才不会只在句读、技巧等方面做文章，才能够释放出批评的意义。

文学批评是一种人性批判。批评家往往通过对作品中人物或作家灵魂、人格、人性的状况、结构、特点、成因等的分析，彰显文学在揭示人性复杂、呈现人性光辉、批判人性阴暗等方面的特别意义。这种分析与彰显也正体现了文学批评在人性揭示和人性批判上所做的贡献。

文学批评是一种自我批判。真正的文学批评并不是居高临下、自以为是、严以责人宽以待己式的。优秀的批评家往往以己度人，正是因为意识到了自己身上的某些问题，才发现了作家、作品中的相关问题。因此，文学批评于批评家，与其说是分析、评价别人，毋宁说是分析、审视自己，是一种自我反思、自我批判。

从事文学批评的人，只有把批判性的观念明确树立起来，才能摒弃把批评当作邀功求赏、显亲扬名、满足私欲等手段的想法，才能敢说真话、敢提问题，才能使批评赢得真正的繁荣和神圣。

（三）批评的学理性

文学批评，无论是肯定、张扬还是质疑、批判某种文学现象，都应该追求既让创作界心悦诚服，又让阅读界受益匪浅。而要做到这一点，就应力戒主观臆断、随意阐发和意气用事甚至胡说八道。这就顺理成章地产生了对批评学理性的呼唤。学理性意味着批评追求学术性、理论性、科学性、严谨性、客观性和规范性，并不意味着枯燥乏味、晦涩难懂。

文学批评的学理性源于深刻的文学观念。对文学没有深入认识和透彻理解的人不可能写好文学批评，因为文学批评不是对作品随便说说好、说说坏的轻率之举，而是批评者文学观念的阐释和伸张。马克思、恩格斯的文学批评那样深刻、那样有说服力、那样影响广泛深远，就是因为他们对文学有不同于之前主、客观唯心主义及机械唯物主义者的独到认识。他们把文学放在其产生的历史语境中理解它，在整个社会结构中理解它，在社会发展过程中理解它，用历史唯物主义和辩证唯物主义理解它。他们认为文学是与社会存在紧密相关的社会意识形态，因此，他们要求文学能够揭示现实关系的真相而不是浮光掠影地提供表层事实。他们对《巴黎的秘密》《穷人之歌》《弗兰茨·冯·济金根》《旧人与新人》《城市姑娘》等的批评，从语言到思维，从判断到结论，从思路到方法，都体现出鲜明的学理性。

文学批评的学理性源于对多种批评派别、批评理论、批评方法的熟悉和掌握。有些批评者食而不化地把西方一些批评理论和方法机械、僵硬地套在中国文学现象上，说些似是而非、不知所云却貌似高深的怪话、空话，使得很多人对批评产生了反感，指责批评就是新概念新名词满天飞、就是理论空转，因而对批评的学理性深恶痛绝。其实，文学批评真正的学理性并不是不食人间烟火，也并不以高深莫测示人，它来源于对人、人类、人性、文化、生活等的深入思考和研究。像精神分析批评、神话—原型批评、结构主义批评等西方批评流派的批评，只要认真研读，就会发现它们并不像我们在外围想象的那么难以理解，只要有意识地在操作方法层面多加注意，就会发现我们可以将之拿来活用在我们的批评实践中，而且，只要我们多阅读、多学习、多操作，我们就会在收获批评的学理性的同时也收获到自己及读者对批评学理性的正确理解。

（四）批评的可传播性

我们处在一个信息发达的现代社会，文学批评要发挥社会作用、产生广泛深入的影响，就应该作为一种信息，尽量争取广泛的传播。批评不仅要诉诸专业的学术刊物，还应该尝试在多种杂志、多种报纸、各级广播、各级电视、各类网站等大众媒体上刊布，通过传播的广而频收获影响的广而深。

文学批评要得到广泛传播、产生深远影响，还有赖于批评文本本身具备可读性。文学批评要追求高度、追求深刻，但是，有高度有深刻性的批评并不一定是晦涩难懂、佶屈聱牙的，深入浅出、通俗易懂、亲切活泼的表达不仅不影响高度和深刻，反而更容易传播高度和深刻。在这一点上，一些优秀作家的批评文字值得我们学习。比如王蒙，他的主打身份是作家，在创作方面，他取得了丰硕的成果，而同样精彩的是他的批评。他的批评文字是那样活泼、那样轻松、那样风趣、那样幽默、那样通俗易懂，然而他并不浅薄，并不轻浮，并不无关痛痒，他对文学有透彻的理解，他对各种文学流派、方法以及各种批评流派、方法有透彻、灵活的理解和掌握，他的深刻性、学理性是骨子里的，而不是浮在表面吓唬人、拒人千里之外的。所有的文学批评从业者都应该善于学习这样的批评，努力让自己的批评具有可传播性，因为只有传播出去的批评才是能发挥作用、产生意义的批评，孤芳自赏肯定不是批评的价值所在。

三　文学批评方法的意义

20 世纪 80 年代以来，中国的文学批评工作者共同努力，紧跟时代发展脚步，把握社会前进脉搏，捕捉心灵成长动向，深度参与文学变革，积极开展各种活动，视野有所开阔，理论水平有所提高，观念、方法等有所更新，为文学批评赢得了较为广泛的发展空间。

然而，文学批评的成长不是一朝一夕、一蹴而就的，文学批评真正的繁荣包含着多方面的因素：批评队伍的壮大活跃而不羸弱沉寂，批评文章的丰厚深刻而不空洞平庸，批评平台搭建的广泛完善而不局促逼仄，批评观念的鲜明准确而不模糊偏离，批评方法的先进多元而不陈旧单一，批评对象的丰富多样而不狭隘匮乏等都是文学批评兴隆的表征。只有当这些因素呈齐头并进、综合互补的状态时，文学批评才能健康协调发展。这里仅谈批评方法之于批评的意义。

（一）批评方法意识

做任何事情都需要方法，巧妙、适合的方法会收到事半功倍的效果，而笨拙、乖离的方法只能得到事倍功半的结果。文学批评也不例外，让作家心悦诚服、令普通读者眼界大开的切中肯綮的批评，大多与批评主体善用恰当的批评方法有关。俄国作家契诃夫曾经说过：“要紧的倒不在于他有明确的见解、信仰、世界观，要紧的在于他有方法；对于从事分析的人来说，如果他是学者或者批评家，方法就是才能的一半。"[①] 确实，运用什么样的批评方法，怎么运用批评方法，体现着批评主体的文学观、审美观、价值观、人生观和世界观，也透露着他的感受力、判断力和洞察力。批评方法能够给文学批评带来无限的生命活力和前进动力，使文学批评从简单的判断好坏、机械的内容形式二分，走向研究历史与时代、剖析情感与理性、探讨种族与性别、观察人类与自然的无限广阔的空间。

那些有强烈方法意识的批评家同时也是有着鲜明审美标准和理论建树的人，他们能够敏锐地把握作品的内涵深度和审美倾向，及时地选取批评切入的角度，将批评方法如盐溶水般地巧妙运用在批评文字当中，揭示出文本背后不曾显露的深层意蕴。例如，在《浮出历史地表》的序言中，孟悦和戴锦华将主体问题和性别因素联系起来，通过对中国古代作品中女性形象的物化描写、性别错位和性别整合等现象的揭示，指出了中国古代社会女性受压抑、没有真正的声音和形象的事实。这种批评超越了学术界以往对古代文学作品的句读研究和技巧分析，将文学批评的视野向社会历史、文化传统、性别政治、人类心理等更深层次拓进，而这种拓进受惠于女性主义批评方法的介入。又如叶舒宪用神话—原型批评方法在人类学和跨文化研究的基础上建构了中国上古后羿史诗和高唐神女这一爱与美的女神神话，在众多批评成果当中独树一帜。

然而，在我国号称庞大的批评队伍中，缺乏方法意识的批评者大有人在，在看似繁多的批评文章中，主动运用批评方法来分析研究作品的上乘之作寥寥无几，这就提醒我们，所有从事文学批评的人都应强化方法意识。

---

① ［俄］契诃夫：《契诃夫论文学》，人民文学出版社 1958 年版，第 78 页。

（二）批评方法的丰富、更新

可以说，自有文学批评以来，批评方法就相伴而生并不断丰富，社会历史批评、心理批评、形式主义批评、结构主义批评、神话—原型批评、女权主义批评、后殖民主义批评、新历史主义批评、文化批评、生态批评……这些繁多的种类代表了批评者不同的文学观念和审美理想，反映了文学意识的自觉程度，透露出人类精神世界的深刻性和复杂性。批评方法的不断丰富更新犹如一丝丝鲜活的血液，给文学创作和文学研究的发展带来了长盛不衰的动力。对于这些方法的了解、归纳、总结可以帮助我们更加清晰地梳理文学批评的发展轨迹，更加熟练地将方法恰当地运用于批评实践。

批评方法的变革是文学观念拓进的结果，同时又反作用于文学观念。文学观念就像隐形的电波，遥控着批评领域大屏幕上演的各种景象。然而这并不代表批评方法就可以沦为文学观念的附庸，批评方法的相对独立性，既可以体现在同一种文学观念指导下运用不同的批评方法，又可以表现为某些一般性、普适性方法可以适用于不同的文学观念。这种互动互渗恰恰赋予文学观念、批评方法共同丰富和进步的无限可能。先进的批评方法往往可以帮助睿智的批评家捕捉到那些从未被人注意过的文学现象，并将初露端倪的萌芽进行收集和扶植，揭示创作特点，总结创作趋势，从而形成一种文学风尚和文学流派，帮助作家坚定创作理念，坚持创作个性，推动文学创作的发展。

新颖的批评方法的产生和运用像一缕炫亮的阳光，照见了作品内涵深处未曾展现的精彩。可以说，新的批评方法对于作品就像一剂救命良药，成就了作品的重生和再次成长。例如在1985年，“新方法论”的变革带来了文学批评领域一次自觉的革新：

林兴宅的《论阿 Q 性格系统》用信息论系统论方法研究作品的社会效应与作者、作品、生活之间的联系，鲁枢元的《作家的艺术知觉与心理定势》运用心理批评从意识层面破译心灵密码，季红真的《文学批评中的系统方法与结构原则》运用结构分析方法从作品内在规律发掘艺术魅力。可以说，这些新方法、新理论的倡导和身体力行在当时虽稍显稚嫩和机械，却适应了文学发展的内在要求，促进了批评自身思维方式的调整。

近年来，经济"全球化"、"一体化"成为社会发展的不可阻挡的趋势，然而，在文化上，我们应该而且必须秉持多元化的理念。文学批评应该拥有开放的姿态和灵活自如的内在机制。因为文学作品是包含作家、社会、时代、传统、政治、经济、文化、历史等丰富内容的多元综合整体，有着被多重解读的可能。越是具有深刻内涵和独特形式的作品，就越可以从不同层面进行阐释和批评。面对一部作品，批评家既可以用形式主义批评考察作品的形式结构，也可以用心理学批评着眼作品中人物的潜意识及作家创作的潜意识分析，还可以用社会学批评研究它的社会伦理价值，更可以用女权主义批评挖掘其潜在的性别倾向。各种角度、方法之间可以相互通融、综合，也可以争论、碰撞。作品内涵的不断挖掘、批评本身的不断发展，都有赖于批评方法的灵活运用和不断出新。

（三）批评方法的活用

一提批评，很多人想到的是批评理论，比如，提到精神分析批评，多数人想到的是弗洛伊德的精神分析学说，而不是他在分析作家、作品时对精神分析学说的具体运用；提到神话—原型批评，多数人把荣格、弗莱甚至弗雷泽的理论复述一遍。问题在于，那些把批评理论、批评流派说得头头是道的人，面对文学作品，如果让他用某种方法恰当地进行评论，他却表现得要么束手无策不知从何说起，要么空疏泛泛非常不得要领。这种现象说明，在方法的层面上掌握某种批评比在理论、观点的层面上掌握某种批评要难得多，它需要的是反复咀嚼、体味、模仿、操练并在此基础上有所创新。在认识上掌握某种批评方法到在实践中灵活运用某种批评方法，就像郑板桥说画竹，从眼中之竹到胸中之竹再到手中之竹，是一个否定之否定的复杂过程。它要求批评从业者在咀嚼、体味、模仿、操练上多下功夫。一个想把社会历史批评掌握透彻、运用到位的批评者，必须仔细咀嚼、体味、模仿。马克思、恩格斯在《神圣家族》中对《巴黎的秘密》的批判，在《德意志意识形态》中对唯物主义的阐释、对社会生活中复杂社会关系的揭示，在《诗歌和散文中的德国社会主义》中对卡尔·贝克《穷人之歌》的批判，在《致斐·拉萨尔》中对《弗兰茨·冯·济金根》的批评，在《致敏·考茨基》中对《旧人与新人》的批评，在《致玛·哈克奈斯》中对《城市姑娘》的批评。同样道理，要把精神分析批评、神话—原型批评、结构主义批评、解构主义批评、女性主义批评等掌握透彻、运用到位，也必须在研读相应的批评文字时苦下咀嚼、体味、模仿、操练的功夫。

我国的文学批评要谋求更大的发展，在批评方法的掌握和运用上还有更大的步子要迈。所有批评从业者都应自觉强化方法意识，都不能只将某一种方法奉为圭臬而对其他方法置若罔闻或嗤之以鼻，都应该以虚怀若谷、兼容并包的态度积极学习、大胆尝试各种批评方法。

一个掌握了多元批评方法的批评家，将拥有宏阔广博的批评视界、深邃厚重的理论思想和独到精当的文学见地，其批评文章也会从单薄变得立体丰满；而当掌握多元批评方法的批评家由少数扩大为一个群体的时候，我们的文学批评必将迎来极大的发展。那时，我们的文学批评将打破传统、单一的批评方法，摒弃平庸、滞后的批评观念，摆脱僵化、教条的思维定式。那时，我们的文学批评将包含更多的创新、更少的僵化，更多的开放、更少的保守，更多的个性、更少的从众，更多的学理、更少的随意。

四　詹姆逊的“辩证批评”

詹姆逊（1934—　）是当今学界颇有名气和影响的美国学者。本科毕业于哈佛大学，主修法语和德语。硕士、博士毕业于耶鲁大学，主修法国文学和比较文学。曾到欧洲游学并在德国留学。先后任教于哈佛大学、加州大学、耶鲁大学和杜克大学，也兼任一些刊物的编辑工作。詹姆逊的学术生涯开始于文学批评，1961 年，博士毕业论文《萨特：一种风格的始源》正式出版，从此，其学术著述呈一发不可收拾之势。1971 年，《马克思主义与形式——20 世纪文学辩证理论》出版，1972 年，《语言的牢笼》出版，1981 年，《政治无意识——作为社会象征行为的叙事》出版。这三本书被英国马克思主义文论家特里·伊格尔顿誉为“西方马克思主义”三部曲。1982 年以后，詹姆逊的学术视野有所拓展，“晚期资本主义文化”、“后现代主义文化”、“消费社会文化”等成了他的主要关注和研究对象。因此，詹姆逊的名字之上，一般冠以“西方马克思主义文学批评家”、“文化研究学者”、“后现代理论家”等称号。

詹姆逊为中国学界所熟悉、对中国学界产生影响不仅与他的著述和称号有关，更与他比较频繁的中国之行有关。1985 年秋，詹姆逊第一次来到中国，在北京大学作了为期四个月的学术讲座，讲学内容后来整理为《后现代主义与文化理论》一书在1986年出版，在当时的中国学界引起了极大的震动和反响。当时的中国文化思想界，整体上还继承着“五四”以来的启蒙主义，沉浸在对现代性的仰望中。詹姆逊带来的“后现代”诸种理论，突然将现代性及其一些大师挤到思想史的边缘，而福柯、哈桑、拉康等一批后现代理论家却占据了前台。这使中国学者蓦然意识到西方当代文化理论和文学理论已经今非昔比，已经“后”字当头了。毫无疑问，詹姆逊成了把后现代文化理论引入中国大陆的“启蒙”人物，因此备受推崇。1997年6月底，詹姆逊到长沙参加在湖南师范大学举办的学术会议。这场国际研讨会由中国社会科学院外国文学研究所和湖南师范大学外语学院联合举办，题为《批评理论：中国与西方》。詹姆逊是研讨会的外方代表团主席，在大会的开幕致辞中詹姆逊说，文化和文学的危机在今日已经不是一句空话，而是实实在在地发生了。它影响了中国，也影响了西方：我们都处在一个史无前例的商品化的时代，其间文学和艺术大为贬值，知识分子这个阶层，因而面临着困境和危机。所以，今天我们到这里来考察文学和文化的现状，考察知识分子也就是我们自己的现状，考察我们各国理论发展的现状，实在是太有必要了。会中他作了题为《文化与金融资本》的发言。会后，詹姆逊由外文所王逢振研究员和加拿大多伦多大学法文系费一丁教授陪同，应华中师范大学文学批评中心之邀，北上武汉讲演《后现代主义与旧话重提》。演讲稿的译文在《华中师大学报》1997年第6期上登载。7月2日，华中师范大学文学批评中心王先霈主席主持了詹姆逊一行与华中师范大学部分师生的座谈。2002年7月底，詹姆逊又到中国，这次是登上华东师范大学的讲台，为上海学者作了题为《现代性的幽灵》的演讲。这次演讲引起了中国学界的一场争论。王岳川在上海的《社会科学报》上撰文批评詹姆逊"终于将立场移到了西方中心主义上，认为只有第一世界即西方世界才可以在无意识领域广泛传播他们的殖民话语意识，第二世界和第三世界只能无条件地被动接受"①。与王岳川观点类似的文章也相继出现。同时，为詹姆逊辩护的声音也不断发出，比如张旭东，作为詹姆逊的门生，从美国寄信给《社会科学报》，呼吁"参与讨论的人士以文本为根据，以避免一些不必要的误读和空论"，并提醒"这是任何严肃讨论的底线"②。2004 年，詹姆逊又来到中国，在清华大学作了题为《乌托邦的想象与建构》的讲座，一时间"乌托邦"成了中国学者的文章中出现频率极高的关键词。

詹姆逊有著作二十来种，我国翻译过来的有十余种。由于研究重心有所不同，前后期著作的面貌也有所不同。近些年，中国学界谈论更多的是他的后现代主义文化理论和第三世界民族寓言文学观等，而其早期著作被提到的频率似乎少了一些。詹姆逊自己怎么说呢？他说："形式和历史的关系始终是我兴趣之所在。我现在的著述，和四十五年前的作品有很大差别，但发生变化的不一定是我自身或我看待问题的方式，而是由于形式或历史语境发生了变化。""我的早期理论著述（按：指《马克思主义与形式》及《语言的牢笼》）似乎是为我后来的文化分析铺平了道路。"③ 也就是说，在詹姆逊自己看来，他的前后期著作既有变也有不变，那么，变的是什么、不变的是什么？为什么变、为什

---

① 王岳川：《中国学者质疑詹姆逊：是否又引来了西方霸权的幽灵?》，载《社会科学报》2002 年 9 月 19 日。

② 张旭东：《给社会科学报编辑的信》，载《社会科学报》2002 年 12 月 6 日。

③ 何卫华、朱国华：《图绘世界：弗雷德里克·詹姆逊教授访谈录》，载《文艺理论研究》2009 年第 6 期。

么不变？只重视后期著作当然不能做出准确的判断，对于前期的著作我们没有理由不深入阅读。解读它们对于理解詹姆逊思想的阶段性和连续性、理解詹姆逊与其他“西马”文论家的同与异、理解“西马”文论与经典马克思主义文论的同与异，都有意义。这里仅对詹姆逊两部早期著作《马克思主义与形式》《语言的牢笼》中的文学批评观进行总结。

文学批评的任务和职责是什么？文学批评应该是什么样的？这是研究文学、从事批评的人都应该深思的极其重要的问题，对它的回答，体现的不只是回答者对批评的理解，一个人的文学观、人生观、价值观、世界观也必然蕴涵其中，它关乎的是批评的实践、批评的面貌、批评的影响以及人的生存状态和生存意义。詹姆逊“辩证批评”的提出就是对文学批评任务和职责是什么的回答，是对文学批评应该是什么样子的回答，也是他对人的生存状态和生存意义的关怀，是其文学观、价值观、人生观等的表露。

（一）密码与破译

在阐释布洛赫时，詹姆逊说：“对于布洛赫来说，世界是形象的一个巨大贮存库，哲学家或批评家的任务是一种诠释的任务，他们被要求揭开‘每一生存瞬间的匿名状态’，破译寓言和作品、经验和客体下面隐约不定的意义。”① 用“诠释”、“揭开”、“破译”来解释批评，显然透露了解释者对文学的理解，它意味着解释者将文学理解成了吁请人们注意的耐人寻味的秘密，文学是人的某种愿望的转变或乔装、扭转或置换，如神话，

---

① ［美］弗雷德里克·詹姆逊：《马克思主义与形式》，李自修译，百花洲文艺出版社 1997 年版，第 122 页。

它“不是史前的愿望，而是乌托邦式的希求；这希求藏匿于诸神的象征后面，抑或藏匿于黄金时代的转变之中，或者转变为外部的超自然事物，或者转变为时间初始的天堂”①。如普鲁斯特的作品，“这种回想原来只是在外表上返归过去；仿佛乌托邦冲动本身只能借助伪装来完成它的工作，必须在怀旧的神秘氛围的笼罩下来实现它对未来的投射。”② 既然文学不以直截了当的方式表达想表达的东西，批评的诠释功能和存在价值就凸显出来了。高明的诠释者不仅揭表达方式后面的秘，还揭表达方式本身的秘。比如歌德的小说《亲和力》，“在西方文学中无疑是最离奇的小说之一，它把18世纪的礼仪同奇妙地造作的讽喻品格的象征结合起来：出现在非视觉叙事风格空白中的一些事物，仿佛在一片空虚中被孤立出来，仿佛以一种几何意义而具有寓言性质；审慎挑选的景色细节极为匀称，不可能没有意义；一些类比，例如赋予小说的标题的化学类比，得到了极充分的拓展，不可能没有象征意义。”③ 但是，读者们在复杂多义的《亲和力》面前，要么苦于辨不清方向而茫然不知所措，要么信手抓来一个现象贸然做出似是而非的所谓解释。而作为批评者的本雅明却以独到的思路破译了这部作品的密码：“本雅明的独创性在于，他径直穿越了对象征的武断解释和茫然不知其含义这两者之间的了无结果的对立：《亲和力》不应该当作象征派作家的一部小说，而应该当作一部关于象征手法的小说来读。如果在那部作品中有某种象征性质的事物赫然在目的话，那不是因为它们（事物）被选择出来以张扬的笔法强调通奸的主题，而是因为真正潜在的

---

① ［美］弗雷德里克·詹姆逊：《马克思主义与形式》，李自修译，百花洲文艺出版社1997年版，第123页。

② 同上书，第132页。

③ 同上书，第54页。

题材恰恰是人们向象征权力的投降，他们丧失了自己作为人的自主性。‘当人们沦落到这种境地的时候，甚至明显无生命的事物的生命也成长壮大起来……’我们需要阅读这些象征事物的二次乘方：与其说是直接在它们中间破译出一对一的意义，不如说是觉察到象征手法本身就是征兆性的。”①

与其说詹姆逊是在阐释布洛赫、阐释本雅明，不如说他是在阐释他自己，这是典型的借他人之酒杯浇自己之块垒，他对布洛赫、本雅明文学观、批评观的认可和首肯溢于言表。文学是秘密，批评是揭秘，这是詹姆逊基本的文学观、批评观。

（二）从抽象文化事实到具体语境

詹姆逊并不满足于将文学观、批评观停留于秘密与揭秘的层面上，他还进一步把问题引向深入。从根本上说，文学是关于什么的秘密？批评怎么做才能揭示出这种秘密？这是詹姆逊在《马克思主义与形式》里要回答的最重要的问题，“辩证批评”的三昧就在这里。他说：“面对晦涩的诗歌，天真的读者会立刻试图进行释义，把直接的困难加以化解，使之返归于理性思维的透明性；然而对于一个经过辩证法训练的读者，正是晦涩本身才是他解读的客体，正是晦涩的特殊性质和结构，才是他试图予以界定并同言语奥秘的其他形式进行比较的东西。因此，我们的思维不再以表面价值来看待正式问题，而是步入屏幕后面首先评估主一客体关系的起源。”② 可见，找出主客体关系的起源，才是詹姆逊所理解的辩证批评的旨归。主体与客体关系的起源在哪里

① ［美］弗雷德里克·詹姆逊：《马克思主义与形式》，李自修译，百花洲文艺出版社 1997 年版，第 55 页。

② 同上书，第 288 页。

呢？当然在社会生活、历史过程和实践经历中。因此，詹姆逊说辩证批评“涉及从纯概念层面到历史层面的飞跃，从观念到那种相应的实际经验的飞跃”，“它需要对在上层建筑层面上分离出来的抽象文化事实恢复其具体的语境或境况。”[①] 在詹姆逊看来，社会现实之于文学、文化的性质、状貌，与其说是外部原因，不如说是内部限制。因此，他不认为在文学批评中讨论社会现象、其他事物是代替了讨论文学问题的喧宾夺主的行为，而恰恰是恢复文学作为一个复杂、矛盾、多价值的历史行为的具体丰富性的一种举动。正是在这个意义上，詹姆逊说：“对于马克思主义，由文学进入社会—经济学或者进入历史，并不是由一个专门学科进入另一专门学科，相反，它是由专门化状态进入具体自身的运动。……当马克思主义文学研究看似由文学转变到社会—经济学的时候，当恩格斯对易卜生的评述转而成为对德国和挪威小资产阶级之间区别的一篇专题论文时；当亨利·列斐弗尔以一篇长文论述 16 世纪的农民状况，国王的进步性质，婚姻和妇女财权的法律结构演化，并以此文作为他对拉伯雷研究的序言时……应该认为，它是这种批评内在结构上的一种拓展，是作为一种理解形式的马克思主义文学批评的内在而又不可或缺的一种要素。”[②]

也就是说，“辩证批评”意在考察作为文化现象的文学作品与相应的社会历史之间的复杂关系，意在开掘作为形式的文学成功或失败的深刻原因。在这个意义上，詹姆逊区别了与马克思主义辩证文学批评貌合神离的“庸俗马克思主义”，比如对瓦莱里

---

① ［美］弗雷德里克·詹姆逊：《马克思主义与形式》，李自修译，百花洲文艺出版社 1997 年版，第 294 页。

② 同上书，第 320—321 页。

的批评，庸俗马克思主义把瓦莱里的作品与他们对小资产阶级的抽象认识联系起来，进行一番牵强附会之后，就以为把瓦莱里当作小资产阶级的研究做完了。这种所谓的文学批评，被詹姆逊视为“叫人无法接受的”“货真价实的、伪装的唯心主义”①。在这个意义上，詹姆逊也否定了形式主义、结构主义等文论流派的做法，他说：“对于真正的辩证批评来说，不可能有任何事先确定的分析范畴：就每一部作品都是它自身的内容的一种内在逻辑或发展的最终结果而言，作品演化出它自己的范畴，并规定对它自身释义的特殊用语。因此，辩证批评就在另一个极端摆脱了所有单一或单一价值的美学理论，这些理论在一切艺术作品中寻求同一的结构，为这些作品规定单一类型的释义技巧或单一的解释方式。”② 确实，任何生活过程都是具体的特殊的，任何作家与生活过程的关系也都是具体的特殊的，因此，任何一次文学批评也都应该是具体的特殊的。这样理解批评，对批评中价值判断出现的变化自然就不会大惊小怪了。

（三）以考察关系的判断替代真或美的绝对

詹姆逊认同普列汉诺夫对象征主义的分析，他说：“普列汉诺夫对象征主义的经典分析，超越了对象征因素的单纯解释，例如易卜生的作品从结构上投射出来的那些野鸭之类的象征因素。对他来说，重要的不是个别象征的意义，而是这种象征主义现象的意义。”③ 这种分析之所以是辩证的，是“因为它强调象征主

---

① ［美］弗雷德里克·詹姆逊：《马克思主义与形式》，李自修译，百花洲文艺出版社1997年版，第182页。

② 同上书，第282页。

③ 同上书，第285页。

义和作品其他因素之间动态的相互作用和彼此依赖，强调一个因素的过度发展如何同其他因素的发展不足必然联系在一起。这样，辩证批评就以一种判断替代了原来真或美的绝对，在这种判断中，坚持突出历史境况也就强调了艺术作品本身或哲学体系之内长处和弱点的不可分离性”①。也就是说，辩证批评所竭力避免的是孤立地看待作品中的某些因素、孤立地看待作品的做法，因为只有把作品中的各因素联系起来看、把作品与相关因素尤其是历史境况联系起来看，所作出的判断才能避免绝对。坚持辩证批评必将承认，完美的文学作品还没有诞生，而且永远也不会诞生，这不禁令人想到恩格斯在《致斐·拉萨尔》中所说的“戏剧的未来”。

判断是因语境、因讨论问题的角度、着眼点、侧重点、针对性的不同而做出的，因此，即便是对同一事物所做的判断，也会有所不同。判断是变化的，正是“辩证批评”的题中应有之义。詹姆逊说：“我们同某一历史事实的关系不是固定不变的静态的关系，而是一种不断拓展和收缩的关系，它依据我们对自己的距离和对我们自己境况所持的观点的辩证的调整而发生变化。这样，我们可以不把这种判断理解为一系列相互排斥的立场……而是理解为某种滑动标尺之上的一些立场，这个标尺滑动于全然拒绝和全然认同这一对相互诘难的极端之间，以其移动的方式，一部作品或一个运动，可以沿连续统一体重新确定它采取一种相对来说更否定的立场，或者相对来说更肯定的立场。”② 这样一种历史地发展地看问题的观点，来自于他对马克思主义的深刻领

① ［美］弗雷德里克·詹姆逊：《马克思主义与形式》，李自修译，百花洲文艺出版社 1997 年版，第 286 页。

② 同上书，第 329—330 页。

会，他认为，马克思主义的可贵之处就在于它是反体系的、批判的，它不追求对一个事物的只肯或只否的所谓首尾一贯的见解，它的出发点是纠正、矫正在特定时空里有问题有危害的行为、说法和现象，它那些被一些批评家大肆宣扬的所谓矛盾观点，其实是以稳定的原则和目的用于不同的历史境况的结果。他说："除非我们理解马克思的唯物主义针对什么，旨在纠正什么，否则就不能真正理解唯物主义。因此，若不把握他或明或暗地提及的对立立场，就不可能理解他的任何著作。针对布鲁诺·鲍威尔及其"青年黑格尔派"朋友们的唯心主义，马克思对唯物主义作了论证。针对费尔巴哈的消极唯物主义，马克思捍卫了作为黑格尔辩证法核心的积极性和相关性原则。针对绝对唯心主义和'庸俗的'机械论这两者的宿命论，马克思宣称人类创造自己的历史。不过，他又针对使用这句话的革命派补充说，历史不是凭空捏造出来，而是在明确的限定条件下创造出来的。"① 这里之所以这么大段地引述詹姆逊的话，是钦佩他作为一个在英美哲学传统和英美现实语境下生活的人竟能对经典马克思主义理解得这么透、认同得这么深。而这种理解和认同在中国走向现代化、走向市场经济，东欧走向社会主义解体，世界走向全球化的今天，尤其显得意味深长。而他的"辩证批评"主张，虽提出于 1971 年，在近些年来文学批评出现各种各样问题的中国，也还构成启发。

（四）"晦涩"的文风是战斗的武器

晦涩是詹姆逊著作的一贯风格，他的文字确实与马克思主义经典作家马克思、恩格斯等人著作的那种意旨明确、倾向鲜明、

---

① ［美］弗雷德里克·詹姆逊：《马克思主义与形式》，李自修译，百花洲文艺出版社 1997 年版，第 309 页。

笔锋犀利、力透纸背等不可同日而语。1997 年 6 月，詹姆逊来华前夕，美国报纸上曾刊出消息，在评选“学术写作中最差英文作者”的活动中，詹姆逊摘得“桂冠”[①]，足见其文字晦涩已经成了多数美国人的共识。

其实，“晦涩”是詹姆逊自觉追求的风格，他的“晦涩”是有针对性的。他说：“我认为我的作品从头至尾始终是在理论的麾下。”“我总喜欢将理论定义为对经验主义的攻击……特别是在具有强烈的经验主义色彩的英美语境中，我们的头号敌人是经验主义，以及其同自由主义和英美传统之间的政治关系。”[②] 在《马克思主义与形式》的序言中，他说：“政治自由主义、经验主义和逻辑实证主义的那种混合，也就是我们所谓的英美哲学”，“这种传统的反思辨偏见，它对个别事实或事件的强调，是以牺牲该事件可能寓于其内的诸关系的网络为代价的，它继续鼓励对现存秩序的屈从，阻挠其追随者在政治上进行联想，特别阻挠他们本来是不可避免的结论。因此，对处于英美传统影响范围之内的我们这些人来说，学会辩证的思维，掌握辩证文化的基本原理，以及它所提供的基本批评武器，已是当务之急。这本书如能对于这一发展稍有裨益，我也庶几感到满意了。”[③] 原来詹姆逊所说的“理论”与我们通常所理解的理论并不同义，它不意味着专业性、学科性，而是意味着一种思维方式、一种生活态度、一种内心建构、一种政治状况。他已经预见到了他的所谓“晦涩”会招来习惯于浅近、顺畅、不费力气的读者的不满，但

---

① 晓蓝：《詹姆逊长沙武汉行》，载《外国文学研究》1997 年第 4 期。

② 何卫华、朱国华：《图绘世界：弗雷德里克·詹姆逊教授访谈录》，载《文艺理论研究》2009 年第 6 期。

③ ［美］弗雷德里克·詹姆逊：《马克思主义与形式·序言》，李自修译，百花洲文艺出版社 1997 年版，第 2 页。

是，为了他的深意他不会讨好读者、顺应读者："英美传统对辩证传统的敌视，无论在哪里都不如在以下这种广泛传播的观念中，表现得更加一目了然，即认为这些著作文体晦涩、滞重、佶屈、抽象，或者用方便的时髦说法，一言以蔽之：是日耳曼式的。可以承认，这种文体与在学校规定教授的那种清晰流畅的、新闻报道式的作品并不一致。……在这个印刷品生产过剩和速读法急剧增殖的时代，这些理想（指简练）如果是用以使读者能够迅速读完一个语句，以便使他顺便地、毫不费力地掠过一种现成的观念，而不曾想到，真正的思想必定要求他深入语言的物质性，而且在语句的形式上要求与时代本身保持一致，那么后果又将怎样呢?""不透明性本身就是一种不妥协的行为，驳然杂陈的抽象措词和相互参见，用意恰恰是要求在一反其周围簇拥着廉价的易读东西的环境下进行阅读，告诫读者进行真正的思考必须付出代价。"① 看来，面对"晦涩"的文字，我们要一改过去那种要么怀疑自己理解能力，要么责怪作者表达能力的习惯。既弄懂晦涩语句的意思，又搞清晦涩背后的缘由，既接受晦涩，又分析晦涩，既理解晦涩，又超越晦涩，才能有更多的收获。

（五）超越历时研究与共时研究

应该说，任何研究都有模式，只不过有的模式是自觉的、有意识的、清晰的，而有的模式则是不自觉的、无意识的、模糊的。而不管哪种模式，都会对研究形成影响。詹姆逊说："你只能看到你的模式允许你看到的东西；方法论上的出发点不只是简

---

① ［美］弗雷德里克·詹姆逊：《马克思主义与形式·序言》，李自修译，百花洲文艺出版社 1997 年版，第 4—5 页。

单地指出了研究对象，而实际上是创造了对象。”[①] 足见他对模式的重要性有充分的认识。不仅如此，詹姆逊还把握了模式的生命节奏，认为它也有生命的盛年和暮年。一种新的模式总会给研究带来新的局面：“开始的时候，新的观念释放出大量新的能量，产生许许多多新的观点和新的发现，并引发出一大堆新的问题，从而导致大量新的工作和研究。在整个初始阶段中，模式本身保持稳定，主要提供一种思维方法，使一种新的宇宙观得以形成并载入史册。”[②] 他对研究模式的这样一种认识，既来源于也作用于他对索绪尔的语言学、俄国形式主义、法国结构主义、西方马克思主义等对象的理解和研究。

历时性与共时性的概念与区分，是索绪尔在 1916 年出版的《普通语言学教程》中给我们留下的遗产。于索绪尔，意不在区分，而在以共时研究代替历时研究，所以詹姆逊说他的做法是武断的，说他的方法论前提是一种武断的价值判断。“这一区分是不顾历史的，也是不符合辩证法的，因为它的基点是一种纯粹的对立，是一对永远不可能以任何形式调和在一起的绝对的对立面。”[③] 但是，詹姆逊并没有因为武断、极端、绝对、不辩证就彻底否定了索绪尔的意义。他说：“我们一旦承认它是一个新起点，一旦进入到共时系统本身之后，我们就会发现那里的情况大不相同。”[④] 因为一种新的研究模式给研究带来的崭新局面正如上文所引他已经充分认识到了。对于索绪尔区分历时与共时并主

---

① ［美］弗雷德里克·詹姆逊：《语言的牢笼》，钱佼汝译，百花洲文艺出版社 1997 年版，第 12 页。

② ［美］弗雷德里克·詹姆逊：《语言的牢笼·序言》，钱佼汝译，百花洲文艺出版社 1997 年版，第 1 页。

③ ［美］弗雷德里克·詹姆逊：《语言的牢笼》，钱佼汝译，百花洲文艺出版社 1997 年版，第 18 页。

④ 同上。

张用共时代替历时的现实针对性和历史合理性，詹姆逊也进行了客观的陈述："不管是否有道理，索绪尔的创新也许首先应当理解为对新语法派的清规戒律的一种反抗。对演变和进化的兴趣，对重构原始语言和划分语系即确定语系之间内在联系的兴趣最终导致保罗作出这样的断言：'语言学中，凡是非历史的都是非科学的。'针对这一点，索绪尔把共时性和历时性加以区分，把历史研究和结构研究也加以区分。"[①] 确实，当那种历史主义的、实证主义的、经验主义的、淹没于琐碎的事实中的研究出现很多问题，把研究带入死胡同的时候，强调结构、强调关系、强调观点、强调概括、强调超验、强调价值的思想方法就是有意义的，哪怕它有些矫枉过正之嫌。

在《马克思主义与形式》一书中，詹姆逊还指出了一种与真实历史无关的、建构的、属于视力幻觉的可疑的历时性研究。那种历时性序列的建构，只是使总体过程的单一时刻偶像化。比如，"长期以来被自己和他人认为是非历史的'新批评'派，实际上对于历史范式的建构花费了可观的精力：从多恩到雪莱的敏感性的分离，从史文朋到叶芝的风格和意象的再次获得；这些典型的分析框架等同于文学变化的黑格尔式模式。"[②] 而"泰纳和斯宾格勒两人的文化悲观论，最终都源于那种连续性的视力幻觉，而这种幻觉是通过各种封闭和无法重新连接的瞬间在序列中的单纯并列而投射出来的。在这样一种模式中，我们很想说，时间除了消失以外，绝不会在任何地方延续。因此，泰纳和斯宾格勒由于不能识别真正历史变化的经济基础，他们不得不在隐喻的

---

① ［美］弗雷德里克·詹姆逊：《语言的牢笼》，钱佼汝译，百花洲文艺出版社1997年版，第3页。

② ［美］弗雷德里克·詹姆逊：《马克思主义与形式》，李自修译，百花洲文艺出版社1997年版，第273页。

意义上，利用由诸如‘古典精神’之类的虚假原则，以器官衰退、疾病或感染等经典形象，来唤起历史的变化”①。

也就是说，在詹姆逊看来，历时性研究既要警惕走入淹没于琐碎事实中的死胡同，又要警惕以视力幻觉、理想建构代替真实历史的陷阱。而共时研究对普遍法则、一般规律的奢望，对事实、具体、生动、丰富的绝对剥离，又使它不可置疑地陷入空洞、抽象、反历史的泥潭。那么，研究的出路在哪里呢？詹姆逊说：“如果这一对立最终证明是错误的或者是容易引起误解的话，那么唯一的解决办法是把整个问题提到一个更高的辩证水平上，选择一个新的出发点，按新的范畴把有关的问题彻底重新提出。”② 在文学研究领域，这种更高的辩证水平上的新的出发点，毫无疑问就是他所说的“辩证批评”。

---

① ［美］弗雷德里克·詹姆逊：《马克思主义与形式》，李自修译，百花洲文艺出版社 1997 年版，第 275 页。

② ［美］弗雷德里克·詹姆逊：《语言的牢笼》，钱佼汝译，百花洲文艺出版社 1997 年版，第 15 页。

主要参考文献

一 著作

[法] 阿尔贝特·史怀泽:《敬畏生命》,上海社会科学院出版社 1995 年版。

[英] 阿米斯:《小说美学》,傅志强译,燕山出版社 1983 年版。

[美] 艾布拉姆斯:《镜与灯》,北京大学出版社 1989 年版。

[美] 艾伦·杜宁:《多少算够——消费社会与地球的未来》,吉林人民出版社 1997 年版。

[法] 波德里亚:《消费社会》,刘成富、全志钢译,南京大学出版社 2000 年版。

[丹麦] 勃兰兑斯:《十九世纪文学主流》第五分册,李宗杰译,人民文学出版社 1989 年版。

[俄] 别林斯基:《别林斯基选集》第一卷,上海译文出版社 1979 年版。

[英] 鲍桑葵:《美学史》,张今译,商务印书馆 1985 年版。

[古希腊] 柏拉图:《柏拉图文艺对话集》,朱光潜译,人民文学出版社 1980 年版。

北京大学哲学系美学教研室编：《西方美学家论美和美感》，商务印书馆 1980 年版。

北京大学哲学系美学教研室编：《中国美学史资料选编》，中华书局 1980 年版。

北京大学哲学系外国哲学史教研室编译：《古希腊罗马哲学》，三联书店 1957 年版。

蔡仲德：《中国音乐美学资料注释》，人民音乐出版社 2004 年版。

［俄］车尔尼雪夫斯基：《美学论文选》，缪灵珠译，人民文学出版社 1957 年版。

陈伯君：《阮籍集校注》，中华书局 1987 年版。

陈丹燕：《上海的风花雪月》，作家出版社 2000 年版。

陈厚诚、王宁主编：《西方当代文学批评在中国》，百花文艺出版社 2006 年版。

陈平原：《小说史：理论与实践》，北京大学出版社 1993 年版。

陈平原、夏晓红编：《二十世纪中国小说理论资料》，北京大学出版社 1989 年版。

陈思和：《笔走龙蛇》，台湾业强出版社 1991 年版。

陈书良：《〈梁启超文集〉前言》，北京燕山出版社 1997 年版。

陈延傑：《诗品注》，人民文学出版社 1961 年版。

陈应鸾：《岁寒堂诗话校笺》，巴蜀书社 2000 年版。

［美］大卫·雷·格里芬：《后现代精神》，中央编译出版社 1998 年版。

［美］丹尼尔·贝尔：《资本主义文化矛盾》，赵一凡等译，生活·读书·新知三联书店 1989 年版。

戴锦华:《隐形书写》，江苏人民出版社 1999 年版。

[法] 蒂博代:《六说文学批评》，赵坚译，生活·读书·新知三联书店 1989 年版。

方薰:《山静居画论》，人民美术出版社 1959 年版。

[美] 弗·卡普拉:《转折点》，中国人民大学出版社 1989 年版。

[美] 弗雷德里克·詹姆逊:《马克思主义与形式》，李自修译，百花洲文艺出版社 1997 年版。

[美] 弗雷德里克·詹姆逊:《语言的牢笼》，钱佼汝译，百花洲文艺出版社 1997 年版。

葛洪:《抱朴子》，上海古籍出版社 1985 年。

古典文艺理论译丛编辑委员会编:《古典文艺理论译丛》第二辑，人民文学出版社 1961 年版。

古远清:《文艺新学科手册》，华中理工大学出版社 1988 年版。

郭沫若:《离骚今译》，人民文学出版社 1987 年版。

郭沫若:《郭沫若全集·文学编》，人民文学出版社 1989 年版。

郭绍虞:《中国文学批评史》，中华书局 1961 年版。

郭绍虞:《沧浪诗话校释》，人民文学出版社 1961 年版。

郭绍虞主编:《中国历代文论选》(一卷本)，上海古籍出版社 1979 年版。

郭绍虞主编:《中国历代文论选》第一册，上海古籍出版社 1979 年版。

郭绍虞主编:《中国历代文论选》第三册，上海古籍出版社 1980 年版。

(宋) 郭熙:《林泉高致》，山东画报出版社 2010 年版。

郭延礼：《近代西学与中国文学》，百花洲文艺出版社 2000 年版。

韩林德：《石涛与〈画语录〉研究》，江苏美术出版社 1989 年版。

［古罗马］贺拉斯：《诗艺》，杨周翰译，人民文学出版社 1962 年版。

（宋）何坦：《西畴老人常言》，中华书局 1985 年版。

胡道静：《梦溪笔谈校证》，上海古籍出版社 1987 年版。

胡经之：《中国古典美学丛编》，中华书局 1988 年版。

［德］H·R·姚斯、［美］R·C·霍拉勃：《接受美学与接受理论》，周宁、金元浦译，辽宁人民出版社 1987 年版。

胡适编选：《中国新文学大系·建设理论集》，上海文艺出版社 1980 年版。

胡仔：《苕溪渔隐丛话》，人民文学出版社 1961 年版。

黄侃：《文心雕龙札记》，上海古籍出版社 2000 年版。

黄宗羲：《名儒学案》，沈芝盈点校，中华书局 1985 年版。

［德］伽达默尔：《真理与方法》，洪汉鼎译，上海译文出版社 1999 年版。

姜葆夫、韦良成：《常用古诗读辑》，广西人民出版社 1985 年版。

姜亮夫：《楚辞学论文集》，上海古籍出版社 1984 年版。

金元浦：《接受反应文论》，山东教育出版社 1998 年版。

（清）况周颐：《蕙风词话·人间词话》，人民文学出版社 1960 年版。

［德］莱辛：《拉奥孔》，朱光潜译，人民文学出版社 1979 年版。

［美］蕾切尔·卡逊：《寂静的春天》，吉林人民出版社

1979 年版。

（唐）李白：《李太白全集》，上海书店影印出版社 1988 年版。

李华兴：《〈梁启超选集〉前言》，上海人民出版社 1984 年版。

李健吾：《咀华集》，人民文学出版社 2007 年版。

李贽：《焚书》卷三，中华书局 1975 年版。

梁启超：乙丑重编《饮冰室文集》，中华书局 1926 年版。

梁启超：《饮冰室诗话》，人民文学出版社 1982 年版。

梁启超：《梁启超选集》，上海人民出版社 1984 年版。

梁启超：《梁启超史学论著四种》，岳麓书社 1985 年版。

梁启超：《梁启超文集》，北京燕山出版社 1997 年版。

缪朗山：《西方文艺理论史纲》，商务印书馆 1985 年版。

林语堂：《林语堂名著全集》第 21 卷，东北师范大学出版社 1994 年版。

（清）刘熙载：《艺概·赋概》，上海古籍出版社 1978 年版。

鲁枢元：《生态批评的空间》，华东师范大学出版社 2006 年版。

鲁迅：《鲁迅全集》第 6 卷，人民文学出版社 1981 年版。

陆学艺主编：《当代中国社会阶层研究报告》，社会科学文献出版社 2002 年版。

陆侃如、牟世金：《文心雕龙译注》，齐鲁书社 1982 年版。

罗根泽：《中国文学批评史》，中华书局 1962 年版。

罗荣渠主编：《现代化：理论与历史经验的再探讨》，上海译文出版社 1993 年版。

马克思：《1844 年经济学—哲学手稿》，刘丕坤译，人民出版社 1979 年版。

［英］迈克·费瑟斯通：《消费文化与后现代主义》，刘精明译，译林出版社 2000 年版。

孟子：《孟子》，新疆人民出版社 2004 年版。

孟繁华：《梦幻与宿命》，广东人民出版社 1999 年版。

孟繁华：《众神狂欢》，今日中国出版社 1997 年版。

牟世金：《文心雕龙研究》，人民文学出版社 1995 年版。

欧阳超、欧阳景贤：《庄子释译》，湖北人民出版社 1986 年版。

潘知常：《诗与思的对话》，三联书店 1997 年版。

［俄］普列汉诺夫：《论艺术（没有地址的信）》，生活·读书·新知三联书店 1964 年版。

齐文榜：《贾岛集校注》，人民文学出版社 2001 年版。

祁志祥：《美学关怀》，复旦大学出版社 1998 年版。

［俄］契诃夫：《契诃夫论文学》，人民文学出版社 1958 年版。

钱伯城：《袁宏道集笺校》，上海古籍出版社 1981 年版。

乔力：《二十四诗品探微》，齐鲁书社 1983 年版。

沈宗骞：《芥舟学画编》，人民美术出版社 1959 年版。

陶敏、陶红雨：《刘禹锡全集编年校注》，岳麓书社 2003 年版。

滕守尧：《审美心理描述》，中国社会科学出版社 1985 年版。

滕咸惠：《人间词话新注》，齐鲁书社 1982 年版。

王诺：《欧美生态批评》，学林出版社 2008 年版。

王诺：《欧美生态文学》，北京大学出版社 2003 年版。

王先谦：《荀子集解》，中华书局 1988 年版。

王晓明主编：《在新意识形态的笼罩下》，江苏人民出版社

2000 年版。

王晓明:《半张脸的神话》，南方日报出版社 2000 年版。

王朔:《无知者无畏》，春风文艺出版社 2000 年版。

王士祯:《带经堂诗话》，人民文学出版社 1963 年版。

王一川主编:《大众文化导论》，高等教育出版社 2004 年版。

［美］韦勒克、沃伦:《文学理论》，生活·读书·新知三联书店 1984 年版。

伍蠡甫主编:《西方文论选》，上海译文出版社 1979 年版。

伍蠡甫主编:《西方文论选》，上海译文出版社 1988 年版。

伍蠡甫、胡经之:《西方文艺理论名著选编》，北京大学出版社 1985 年版。

［德］西美尔:《时尚的哲学》，费勇等译，文化艺术出版社 2001 年版。

（梁）萧统编:《昭明文选》，西苑出版社 2003 年版。

（明）谢榛:《四溟诗话》，人民文学出版社 1961 年版。

徐复观:《中国艺术精神》，春风文艺出版社 1987 年版。

徐朔方:《汤显祖集》，中华书局 1962 年版。

徐巍:《陶渊明诗选》，三联书店 1982 年版。

（明）许学夷:《诗源辩体》，人民文学出版社 1987 年版。

徐朔方:《汤显祖集》，中华书局 1962 年版。

［古希腊］亚里士多德:《诗学》，罗念生译，人民文学出版社 1962 年版。

杨伯峻:《论语译注》，中华书局 1980 年版。

叶朗:《中国美学史大纲》，上海人民出版社 1985 年版。

叶燮:《原诗》，人民文学出版社 1979 年版。

叶瑛:《文史通义校注》，中华书局 1985 年版。

俞剑华：《中国古代画论类编》，人民美术出版社 2007 年版。

喻守真：《唐诗三百首详析》，中华书局 1957 年版。

赞宁：《宋高僧传》，中华书局 1997 年版。

张爱玲：《张看》，经济日报出版社 2002 年版。

张怀瑾：《文赋译注》，北京出版社 1984 年版。

中共中央马克思恩格斯列宁斯大林著作编译局编：《马克思恩格斯选集》第 2 卷，人民出版社 1975 年版。

钟珍维、万发云编著：《梁启超思想研究》，海南人民出版社 1986 年版。

周振甫：《诗品译注》，中华书局 1998 年版。

周振甫：《文心雕龙今译》，中华书局 1986 年版。

朱光潜：《西方美学史》上卷，人民文学出版社 1984 年版。

宗白华：《美学散步》，上海人民出版社 1981 年版。

宗白华：《艺境》，北京大学出版社 1987 年版。

二　论文

艾秀梅：《“日常生活审美化”》，载《南京师范大学文学院学报》2004 年第 3 期。

艾秀梅：《日常生活的审美化何以可能》，载《福建论坛》2003 年第 1 期。

陈晓明、张颐武：《市场时代：文学的困境与可能性》，载《大家》2003 年第 3 期。

陈辽：《关于“20 世纪中国文学”的性质问题》，载《南京社会科学》1994 年第 4 期。

高旭国:《国内生态文学研究述评》,载《宁夏师范学院学报》2009 年第 5 期。

韩少功:《个性》,载《小说选刊》2004 年第 1 期。

李陀:《差异性问题笔记》,载《天涯》1996 年第 4 期。

李陀、阎连科:《〈受活〉:超现实写作的重要尝试》,载《南方文坛》2004 年第 2 期。

刘锋杰:《何谓 20 世纪中国文学的现代性》,载《学术月刊》1997 年第 9 期。

刘锋杰:《生态文艺学的理论之路》,载《安徽师范大学学报》2003 年第 6 期。

刘凯:《“日常生活审美化”:作为一个表征》,载《学术月刊》2005 年第 2 期。

刘悦笛:《日常生活审美化与审美日常生活化——试论“生活美学”何以可能》,载《哲学研究》2005 年第 1 期。

雷毅:《深层生态学——一种激进的环境主义》,载《自然辩证法研究》1999 年第 2 期。

李洁:《生态批评在中国 17 年发展综述》,载《兰州大学学报》2005 年第 6 期。

李春青:《在消费文化面前文艺学何为?》,载《北京师范大学学报》2004 年第 2 期。

鲁枢元:《评所谓“新的美学原则”的崛起——“审美日常生活化”的价值取向析疑》,载《文艺争鸣》2004 年第 3 期。

路文彬:《当下长篇小说创作中的几个问题》,载《文艺争鸣》2003 年第 2 期。

马大康:《娱乐性的“越界”与当代文艺学》,载《文艺争鸣》2006 年第 2 期。

孟繁华:《战斗的身体与文化政治》,载《求是学刊》2004

年第 4 期。

钱中文:《全球化语境与文学理论的前景》,载《文学评论》2001 年第 3 期。

司空草:《文学的生态学批评》,载《外国文学评论》1999 年第 4 期。

司马云杰:《谈文艺生态学》,载《光明日报》1985 年 11 月 7 日。

孙絜:《现代性·近代性·现代主义——对〈论二十世纪中国文学的近代性〉的质疑》,载《学术月刊》1997 年第 5 期。

陶东风:《日常生活的审美化与文化研究的兴起——兼论文艺学的学科反思》,载《浙江社会科学》2002 年第 1 期。

陶东风:《日常生活的审美化与文艺学的学科反思》,载《中南大学学报》2005 年第 3 期。

陶东风:《也谈日常生活的审美化与文艺学》,载《中华读书报》2005 年 2 月 16 日。

滕福海:《〈文心雕龙〉理论体系研究述评》,载《语文导报》1985 年第 7 期。

童庆炳:《"日常生活审美化"与文艺学》,载《中华读书报》2005 年 1 月 26 日。

童庆炳:《文艺学边界三题》,载《文学评论》2004 年第 6 期。

王蒙:《躲避崇高》,载《读书》1993 年第 1 期。

王朔:《我看金庸》,载《中国青年报》1999 年 11 年 1 日。

王一川:《从情感主义到后情感主义》,载《文艺争鸣》2004 年第 1 期。

王岳川:《中国学者质疑詹姆逊:是否又引来了西方霸权的幽灵?》,载《社会科学报》2002 年 9 月 19 日。

温儒敏:《“张爱玲热”的兴发与变异——对一种接受史的文化考察》,载《中华读书报》2000 年 12 月 27 日。

吴家荣:《“生态文艺学”、“生态美学”的学理性质质疑》,载《学术界》2006 年第 3 期。

武田田:《生态文学研究不可“作茧自缚”》,载《光明日报》2011 年 5 月 21 日。

晓苣:《詹姆逊长沙武汉行》,载《外国文学研究》1997 年第 4 期。

黄药眠:《亚里士多德的美学》(续),载《哲学研究》1980 年第 5 期。

闫晓红:《生态文学研究简评》,载《科技信息》2009 年第 23 期。

杨守森:《二十世纪现代、后现代文艺思潮反思》,载《文艺研究》1996 年第 5 期。

曾永成:《“后实践美学”:前进还是倒退?——对世纪之交中国美学理论走向的思考》,载《四川师范大学学报》1998 年第 1 期。

张皓:《一种新的文艺批评——评鲁枢元的〈生态文艺学〉》,载《文艺报》2002 年 10 月 24 日。

张恨水:《武侠小说在下层社会》,载《周报》1945 年第 2 期。

张天曦:《日常生活审美化:当代审美新景观》,载《山西师大学报》2004 年第 1 期。

张旭东:《给社会科学报编辑的信》,载《社会科学报》2002 年 12 月 6 日。

赵鑫珊:《生态学与文学艺术》,载《读书》1983 年第 4 期。

赵勇:《谁的“日常生活审美化”? 怎样做“文化研究”? ——与陶东风教授商榷》，载《河北学刊》2004 年第 5 期。

郑宾:《九十年代文化语境中媒体对王小波身份的塑造》，载《当代作家评论》2004 年第 4 期。

周扬:《关于建设具有中国民族特点的马克思主义文艺理论问题》，载《社会科学战线》1983 年第 4 期。

朱立元、张诚:《文学的边界就是文艺学的边界》，载《学术月刊》2005 年第 2 期。

朱朝晖:《看上去很美——对日常生活审美化问题的思考》，载《学术论坛》2004 年第 2 期。

后　记

人们对文学的认识和理解之所以重要，之所以值得研究，是因为它与人的世界观、人生观、历史观、文化观、审美观、价值观等密切相关，也与社会的政治、经济、文化、风尚等密切相关。

对文学观的考察，一般分为从创作出发，对作家、作品等文学现象做出评价和从文论出发，对有关文学的言论、观点进行分析、阐释这样两种途径。《中西文学观解析》总体上属于后者。无论是对中国古代文学观，还是对西方古代文学观，无论是对中国近代文学观，还是对新时期以来的中国文学观，抑或对于文学批评，本书所做的，都不是求全求大的所谓系统研究，而是因著者的关注程度、思考深度而做出取舍的研究。任何取舍都是费踌躇的，也都会留有遗憾。本书以现在的状貌示人，在观点表达和见解阐述方面的浅显和愚陋自不必说。即便是在内容构成上，也因未收入对黑格尔、康德、马克思、恩格斯等人文学观的解析而造成了遗珠之憾。

在中国文论界指责“失语症”，呼唤“原创性”的语境下，将以解析别人文学观为主的书付梓印出，似乎有不合时宜之嫌。然而，笔者坚持认为，在文学创作、文学研究已有不短历史的今天，忽视学术积累的所谓“原创”与不以建构当代文学观为旨归地重复别人，同样于中国文论和中国文学的发展无益。本书无论是对前人文学观的阐释，还是对今人文学观的分析，都力求超越复述、收获发现、收获对当代文论建设和文学发展具有启发意义的有益成分。

本书的一些章节曾分别在《当代作家评论》、《社会科学辑刊》、《辽宁大学学报》、《沈阳师范大学学报》、《渤海大学学报》等刊物发表，谨向林建法、高翔、宋绪连、杨抱朴等编辑先生致以诚挚的谢意。

中国社会科学出版社的张林编辑为本书的出版付出了体力、脑力和热情，在此特别向她致谢。

我的研究生刘畅、宋杨、祝娜、吴新玉、李焕焕、谢毅、张子涵等，在本书出版过程中，做了一些查借资料、核对信息、收发邮件等工作，也对她们一并道谢。

姜桂华

2013 年 3 月于沈阳师范大学